Valerie Pauling

Der Himmel ist hier weiter als anderswo

Roman

HarperCollins

1. Auflage 2021
Originalausgabe
© 2021 by HarperCollins in der
Verlagsgruppe HarperCollins Deutschland GmbH, Hamburg
Dieses Werk wurde vermittelt durch die Literarische Agentur
Thomas Schlück GmbH, 30161 Hannover.
Gesetzt aus der Aldus
von GGP Media GmbH, Pößneck
Druck und Bindung von CPI books GmbH, Leck
Printed in Germany
ISBN 978-3-7499-0104-3
www.harpercollins.de

Prolog

Der Bootssteg knarrte. Lichtreflexe tanzten auf dem Wasser. Sanft schlängelte sich der Fluss dahin, auf den Deichen standen Obstbäume und winzige Fachwerkhäuser. Die Elbe war nicht fern.

Felicitas holte tief Luft.

Es duftete nach Frühling. Noch waren die Äste der Bäume kahl, aber die Natur war bereits aus dem Winterschlaf erwacht. Gelbe und violette Krokusse sprenkelten den Boden, und unter den Sträuchern lugten Buschwindröschen hervor. Weidenkätzchen leuchteten vor einem Himmel, der so blau war, dass man sich darin verlieren konnte, und an den Apfelbäumen saßen schwellende Knospen.

Sie schloss die Augen. Die Sonne wärmte ihre Wangen. Sie hörte das Gezwitscher der Vögel, Bienensummen und den Brummton einer Hummel. Geräusche aus dem Dorf, nur schwach.

Fee spürte, wie sie sich entspannte. Wie der Kloß in ihrem Hals sich löste.

Auch die Kinder betrachteten die Umgebung versonnen. Rasmus' Blick folgte einer Möwe, weit oben, Weiß vor Blau. Martha dagegen hatte sich bäuchlings an den Rand des verwitterten Stegs gelegt und starrte ins Wasser. Selbst Rieke schien zu träumen.

Die Planken knarrten erneut.

Einer fehlte. Fee sah sich nach Golo um, ihrem Jüngsten. Der zerrte gerade eine verbeulte Schubkarre hinter Büschen hervor. Braune Blätter und Äste lagen darin, darauf hatte er Esel gesetzt, sein geliebtes Kuscheltier.

Auch Rieke hatte ihren Bruder entdeckt. Und schon war es mit der Ruhe vorbei.

»Was willst du denn mit der Schrottkarre?«, rief sie.

»Arbeiten, was sonst«, erklärte Golo.

»Was sonst?«, wiederholte Rieke und ahmte dabei sein Lispeln nach. Dann stemmte sie die Hände in die Hüften. »Mama, können wir endlich? Ich muss um fünf zu Hause sein. Sinje wartet.«

Jetzt, dachte Fee, jetzt muss ich mich entscheiden, ob wir hier wohnen möchten oder nicht. Ob wir aus Hannover weggehen und aufs Land ziehen. Oder ob alles ungewiss bleibt.

Rieke tippte jetzt konzentriert auf ihrem Handy herum, sie schob ihre Cap tiefer ins Gesicht und wandte sich von der Sonne ab, damit das Display nicht spiegelte.

Fee sah Rasmus an, ihren Ältesten. Der hob die Schultern. »Ist doch okay.«

»Findest du?«

»Klar.«

»Könnt ihr mal leise sein?«, flüsterte Martha vernehmlich. Sie fixierte einen Frosch, den sie im Uferbereich entdeckt hatte, kaum erkennbar zwischen den braungrünen Gräsern.

Fee drehte sich zum alten Gasthof um, zu dem das verwilderte Grundstück und der Bootssteg gehörten. Zwei Etagen aus leuchtend rotem Backstein, weiße Giebelbretter, eine altmodisch verzierte hölzerne Veranda in der Art eines Wintergartens. Mitten im Dorf lag er da, zwischen den Bäumen am Fluss. Verwunschen und leer stehend.

Hundertzwanzigtausend Euro sollte die Immobilie kosten.

Ein Schnäppchen. Ein riesengroßes Haus für Rasmus, Rieke, Martha, Golo und sie selbst. Sie brauchte nur zuzugreifen.

Fünf Tage würde er warten, hatte der Besitzer am Telefon mit knurriger Stimme gesagt, zu verschenken hätte er nichts, nur dem Bückmann, dem würde er es nicht gönnen. Dass er Kinder mögen würde, hatte er noch hinzugefügt. Schwer zu glauben, hatte Fee gedacht.

Hundertzwanzigtausend Euro. Genau die Summe der Lebensversicherung, von der Fee nicht gewusst hatte, dass Jan sie abgeschlossen hatte. Es war eines der vielen organisatorischen Dinge nach seinem Tod gewesen, von denen sie gewünscht hatte, sie wären ihr erspart geblieben.

Diesen Gasthof zu kaufen – es wäre machbar.

Sie wandte sich ab. Der Garten, der sich sanft zum Fluss senkte. Die knorrigen Apfelbäume. Der Pavillon am Wasser, ein Schmuckstück. Die überhängende Weide am Ufer.

In ihren Augen war es ein Paradies.

Golo hatte bereits verkündet, dass er ein Baumhaus bauen wolle, er war immer noch damit beschäftigt, die Schubkarre über die Grasfläche zu bugsieren. Unter Aufwendung aller Kräfte schob er sie auf sie zu. Die Schubkarre mit den Holzgriffen schwankte.

Fee ließ den Blick schweifen. Eine Hängematte zwischen den Apfelbäumen, den Kindern würde es gefallen.

Rieke saß jetzt im Schneidersitz auf dem Steg, aufrecht, auf ihrem Handy tippend, immerhin ruhig.

»Und?«, fragte Fee erwartungsvoll.

Rieke rollte die Augen. »Nee, ist jetzt nicht dein Ernst, oder? Guck dir das doch an! Voll der heruntergekommene Schuppen! Und viel zu weit weg!«

Martha sagte nichts. Hob nur langsam die Hand, um ihnen zu bedeuten, dass sie schweigen sollten. In Zeitlupe erhob sie sich.

Mit einem satten PLOPP sprang der Frosch vom Ufer in den Fluss.

Martha hüpfte hinterher.

»SHIT!«, kreischte Rieke, als sich ein Schwall Wasser über sie ergoss. Rasmus war mit wenigen Schritten bei seiner Schwester, um ihr an Land zu helfen.

Golo war plötzlich zwischen ihnen, neugierig. Fee schnappte nach seinem Arm.

»Hast du was gefunden, Martha?«, fragte Golo aufgeregt und trippelte von einem Bein aufs andere. Er interessierte sich sehr für die Naturerkundungen seiner Schwester.

»*Rana esculenta*, der gemeine Teichfrosch!«, verkündete Martha stolz und hielt das Tier, das sie sorgsam in Händen barg, in die Höhe.

»Du Bekloppte!« Rieke zeterte und rieb wie besessen ihr Handy trocken.

Fee stöhnte, übergab Golo an Rasmus und zog ihre Jacke aus, um sie Martha umzulegen.

Martha betrachtete den Frosch interessiert durch die Finger. »Rieke, kannst du ihn bitte fotografieren?«

»Was?! Sag mal, hast du überhaupt mitbekommen, dass du mein Handy gerade unter Wasser gesetzt hast?! Wie bescheuert bist du eigentlich?«

»Rieke!«, sagte Fee scharf.

»Ich mach das für dich«, erklärte Rasmus.

Martha lockerte die Hände, während Rasmus mit seiner Handykamera näher herankam. Der Frosch nutzte dies aus. Mit einem riesigen Satz landete er im Wasser und schwamm eilig davon.

Alle bewegten sich plötzlich gleichzeitig.

Eine Planke splitterte.

Dann brach der Steg unter ihnen ein.

Frühjahr

1

Zwei Wochen zuvor in Hannover

»Da haben Sie sich aber viel Mühe gegeben. Vielleicht würden wir die sogar behalten.« Die Frau mit der zierlichen Handtasche über der Schulter strich über die blau-weiße Küchenfront. Fee hatte sie selbst lackiert. Sie war in den Schnitt der Altbauwohnung eingepasst, sie würden sie nicht mitnehmen können.

Fee spürte, wie ihre Fäuste sich unwillkürlich ballten.

Sie verschränkte die Arme.

»Eigentlich müssen Sie diese Einbauzeile entfernen und den Originalzustand wiederherstellen«, hatte die Vermieterin im letzten Sommer angemerkt, als sie zu ihnen gekommen war, um sich ein Bild vom Zustand der Wohnung zu verschaffen. »Ich wusste ja gar nicht, was Sie hier alles angestellt haben!« Stirnrunzelnd war sie durch die Räume geschritten, ein Klemmbrett in der Hand, auf dem sie sich sorgfältig Notizen machte. »Und hier, der Fleck an der Wand, das sieht ja nach Fett aus. Ich bezweifle, dass der sich so einfach überstreichen lässt.«

Da war die Ketchupflasche explodiert: Rieke hatte sie zu stark geschüttelt, es hatte eine eindrucksvolle Fontäne gegeben. Erst waren sie sprachlos gewesen, dann hatten sie losgeprustet. Nur das Entfernen des Flecks hatte nicht richtig geklappt. Man gewöhnte sich an alles.

»Und was ist das?« Ihre Vermieterin beugte sich nach unten. Die Kerbe in den Fliesen. Da war die Pfanne gelandet, die Rasmus in einem Wutanfall auf den Boden geschleudert hatte. Er hatte schlimme Wutanfälle gehabt, als er klein war, einen ausgeprägten Willen, wie Viola immer sagte. Von dem war derzeit nichts mehr zu spüren.

Die Vermieterin setzte ihre Inspektion fort. Die Küchentür schloss nicht richtig, das Schließblech war verbogen. Jeder in der Familie hatte sie zu irgendeinem Zeitpunkt hinter sich zugeknallt, wenn es wieder einmal zu viel geworden war. Ach ja, die Küchentür.

Über den Rand ihrer Brille hinweg hatte die Vermieterin Fee angeschaut. »In Ihrer Familie ist sicher viel los«, hatte sie verkniffen festgestellt. »Wahrscheinlich ist es ... sehr lebendig bei Ihnen.«

Fee fragte sich, was die anderen Mieter ihr erzählt hatten. Die Nachbarn, mit denen es so unkompliziert gewesen war, als Jan noch da war, und von denen die meisten Fee jetzt mieden.

Die ältere Nachbarin mit den drei Katzen, die Jan angehimmelt hatte. Als sie ihr Beileid ausdrückte, waren Tränen geflossen, als wäre sie selbst die Hinterbliebene, was Fee höchst unangenehm gewesen war. Dann das junge Paar mit dem Baby, das erst nach Jans Tod begonnen hatte, sich bei Fee über den Lärm zu beschweren. Und der Mann im Anzug, alleinstehend mit wechselnden Partnerinnen, der immer wieder hastig fragte, ob er helfen könne, und aus der Haustür war, bevor man ihm eine Antwort geben konnte.

Vielleicht war die Kündigung kein Verlust.

Schließlich hatte die Vermieterin in Golos Zimmerhälfte gestanden, durch ein Regal abgetrennt von Marthas Seite. Die Gläser mit teilweise undefinierbarem Inhalt – alle möglichen Fundstücke, Vogelfedern, Schneckenhäuser, Mäuseskelette –, die sich auf Marthas Schrank stapelten, hatte sie noch gar nicht entdeckt. Nein, sie hatte fassungslos den Elefanten betrachtet, lebensgroß an die Wand gemalt. Ein Babyelefant. Mit einem Horn auf der Stirn. Es war ein Einhornbabyelefant. In den Ohren trug er prächtige rosafarbene Blumen.

Die Vermieterin hatte geseufzt.

Die Frau mit der zierlichen Handtasche, sie war die Nichte der Vermieterin, musterte die Küche jetzt und warf Fee einen unsicheren Blick zu.

»Und hier haben Sie all die Jahre zu fünft gewohnt? Ich kann das gar nicht glauben. Schon ein bisschen eng, oder?«

»Zu sechst.« Schroffer als beabsichtigt kam es aus Fee heraus.

Die Frau gab einen erschrockenen Laut von sich. »Oh Gott, natürlich. Sie Arme!« Man sah ihr an, dass sie nicht wusste, wie sie reagieren sollte. Herzliches Beileid, dachte Fee, das würde schon reichen.

Die Idee einer Ablösesumme konnte sie jedenfalls begraben. Sie konnte vermutlich froh sein, wenn die Nichte der Vermieterin und ihr Mann die Wohnung zu übernehmen bereit waren, ohne dass sie aufwendig renovieren musste.

Der Mann erschien jetzt, mit einem Zollstock in der Hand, und nickte Fee gönnerhaft zu. »Wir würden die Wohnung zum Mai übernehmen und erst einmal von einem Fachbetrieb renovieren lassen. Wir wollen sowieso eine neue Küche einbauen. Ein neues Bad übrigens auch.«

Ja, zu diesem Paar passte die Wohnung. Neunzig Quadratmeter Altbau, Stuck, Balkon, in bester Lage und einem lebendigen Viertel, nämlich in der List.

»Es tut mir leid, Frau Henrichs, ich weiß ja, dass Sie es schwer haben. Aber – meine Nichte sucht demnächst eine Wohnung, ihr Mann hat einen neuen Job, sie ziehen von

Stuttgart hierher.« Die Stimme der Vermieterin zuckersüß, der Brief als Einschreiben zugesandt. Kündigung wegen Eigenbedarfs, fristgerecht vor neun Monaten zugestellt.

Fee hätte genug Zeit gehabt, etwas Neues zu suchen, aber sie war wie gelähmt gewesen. Wie eine Taucherglocke hatte das Wissen, dass sie ausziehen mussten, über ihr geschwebt. Nicht ständig in Panik zu geraten, das hatte sie nach Jans Tod mühsam gelernt, das Herzrasen, sie hatte es irgendwie in den Griff bekommen. Aber alle anderen Gefühle waren wie abgetrennt. Jeder Handgriff, jeder Gang fühlte sich schwerer an als früher.

Hätte sie es nur getan. Sich rechtzeitig gekümmert.

Ein nervöses Lächeln der Frau, ein suchender Griff nach dem Arm ihres Mannes. Dieser straffte sich unwillkürlich.

Fee konnte nicht lächeln. Sie musste sich zwingen, das Paar mit ein paar Worten zu verabschieden.

Als sich die Wohnungstür hinter ihnen geschlossen hatte, endlich, entrang sich ihrer Brust ein Seufzer. Fee lehnte sich gegen die Wand, langsam rutschte sie mit dem Rücken daran herunter. Auf dem Boden sitzend starrte sie auf die Kinderschuhe, die sich hinter der Tür stapelten. Abgetretene und neue, matschverkrustete und einigermaßen saubere. Alle Größen durcheinander.

Sie musste etwas tun. Und zwar bald.

Eine Woche davor war es gewesen, als der Leiter der Musikschule sie zu einem persönlichen Gespräch einbestellt hatte. Fee hatte ein ungutes Gefühl gehabt. Sie hatte es wie immer nur knapp geschafft, aber dreieinhalb Minuten nach der vereinbarten Zeit, das war noch okay, fand sie.

André kam sofort zur Sache. Er hätte gehört, dass sie ihren Schülern nicht vernünftig vorspielen und keine Duette mit ihnen spielen würde. Er hob den Zeigefinger. Das sei natürlich wichtig. Die Schüler müssten wissen, wie ein Stück am Ende klingen sollte, sie müssten sehen, welches Niveau ihre Lehrerin beherrsche. Die Violine sei schließlich ein anspruchsvolles Instrument, die Bogenführung, das Finden der Töne auf dem Griffbrett, das alles müsse schon souverän demonstriert werden.

Er stand da, aufgerichtet, wippend auf den Zehenspitzen, das Lächeln professionell und wie einstudiert, sie kannte ihn nicht anders.

Fee setzte zu einer Erklärung an. Natürlich zeigte sie ihren Schülern, wie sie spielen sollten. Erläuterte die Technik, die Lagenwechsel, die Bogenführung. Aber selbst spielen, richtig spielen, so wie früher ... Sie konnte es nicht mehr. War das ein Problem?

Es war eines, das begriff sie in diesem Moment.

An der Wand hingen Schwarz-Weiß-Fotografien berühmter Musiker. Leonard Bernstein, lässig im Mantel am Klavier, eine Zigarette in der Hand, wirkte wie immer heiter und gelassen.

Erneut vernahm sie Andrés Stimme. »Du hast es nicht leicht, das weiß ich. Und trotzdem denke ich, du solltest dich ...«

Was sollte sie? Sich zusammenreißen? Ja, alle erwarteten, dass sie sich zusammenriss, endlich. Ein Jahr der Trauer wurde einem zugestanden, aber Jans Tod war rund zwei Jahre her. Für alle anderen eine Ewigkeit.

Für Fee, als wäre es gestern gewesen.

Sie hatte auf der Bühne gestanden und Geige gespielt. Während die Kinder den Notarzt gerufen hatten und Jan ins Krankenhaus gebracht worden war, hatte sie mit dem Orchester den Auftritt im Konzertsaal gehabt. Schubert, Rondo A-Dur für Violine und Orchester, und sie, Stimmführerin der zweiten Violinen, spielte das Solo.

Sie hatte gespielt und es nicht gewusst.

Jan hatte sich schlecht gefühlt an dem Abend, er hatte entschieden, zu Hause zu bleiben, obwohl er eigentlich im Publikum hatte sitzen wollen. Fee hatte ihre Enttäuschung nicht verbergen können und war ohne Abschied aufgebrochen.

Sie hatte es erst nach dem Konzert erfahren. Jemand hatte im Dunkel am Bühnenrand gestanden und gewartet, bis der Applaus vorbei war. Dann hatte man ihr ein Telefon gereicht. Rasmus war dran gewesen, ganz leise und wie erloschen. »Mama – Papa ist tot.«

Blind vor Verzweiflung hatte Fee dem Inspizienten später Vorwürfe gemacht, dass man sie nicht rechtzeitig benachrichtigt hatte. Das Konzert hätte abgebrochen werden müssen. Sofort!

An dem Abend war sie ins Krankenhaus gerast, aber es war zu spät gewesen. Ein Herzinfarkt. Mit neununddreißig Jahren. Fee hatte geweint, sie hatte geschrien und gebrüllt, dann war sie zusammengebrochen.

Ihre Schwiegereltern waren angereist und hatten sich um die Kinder gekümmert, Fee war zunächst ein paar Tage, dann mehrere Wochen, im Grunde über Monate zu nichts zu gebrauchen gewesen. Auch nicht mehr zum Geigespielen.

Um die Stelle als Musiklehrerin hatte sie sich beworben, als sich abzeichnete, dass sie nicht ins Orchester zurückkehren würde. Es war ein Kompromiss gewesen, von Anfang an, eine Anpassung an die neue Situation, notgedrungen.

André legte seine Fingerspitzen aneinander. Aus den Räumen in der Musikschule erklangen gedämpft verschiedene Tonleitern und Übungsstücke. Klavier, Querflöte, Cello – Fee mochte dieses Potpourri aus Klängen. Die Stimme einer einzelnen Geige klang heraus, begleitet von einer Lehrerin am Klavier. Das musste Niklas sein, der vor einem Jahr bei ihr angefangen und den Lehrer vor Kurzem gewechselt hatte. Die Töne traf er inzwischen sehr genau.

Sie holte Luft. »Ich …«

André unterbrach sie. »Felicitas, wir sind die beste Musikschule der Stadt. Unsere Schüler bestehen regelmäßig die Aufnahmeprüfung an der Hochschule. Und Stunden, die ausfallen, schaden unserem Ruf.«

Aha, davon hatte er also auch gehört. Fee hatte es auszugleichen versucht, sie hatte den Schülern Ersatzstunden angeboten und bei den Eltern um Verständnis gebeten. Tatsache war, dass sie ihre Stunden gelegentlich absagen musste.

Golo vom Kindergarten abholen, mit Rieke diskutieren, Wäsche waschen. Auch wenn sie es aufteilten, aber Rieke gelang es zuverlässig, nur ihre eigenen bunten Fetzen in die Maschine zu stecken, Marthas Stinkesocken würde sie nicht anfassen, erklärte sie, und Martha hatte Wichtigeres zu tun, als sich um ihr Äußeres zu kümmern. Dazu kochen, einkaufen, sauber machen. Rasmus staubsaugte bereitwillig, wenn sie ihn darum bat, gründlich, in jeder Ecke, seine Matheaufgaben aber »vergaß« er und schaute sie nur zerknirscht an, wenn sie sich abends danach erkundigte.

Martha, derzeit in der vierten Klasse, hatte Bestnoten und keine Freundinnen; Rieke, in der neunten auf der Gesamtschule, schlug sich durch, sie schaffte es immer wieder, im letzten Moment genau so viel zu lernen, wie sie brauchte. Nur Rasmus, der spielte Basketball und ging Skaten, zog aber wie eine Schnecke den Kopf ein, wenn es um Schulisches ging. Zweites Halbjahr, zehnte Klasse Gymnasium. Dass er einmal auf Hochbegabung getestet worden war, daran erinnerte sich keiner mehr. Auf dem letzten Zeugnis hatten zwei Fünfen gestanden, ausgerechnet in Mathe und Musik.

André hatte keine Kinder.

»André. Gib mir noch eine Chance.«

Sie würde sich an einen strengen Zeitplan halten, ab jetzt rechtzeitig hier sein, sie würde den Schülern etwas vorspielen.

Irgendwie würde sie es schaffen, vielleicht würde keiner merken, dass ihre Seele beim Spielen nicht mehr dabei war. Dass sie sich am liebsten unter der Bettdecke vergraben hätte, jeden Morgen. Dass jedes Aufstehen ein Kampf war. Immer wieder, jeden Tag.

»Ich kann das nicht mehr verantworten, Felicitas.«

Mir wird gekündigt, dachte Fee, ich verliere gerade meinen Job. Ein Klang in ihr wie der metallische Schlag eines Beckens. Stille. Sie wusste, dass darauf meist der Paukendonner folgte.

Was sollte sie sagen? Sich empören?

Sie hatte nicht genug Energie, um zu kämpfen. Und für André war die Sache längst erledigt. Sein Lächeln, professionell wie zu Beginn.

Fee nahm ihre Tasche und stand auf.

An der Tür drehte sie sich noch einmal um.

Leonard Bernstein, er kannte das Leben, zwinkerte ihr von der Wand aus zu.

2

Am Abend saß Fee an ihrem Laptop und rief Immobilienportale auf. Die Kinder waren von der Eisdiele zurückgekehrt. Den Blick fremder Leute auf die Zimmer, die über zehn Jahre ihr Zuhause gewesen waren, hatte Fee ihnen ersparen wollen, also hatte sie ihnen Geld in die Hand gedrückt und sie losgeschickt.

»Wie viele Kugeln?«, hatte Rieke gefragt.

»So viele ihr wollt.«

»Echt jetzt?«

»Passt einfach auf, dass euch nicht schlecht wird«, hatte Fee gesagt.

»Und, wie fanden sie meinen Einhornelefanten?«, krähte Golo später, sein Mund war schokoladeverschmiert, bunte Streusel klebten an seiner Lippe.

»Den fanden sie super, mein Schatz! Sie sagten, sie hätten noch nie einen so fabelhaften Elefanten gesehen.«

Golo nickte zufrieden.

Martha prüfte ihre Schraubgläser auf Vollständigkeit. »Mama, wenn wir umziehen, müssen wir aber Platz für meine Sammlung haben.«

»Platz für deine Sammlung gibt es immer.«

Ein Kellerraum oder Schuppen würde sich schon finden, auch wenn es Fee manchmal schüttelte, wenn sie sah, was Martha anschleppte. Aber Martha war eigen, und Fee entging der Eifer nicht, mit dem ihre Tochter ihre »Forschungen«, wie sie es nannte, betrieb. Außerdem lebte ihr Vater nicht mehr, wie konnte sie ihr das nehmen, an dem sie so leidenschaftlich hing?

»Wirf das Ekelzeug einfach weg«, bemerkte Rieke, wie so oft mit ihrem Handy beschäftigt. Wie schafft sie es, sich auf alles gleichzeitig zu konzentrieren, fragte sich Fee, auf die Chats mit ihren Freundinnen und auf das, was um sie herum geschieht?

»Wirf du deinen Schminkschrott weg«, sagte Martha. »Da sind sowieso nur Tierversuche drin.«

Meistens prallten die Sticheleien ihrer Schwester an Martha ab. Nur manchmal, da lief sie knallrot an und verfolgte Rieke mit ihren Vorträgen durch die ganze Wohnung.

»Fang du erst mal an, dich zu schminken. Oder dir wenigstens was Vernünftiges anzuziehen. So abgerissen wie du läufst ja kein Mensch rum!«

»Könnt ihr mal leise sein.« Fee raufte sich die Haare und starrte wieder auf den Bildschirm.

Kurz hatte sie daran gedacht, sich juristisch zu wehren, und einen Anwalt aufgesucht. Aber der hatte ihr wenig Hoffnung gemacht, dass sie einen Rechtsstreit gewinnen könnte. Die Kündigung war legal, er hatte ihr empfohlen, sich um eine Sozialwohnung zu bewerben, und ihr gleichzeitig eine saftige Rechnung ausgestellt.

Ah, hier, das sah doch gut aus, eine Fünfzimmerwohnung in der Nähe von Rasmus' und Riekes Schule. Fee schickte die Anfrage für eine Besichtigung ab, dann scrollte sie weiter durch die Angebote. Die Wohnung brauchte ja nicht riesig zu sein. Wichtiger war die Lage, damit die Kinder nicht die Schule wechseln mussten. Fünf Zimmer wären schön, aber auch vier Zimmer waren okay. Martha und Golo konnten sich ein Zimmer teilen, Rasmus zog irgendwann aus, im

Wohnzimmer würde sie eine Schlafcouch für sich selbst aufstellen.

Fee studierte den Stadtplan, notierte sich Adressen, schrieb weitere Vermieter an, um Besichtigungstermine zu vereinbaren, unterschlug vorsichtshalber die Anzahl ihrer Kinder und ging gegen Mitternacht ins Bett.

Die Ernüchterung folgte in den Tagen darauf. Einige Vermieter hatten sie zur Besichtigung eingeladen. Fee warf sich in weiße Bluse, Jeans und Pumps, brachte Golo zu einem Spielfreund aus dem Kindergarten, stellte Martha unter Riekes Aufsicht und zog los. Sie wirkte jung für ihre zweiundvierzig Jahre, das wusste sie, und weitaus frischer, als sie sich fühlte.

Dann kam der Moment, in dem sie einen Gehaltsbogen ausfüllen sollte, alle Vermieter und Makler hatten ihn parat. Fee setzte den Stift an, begann die Zeilen auszufüllen, dann legte sie ihn beiseite. Es hatte keinen Sinn. Sie hatte keinen Job mehr. Sie verlegte sich darauf, dies im persönlichen Gespräch zu klären und für ihre Situation zu werben. Wenn die Vermieter Witwe hörten, arbeitssuchend, flackerten die Blicke allerdings unruhig. Das sei eigentlich kein Problem. Aber vier Kinder, das sei dann doch »sagen wir so, ungewöhnlich«. Sie blieben freundlich, erklärten jedoch, dass sie das den anderen Mietern nicht zumuten könnten.

Zumuten. Fee biss die Zähne zusammen. Ein oder zwei Kinder, das war die Norm. Oder gar keins. Eine Diskussion darüber war allerdings unter ihrer Würde. Sollten die Makler ihre genormten Wohnungen doch an genormte Familien vermieten. Von ihr aus, bitte sehr.

»Danke«, sagte sie kühl und ging.

Viola hatte es ihr prophezeit, als Golo geboren wurde. »Mit vier Kindern bist du in den Augen der Leute asozial. Gewöhn dich besser gleich daran!« Dabei hatte sie sich scheckiggelacht, sodass man die Lücke zwischen ihren Schneidezähnen sah.

Viola, Fees Freundin seit der Grundschule, liebte Kinder und war Taufpatin von Rasmus und Rieke. Sie konnte keine eigenen Kinder bekommen und war für eine Entwicklungshilfeorganisation in Uganda tätig. Dort baute sie Schulen auf, stellte mit den Kindern vor Ort Theaterprojekte auf die Beine, unterrichtete Französisch.

Als Jan gestorben war, hatte Viola sofort einen Flug gebucht und war nach Deutschland gekommen. Aber irgendwann musste sie wieder weg. »Zu meinen Kids, an denen hänge ich.«

Manchmal wäre auch Fee gern nach Afrika gegangen. Oder nach Kanada, in die Wälder. Einfach weit weg. Aber wie sollte das gehen?

Als Jan noch lebte, waren sie als lebendige, kreative Familie angesehen worden. Fee wusste, dass viele Bekannte sie beneidet hatten, sowohl um ihren Erfolg als Geigerin als auch um ihre liebevolle Ehe. Jetzt war sie eine alleinerziehende Mutter mit vier Kindern, leer und niedergeschlagen, die ihre berufliche Karriere an den Nagel gehängt hatte.

Darüber lachte auch Viola nicht mehr.

Einige Tage später, die Kinder waren bereits im Bett, saß Fee wieder am Laptop, ein Knäckebrot neben sich. Nur Rasmus hielt sich noch in der Küche auf und bemühte sich offensichtlich, für die Schule zu lernen. Er versteckte ein Gähnen.

»Wofür arbeitest du denn?«, wollte Fee wissen.

»Für die Physikarbeit morgen.«

»Das hat jetzt keinen Sinn mehr. Geh lieber schlafen.«

Sie war selbst todmüde, die Wohnungen auf dem Immobilienportal verschwammen vor ihren Augen. Sollten sie doch in ein Randgebiet ziehen, mit günstigeren Mieten? Sie hätte sich gewünscht, dass die Kinder im gewohnten Viertel bleiben konnten. Mit dem Rad zur Schule fahren, ihre Freunde treffen, sich zu Hause fühlen, gerade jetzt. Aber da war anscheinend nichts zu machen. Aufgehängte Zettel, Suchanzeigen, Anfragen an alle Leute, die sie kannte – nichts hatte geholfen.

Jans Eltern hatten ihr angeboten, sie bei der Betreuung der Kinder zu unterstützen. »Unter der Bedingung, dass ihr hierherzieht und die Kinder bei uns zur Schule gehen! Die Schulen, die wir in München haben, sind sehr gut!« Kurz hatte Fee darüber nachgedacht. Aber München, nein. Und die Einmischung ihrer Schwiegereltern – besser nicht. Jans Vater war Arzt, und seine Mutter übernahm die Rolle der Arztgattin, in München hielt man etwas auf sich. Jan hatte immer weggewollt, seine Eltern waren ihm fremd gewesen. Es reichte, wenn die Kinder dort die Ferien verbrachten. Außerdem hing eine Bemerkung von Jans Mutter zwischen ihnen. Er hätte sich ja restlos für seine Familie aufgeopfert, hatte sie nach der Beerdigung geäußert. Das anklagende Gesicht hatte Bände gesprochen. Als ob Fee die Schuld daran trüge.

Fee war es gerade gelungen, sich wieder auf die Anzeigen zu konzentrieren, da knarrte die Tür. Golo kam herein, taumelnd vor Müdigkeit, sein Stofftier Esel im Arm.

»Hey, mein Süßer, du musst doch längst schlafen!«

Seit Jans Tod litt ihr Jüngster immer wieder unter Albträumen. Er schreckte aus dem Schlaf hoch und kam an ihr Bett, etwas, was er früher selten getan hatte. Manchmal brauchte er eine Stunde, bis er wieder einschlief, während Martha am anderen Ende des Zimmers – sie hatte einen robusten Schlaf – längst schnarchte.

Golo schob sich auf ihren Schoß, und Fee drückte ihre Nase in sein Haar.

»Mama?«

»Ja?«

»Ich hab eine Frage.«

»Schieß los!«

Fee erwartete, dass er wissen wollte, ob sie Jan vermisste, wie so oft. Aber diesmal war es etwas anderes.

»Ich will ... also, ich will wissen, ob du noch mal Geige spielst, irgendwann.«

Fee versteinerte. Mechanisch streichelte sie Golos Rücken.

»Es ist lange her, aber ich weiß noch, dass ich es mochte.«

Golo erinnerte sich an ihr Geigenspiel. Eigentlich kein Wunder. Schon während der Schwangerschaft hatte er die Töne im Bauch gehört. Die Geige, die jetzt im Koffer auf dem Schrank lag, eine feine Staubschicht darauf.

Fee schüttelte den Kopf. »Ich kann nicht, Golo.«

»Ich weiß. Rieke sagt, du wirst nie mehr spielen, und Martha sagt, du wirst irgendwann wieder anfangen. Was ist richtig?«

Sie hatte keine Antwort.

»Willst *du* mal ein Instrument lernen, Golo?«, versuchte sie abzulenken.

Er sah sie ernsthaft an. »Schlagzeug.« Aus seinem Mund klang es wie »Slagsseug«. Fee strubbelte ihm durchs Haar. Im Moment spielte keines der Kinder ein Instrument. Rieke hatte ihre Querflöte, die sie eigentlich ganz passabel gespielt hatte, erst kürzlich in die Ecke gepfeffert – »Absolut uncool!« –, Martha hatte überhaupt kein Interesse an Musik, und Rasmus, der talentiert war, hatte seine Trompete beiseitegelegt, als Fee aufgehört hatte zu spielen. Sie hatte ihn zu ermuntern versucht und sich doch zu leer gefühlt, um ihn ernsthaft zu überreden. Sie hatte es dann auf das Alter geschoben. Mit sechzehn traf man seine eigenen Entscheidungen.

»Geh ins Bett, mein Schatz. Morgen unternehmen wir etwas zusammen, ja?«

Golo rutschte von ihrem Schoß. Bevor er verschwand, drehte er sich an der Tür um. »Aber es wäre schön.«

Sie brauchte nicht zu fragen, was er meinte.

Sie war eine Versagerin, als Mutter, als Musikerin und selbst in ihrem Job. Verzweiflung erfasste sie. Ihre Augen schmerzten vom vielen Starren auf den Bildschirm. Aber sie wollte, sie musste diese Wohnungssuche abschließen, bevor sie zu Bett ging. Sie brauchten ein Dach über dem Kopf.

Oder auch gerade keins. Freien Himmel, einen Garten. Wäre das schön. Vielleicht sollte sie außerhalb der Stadt suchen? Fee klickte herum. Ihre Schwiegereltern hatten immer etwas von Kauf erzählt, davon, dass man in einem bestimmten Alter etwas Eigenes haben sollte. Für Jans Eltern waren sie so etwas wie *Bohemiens* geblieben, Künstler, die nicht vorsorgten, kopfschüttelnd beäugt. Dabei wussten sie genau, dass sie sich das nicht leisten konnten. Fee wurde nachdenklich. Warum eigentlich nicht? Vielleicht hatten ihre Schwiegereltern ausnahmsweise recht. Warum sollte sie immer weiter abhängig sein von schmallippigen Vermieterinnen und ausweichenden Maklern?!

Sie wechselte die Kategorie. Eine Villa würde sie sich jetzt aussuchen, mit Park, und dann fragen, ob sie dort mit den Kindern ihr Zelt aufschlagen könnte. Obdachlose mit vier Kindern nächtigt in Privatpark, sie sah schon die Schlagzeile vor sich, *haha*. Umgebungsradius zu Hannover: egal.

Es war kein Tippfehler. In einem Anfall von Verzweiflung hatte sie der gewünschten Wohnfläche in der Suchmaske eine Null hinzugefügt. Und da stand er ihr vor Augen, der leer stehende Gasthof, ploppte groß auf dem Bildschirm auf, ein markantes Backsteingebäude mit weißer Giebelverzierung, Obstbäume dahinter, ein kleiner Fluss. 150 Kilometer von Hannover entfernt, Landkreis Stade, im Alten Land. Zu besichtigen ab sofort.

Fee starrte auf die Bilder. Es war wie ein Traum. Die Schönheit dieses Hauses, auch wenn es alt war. Der Bootssteg, der zum Grundstück gehörte. Die Weide daneben. Platz, viel Platz. Bootsmusik, man müsste sie mal schreiben. Eine Geigenmelodie kam ihr in den Sinn. Stopp. Nein. Keine Geige. Nie wieder.

3

Am nächsten Tag zog Fee erneut los und besichtigte drei weitere Wohnungen. Ohne Erfolg. Entnervt zog sie die Pumps von den Füßen und schleuderte die Handtasche in die Ecke, als sie zurückkam. Warum war alles so schwer?!

Die Anzeige von gestern Abend kam ihr wieder in den Sinn, der leer stehende Gasthof im Alten Land. Sie brauchte eine Weile, bis sie die Seite wiederfand. Altes Land. Wie romantisch das klang. Und Hamburg war nah, kleine Städte gab es auch, sie studierte die Karte. Aber – durfte sie Hannover einfach verlassen? Die Stadt, in der sie mit Jan glücklich gewesen war?

Per Skype bat sie Viola um Rat.

Die Freundin war begeistert. »Ja, super, Fee, wenn ich das so höre, glaube ich, es tut euch gut! Einfach mal woanders hin. Einen echten Neuanfang. Wie klasse! Mach's doch einfach. Wenn es nicht klappt, ziehst du wieder zurück in die Stadt. Aus eurer Wohnung müsst ihr sowieso raus. Wo liegt der Unterschied?«

»Na ja, die Kinder haben hier ihre Freunde, ihre Schulen ...«

»Na und? Bist du aus der Welt? Willst du nach Afrika gehen? Eben. Es gibt ganz andere Leute, die aufs Land ziehen. Wo, sagst du, liegt das? Südlich von Hamburg? Ich bitte dich. Schulen gibt es dort garantiert auch. Das ist anders als in Uganda, wo nicht jedes Kind die Chance hat, zur Schule zu gehen. Wenn ich an die Entfernungen denke, die die Kinder hier täglich zurücklegen müssen, gerade in dieser Gegend ...«

Viola mit ihrer Unbekümmertheit. Wenn sie Bilder übers Handy schickte, sah sie abenteuerlich aus: um den Kopf gewundene bunte Tücher, kurze Hosen. Und immer Kinder um sie herum, neben ihr, im Hintergrund.

Aber sie arbeitete hart, das wusste Fee. Hinter ihrer bunten Erscheinung verbarg sich eine Entschlossenheit, von der Fee sich insgeheim gern ein Stück abgeschnitten hätte. Damit die Kinder an dem Ort, an dem Viola arbeitete, dort im ländlichen Uganda, überhaupt Unterricht erhielten, musste sie Mittel einwerben und über neue verhandeln, Schulungen für die Lehrer vor Ort durchführen, Kontakt zu den Unterstützern in Deutschland halten, für Materialtransporte sorgen und selbst an den Schulen vor Ort unterrichten. Viola verfügte über diese scheinbar unerschöpfliche Energie, von der sie genau wusste, wofür sie sie einsetzen wollte, und behielt trotzdem ihren Optimismus. Ja, es war diese unerschütterliche Ausstrahlung, ihre Stärke, um die Fee sie beneidete, diese Unbeschwertheit, die sie manchmal aufbrachte und der sie sich doch nicht entziehen konnte.

Fee brachte ein anderes Argument in Stellung. »Die Kinder sind ihr Leben lang hier gewesen. Sie hängen an diesem Ort. Sie verbinden ihn mit Jan. Er ist das Letzte, was sie mit ihrem Vater verbinden.«

»Da gibt es hoffentlich noch mehr, was sie mit ihm verbinden«, bemerkte Viola trocken. »Fee, mal im Ernst«, ihr Blick bohrte sich streng in den Bildschirm, »du musst nach vorne schauen. Die Kinder kommen schon klar, die wuppen das. Du brauchst sie nicht in Watte zu packen.«

»Das tue ich doch gar nicht!«

»Nein, das tust du nicht. Aber du verhinderst, dass es weitergeht. Ich meine, wirklich weiter.«

»Wenn wir hier wegziehen: Nehme ich ihnen dann nicht alles, was sie noch haben?«

»Quatsch. In einem Hochhaus am Rand von Hannover nimmst du ihnen mehr. Auf dem Land hätten sie Luft und Licht, könnten draußen sein, Neues kennenlernen. In Afrika sind die Kinder den ganzen Tag draußen, du glaubst nicht, wie gut es ihnen tut ...« Fees Gedanken schweiften ab.

Viola klopfte gegen den Bildschirm. »Du hörst mir nicht zu. Okay, ich spar mir meine Ausführungen. Aber, Fee, einen Rat gebe ich dir: Kümmer dich mal wieder um dich selbst.«

»Danke, aber das tue ich bereits.«

»Du könntest dich auch mal mit einem Mann treffen.« Viola machte eine schwungvolle Geste. »Dich verlieben!«

»Nein«, sagte Fee scharf.

»Aber langsam dürftest du ...«

»Viola. Ich kann nicht.«

Die Freundin sah sie vom Bildschirm her nachdenklich an. »Okay. Lass uns ein anderes Mal weiterreden, ja? Aber ich sage dir: Ich glaube, du kannst.« Damit beendete sie das Gespräch.

Abends rief Fee die Anzeige noch einmal auf. Der Fluss, sanft mäandernd. Die Bäume, deren Äste übers Ufer hingen. Das pure Idyll. Ein Ort für Golo, um seine Albträume zu vergessen. Für Martha, um nach Herzenslust ihren Forschungen nachzugehen. Und für Rieke, um nicht endgültig abzuheben. Alle hätten ein eigenes Zimmer. Und Rasmus? Ihm gegenüber hatte sie ein schlechtes Gewissen. Er verzichtete sowieso auf Freizeitaktivitäten, wenn sie ihn bat, Golo abzuholen oder sich um Martha zu kümmern. Er war immer für sie da. Für sie und für seine Geschwister. Rasmus. Es wurde Zeit, dass sie ihn entlastete.

Der Gasthof. Schauen könnte man natürlich mal.

Am nächsten Morgen wählte Fee die angegebene Telefonnummer, eine E-Mail-Adresse gab es nicht. Ein Mann meldete sich, er unterbrach sie, als sie ihre Situation schilderte. Seine Stimme klang alt, eine Spur zu barsch, mit ausgeprägt norddeutschem Tonfall. »Kommen Sie einfach her, schauen Sie sich den Gasthof an, und sagen Sie mir, ob Sie ihn überhaupt wollen. Dann sehen wir weiter.«

»Gibt es viele Interessenten?«, wollte Fee wissen.

»Es gibt einen Interessenten hier im Ort, das ist der werte Herr Bückmann. Der kriegt die Bude allerdings nur über meine Leiche. Sonst: ein paar Hamburger. Wenn Sie wollen, kommen Sie heute Nachmittag vorbei. Ich lege den Schlüssel unter den Stein neben dem Eingang. Wer zuerst kommt, mahlt zuerst.«

Er hatte nicht einmal gefragt, woher sie kam.

Sie musste schnell sein.

Fee überlegte, was Jan wohl dazu gesagt hätte. Zusammen hätten sie das nicht gemacht. Der Weg in den Verlag, zu seiner Arbeit, wäre für Jan zu weit gewesen. Und sie selbst hatte ja ihre Anstellung im Orchester gehabt. Zusammen hatten sie sich in der Stadt wohlgefühlt. Gleichzeitig hatten sie immer davon gesprochen, dass die Kinder eigentlich in der Natur aufwachsen sollten. Sie waren ins Grüne gefahren, wann immer sie konnten. Sogar im Alten Land waren sie einmal gewesen, vor ein paar Jahren. Eine kurze Spritztour, um Äpfel zu kaufen, nachdem sie die Elbphilharmonie besichtigt hatten. Fee hatte das Gebäude, das damals noch eine Baustelle war und wie ein Schiff mit glänzenden Segeln immer weiter in den Himmel wuchs, unbedingt mit eigenen Augen sehen wollen. Doch, vielleicht wären sie auch zusammen dorthin gezogen. Vielleicht hätte Jan öfter zu Hause gearbeitet oder wäre zu einem Hamburger Verlag gewechselt.

Fee wusste es auf einmal ganz genau.

Verrückte Idee, hätte er gesagt und gelacht. Verrückt, aber wenn du meinst, dann machen wir das.

***

Sie fuhren auf der Autobahn Richtung Norden. Rasmus, auf dem Beifahrersitz, klopfte einen Rhythmus auf das Armaturenbrett des VW-Busses. Martha, dahinter, blickte auf die Straße und kommentierte jeden Überholvorgang. Golo hatte Esel im Arm und hörte ein Hörspiel, Rieke sah ungeduldig aus dem Seitenfenster. »Warum müssen wir überhaupt mit? Ich bin verabredet!«

»Damit ihr euch ein Bild macht«, erklärte Fee ruhig und überholte einen Lkw mit Seitenschlitzen, hinter denen man Schweineschnauzen erkannte.

»Igitt, ein Tiertransporter«, stellte Rieke fest, »ist ja voll eklig!«

»Über zweihundert Millionen Tiere werden im Jahr quer durch Europa transportiert, sechzig Kilo Fleisch essen die Deutschen, vor allem Schweine. Die Tiere kommen aus Mastbetrieben und werden im Ausland geschlachtet. An der Grenze enden die Tierschutzbestimmungen und viele der Tiere verenden.« Martha zählte die Punkte auf wie ein Lexikon.

»Ich wusste gar nicht, dass du dich mit etwas anderem als mit Insekten auskennst«, sagte Rieke giftig.

»Das sollte jeder wissen«, erwiderte Martha und sah wieder nach vorne. »Vor allem wenn man, wie du es mit Sinje tust, ständig irgendwelche Fast-Food-Burger isst.«

Rieke schnaubte und setzte ihre Kopfhörer auf.

Schließlich fuhren sie an Buxtehude vorbei ins Alte Land. Die Straßen wurden schmaler und wanden sich an einem Deich entlang. Sie passierten reetgedeckte Bauernhäuser, bis zu vier Stockwerke hoch. Dahinter die Obstplantagen. Und dazwischen: der alte Gasthof, mitten in Kirchenfleth. Fee parkte, sie stiegen aus, und sie streckte sich.

Ein laues Lüftchen wehte. Sogar Rieke schien für einen Moment verzaubert. Dies wäre also ihr neues Zuhause. Vielleicht. Das Gebäude wirkte harmonisch, es strahlte Ruhe und Behaglichkeit aus. Ja, ein wenig müsste man daran machen, das war offensichtlich. Der Besitzer hatte sie am Telefon fast drohend darauf hingewiesen. Auf seine unverblümte Frage, ob sie Rücklagen habe und das finanziell überhaupt bewerkstelligen könne, war Fee ausgewichen. So von oben herab, darauf reagierte sie allergisch. Streichen und renovieren, das war ja kein Hexenwerk. Die Fensterscheiben hatten Generationen von Fliegen mit ihrem Dreck verunziert, dafür waren die Wände frei von Graffiti, immerhin.

Ein dröhnendes Motorengeräusch lenkte Fee ab. Kurz darauf bog ein riesiger Traktor um die Kurve. Er nahm die gesamte Breite der Straße ein, seine Räder waren so hoch wie ein fünfjähriges Kind.

»GOLO!« Sie riss ihren Jüngsten, der neugierig am Straßenrand stand, zurück. Der Fahrer hob grüßend die Hand und donnerte ungerührt weiter.

»Mama, hast du den Trecker gesehen?! Sooo groß!« Golo breitete die Arme aus.

Fee sprang das Herz fast aus dem Hals. »Hab ich gesehen, mein Schatz.« Sie kniete sich zu ihm und sah ihm in die Augen. »Aber du darfst nie, niemals, auf die Straße laufen, wenn so ein Trecker kommt. Du bleibst immer am Rand stehen, hörst du?«

Golo nickte heftig. Doch schon im nächsten Moment reckte er den Hals, um dem Traktor hinterherzuschauen. Fee seufzte, umschloss seine Hand und ging den anderen hinterher, die bereits im Garten verschwunden waren.

Das Grundstück: traumhaft. Hier den Alltag verbringen. In Fees Bauch kribbelte es. Den Bootssteg, es gab ihn wirklich.

***

Mit triefend nassen Hosenbeinen, aber unversehrt kamen sie bei der Haustür an. Der Schreck hatte sich, nachdem sie aus dem Fluss gestiegen waren, in Gelächter aufgelöst. Das Wasser am Ufer war nur knietief gewesen, und ein paar Ersatzsachen lagen immer im Auto.

Fee holte den Schlüssel aus dem Versteck hinter der Regentonne. In ihr erhob sich eine Melodie, als sie über die Schwelle trat, ein Tango, schwebend und gleichzeitig energisch, voller Erwartung und einer Spannung, die anschwoll, um sich dann wieder zu lösen. Fee hatte immer wieder Melodien im Kopf, von denen sie nicht wusste, woher sie kamen. Manchmal dachte sie, dass es schön gewesen wäre, diese Melodien festzuhalten, aber sie war viel zu erschöpft, um das zu tun. Irgendwann einmal. In einem neuen Leben.

Unten befanden sich die Gaststube und die große Küche mit der Veranda, im oberen Stockwerk eine Reihe von Zimmern und ein riesiges Bad. Überall lagen Holzdielen. In einigen der Gästezimmer standen noch Betten. Golo juchzte und sprang auf eines, eine Staubwolke stieg auf. Gleichzeitig fiel plötzlich ein Sonnenstrahl ins Zimmer und ließ seine weizenblonden Haare leuchten.

Die Fenster gewährten Ausblick in alle Himmelsrichtungen. Fee ließ Golo hüpfen, ging weiter und öffnete die Tür am Ende des Flurs.

Sie betrat ein Giebelzimmer mit Blick auf den Fluss und in die Bäume. Weit dort hinten war die Elbe. Fee blieb am Fenster stehen. So viel Himmel. Hier zu wohnen, wie schön das wäre. Sie öffnete die Fensterflügel und streckte den Kopf hinaus. Über ihr klebten ein paar Schwalbennester unter dem Giebel. Einzelne Schwalben flitzten umher.

Auf der anderen Seite des Flusses standen einige kleine Häuser auf dem Deich. Eines wirkte besonders urig, so winzig war es, mit seinem Reetdach und einer bunten Bank im Garten, gelb blühenden Sträuchern davor. Auf dem Dach balancierte ein Mann, ungefähr so alt wie sie selbst. Er verlor fast das Gleichgewicht, als er zu ihr herübersah und grüßte. Konnte das sein, war sie überhaupt gemeint? Verwirrt hob Fee ebenfalls die Hand. Dann drehte sie sich rasch um, um weiter den Gasthof zu erkunden.

Der große Saal hatte eine Bühne, auf die Rieke mit einem Satz sprang und ein Lied anstimmte. Rieke sang gern und hatte eine schöne Stimme. Sie hielt die Faust vor den Mund und gab den Popstar. »Hier kannst du spielen, Mama!«, rief sie. »Wir könnten Konzerte geben! Das ist krass groß hier!«

»Du weißt doch, dass Mama nicht mehr spielt«, sagte Martha.

Alle drei Kinder sahen sie an. Die Stille dehnte sich wie eine Kaugummiblase.

Die Musik in Fee erstarb.

»Das sehen wir dann, ja?« Sie musste alle Kraft zusammennehmen, damit ihre Stimme überhaupt einen Klang hatte.

Rieke zog die Mundwinkel nach unten und wandte sich ab. »War ja klar«, meinte Fee zu hören.

Martha griff tröstend nach ihrer Hand und sah sie mit ihrem geraden Blick an.

Rasmus strich sacht über die Schnitzereien der Haustür. »Die ist richtig alt, oder?«

»Vermutlich. Gefällt sie dir?«

»Ja, die Verzierung ist echt schön.«

Als sie abgeschlossen hatten und sich wieder in ihren VW-Bus setzten, stand ein Mann im Jackett auf der gegenüberliegenden Straßenseite. Er grüßte. Fee grüßte ratlos zurück. Ein Stück weit folgte er ihnen mit seinem mächtigen schwarzen SUV, Fee sah es im Rückspiegel, dann bog er in eine Seitenstraße ab.

***

Jesko war aufs Dach gestiegen. Heftig gestürmt hatte es die letzten Tage, jetzt nutzte er das Frühlingswetter, um die verstopfte Regenrinne von altem Laub und Moos zu reinigen. Das Dach müsste bald neu gedeckt werden. Ob er das selbst erledigen sollte? Nein, er würde einen Fachbetrieb bestellen, das Decken mit Reet war ein spezielles Handwerk. Als Jesko sich gerade zur Regenrinne beugte, sah er aus dem Augenwinkel einen hellen Fleck. Das Giebelfenster des Gasthofs auf der anderen Seite der Lühe wurde von einer Frau geöffnet. Sie hielt das Gesicht der Sonne entgegen, als hätte sie seit Monaten keine Sonnenstrahlen gespürt. Was machte sie dort? Soweit er wusste, hing ein Betreten-verboten-Schild am Gasthof seines Onkels, die unteren Fenster waren teilweise vernagelt, um Vandalismus zu vermeiden. Wie eine Vandalin sah sie allerdings nicht aus. Eine Hamburgerin? Nein, wie eine Hamburgerin auch nicht. Einfach wie … eine Frau, die dringend Frühling brauchte. Und ein bisschen sah sie selbst aus wie der Frühling. Schlank und gleichzeitig kräftig, als spürte sie, dass bald etwas Neues geschehen würde, mit verhaltender Energie.

Dann hatte sein Onkel also doch jemanden für den Gasthof gefunden? Heinrich hatte sich schwer damit getan, den Gasthof online auf ein Immobilienportal zu stellen. Eigentlich wollte er ihn nicht hergeben, er hatte Sorge, dass auch andere

Interessenten dasselbe tun würden wie Boris. Der wollte abreißen und dort Mehrfamilienhäuser errichten, mitten im Ort, in begehrter Lage am Wasser. Hamburg wurde immer teurer, das Umland war für die Hamburger zunehmend interessant. Und Boris fackelte nicht lange; wo er baute, war alles Alte im Nullkommanichts verschwunden.

Nur dass es nicht wiederkam.

Die Frühlingsfrau sah ihn an, jetzt war er sich sicher.

Jesko grüßte.

Sie hob die Hand und drehte sich dann, als wäre sie von ihrer Geste überrascht, mit Schwung weg. Ein Wimpernschlag, dann war sie verschwunden.

***

Am Abend nahm Fee Bleistift und Papier und versuchte ihre Optionen aufzulisten. Was die Arbeit betraf, so sah sie folgende:

a) Sie konnte sich an einer anderen Musikschule bewerben.

Ohne Empfehlungen und gutes Zeugnis? Fee ahnte, dass sich ihre Unpünktlichkeit längst herumgesprochen hatte. Außerdem waren da die Kinder. Golo, der immer wieder krank wurde, wer sollte sich um ihn kümmern? Eine Kinderfrau? Jemand, der ins Haus kam? Der sich mit Riekes Launen herumschlug? Der herausfand, was Rasmus für die Schule zu erledigen hatte, während dieser selbst verdrängte, dass es so etwas wie Hausaufgaben überhaupt gab? Und woher sollte das Geld kommen, um jemanden dafür zu bezahlen?

b) Sie konnte versuchen Privatschüler zu finden.

Die würden es allerdings akzeptieren müssen, dass sie gelegentlich eine Stunde verschob, und zu ihr nach Hause kommen. Würde sie genug finden, dass es für ein vernünftiges Gehalt reichte?

Was das Wohnen betraf, so konnte sie:

a) In Hannover bleiben und weitersuchen, bis sie eine neue Mietwohnung fand. Aber was war, wenn es ihr nicht gelang? Ob sie eine Wohnung kaufen sollte? Aber dafür reichte die Summe der Lebensversicherung nicht aus, und mit Arbeitslosengeld war sie kaum kreditwürdig, um den Rest zu finanzieren.

b) Ins Umland ziehen, irgendwohin, wo die Mieten günstiger waren, an den Rand von Hannover. Sie wusste nicht, warum das in ihr eine solche Bedrückung hervorrief.

Oder …? Oder sie konnte das Abenteuer wagen.

Es war Mitte März. Ihre Wohnung mussten sie Ende April verlassen.

Der Gasthof war frei. Ab sofort.

Die Summe der Lebensversicherung reichte.

In Fees Ohren brauste es. Sie griff zum Telefon.

»Herr Feindt. Ich …« Ihre Stimme versagte. Sie räusperte sich.

»Sie wollen ihn«, kam es vom anderen Ende. Und dann, mit einem befriedigten Brummen: »Hebb ik doch glieks dacht.«

4

Fee stand auf der Bühne. Sie drückte die Saiten herunter, führte den Bogen. Die letzte Solopassage, leicht und tänzerisch, die Töne schraubten sich in die Höhe, fielen ab, um kurz vor dem Abschluss des Konzerts erneut immer höher zu steigen. Ihr Kinn lag auf der Geige, sie verschmolz mit ihrem Instrument, wolkig und luftig fühlte sich das an, die zarten und doch so klaren Töne – und auf einmal ein Knall, als ob eine Saite gerissen wäre. Der Zuschauerraum, in dem sich ein Raunen erhob, der Cellist, der sie panisch ansah, ihr Spiel, das abbrach, der Bühnenboden, der sie verschlang. Ein schwarzes Loch. Das Nichts.

Ein dumpfer, kehliger Schrei entrang sich ihrer Brust.

Fee erwachte. Ihr eigener Schrei hallte ihr noch in den Ohren, ihr Herz raste. Sie kämpfte darum, die Augen aufzuschlagen, öffnete sie, schlug die Bettdecke zurück – sie brauchte Luft! – und versuchte zu begreifen, wo sie war. Sie war allein. Die Vorhänge wehten leicht, das Fenster stand offen, der Morgen dämmerte, von draußen erklang bereits ein Zwitschern und Trällern, so laut, als hätten die Vögel sich zu einem Wettsingen verabredet. Sie lag in ihrem Schlafzimmer, oben unter dem Giebel, im Gasthof, ihrem neuen Zuhause, im Alten Land.

Fee sank zurück und strich sich über die Stirn. Ein Traum. Nur ein Traum. Wiederkehrend seit jenem Moment, da sie tatsächlich auf der Bühne gestanden hatte und das Entsetzliche, das Unaussprechliche passiert war.

Ihr Blick streifte unwillkürlich den Schrank. Dort oben lag sie, ihre Lazzaro, das Instrument, das sie unbedingt hatte besitzen wollen, nachdem sie es in einer Geigenwerkstatt in Ulm entdeckt und ausprobiert hatte. Es war ein magischer Moment gewesen. Es war, als wäre die Geige zu ihr gekommen und nicht sie zur Geige, schicksalshaft. Ihr gereifter, warmer Klang, die Fülle, die sie zu erzeugen vermochte, die Eleganz der hohen Töne. Ihre ganzen Ersparnisse hatte sie dafür gegeben, einen Fonds aufgelöst, den ihre Eltern ihr überschrieben hatten. Durch das Musikstudium und in all den Orchesterjahren hatte das Instrument sie begleitet. Dein fünftes Kind, hatte Jan manchmal gescherzt.

Jan war unmusikalisch gewesen. Zumindest hatte er das behauptet. Als Lektor hatte er sich in Texte vertieft, der Rhythmus von Wörtern und Sätzen auf Papier, damit kannte er sich aus, aber singen tat er nicht, und er spielte auch kein Instrument. Zugehört hatte er allerdings. Und wie. Jan hatte sie angeschaut, wenn sie spielte, mit seinen klugen Augen, die oft klein waren vom vielen Lesen, hinter der Brille gezwinkert und sich zurückgelehnt. Dabei hatte sich ein Lächeln auf seinem Gesicht ausgebreitet, zufrieden und vollkommen entspannt.

Wenn Jan zuhörte, hatte Fee sich eins gefühlt mit der Musik und mit der Welt. Manchmal war er beim Zuhören eingeschlafen, aber das machte nichts. Es waren friedliche Momente, und Schlaf bekam man mit vier Kindern sowieso viel zu selten.

Und jetzt verstaubte das kostbare Instrument.

Seit Jans Tod hatte Fee die Geige nicht mehr angerührt. Es ging nicht. Zu stark war das »Wenn, dann ...«.

Wenn sie Jans Beschwerden ernst genommen hätte, hätte sie sich an dem Abend wenigstens von ihm verabschiedet.

Wenn ihr der Auftritt nicht so wichtig gewesen wäre, hätte sie ihn absagen und Jan rechtzeitig zum Arzt bringen können.

Wenn sie dieses Solo nicht gespielt hätte, wäre sie bei ihm gewesen im Krankenhaus.

Wenn ihr dieses verdammte Solo nicht so wichtig gewesen wäre, wäre er nicht gestorben.

Wie sie sich nach ihm sehnte.

Jan.

Jan. Jan. Jan.

Sie musste wieder eingeschlafen sein, denn als Fee das nächste Mal erwachte, tanzten Sonnenstrahlen durchs Zimmer.

Es klopfte zaghaft an der Tür. Und schon wurde sie aufgerissen.

»Sei doch leise!«, zischte Rieke, als Golo sich bereits an ihr vorbeizwängte und zu Fee ins Bett hüpfte.

»Happy birthday to you, happy birthday to you …!« Lauthals stimmte Rieke das Geburtstagslied an, Martha balancierte einen Kuchen mit brennenden Kerzen, Rasmus stand hoch aufgeschossen hinter ihr.

Fee hatte ihren Geburtstag schlicht vergessen, so unwichtig war er gewesen neben dem Umzug, den sie eine Woche zuvor, Ende April, mit Ach und Krach bewältigt hatten.

Golo küsste sie mit der Inbrunst eines Fünfjährigen, Martha stellte vorsichtig den Kuchen ab, alle wollten Fee umarmen – und kurz darauf lagen sie zusammen im großen Bett, alle kugelten durcheinander und gratulierten ihr. Wie wunderbar ihre Kinder waren, so besonders und einzigartig, jedes von ihnen.

»Mama, komm mit nach unten, du musst Geschenke auspacken«, rief Golo, »ich will sehen, was darin ist!« Gessenke. Sie lachte, die Kinder rappelten sich auf und verließen das Zimmer.

Fee zog die Vorhänge auf. Der Fluss glitzerte in der Sonne, und die Häuser leuchteten ebenso wie die weißen Blüten der Kirschbäume, die sich vor wenigen Tagen entfaltet hatten. Wie herausgeputzt lag das Dörfchen da, so friedlich an diesem Samstag Anfang Mai.

Ihr Nachbar von gegenüber, der Bewohner der Reetdachkate auf dem Deich, saß schon in der Sonne, mit einem Kaffeebecher in der Hand. Etwas an ihm zog sie an, machte sie neugierig. Sie verspürte eine Verbundenheit und wusste nicht, wieso. Bisher hatte sie ihn nur allein gesehen, niemanden sonst am Haus. Gab es keine Familie?

Egal. Fee eilte die Treppe hinunter.

Die Kinder hatten das Frühstück vorbereitet, sogar eine Vase stand auf dem Tisch, mit ein paar Fliederzweigen darin. Die Kinder wussten, wie sehr Fee Flieder liebte. »Jeder hat seine Geburtstagsblume«, erklärte Fee immer. »Für dich, Rieke, sind es Sonnenblumen. Für Rasmus Schneeglöckchen und für Golo Astern.«

Und für Jan war es Rittersporn gewesen.

»Und bei mir?«, wollte Martha wissen.

»Bei dir blüht nichts«, stellte Rieke fest. »Alles von Schnee bedeckt.«

»Bei dir ist es die Christrose.« Fee lächelte, und Martha schob sich das Brötchen in den Mund. »Außerdem«, sagte sie, »gibt es im Dezember gar keinen Schnee mehr wegen dem Klimanotstand.«

»Des Klimanotstands«, murmelte Rieke, »Genitiv.«

»Was?« Martha hielt mit Kauen inne.

»Nichts«, sagte Fee. »Was also machen wir heute? Ich habe Geburtstag, ich finde, wir machen einen Ausflug. Wozu habt ihr Lust?«

»Eis essen«, sagte Golo.

»Schwimmbad?«, fragte Martha.

»Nee, dann lieber Heidepark«, war Riekes Meinung. »Oder nach Hamburg.«

Sie einigten sich auf eine Fahrradtour. Rasmus ging hinaus, um zu prüfen, ob die Reifen noch Luft hatten. Den aufgeregten Golo, der ebenfalls unbedingt Werkzeug benutzen wollte, nahm er mit.

Fee umrundete einen Stapel mit Umzugskartons. Das Nötigste hatten sie geschafft, sie konnten schlafen, sich die Zähne putzen und kochen. Die Kinder hatten ihre ersten Tage in Schule und Kindergarten bereits hinter sich, alles war unproblematisch verlaufen. Jetzt mussten sie Lampen anbringen und Regale zusammenschrauben. Im Garten wuchs alles wie wild, auch da musste man etwas unternehmen. Egal, dachte sie, es war Wochenende, sie waren alle beisammen, diesen Tag musste sie den Kindern zuliebe feiern.

Langsam machte sich auch in ihr ein Geburtstagsgefühl breit.

Rieke fuhr an der Spitze, dann folgten Martha und Golo auf seinem Kinderfahrrad, Fee selbst blieb hinter ihrem Jüngsten, Rasmus bildete das Schlusslicht. Vom Haus aus waren sie erst ein Stück durchs Dorf gefahren, am Deich entlang, dann weiter durch die Felder.

Die Kirschbäume zauberten eine heitere Pracht, es war frühlingshaft warm. Fahrradfahrer kamen ihnen entgegen, grüßten, es war ein Ausflugstag, schließlich erreichten sie die Elbe. An einem Fähranleger, dem Lühe-Anleger, tummelten sich nicht nur die Fahrrad-, sondern auch Motorrad- und Autofahrer vor einigen Imbissbuden.

Sie waren noch satt vom Frühstück. Außerdem, so stellte Martha kritisch fest, landeten hier die zerkleinerten Schweine, die mit dem Transporter auf der Autobahn unterwegs gewesen waren. Rieke rollte mit den Augen.

Ein Stück weiter legten sie die Fahrräder ins Gras, um an einem Sandstrand eine Pause zu machen. Golo juchzte, zog sofort Schuhe und Strümpfe aus und watete ins Wasser.

Fee seufzte. Wann würde sie sich einfach mal wieder zurücklehnen und die Augen schließen können, ohne auf ein Kind aufpassen zu müssen? Als hätte er ihre Gedanken gelesen, versicherte Rasmus: »Ich behalte ihn im Blick.«

Fee legte sich dankbar auf ihre Jacke. Die Sonne wärmte ihr das Gesicht, sie hörte das Geplapper von Golo und Martha. Um Rieke und Rasmus musste sie sich, was Wasser betraf, keine Sorgen mehr machen.

Ein tiefes Stampfen näherte sich. Fee legte den Kopf zur Seite und beschattete die Augen mit der Hand. Es war ein Containerschiff, das sich Richtung Hamburg schob, die Kräne des Hafens konnte sie aus der Entfernung sehen. Es war voll beladen. Ein anderes, leeres, Schiff kam ihm entgegen, die beiden kreuzten sich auf dem Strom.

Fee schloss wieder die Augen. Noch ein paar Minuten nichts tun.

Plötzlich kreischte Golo. Rasmus brüllte. Und Fee spürte Nässe an ihren Füßen.

Sie sprang auf.

Rasmus, eben noch auf dem Trockenen, stand jetzt bis zu den Knien im Wasser und hielt Golo gepackt, der sich entsetzt an ihn klammerte. Eine riesige Welle rollte auf den Strand und erreichte fast ihre abgelegten Schuhe, es fehlten nur wenige Zentimeter.

Wo war Martha?

»MARTHA!«, schrie Fee entsetzt.

Und dann sah sie sie.

Martha hockte abseits auf einem Stein und untersuchte interessiert den Sand, auf dem winzige Fliegen gelandet waren. Sie hatte von der Aufregung überhaupt nichts mitbekommen.

Und Rieke? Stand seelenruhig neben ihrem Fahrrad und rieb sich mit Sonnencreme ein. Rasmus allerdings war der Schreck anzusehen. »Es ging ganz schnell«, entschuldigte er sich atemlos.

»Wenn du nicht gewesen wärst ...« Fee vollendete den Satz lieber nicht, spürte jedoch, wie ihre Knie zitterten.

»Hey, Mama.« Rieke kam überrascht näher und legte ihr fürsorglich den Arm um die Schultern.

Jetzt fiel ihnen auch das Schild auf, das vor dem Baden in der Elbe warnte, vor Sog und Schwell durch die Schiffe. Sie hatten es beim Ankommen nicht bemerkt. Sogar Golo war die Lust vergangen, im Wasser zu planschen.

Fee spürte, wie sie nur langsam ruhiger wurde. Das Gefühl einer nur knapp überstandenen Gefahr saß ihr im Nacken.

Sie rang sich ein munteres Lächeln ab. »Wollen wir weiter?«

»Wohin?«

»Nach Jork.«

»Au ja, nach New York!«, krähte Golo. Wie schnell er schon wieder an etwas anderes dachte.

»Dummi«, Rieke zog ihm den Sonnenhut ins Gesicht. »New York ist in Amerika, Jork ist hier, im Alten Land!«

Die Straßen in Jork waren geschmückt, sie mussten ihre Räder schieben, so viele Menschen waren unterwegs. An diesem Wochenende fand das Altländer Blütenfest statt, wie sie erfuhren. Auf einer Bühne wurden Trachtentänze vorgeführt, Golo ließ sich von Rasmus auf dessen Schultern heben und staunte mit offenem Mund. Buden säumten die Straßen, und sie fanden einen Stand, der nicht nur Bratwurst, sondern auch eine vegetarische Alternative im Angebot hatte.

Schließlich folgte der Höhepunkt, der Blütenkorso. An der Spitze trommelte eine Sambagruppe, dann folgte die Blütenkönigin in einer Pferdekutsche. Verschiedene Gruppen und Vereine kamen dahinter, viele von ihnen, wie Schützen und

Feuerwehrmänner, trugen Uniformen und Trachten, manche saßen auf Traktoren und Anhängern.

Ein knallrotes historisches Feuerwehrfahrzeug beeindruckte Golo am meisten. »Hier will ich morgen wieder hin!«, erklärte er.

»Das Fest dauert das ganze Wochenende, aber den Umzug gibt es nur heute«, erklärte Fee, die sich ein wenig mit Menschen am Straßenrand unterhalten hatte.

»Egal, es ist trotzdem schön!«

Und das fanden die anderen auch.

5

Der Duft von frischem Brot und Brötchen durchzog den Verkaufsraum. Die Bäckerei war die beste in der Gegend, hier verkaufte man handgemachtes Brot nach alten Rezepten, und die Leute standen Schlange. Außer einem Brot würde er zwei Franzbrötchen nehmen, überlegte Jesko, er hatte eine Schwäche für das süße Hefegebäck. Er war so in den Anblick des Kuchens in der Auslage und die Geschäftigkeit hinter dem Tresen versunken, dass er zusammenzuckte, als ihn jemand anstieß.

»Hey!« Ein Strahlen unter Lippenstift. Katharina, Boris' Frau. Ihre Vertraulichkeit war Jesko unangenehm. Sie war mit Nadja befreundet gewesen, seiner Exfreundin. Die beiden hatten sich gelegentlich getroffen, bei einem Aperol Spritz oder einem anderen, für seinen Geschmack viel zu süßen Getränk, von dem sie erstaunlich viel vertrugen, über Modetrends und alles Mögliche geplaudert und dabei mit Vorliebe über das Landleben gelästert. Jesko hatte sich in Katharinas Nähe nie wohlgefühlt.

Klar, er kannte auch Boris, sie waren zusammen zur Schule gegangen, hier kannte jeder jeden, aber dass sie sich besonders mochten, konnte man auch in diesem Fall nicht behaupten. Boris war ihm als Typ zu unruhig und einfach zu gönnerhaft, er hatte Geld, und er hatte den Drang, das auch zu zeigen. Dass er Jesko seinerseits für jemanden hielt, der die

Dinge laufen ließ und nicht besonders erfolgreich war, ließ er ihn gerne spüren.

Katharina tat, als bemerkte sie nicht, dass er nur verhalten reagierte, sie legte ihm sogar die Hand auf den Arm. In ihren Augen lag ein glitzerndes Interesse, ein Abschätzen dessen, was möglich war. Jesko traute ihr zu, dass sie auf eine Affäre aus war. Der schöne Handwerker, gut gebaut und kräftig, im Kopf eher Stroh als Verstand – dieses Klischee erfüllte er in ihren Augen vermutlich vollauf. Nadja hatte ihn freigegeben, Nadja hatte Geschmack, und Katharina überlegte, ob sie zugreifen sollte. Jesko dachte daran, dass ein sexualisierter Blick auf Frauen meist Männern zur Last gelegt wurde. Andersherum fühlte er sich allerdings ebenso unangenehm an.

»Na, was macht die neue Nachbarin?«

»Wen meinst du?«

»Ach, komm!« Katharina stieß ihn jovial in die Seite. »Die Neue im Gasthof. Die könnte doch dein Fall sein, oder etwa nicht?«

Herrje. Dass diese Frau ziemlich hübsch aussah, war Katharina nicht entgangen. Wollte sie deutlich machen, dass dies hier ihr Revier war?

Er schüttelte den Kopf.

»Na ja, sie scheint ja auch eher Probleme zu haben, was man so hört. Gescheiterte Musikerin. Vier Kinder.« Katharina senkte bedeutungsvoll die Stimme. »Wie sie das mit dem Gasthof schaffen will, ist mir ein Rätsel, der ist doch vollkommen hinüber.«

Jesko sog die Luft ein. Er lehnte es ab, abfällig über andere zu reden, und er mochte den alten Gasthof, zuverlässig wie er dastand, am Fluss, seit mehr als hundert Jahren, auch wenn Katharina recht hatte und dort einiges zu tun war. Aber die Neue – jetzt dachte er es auch schon – wirkte nicht so, als würde sie sich um körperliche Arbeit drücken.

»Was darf's denn Schönes sein, Frau Bückmann?« Die Verkäuferin wandte ihre Aufmerksamkeit Boris' Frau zu, mit einem besonders zuvorkommenden Lächeln. Katharina machte ein paar Schritte, dabei wurde Jeskos Blick unwillkürlich auf ihre Absätze gelenkt. Rote Schuhe, der perfekte Auftritt, auch beim Einkaufen.

Ihm war der Appetit vergangen. Er drehte sich um und verließ die Bäckerei. Ohne Franzbrötchen.

***

Ächzend schleppte Fee einen Farbeimer in den ersten Stock. Dort krempelte sie die Ärmel des Männerhemdes hoch, das Jan vor Jahren ausgemustert hatte und das bei ihr im Schrank gelandet war, zog den Deckel ab und tauchte die Farbrolle ein. Ein frisches Gelb sollte her, ein zarter Frühlingston. Sie rollte die Farbe an der vergilbten Wand ihres Giebelzimmers ab. Setzte den nächsten Streifen daneben. Das Zimmer wirkte schon jetzt heller.

Ja, das obere Stockwerk konnte Farbe gebrauchen. Sie hatten die Zimmer aufgeteilt, nur Martha und Rieke hatten sich nicht einigen können, weshalb sie nach langer Diskussion beschlossen hatten, nach einem halben Jahr zu tauschen. Trotzdem wollte Martha ihr Zimmer grün streichen, auch wenn Rieke ihr angedroht hatte, dass sie ihr fauligen Flussschlamm ins Bett werfen würde, sofern sie noch einen einzigen grünen Fleck fände, wenn sie das Zimmer im Herbst beziehen würde. Martha sollte vorher alles sauber weiß streichen, ganz wie bei einer regulären Wohnungsübergabe. Aber Herbst, fand Martha, das war ja noch lange hin.

Golo hatte das Zimmer zwischen Martha und Fee bezogen und darauf bestanden, dass die Tür abends offen stand. Er freute sich darauf, seine Holzeisenbahn aufbauen zu können. »Sooo viel Platz!«

Rasmus hatte sich ans Ende des Gangs verzogen. Es war das einzige Zimmer mit Schlüssel – hatte er es deshalb gewählt? Ja, so viel Platz – Fee konnte es selbst nicht glauben. Mehr, als sie brauchten, mehr, als sie es erträumt hatte. Platz ohne Ende. Platz zum Tanzen und Toben, Platz für Golos Eisenbahn mit ihren vielen Schienenteilen und Weichen, Platz für Rasmus und Rieke, damit sie sich zurückziehen konnten. Es war sogar noch ein Zimmer übrig. Die alten Gastzimmer rochen ein wenig muffig, aber sonst waren sie okay. Die Tapete hielt noch, es war Raufaser, ehemals weiß und jetzt ziemlich fleckig, aber sie löste sich nicht. Sie würden mit frischer Farbe darüberstreichen.

Wie gut es tat, sich um das neue Zuhause zu kümmern. Der Umzug hatte etwas in Fee freigesetzt, sie genoss es, körperlich zu arbeiten, sie war wieder wach, verspürte Energie. Es war ein Gefühl, das sie gar nicht mehr gekannt hatte, so überdeckt war es gewesen von Trauer. Jetzt aber machte sie Pläne. In den nächsten Wochen wollte sie alles renoviert haben, diese Wände sollten ihr Zuhause sein. Niemand konnte ihnen hier kündigen.

Das Bad war ein Problem. Der Abfluss funktionierte nicht richtig, sie würde einen Klempner anrufen müssen. Oder selbst schauen, was sich machen ließe, dachte sie, während sie die Rolle erneut eintauchte, denn viel Geld war nach dem Kauf nicht mehr übrig. Sie musste bald etwas verdienen, auf ihrem Arbeitslosengeld konnte sie sich nicht ausruhen, das war klar.

Tags zuvor hatte sie einen von Rieke hübsch gestalteten Zettel im Supermarkt aufgehängt: Geigenunterricht von privat. Den ein oder anderen Schüler würde sie schon finden.

Das leise Knistern der feuchten Farbe auf der Tapete beim gleichmäßigen Rollen wurde zum Rhythmus der Musik in ihrem Kopf. Fee vergaß die Welt um sich herum. Die Fenster standen offen. Der Gesang der Vögel, das entfernte Brummen eines Fahrzeugs.

Fee stieg auf eine Trittleiter, um die Ecken zu erreichen. Ihr Giebelzimmer mit den beiden leicht schrägen Wänden, vor dem die Schwalben flogen, die unter dem Giebel neue Lehmnester bauten, sie mochte es.

Nach drei Stunden sah sie auf die Uhr. Himmel, sie hatte Golo vergessen! Es passierte ihr wirklich ständig, dass sie die Uhrzeit vergaß, das musste sie endlich mal in den Griff kriegen. Fee warf die Farbwalze beiseite, lief runter und wollte sich auf ihr Fahrrad schwingen. Der Vorderreifen war schon wieder platt – offensichtlich hatte der Schlauch doch ein Loch. Das konnte doch nicht wahr sein! Sie zerrte ein altes Herrenrad hervor, das hinten im Schuppen lehnte und pumpte die Reifen auf. Dann raste sie los. Sie beugte sich nach vorne, trat kräftig in die Pedale – und wäre in der Kurve um ein Haar mit einem flachen Auto zusammengestoßen, aus dem wummernde Bässe klangen. Warum gab es hier auf dem Land so viel Verkehr? Sie musste die Kinder warnen. Fahrradwege gab es keine, zwischen den Deich und die Häuser passte kaum die schmale Straße. Kurz darauf kam ihr ein Pritschenwagen entgegen. War das nicht der Typ von der anderen Seite des Flusses? Für den Bruchteil einer Sekunde sah der Fahrer sie ebenso überrascht an wie sie ihn. Fee war abgelenkt und geriet erneut ins Schlingern. Sie musste selbst aufpassen, dass sie nicht unter die Räder geriet.

Im Kindergarten suchte sie nach Golo. Nur zwei Tage hatte es gedauert, bis er beschlossen hatte: »Is' cool im Kindergarten.« Wozu sicherlich auch der große Außenbereich beitrug, den es dort gab.

Diesmal saß er nicht mit einem Bagger in der Sandkiste, sondern rührte mit einem etwa gleichaltrigen Mädchen eine Brühe aus Gräsern und Blättern an. »Mama«, sagte er geistesabwesend, »das ist Elisa, sie macht mit mir Mischung. Ich kann jetzt nicht weg.«

Fee brauchte eine Weile, die beiden davon zu überzeugen, dass sie ihre »Mischung« am nächsten Tag verfeinern könnten. Golo klopfte sich die Hände an der Hose ab wie ein Großer und fragte Elisa, wo sie wohne. Dann könne er sie ja mal besuchen. Wie sich herausstellte, wohnte Elisa nicht weit weg von ihnen. Mit dieser Information war Golo einverstanden aufzubrechen.

Zum Mittagessen kam zuerst Martha aus der Schule, später tauchten Rasmus und Rieke auf. Neben Rieke stand ein adrett gekleidetes Mädchen, das Fee höflich die Hand reichte.

»Mama, das ist Line-Sophie aus meiner Klasse. Sie will bei dir Geige spielen! Ich habe ihr erzählt, dass du unterrichtest!« Rieke schob das Mädchen noch ein Stück nach vorne. »Sie ist voll gut, oder Line? Aber ihr jetziger Lehrer ist steinalt, den kann sie nicht ausstehen, der biegt ihr immer die Finger zurecht. Sag doch mal, Line!«

Schüchtern sah Line-Sophie Fee an. Sie wirkte nicht nur schüchtern, sondern unterschwellig geradezu verzweifelt. Und Fee begriff: Sie verabscheute die Geige. Fee kannte das von anderen Schülern, oft waren Eltern die treibende Kraft, obwohl das Kind weder Lust noch Talent hatte. Es wäre nur eine Frage der Zeit, bis Line-Sophie sich emanzipieren und dem Unterricht den Kampf ansagen würde.

Vielleicht konnte sie helfen. Es gab Methoden, die waren eher spielerisch und auch für Jugendliche geeignet. Vielleicht mochte das Mädchen nur keine Klassik – mal sehen, was sich machen ließe.

»Was würde es denn kosten?« Line-Sophie wurde ein wenig rot.

»Was hast du denn bisher bezahlt?«, wollte Rieke wissen.

»Dreißig Euro.«

»Ist okay, oder, Mama?«

Fee nickte. Über Geld zu sprechen war ihr unangenehm. Aber es nützte ja nichts. Als die beiden die Küche verließen – »Wir machen zusammen Hausaufgaben!« – hörte sie, wie Line-Sophie beeindruckt sagte, dass das Haus echt cool sei, dass ihr Vater ja überlegt hätte, es abzureißen, um hier neue Mehrfamilienhäuser zu errichten, aber ihr gefiele es so viel besser. Dann hörte Fee nur noch ein Poltern von oben, kurz darauf laute Musik: K-Pop, eine Modewelle aus Südkorea und Riekes neueste Leidenschaft. Engagiert übte sie zu den Songs die entsprechenden Choreografien.

Mehrfamilienhäuser? Es wäre schade gewesen um das alte Haus.

Am Nachmittag bestand Golo darauf, dass Fee ihn zu dem Mädchen brachte, das er im Kindergarten kennengelernt hatte.

Elisa wohnte auf einem Obsthof. Apfelkisten stapelten sich neben einer großen Halle, ein Hund kam ihnen schwanzwedelnd entgegen, Männer, die über den Hof liefen, nickten ihnen zu. Elisas Mutter begrüßte sie freundlich, sie bot ihr ein Glas Wasser an und nahm sich einen Moment Zeit. Fee stellte fest, dass ihr Sohn bei Familie Augustin in guten Händen war, in zwei Stunden würde sie ihn wieder abholen. Golo blieb umstandslos da. Das musste an dem Traktor liegen, den er in der Scheune gesehen hatte.

Fee strich noch eine Weile ihre Wände und zog sich dann in den Pavillon im Garten zurück. Sie hatte sich einen doppelten Espresso mit hinausgenommen. Ein paar Minuten Ruhe, die sie genießen würde. Wie wunderbar schattig es hier war unter den Zweigen der alten Weide. Mit Blick zum Fluss war dies ein Ort, an dem man sogar bei Regen sitzen konnte.

Ein Kanu glitt vorbei. Bis zur Elbe war es nicht weit.

Den Steg sollte sie reparieren. Er lag immer noch da wie damals, als sie eingebrochen waren, mit den zersplitterten Holzbohlen. Fee hatte ein Seil davor gespannt, die Kinder hatten strenge Anweisung, ihn nicht zu betreten. Und der Garten wurde allmählich zur Wildnis. Sie musste das hohe Gras mähen, am besten die Sense schwingen, die sie im dämmrigen Schuppen entdeckt hatte. Vielleicht konnte sie Rasmus darum bitten.

Rasmus. Er berichtete von neuen Kumpeln und schien zurechtzukommen. Die Noten seines Halbjahreszeugnisses waren unter dem, was er zu leisten imstande war, am Gymnasium in Stade hatten sie den Kopf geschüttelt, ihn aber aufgenommen.

Mit dem nächsten Schuljahr würde er in die Oberstufe kommen. Rasmus wirkte unentschlossen, was das Abitur betraf, doch für Fee war es klar: Er sollte Abitur machen, studieren, etwas machen, das seinen Fähigkeiten entsprach. Sein eigenes Geld verdienen. Vielleicht hatte er sogar das Zeug für Medizin? Sie wäre so froh, wenn sie sich um ihren Ältesten keine Gedanken mehr zu machen brauchte.

Was hätte Jan gesagt? Fee schloss die Augen. Jans Stimme, die hörte sie noch, wenn sie nach innen horchte, aber was er zu Rasmus und seinen Schulproblemen gesagt hätte, wusste sie nicht. Jan war Rasmus immer nah gewesen, aber Rasmus hatte sich verändert in den letzten beiden Jahren, er war älter geworden. Sie musste sich selbst helfen als Mutter. Sie war jetzt allein.

»Hallo?! Hallo!« Schritte, das Knacken von Zweigen. Jemand war in den Garten gekommen.

Fee sprang auf. Sie hatte geträumt. Der Kaffee kippte über ihre Hose. Egal, es war nur die alte Jeans zum Streichen.

Ein unbekannter Mann stand am Wasser. Chinos, helles Hemd, er wirkte gepflegt, Fee schätzte ihn ungefähr auf ihr eigenes Alter. Für Bruchteile von Sekunden standen sie verblüfft voreinander. Dann lächelte er amüsiert. Fee wurde bewusst, dass sie Farbkleckse auf den Armen hatte, im Gesicht, überall. Zerzauste Haare. Und einen Kaffeefleck am Oberschenkel.

»Ich suche eine Geigenlehrerin, die hier wohnen soll.«
»Das bin wohl ich. Aber wie ...«
»Ich habe mit einem Mädchen gesprochen, vermutlich Ihre Tochter?«

Ihr Handy, sie musste es in der Küche liegen gelassen haben. Aber dass Rieke einfach Anrufe für sie entgegennahm, war nicht in Ordnung.

»Ich habe vor, Unterricht zu nehmen. Ich habe mir das hier ...« Er zögerte. »... etwas anders vorgestellt«, wollte er vermutlich sagen, als ein Wutschrei aus dem Haus drang.

Fees Atem ging schneller. »Entschuldigung.« Sie lief ins Haus.

Rieke hüpfte vor Martha auf einem Bein herum und hielt gleichzeitig den Arm erhoben, als wollte sie sie schlagen.

Fee schnappte sich das Mädchen. »STOPP.«
»Sie hat mich getreten«, kreischte Rieke und entwand sich Fees Griff.

Martha starrte ihre Schwester grimmig an. »Gib sie wieder her.«
»Martha, das gilt auch für dich!«
»Sie hat mich getreten«, heulte Rieke erneut.
»Weil du meine Heuschrecken genommen hast.«
»Ich habe sie befreit, das willst du doch immer. Einsperren ist Tierquälerei, sagst du!«
»Das mache ich dann schon selbst. Ich war noch nicht fertig mit meiner Beobachtung! Zeichnen wollte ich sie auch noch!«

Es war sinnlos. Fee hatte die Nase gestrichen voll davon, immer wieder Streitigkeiten schlichten zu müssen. Ärger kochte in ihr hoch. »Hört einfach beide auf.« Das klang schärfer als beabsichtigt.

An Rieke gewandt, befahl sie: »Du fängst Martha neue Heuschrecken. Jetzt.« Und an Martha gewandt: »Du gehst in dein Zimmer, Stubenarrest.«

Rieke war sauer: »Das ist nicht dein Ernst, oder? So was Widerliches fass ich nicht an!«

Marthas tief enttäuschter Blick wiederum machte deutlich, dass Fee derartige Strafen sonst nicht verhängte. Aber sie hatte jetzt keine Zeit, die Situation zu klären. Draußen stand ein neuer Geigenschüler.

»Sorry«, zischte sie, aber Martha wandte sich kühl ab, und Rieke verließ türknallend die Küche.

Der Mann hatte sich genähert, er stand vor der offenen Küchentür und betrachtete die Szene interessiert. »Schwierigkeiten?«

»Kaum.« Fee strich sich das Haar zurück und wollte nicht wissen, wie sie wirkte. Eine unfähige, überforderte Mutter. Dass der Tisch nicht abgeräumt war, Fruchtfliegen über der Obstschale schwirrten und eine Lache Milch, von Rieke offenbar eilig über die Cornflakes gekippt, auf dem Holz stand, sah er sicher auch.

»Kommen Sie, wir unterhalten uns draußen. Was mögen Sie trinken? Wasser, Saft?«

»Gerne einen Kaffee.«

Während Fee die Schubladen des alten Küchenschranks durchwühlte, den sie hier vorgefunden hatten, und das Kaffeepulver suchte, den Espresso hatte sie gerade aufgebraucht, machte der fremde Mann es sich auf der Veranda bequem. »Schön haben Sie es hier!«

Na endlich! Hektisch setzte Fee Wasser auf. Bald musste sie Golo abholen, sie hätte sich auf den Kaffee gar nicht einlassen sollen.

»Sie möchten also Geigenunterricht nehmen?«

»Exakt.« Sorgsam strich er etwas abgeblätterte Farbe von der Lehne des Stuhls, auf den er sich setzte. »Ich hab länger nicht gespielt und möchte wieder einsteigen. Den Zettel im Supermarkt fand ich ansprechend, und als ich anrief, sagte mir Ihre Tochter, dass ich am besten sofort vorbeikommen solle.«

»Aha«, murmelte Fee.

Der Mann stellte sich als Clemens zum Sande vor und erklärte, dass er selbst Lehrer am Gymnasium sei, für Physik und Erdkunde. Promoviert war er auch, seinen Doktortitel erwähnte er scheinbar beiläufig, aber deutlich genug, damit man es sich merkte. Er schien Gefallen an der Situation zu finden, für ihn war der chaotische Haushalt, den er hier erlebte, offenbar ein Abenteuer. Schließlich fragte er, was sie für die Unterrichtsstunde nehmen würde.

Fee nannte ihm das Honorar, das sie mit Line-Sophie vereinbart hatte.

»Für dreißig Minuten? So wenig?« Er sah sie prüfend an. »Sie sind doch sehr gut ausgebildet, oder nicht? Sagen wir fünfunddreißig. Und dafür bleibe ich etwas länger.« Er überreichte ihr seine Visitenkarte.

Sie verabredeten, dass die erste Stunde am Freitag um neunzehn Uhr stattfinden sollte. Ein ungünstiger Zeitpunkt für Fee, es war ihre Abendessenszeit als Familie, aber die einzige, die Clemens zum Sande passte. Beim Abschied hielt er ihre Hand etwas länger als nötig. »Ich freue mich schon.«

Fee sprang aufs Rad. Sie war zwanzig Minuten zu spät. Und das bei der ersten Verabredung ihres Sohnes mit seiner neuen Freundin.

Mit quietschenden Bremsen hielt sie am Apfelhof. Aber Elisas Mutter hatte die Zeit ebenso wenig bemerkt wie die Kinder. »Bring ihn wieder her. Die beiden haben so nett gespielt! Ich hätte immer gern einen Jungen gehabt. Aber ich habe zwei Mädchen!«

»Ich bin Trecker gefahren.« Golo baute sich vor Fee auf, als er das verkündete, zwei Zentimeter größer als sonst.

»Ehrlich?!«

Elisas Mutter lachte. »Mein Mann war hier, er hat Golo zuliebe eine Runde gedreht, die beiden durften bei ihm vorne sitzen.«

Golo verabschiedete sich sehr ernsthaft von Elisa, indem er ihr die Hand reichte. »Morgen komm ich wieder.«

Elisa schlug gleichmütig ein.

Es war Fee gelungen, alle so weit zu besänftigen, dass sie einigermaßen friedlich zu Abend essen konnten. Rieke und Martha sprachen allerdings nicht miteinander, und Golo baute Türme aus Gurkenstückchen. Rasmus war der Einzige, der ihr von einem Mathewettbewerb an seiner neuen Schule erzählte, an dem er teilnehmen wollte.

Fee war nicht bei der Sache. »Mach einfach. Was soll ich unterschreiben, brauchst du Geld?«

»Zwei Euro.«

»Nimm es dir aus dem Küchenportemonnaie.« Das geblümte Küchenportemonnaie, in das sie ihr Kleingeld warf und das, erst schwer von Münzen, so rasch wieder leer war. Aber immerhin hatte Rasmus eine Idee, setzte sich für etwas ein. Nein, sie konnte sich nicht beklagen. Trotzdem, es war aufreibend, sich um alles allein kümmern zu müssen. Und dann das große Haus, das Grundstück. Würde sie es schaffen, dass es hier irgendwann normal aussah, am besten noch im Lauf des Sommers?

Wenn die Kinder mitmachen würden, wäre das schon praktisch. Und überhaupt, sie war ja der Kinder wegen hierhergezogen.

»Was ist mit dem Rhabarber im Garten – wollen wir den mal ernten und leckere Marmelade kochen?«, fragte sie betont munter.

Martha antwortete nicht, und Fee wusste, dass sie den Mund heute wohl auch nicht mehr aufmachen würde; wenn sie einmal beschlossen hatte, dass Worte an die Familie verschwendet wären. Rasmus murmelte etwas von Schule, Golo nickte abwesend, und Rieke stellte giftig fest: »Hättest du dir vielleicht vorher überlegen müssen, ob du aufs Land ziehen willst. Ich wollte das nicht. Und ich mag auch keinen Rhabarber.«

Fee fiel keine Erwiderung ein. Das saß, und ihre Tochter wusste es.

»Tja, dann also keine Marmelade.«

»Doch«, kam es da sehr klar von Martha, »natürlich Marmelade. Ich helfe dir.«

6

Jesko stand vor seinem Boot und überlegte gerade, an welcher Stelle er weitermachen sollte, er musste den Rumpf streichen, bevor er wieder aufs Wasser konnte, als das Geräusch eines alten VW-Busses ihn aufmerken ließ. War das die neue Nachbarin, die gegenüber am Fluss wohnte? Der Katharina so argwöhnisch gegenüberstand?

Musikerin sei sie, hatte Katharina gesagt. Mit vier Kindern. Vier Kinder. Möglicherweise von mehreren Männern. Vielleicht war sie eine Frau, die meinte, alles besser zu wissen, eine, die sich nicht reinreden ließ und jedem neuen Partner den Laufpass gab, sobald es schwierig wurde. Ausgeschlossen war das nicht. Wenn ja, taten Jesko die Väter dieser Kinder leid.

Kinder. Das war allerdings ein Thema für ihn. Und zwar kein gutes.

Mist, jetzt hatte er gekleckst. Er zog einen alten Lappen hervor.

»Hallo?« Eine leicht raue Stimme. Auf einmal stand sie vor ihm. Tatsächlich, die Frau aus dem Gasthof. Sie war wirklich hübsch. Aus der Nähe hatte er sie ja noch nicht gesehen, nur einmal, da war er ihr auf der Straße im Vorüberfahren begegnet. Sie musste ein wenig älter sein, als er sie ihrer Figur wegen geschätzt hatte. Sie hatte die Haare zu einem Pferdeschwanz gebunden und sah ihn aus grünblauen Augen prüfend an. Nein, sie war nicht mehr jung, sie war eine Frau, die mitten im Leben stand. Vierzig, vermutete er, was ja auch zu den Kindern passen würde. Sie hatte ein schmal geschnittenes Gesicht und einen honigfarbenen Teint.

»Hallo.« Sich vorzustellen hielt sie offenbar nicht für nötig. »Bestimmt hast du eine Leiter«, sagte sie verhalten.

»Ja. Und?«

Es fiel ihr sichtlich schwer, die Bitte zu äußern, die ihr auf der Zunge lag. Sie wandte sich zum Gehen. »Nichts.«

»Nun komm schon. Du bist ja hergekommen, weil du etwas von mir möchtest. Die Leiter vermutlich«, sagte Jesko versöhnlich.

»Ich hab mich ausgesperrt.« Sie wies über den Fluss. »Wir wohnen da drüben, im Gasthof. Oben steht ein Fenster offen. Deine lange Leiter, die habe ich neulich gesehen, du warst auf dem Dach, und da dachte ich, bevor ich den Schlüsseldienst rufe ...«

Den Schlüsseldienst. Nein, das war überflüssig. Es gab da gewisse Tricks.

»Ich komm mit. Die Leiter steht da drüben. Fass mal mit an.«

Sie luden sie zusammen ein. Eine leere Wasserflasche rollte während der kurzen Fahrt auf dem Boden des VW-Busses hin und her.

Sie wies auf das Fenster im ersten Stock. Jesko schob die Leiter auseinander. »Ich halte fest.«

Die Frau stieg geschmeidig vor ihm hinauf. Als ihr Gesäß sich vor seiner Nase befand, sah er dezent zur Seite.

Behände war sie oben, schwang ein Bein übers Fensterbrett und war verschwunden. Na dann. Jesko schob die Leiter zusammen. Er würde sie nach Hause tragen, es war eine Aluleiter, nicht so schwer.

Als er sich zum Gehen wandte, erschien sie in der Haustür

und schwenkte einen Schlüssel. »Danke. Kann ich dir mit einem ...«

»Nein. Ich muss wieder zurück.«

Sie nickte und bedeutete ihm, wieder in den Bus zu steigen. Auf dem kurzen Rückweg sprachen sie kein Wort miteinander.

Vor seinem Haus stieg er aus.

»Danke«, sagte sie noch einmal. Dann wendete sie in einer Einfahrt gegenüber und fuhr wieder weg. Vielleicht hätte er doch abwarten sollen, was sie ihm vorschlagen wollte.

***

Jeder der Räume hatte eine andere Farbe. Martha hatte die Wände ihres Zimmers in ein grünes Paradies verwandelt. Rieke hatte ihr geholfen, die beiden hatten sich versöhnt und hingebungsvoll eine Flusslandschaft aus der Perspektive eines Frosches gemalt. Der Storch mit seinem langen Schnabel schwebte wie ein Schatten an der Decke. Auch Golo hatte helfen dürfen, unter der Voraussetzung, dass er sich genau an Marthas Anweisungen hielt. Rasmus hatte sich einfach Blau gewünscht, Golo wollte ein orange-gelbes Zimmer, Rieke hatte bei sich eine Skyline an die Wand gemalt, die Wolkenkratzer von Seoul.

Jetzt sollte der Flur gestrichen werden. Fee verrückte die Leiter und stieg hinauf. Sie stellte den Farbeimer auf dem Trittbrett ab. Tauchte die Rolle ein und streckte sich Richtung Decke. Die Melodie in ihr setzte zuverlässig mit dem ersten Streichen ein. Beim Streichen vergaß sie die Welt um sich herum.

Da ertönten Schritte und ein Poltern von unten. Fee erschrak. Der Farbeimer kippte und fiel zu Boden. Das Holz splitterte. Eine weiße Lache ergoss sich auf die Dielen.

Jemand kam die Treppe herauf.

Heinrich Feindt stand plötzlich hinter ihr, einen Blumenstrauß in der einen Hand, seinen Gehstock in der anderen.

»Oh, man sutje.« Er wirkte verlegen.

Fee starrte erst ihn an – warum betraten die Leute das Haus ständig einfach, ohne sich anzukündigen!? –, dann die Farbe auf dem Boden. Zwei der Dielen waren angeknackst, und die dickflüssige Wandfarbe war dabei, im gesplitterten Holz zu versickern.

»Schöne Bescherung.« Fee stieg von der Leiter und richtete den Eimer auf. »Aber das ist jetzt egal. Mögen Sie Kaffee?«

Heinrich Feindt brummelte etwas von Antrittsbesuch.

In der Küche blickte er sich um. »Dat süt hier jo ganz manierlich ut. Is blot's noch'n beeten över Kopp.« Er sah zu, wie Fee die Blumen ins Wasser stellte und Kaffeepulver in einem alten Porzellanfilter aufgoss.

»Bereuen Sie es also nicht, dass Sie an uns verkauft haben?«, fragte Fee und servierte ihm einen Becher. Filterkaffee. Sie ahnte, dass er von Zubereitungen wie Caffè Latte, womöglich noch mit Hafermilch, nichts hielt.

»Nee, nee. So kommt wieder Leben in die Bude. Und der Kaffeefilter da war noch ganz brauchbar, was?«

»Ja, eine ganze Menge hier ist noch brauchbar. Wirklich, ich mag das Haus. Fast ein bisschen groß für uns, aber wunderschön.«

»Aber den Boden oben müsst ihr machen lassen. Sonst plumpst ihr eines Morgens von oben direkt auf den Küchentisch.«

Vermutlich hatte er recht. Fee wollte lieber nicht daran denken, was wäre, wenn die Kinder sich beim Toben verletzen würden.

»Kennen Sie jemanden, der mir helfen würde? Vielleicht nach Feierabend?« Ob er den Hinweis verstand? Unter der

Hand wäre es günstiger, sie hatte einfach kein Geld für teure Reparaturen.

»Nach Feierabend?« Feindt rieb sich den Kopf. »Jesko von drüben, auf der anderen Seite des Flusses, der ist Tischler, der kann mit Holz. Er hat eine kleine Tischlerei in Stade, aber abends hat er Zeit, wenn er nicht an seinem Boot bastelt.«

Jesko von drüben? Der hübsche Dachdecker? Tischler war der also.

Feindt hatte sie beobachtet. »Magst ihn nicht, Mädchen?«

»Würden Sie ihn vielleicht fragen? Dann kann er leichter Nein sagen, wenn es ihm nicht passt.«

»Na, den Gefallen wird er mir schon nicht abschlagen, wenn der Gasthof Schereien macht. Er ist nämlich mein Neffe, der Sohn meiner jüngeren Schwester. Aber die lebt jetzt in Kiel.« Feindt erhob sich. »Ich schau wieder rein.« Er legte zwei Finger an seine Prinz-Heinrich-Mütze und ging zur Tür. Fee trank nachdenklich ihren Kaffee aus.

Jesko. Sie musste aufpassen. Dieser Jesko sah enorm gut aus, und sympathisch war er auch. Kinder oder eine Frau gab es anscheinend nicht, jedenfalls hatte sie keine Anzeichen wahrgenommen. Fee stellte den Becher in die Spüle. Wahrscheinlich hatte er ständig eine andere, so, wie er aussah, konnte er sich die Frauen aussuchen. Blonde, leicht verstrubbelte Haare, Dreitagebart, kräftiges Kinn. Er wusste wahrscheinlich genau, wie er auf Frauen wirkte.

Na, bei ihr würde er nicht landen. Sie suchte niemanden. Aber wenn er den Boden ausbessern konnte, sollte es ihr recht sein.

***

Am selben Abend noch stand der Tischler vor ihr. »So sieht man sich wieder.« Er wirkte wenig begeistert. Fee las Golo gerade aus einem Buch vor, er saß neben ihr in einem großen Ohrensessel und hatte Esel dabei fest im Arm.

Das Abendessen war friedlich verlaufen, alle hatten von ihrem Tag berichtet und das Loch im Boden bewundert.

»Da können wir eine Rutsche durch bauen, wenn wir die Decke richtig durchhauen!«, hatte Golo gerufen.

»Oder Minigolf spielen«, hatte Rasmus trocken bemerkt.

»Nee, ist blöd, Mama«, hatte Rieke festgestellt.

»Und jetzt?« Fee hatte von Heinrich Feindts Besuch und seinem Neffen, dem Tischler auf der anderen Seite des Flusses, berichtet. Rasmus hatte aufmerksam zugehört, auch Rieke schien erleichtert, obwohl sie den »alten Schuppen« ja nach wie vor ablehnte.

Fee gab Golo einen Kuss und bat Rieke, für sie weiterzulesen.

Sie streckte beherzt die Hand aus. Jetzt war nicht der Zeitpunkt, Vorbehalte zu pflegen. »Ich heiße übrigens Felicitas. Nett, dass du dir Zeit nimmst.«

»Jesko.« Seine Hand fühlte sich gut an, warm und trocken. Er sah sie dabei genau an, blieb aber ernst.

»Komm, ich zeig dir den Schaden.«

Jesko hatte Werkzeug dabei. Er hebelte die Dielen an der beschädigten Stelle hoch und prüfte sie von unten. »An dieser Stelle sind die Dielen feucht. Da sind die Bretter ziemlich weit weggefault, deshalb konnten sie einbrechen.«

Er richtete sich auf und besah die Giebelwand. Dann klopfte er gegen den Fensterrahmen. »Hier tritt Wasser ein, siehst du?« Er strich über das Holz.

Fee sah wie gebannt auf Jeskos Hand. Es war eine Arbeitshand, gebräunt, sehnig. Sie wirkte trotzdem gepflegt.

Sein Finger blieb an einem Spalt zwischen Rahmen und Mauer liegen. »Hier kommt das Wasser durch. Außerdem ist das die Wetterseite, die ist ohnehin anfällig.«

Er drehte sich zu ihr. Seine Augen waren graublau, sein Blick hielt ihren fest. »Davon hast du nichts gemerkt?«

Fee schüttelte den Kopf.

»Na ja, wir hatten nicht viel Regen in letzter Zeit. Das muss schon länger gegammelt haben.«

»Lässt sich das beheben?« Sie hatte wirklich keine Ahnung, stellte sie fest, sie hätte gern präzisere Fragen gestellt.

»Klar.«

»Und wie lange dauert so etwas?«

»Die Dielen zu reparieren? Ein paar Stunden. Zwei Abende, dann habe ich das erledigt. Hier am Fenster müsste allerdings auch was passieren. Eigentlich brauchst du ein neues. Ich würde das erst mal abdichten. Ich kann es dir nicht ganz genau sagen. Ich würde es gründlich machen, sonst fängst du nächsten Monat wieder von vorne an.« Er sah sie skeptisch an.

Eine alleinstehende Frau, die keine Ahnung von Häusern hatte und sich einen solch alten Kasten zulegte. Jesko schüttelte innerlich den Kopf. Na ja, Hauptsache, Boris riss ihn nicht ab. Die Stadt- und Countryvillen, die mit dem Bückmann'schen Bauunternehmen wie die Pilze aus dem Boden schossen, wo immer sich eine Lücke auftat, passten einfach nicht hierher. Die Architektur war prägend für eine Kulturlandschaft wie das Alte Land. Zerstörte man das gewachsene Bild der Altländer Ortschaften, zerstörte man ihre Einzigartigkeit. Warum begriffen die Leute das nicht?

»Nein«, sagte Felicitas, »im nächsten Monat wieder anfangen, das wäre nicht so gut. Was kommt denn kostenmäßig auf mich zu?« Sie wirkte tatsächlich ratlos. Es machte ihn ärgerlich. Er hatte Besseres zu tun, als seine Abende hier zu verplempern. Aber Onkel Heinrich hatte ihn gebeten, also kümmerte er sich auch.

»Dreißig Euro die Stunde. Dazu das Material.«

Er sah ihr an, wie sie die Summe im Kopf hin- und herschob. Sie wirkte etwas verlegen. Hoffte sie, dass er mit dem Preis runterging? Nein, für weniger würde er es nicht machen. Er investierte seine Zeit. Wenn er seine Abende hier verbrachte, konnte er nicht am Boot arbeiten. Er wollte aber dringend los, den ganzen Winter über hatte er nichts daran getan, zu groß waren Lethargie und Lähmung gewesen.

Außerdem hatte sie bestimmt genug Geld. Warum kaufte man sonst einen alten Gasthof? Besonders wohlhabend wirkte das alles hier zwar nicht, und wenn er ehrlich war, musste er sich eingestehen, dass ihm das sympathisch war, aber trotzdem, er war davon überzeugt: Dieser Gasthof war für sie ein Spaßprojekt, wenn sie keine Lust mehr darauf hätte, würde sie wieder in Richtung Stadt verschwinden. Nein, er würde sich nicht noch einmal hereinlegen lassen von einer Frau, egal wie unkompliziert sie sich gab.

Mit ihren grünblauen Augen sah sie ihn an. Fragend, überlegend. Sie sagte nichts.

»Wollen wir eine Festsumme ausmachen?«, hörte er sich sagen. »Sagen wir, ich arbeite ein paar Stunden, dann schauen wir, wie weit ich gekommen bin und entscheiden, was warten kann?«

Er mochte ihr Lächeln. Es kam wie ein Sonnenstrahl durch die Wolken, sonst war sie ein eher ernster Typ. Sie nickte.

Jetzt aber nichts wie raus hier. Er hob die Hand. »Morgen Abend, passt es dir?«

»Wir sind da. Sonst kann ich dir einen Schlüssel geben.«

Woher das Vertrauen? Wahrscheinlich hatte Heinrich ihn in den höchsten Tönen gelobt. Sein Onkel hatte an dieser jungen Frau wahrscheinlich einen Narren gefressen.

Er konnte ihn verstehen.

Am nächsten Abend war Jesko gerade dabei, vor dem Gasthof das Werkzeug, das er brauchte, vom Pritschenwagen zu laden, als Katharina auf ihrem Fahrrad vor ihm hielt. Das hatte ihm gerade noch gefehlt.

»Na, was machst du?«

Katharina mit ihrem breiten Lächeln, dem kirschroten Mund, mit Lippenstift bemalt, passend zu ihren Fingernägeln. Sie fuhr ein Fahrrad im Fünfzigerjahre-Retrodesign. Wenn er nicht wüsste, dass sie einen Gärtner und eine Haushaltshilfe beschäftigte und außer der Dekoration am Eingang und der Pflege ihrer Kletterrosen nicht viel tat in Haus und Garten, hätte es ihn vielleicht beeindruckt. Ihre Rosen sahen allerdings prächtig aus. Sie schien einen grünen Daumen zu haben, was das betraf, obwohl sie ja aus der Stadt kam, wie sie bei jeder Gelegenheit betonte.

»Schon angefreundet?«, fragte sie. Ihre Zähne waren von perfektem Weiß.

Er konnte es nicht ausstehen, wie sie Nähe herstellte. Katharina war Zeugin seiner Demütigung gewesen, und ihm wurde immer klarer, dass sie zu gern etwas mit ihm angefangen hätte. Ja, sie hatte eine gute Figur, ja, sie war attraktiv – aber sie reizte ihn nicht. Eine Affäre mit Katharina: nein danke. Dass sie das nicht begriff. Es musste ihr doch klar sein, dass er sich auf keine Frau einlassen würde, die mit Nadja befreundet gewesen war. Auf überhaupt keine Frau. Und erst recht und sowieso auf keine, die verheiratet war. Es kam ihm vor, als unterstellte sie ihm eine Begierde, die er gar nicht verspürte, einen Eroberungsdrang, der überhaupt nicht vorhanden war.

Hatte Nadja aus dem Nähkästchen geplaudert, wenn die beiden zusammengesessen hatten? Hatten sie über Sex gesprochen? Zuzutrauen wäre es Nadja. Er wusste es nicht. Er hatte manches nicht gewusst. Er hatte ihr vertraut.

Verdammt.

Er blieb distanziert, aber höflich. Vielleicht war das ein Fehler. Aber Katharina traute er alles zu, und er wollte kein Gerede.

»Ich leihe ihr nur mein Werkzeug. Felicitas bessert etwas aus.«

Felicitas. Er hatte das erste Mal ihren Namen genannt.

Katharina nickte vielsagend. »Sie – oder du?«

»Ihr Sohn ist dabei und hilft ihr.« Gerede von Schwarzarbeit konnte er nicht gebrauchen. Außerdem hatte er intuitiv das Bedürfnis, Felicitas vor Katharina in Schutz zu nehmen.

»Okay. Na dann. Man sieht sich!« Mit einem Klingeln und einem vorwitzigen Schlenker fuhr Katharina davon.

Jesko trug die Sachen hinein.

»Hey! Bist du ein Arbeiter?« Der Knirps, vielleicht sechs Jahre, baute sich vor ihm auf.

»Logo bin ich ein Arbeiter, ich bring euch jetzt das Haus auf Vordermann.«

»Was arbeitest du?«

»Na, das Loch bei euch im Boden, das beseitige ich.«

»Das ist schade, da wollten wir nämlich eine Rutsche bauen.« Ruttsse. Wie ernsthaft dieser kleine Kerl ihn ansah.

»Eine Rutsche? Wollt ihr die nicht lieber im Garten bauen? Wenn das Loch bleibt, habt ihr nämlich bald kein Obergeschoss mehr, das fault euch dann weg.«

»Im Garten?« Der Knirps dachte nach. »Ich wollte sowieso ein Baumhaus. Hilfst du uns?«

»Kann ich machen.«

»Das ist gut. Und wann bauen wir das Haus im Garten?«

Jesko griff das Werkzeug fester. »Wenn ich hier fertig bin.« Was versprach er denn da? War er verrückt geworden? Er wollte mit Kindern nichts zu tun haben.

»Ich helfe dir. Dann geht es schneller.« Ssneller.

»Ach, Sportsfreund, lass mal. Das ist was für Männer.« Falsche Worte. Er merkte es im selben Moment.

Aber der Kleine blieb ungerührt. »Weißt du was?! Ich bin zwar noch kein Mann, aber ich werde einer. Das weißt du wohl nicht.«

Jesko gab sich geschlagen. »Okay, du kannst zugucken. Aber nur mit Abstand. Und mit Schutzbrille. Vielleicht kannst du mal ein Werkzeug halten.«

Als Fee hochkam, um zu sehen, wo Golo blieb, stürmte er auf sie zu. »Mama, ich«, ihm blieb die Luft weg vor Aufregung und Stolz, »… bin jetzt Arbeiter.«

7

Jesko hobelte und hämmerte, maß und sägte. Fee brachte ihm zwischendurch einen Becher Kaffee, er schien sich darüber zu freuen. Trotzdem kam nur ein knappes Danke. Sie hatten kaum miteinander gesprochen. Ob er sie nicht mochte? Sehr offensichtlich versuchte er, jegliche Vertraulichkeit zu vermeiden.

Aber das war kein Problem für sie, im Gegenteil. Sie wollte ja auch nichts von ihm, sie hasste es, wenn man sie ausfragte. Fee stellte fest, dass sie die Atmosphäre angenehm fand, wenn er im Haus war. Jesko arbeitete vor sich hin, er wusste, was er tat, seine Bewegungen waren ruhig und konzentriert.

Jetzt hatte er wohl doch das Gefühl, etwas sagen zu müssen, als er so mit seinem Kaffeebecher dastand und den ersten Schluck nahm.

»Denkt man nicht, dass so ein Gebäude so viel Arbeit macht, oder?« Eine blonde Strähne fiel ihm in die Stirn.

»Nein.« Fee wusste nicht, was sie erwidern sollte.

Auch Jesko sagte nichts weiter, er nahm den nächsten Schluck.

Fee verspürte ein leises Kribbeln in der Magengegend. Sie musste sich schon mit ihm unterhalten, er war schließlich hier, um zu helfen.

»Stand der Gasthof eigentlich lange leer?«, versuchte sie es.

»Ja, jahrelang. Mein Onkel konnte sich nicht davon trennen.«

»Und früher war hier viel los?«

Jesko lächelte. »Früher war hier 'ne Menge los. Das ganze Dorf hat sich hier getroffen. Die Obstbauern saßen manchmal schon mittags an der Theke, und die Vereine, die Schützen und die Freiwillige Feuerwehr, alle hatten hier ihren Stammtisch.«

»Und dein Onkel hat hinter dem Tresen gestanden?«

»Täglich. Wochenende gab es für ihn nicht. Und auch keinen Feierabend.«

»So robust wirkt er gar nicht.«

»Er ist älter geworden die letzten zehn Jahre. Ich glaube, der Gasthof hat ihm gefehlt.«

»Hat sich denn niemand gefunden, der ihn weitergeführt hätte?«

»Das Kneipensterben hat hier auf dem Land schon vor zwanzig Jahren eingesetzt. Guck sie dir an, die Dörfer, fast überall findest du in der Ortsmitte einen leer stehenden Gasthof. Kaum einer konnte sich halten. Wenn es jetzt noch laufen soll, muss man viel investieren – und nicht einmal dann ist es sicher, dass es läuft.«

»Was ist mit den Hamburgern? Am Wochenende?«

»Ja, so stellt man es sich vor, aber die Rechnung geht nicht auf. Die sind abends wieder weg. Das Einzige, was einigermaßen geht, ist Kuchen. Den bieten die Höfe den Tagestouristen an, auch den Reisegruppen, die mit Bussen kommen.«

»Dein Onkel hat erzählt, dass es einen anderen Interessenten für den Gasthof gab, Bückmann.«

»Boris? Der möchte hier Mehrfamilienhäuser bauen, das ist ein offenes Geheimnis.«

»Muss ich ein schlechtes Gewissen haben? Ich meine, wenn anstelle von uns mehrere Familien hier leben könnten?«

»Nein, das brauchst du nicht.« Jetzt zeigte sich ein Lächeln auf seinem Gesicht. »Familien würden hier nicht leben. Seine

Wohnungen sind auf Singles und Paare zugeschnitten. Ihr hättet hier nie Platz gefunden.« Er setzte den Becher ab. »Na, dann will ich mal ein bisschen weitermachen.« Jesko steckte einen Nagel in den Mund und griff nach dem Hammer.

Fee ging hinunter. Dort polterte Rieke gerade in die Küche. »Mom«, schrie sie, »ich war reiten!«

»Was warst du?«

»Rei-ten!«

»Ich denke, du magst keine Tiere, wieso warst du reiten und wo überhaupt?!«

Rieke knallte einen Helm auf den Tisch. »Im Reitstall im nächsten Ort. Es war cool! Line hat mich mitgenommen. Sie hat eine Reitbeteiligung. Olivero, ein großer Brauner. Ich durfte rauf. Sie hat mich an die Longe genommen. Krasses Gefühl, so weit oben. Später durfte ich alleine, ohne Longe, und ich hab es echt mega gemacht, sagt Line. Es gibt auch Schulpferde im Stall. Montags ist in einer Stunde noch ein Platz frei. Kann ich Reitstunden haben?«

»Langsam, langsam. Das klingt ja gut, aber vielleicht überlegst du erst mal, ob du das wirklich willst?« Reiten war ein teures Hobby.

»Wieso überlegen? Anfangen! Das hat Papa immer gesagt. Nicht zögern, einfach machen!«

Dass ihre Tochter mit Jan argumentierte, fand Fee nicht fair. »Kann sein, dass er das gesagt hat, aber ich muss sehen, dass ich das Geld zusammenhalte.«

»Aha. Wie ziehen aufs Land, weg von meinen Freunden, aber reiten darf ich nicht.«

»Natürlich darfst du reiten, reite meinetwegen, wo du willst, aber ich bezahle keine Stunden. Das müsste dir eigentlich klar sein.«

»Wenn ich ein Instrument spielen wollte, würdest du den Unterricht sofort bezahlen.«

Sie hatte recht. Musik war etwas anderes, Instrumentalunterricht hätte sie ihr nicht auszureden versucht.

»Reiten ist gefährlich«, brachte Fee ein anderes Argument in Stellung. Sie hätte Rieke für vernünftiger gehalten.

Ihre Tochter sah sie voll Verachtung an, drehte sich um und stapfte nach oben, ihr Handy in der Hand, vermutlich, um ihrer neuen Freundin diese Ungerechtigkeit sofort mitzuteilen.

Fee fasste sich an den Kopf. Die Kinder waren so verständig, zusammen waren sie ein cooles Team, und trotzdem. Gerade Rieke ärgerte sie mit ihrer überschäumenden Art und der Bereitschaft, permanent eingeschnappt zu sein. War das die Pubertät? Bei Rasmus war sie anders verlaufen. Rasmus war genauso alt gewesen wie Rieke heute, als Jan starb. Wie war er damals gewesen? Sie hatte es nicht mehr vor Augen, Jan war ihm näher gewesen als sie, aber an derartige Ausbrüche konnte sie sich nicht erinnern.

Egal, sie würde hart bleiben. Reiten war nicht drin, und Rieke würde es akzeptieren. Punkt.

***

Am nächsten Tag war Jesko gerade auf dem Weg zum Bäcker, als er ein Kind im Supermarkt verschwinden sah. Das war doch der Knirps von Felicitas, oder etwa nicht? Es schien, als wäre er allein unterwegs. Sein buntes Fahrrad hatte er sorgfältig auf dem Gehweg geparkt.

Jesko ging hinterher. Manchmal hatten Jungen die Idee auszureißen, das wusste er aus eigener Erfahrung. Wenn dies so war, würde er ihn aufhalten und seiner Mutter Bescheid geben.

Der kleine Laden war leer, Hauke, der Inhaber, befand sich offenbar gerade hinten im Lager. Der Junge trat vorn ans

Lottoregal, stellte sich auf die Zehenspitzen und fischte einen Schein aus dem Behälter. Dann griff er nach einem Kugelschreiber und begann Kreuze zu malen, die Zunge fuhr dabei angestrengt im Mundwinkel hin und her.

Der Knirps spielte Lotto?! Ein Gefühl sagte Jesko, dass etwas daran nicht richtig war. Kurzerhand sprach er ihn an. »Hey, Sportsfreund, wir haben doch gestern zusammengearbeitet. Kann ich dir helfen?«

Der Knirps hielt ihm den Lottoschein hin, eine Menge Kreuze waren darauf kreuz und quer verteilt. »Kannst du meine Adresse schreiben? Damit ich das Geld kriege? Das muss man nämlich, hat Martha mir erzählt. Ich kann nur meinen Namen.«

›Golo‹ stand da, in krakeligen Kinderbuchstaben.

»Okay, ich schreibe deine Adresse.« Jesko nahm den Stift.

»Wenn man Lotto spielt, kann man nämlich reich werden, hat Martha gesagt.«

»Martha, das ist deine Schwester, oder?«

»Meine jüngere Schwester. Ich hab noch eine, die ist älter.«

»Aber achtzehn ist die auch nicht, oder?«

»Nee, Martha ist zehn und Rieke vierzehn.«

»Pass auf, Golo, es gibt nämlich ein Problem. Ich kann deine Adresse für dich aufschreiben, aber Lotto spielen darf man erst, wenn man volljährig ist, also mit achtzehn. Was machen wir jetzt?«

»Bist du sicher?«

»Ganz sicher.«

Der Junge sah ihn fest an. »Dann weiß ich was. Kannst du für mich das Lotto machen?«

»Ich?«

Golo nickte heftig.

»Eigentlich spielt man nicht für andere, sondern für sich selbst.«

»Ich spiele ja auch nicht für mich, sondern für Mama. Die braucht ja das Geld.«

»Deine Mutter?«

Der Inhaber erschien aus dem Lager. »Na, was ist hier los?«

»Moin, Hauke. Alles in Ordnung. Das ist der Sohn aus dem Gasthof, weißt du?«

»Aha.« Hauke nickte.

»Wir klären kurz etwas. – Mama braucht also Geld.«

Golo nickte wieder.

»Wozu sie Geld braucht, geht mich nichts an, aber wenn sie im Lotto gewinnen möchte, muss sie selbst spielen.«

»Sie will aber nicht spielen, sie sagt, dass man sowieso nichts gewinnt und wir für das, was das kostet, lieber etwas zu essen kaufen können. Deshalb spiele ich für sie.«

»Aber wenn sie nicht spielen will, dann ist ja alles in Butter.«

»Nee, nicht in Butter. Mama braucht Geld, aber wir haben kein Geld, sagt Martha, deshalb ist Rieke sauer, weil sie reiten will, und deshalb hat Mama gestern geschimpft. Und später hat sie geweint.«

Jesko strich sich das Kinn und sah durch die Tür nach draußen. Das war ihm zu kompliziert. Dass es gestern Stress gegeben hatte, hatte er mitbekommen, Türen hatten geknallt, ein Mädchen geheult. Felicitas hatte er nicht mehr gesehen, er hatte gemacht, dass er fertig wurde, und war gegangen.

Kein Geld. Wenn das überhaupt stimmte. Irgendwelche Reserven würde sie ja wohl haben, sie hatte ihn schließlich mit Reparaturen beauftragt.

»Komm, Golo, ich bring dich nach Hause, und wir bringen Mama Blumen mit, okay? Darüber freut sie sich bestimmt auch.«

»Oh ja, Mama liebt Blumen!«

Jesko lächelte. »Na dann.«

»Lolli gefällig, der junge Herr?« Hauke hielt ihm eine Dose hin.

»Darf ich?« Golo sah Jesko an.

Er fragte ausgerechnet ihn. Jesko verspürte eine tiefe Rührung. »Klar. Isst du heute Abend ein Wurstbrot mehr.«

Golo strahlte und griff hinein.

Kurz darauf standen sie vor Fee, einen Strauß mit Wiesenblumen, am Deich gepflückt, in der Hand. Golo trat von einem Bein aufs andere, er wusste genau, dass er das Haus nicht hätte verlassen dürfen.

Fee hatte offenbar gar nicht gemerkt, dass ihr Sohn verschwunden war. »Ich dachte, du bist in deinem Zimmer«, sagte sie überrascht.

Golo warf Jesko einen schuldbewussten Blick zu. Dieser kam ihm zu Hilfe. »Ich habe ihn eben vorm Haus getroffen, am Deich, er wollte dir einen Strauß pflücken.«

Fee hob Golo hoch und drückte ihm einen Kuss auf die Wange. »Der sieht wunderschön aus! Aber ausgefressen hast du nichts?« Sie sah Jesko prüfend an.

Jesko machte eine Handbewegung und verneinte.

»Tschüs. Wir sehen uns morgen.« Schon hatte sie sich umgedreht. Die Tür fiel zu. Lachen von drinnen und der Duft von Rührei.

Jesko blieb einen Moment stehen, dann drehte er sich um. Seine paar Einkäufe, die wären schnell erledigt.

8

Alle saßen am großen, langen Tisch in der Küche, auch Line-Sophie war zum Abendessen geblieben. Golos Blumen standen in einem bunten Krug in der Mitte. Es roch nach Zwiebeln, Rasmus hatte Rührei für alle gemacht. Dazu gab es Brot, Käse und Gurkensalat, der von Martha geraspelt und mit Joghurtdressing angerichtet worden war, Gurkensalat war ihre Spezialität.

Rieke holte Luft. »Mama, jetzt ist Line ja hier, und wir wollten dich zusammen fragen, ob ich, also, ob ich nicht doch reiten darf.«

Fee spürte, wie ihre Lippen schmal wurden. »Rieke, das ist jetzt nicht der richtige Moment. Ich habe Nein gesagt, oder?«

Line-Sophie war anzusehen, wie unwohl sie sich fühlte. »Ich kann dich gerne noch mal auf Olivero ...«

»Nein«, schnitt Rieke ihr das Wort ab, »ich möchte das schon richtig lernen. Aber jetzt ist wohl nicht der richtige Moment.« Ihre Augen funkelten. »Es ist *nie* der richtige Moment!« Sie sprang auf.

Golo saß mit offenem Mund da, das angebissene Brot in der Hand. Martha war unter dem Tisch verschwunden, wohin ihr eine Tomate gerollt war. Rasmus verzog gequält das Gesicht. »Rieke, lass doch.«

»Nein, ich lass überhaupt nichts«, fauchte Rieke. »Ich hab das hier so satt. Alles richtet sich nach Mama! Erst trauern wir monatelang, dann müssen wir umziehen, obwohl keiner aus Hannover wegwill, und jetzt hocken wir in diesem öden Kaff, und das einzig Coole, was man hier tun kann, darf ich nicht. Mir reicht's!«

Alle erstarrten.

Fee wurde kalt. Endlose Sekunden verstrichen.

»Mama, darf ich aufstehen?« Das klang schon etwas kleinlauter.

Fee legte wie ferngesteuert die Gabel beiseite. Sie nickte.

»Komm, Line.« Rieke zog ihre Freundin mit nach oben.

Zurück blieb betretenes Schweigen.

Plötzlich hörte man Schritte. »Guten Abend!«

Fee zuckte zusammen. Konnten die Leute nicht einfach vorne klingeln? Dann fiel ihr ein, dass die Klingel nicht funktionierte.

Der Lehrer stand in der Verandatür, und zwar mit seinem Geigenkoffer. Sie hatte die verabredete Unterrichtsstunde vergessen!

»Ist es schon neunzehn Uhr?«

»Genau eine Minute vor neunzehn Uhr.« Er lächelte ein verbindliches Lächeln, sein Hemd war tadellos gebügelt, die blanken Lederschuhe ohne ein Stäubchen.

»Ihr räumt ab«, befahl Fee den Kindern und wusch sich die Hände an der Spüle. »Kommen Sie, wir suchen uns einen ruhigen Ort.«

Sie überlegte in Windeseile, welcher Raum für den Unterricht geeignet wäre. Mit Line-Sophie war sie immer in eines der leeren Zimmer gegangen. Aber war das nicht zu schäbig für diesen Lehrer? Blieb noch der große Saal. Der hatte den Vorteil, dass sie dort ihre Ruhe hatten.

Vom Staub war jetzt am Abend nicht viel zu sehen. Goldenes Licht fiel durch die Fenster und brachte die Schnitzereien an den Säulen zur Geltung. Der Vorhang neben der Bühne leuchtete in dunklem Rot, in der Ecke stand ein altmodisches schwarzes Klavier.

Fee spürte eine gewisse Anspannung. Sie spielte schon so lange nicht mehr Geige, sie war gar keine echte Musikerin mehr. Was war, wenn zum Sande es bemerkte? Er wirkte nicht, als ließe er sich leicht etwas vormachen. Vielleicht spielte er auf hohem Niveau, auch wenn er länger pausiert hatte. Worauf hatte sie sich da eingelassen? Sie hätte sich hier am neuen Ort gar nicht erst als Musiklehrerin ausgeben sollen. Sie hätte von ihrer Vergangenheit als Musikerin schweigen und davon Abschied nehmen sollen, konsequent.

»Wir sehen es als Probestunde, ja?« Sie würde ihm nach dieser Stunde unter irgendeinem Vorwand absagen.

Zum Sande packte seine Geige bereits aus und zog sein Notenbuch hervor. Hatte er sie überhaupt gehört? »Dies ist mein Lieblingsstück, ich übe schon lang daran«, erklärte er.

Die Violinsonate von César Franck, a-Moll. Die war anspruchsvoll. Und wirkte gleichzeitig so leicht und klar mit dem romantisch schwebenden Motiv, dem wiegenden Thema.

»Ich würde es Ihnen gern vorspielen.«

Fee nickte. »Gut.«

Fee hatte diese Sonate früher selbst sehr gemocht. Als Jugendliche hatte sie immer wieder die Aufnahme mit Isaac Stern angehört, den Klang seiner Violine, der für sie himmlisch war. So etwas spielen zu können hatte sie sich inständig gewünscht. Schon damals hatte sie davon geträumt, Musikerin zu werden. Als sie sich für die Aufnahme an der Hochschule bewarb, hatte sie kurz mit der Kompositionsklasse geliebäugelt, war aber dafür nicht genommen worden. Geigerin war ihr Zweitwunsch gewesen, und es schien, als hätte sie die richtige Wahl getroffen. Die Klassik lag ihr, sie hatte ihr Studium mit Auszeichnung abgeschlossen und eine der begehrten Orchesterstellen bekommen.

Ein Jahr darauf hatte sie Jan kennengelernt, der ein Volontariat in einem Verlag machte. Sie waren beide sehr verliebt gewesen, und bereits nach einem weiteren Jahr war sie mit Rasmus schwanger. Nach dem ersten Schreck hatten Jan und sie sich wie verrückt gefreut und waren fest entschlossen gewesen, Kind und Karriere zu vereinen, auch wenn sie dabei auf sich gestellt waren. Fees Eltern hatten sich schon in ihrer Kindheit getrennt; ihre Mutter lebte auf Gran Canaria, sie interessierte sich nicht für Enkel – »Du kannst machen, was du willst, aber glaub nicht, dass ich die Oma spiele« –, ihr Vater lehrte an einem Wissenschaftskolleg in den USA. Es gab eine einmalige Geldspritze und Weihnachtskarten, das war alles.

Doch es klappte überraschend gut, für sie beide. Sie wünschten sich mehr Kinder, Rieke wurde geboren, dann Martha. Die Betreuung hatten sie sich geteilt, auch Jan hatte Elternzeit genommen, und sie waren zurechtgekommen, auch wenn sie manchmal nicht wussten, wo ihnen der Kopf stand. Das Glück, eine Familie zu sein, war so groß, dass es alle Anstrengung aufwog. Fee half außerdem ihre unermüdliche Energie. Dass sie ihre Arbeitszeit hatte reduzieren können und der Orchesterleiter äußerst entgegenkommend gewesen war, was Absprachen für die Dienste betraf, war beruflich ihr Glück gewesen.

Zum Sande räusperte sich, dann begann er zu spielen.

Allegro ben moderato. Clemens zum Sande spielte den Anfang der Sonate gar nicht schlecht, er war ein fortgeschrittener Schüler. Fee korrigierte seine Haltung und die Intonation. Sie lauschte, schlug die Noten um, ließ ihn Passagen und Übergänge wiederholen, vergaß die Zeit. Erst als es dämmrig wurde, weil die Sonne nicht mehr in den Raum schien, stellte sie fest, dass bereits über eine Stunde vergangen war.

Clemens zum Sande packte sein Instrument ein. Dann sah er sie interessiert an. »Sie spielen doch sicher in einem

Ensemble. Vielleicht könnte ich einmal eines Ihrer Konzerte besuchen?«

Fee brauchte ein paar Sekunden, bis sie verstand, was er da gerade gesagt hatte.

»Nein.« Sie schüttelte den Kopf.

Zum Sande kniff verwundert die Augen zusammen.

»Eine Sehnenscheidenentzündung, sehr langwierig. Ich darf zurzeit nicht spielen.« Gerade noch davongekommen.

Zum Sande stutzte zwar, doch die Erklärung schien ihm zu genügen. »Wollen wir uns übrigens duzen? Ich heiße Clemens.« Er reichte ihr die Hand. Fee nahm einen angenehmen Duft nach Aftershave wahr.

»Felicitas.«

»Ich komme nächste Woche wieder, abgemacht? Ich glaube, du bist genau die richtige Lehrerin für mich.« Er zwinkerte ihr zu.

Fee war zufrieden. Es hatte ihr selbst Freude gemacht, stellte sie überrascht fest. Vielleicht hatte es an der Sonate gelegen, die etwas in ihr geweckt hatte, vielleicht an der Aufnahmefähigkeit, mit der zum Sande ihre Anregungen umsetzte.

Ja, eigentlich fühlte sie sich, wenn sie unterrichtete, lebendig.

Als sie Clemens auf den Hof begleitete, wo er sein Auto öffnete, hörte man ohrenbetäubenden Krach durch die offenen Fenster. Rieke hatte ihren K-Pop laut aufgedreht, Rasmus hatte seine Trompete hervorgeholt – seit Jahren nicht mehr und dann ausgerechnet jetzt?! – und übte Tonleitern, Golo schrie irgendetwas – warum war er nicht im Bett? Seine Geschwister hätten ihm doch vorlesen können, sie wussten doch, dass sie eine Unterrichtsstunde gab! –, und außerdem quietschte es erbärmlich, vermutlich sprang Martha mit ihm auf dem alten Bettgestell herum, das Fee selbst zum Hüpfen freigegeben hatte.

Clemens zog die Brauen hoch.

Fee zwang sich, nicht am Haus hochzuschauen. Sie lächelte Clemens strahlend an. »Einen guten Schüler zu unterrichten, macht Freude. Das nächste Mal werden wir die Sonate weiterbearbeiten.« Hauptsache, er kam wieder.

Dann fuhr er davon, während Fee sich umdrehte und mit den Worten »Na wartet!« wütend ins Haus stapfte.

Fee hatte sich in den Garten zurückgezogen. Der Abend hatte sich überraschend schnell gewendet. Wie von Zauberhand waren die Kinder zur Ruhe gekommen. Martha hatte das Buch wieder zur Hand genommen, in dem sie mit Golo gelesen hatte, Rieke hatte die Musik sofort leiser gestellt, als sie aufgetaucht war, Rasmus war dazu übergegangen, ein Jazzstück zu spielen, und Fee dachte, dass sie die besten Kinder der Welt hatte. Manchmal waren sie laut, na und? Welches Kind war das nicht? Genau deshalb wohnten sie hier, damit es niemanden störte.

Nach einer Weile trat Rieke hinter sie und legte ihr die Arme um den Hals. »Ich wollte nicht so ausrasten, bist du noch böse?«

»Nein.« Fee klopfte neben sich auf die Bank. »Komm, setz dich mal zu mir.«

»Line hat mir gesagt, dass ich ja vielleicht im Stall helfen könnte, um mir die Reitstunden zu verdienen, oder Nachhilfe geben oder so.«

»Klar, warum nicht?« Vermutlich täte Rieke ein Schülerjob gut. »Von mir aus gerne. Aber sag mal«, sie wuschelte ihr durchs Haar, »für Tiere hattest du bisher doch gar nichts übrig, auch nicht für Pferde.«

Rieke strahlte sie an. »Soll ich's dir sagen?«

»Rück raus.«

»Da ist der süßeste Typ, den du dir vorstellen kannst! Er heißt Alex. Ich MUSS da hin, verstehst du?«

Fee lachte auf. »Das verstehe ich.«

Rieke lehnte den Kopf an ihre Schulter. »Der ist ... Ich kann's gar nicht sagen, ich finde ihn toll.«

»Ist er hübsch?«

»Und wie. Und nett ist er noch dazu. Er hat mich gegrüßt, schon als ich das zweite Mal da war, stell dir das mal vor!«

»Wie alt ist er denn?«

»Sechzehn.«

»Ein bisschen zu alt für dich, oder?«

»Nee, absolut nicht, Mädchen sind weiter in ihrer Entwicklung als Jungen, das weißt du doch. Du warst auch zwei Jahre älter als Papa.«

Jan war immer noch ein Maßstab, er war einfach da.

»Der Altersabstand wird aber erst mit zunehmendem Alter unwichtig.«

»Ach, Mama, wie jetzt, gönnst du mir das nicht?«

Fee drückte sie an sich. »Ich gönne dir alles. Aber was die Reitstunden betrifft – du weißt ja, so prächtig sieht es finanziell bei uns gerade nicht aus.«

»Ich verdiene mir das selbst, das kriege ich schon hin. Denn da rumzuhängen im Stall, ohne zu reiten, das wäre ja auch doof, und da oben zu sitzen, auf Olivero, oh, Mama, das war echt cool!«

»Gut, pass auf, wir teilen. Ich zahle einen Teil, und du verdienst die andere Hälfte dazu, okay?«

»Mamilein, du bist die Beste!« Überschwängliche Küsse, dann war Rieke verschwunden, vermutlich, um Line die gute Nachricht mitzuteilen.

Unbewegt standen die Wolken am Himmel, die Schwalben flogen tief. Diese Stille, die sie als so wohltuend empfand. Kein Rasenmäher mehr um diese Uhrzeit, keine Autos, nur das leise Schwappen, wenn ein Fisch an die Oberfläche kam, der Abendgesang der Vögel. Es war so friedlich.

Den Kindern ging es gut. Rasmus beschäftigte sich intensiver mit der Schule, als er es in Hannover getan hatte. Martha war ebenfalls zufrieden, sie hatte ein Regal im Schuppen mit ihrer Sammlung belegt. Gläser standen dort und alte Kartons voll von Rindenstücken, Schalen von Vogeleiern, einem leeren Wespennest – es war ein einziges Sammelsurium.

Rieke schien langsam Vernunft anzunehmen, und Golo, sie musste lächeln, hatte in den vier Wochen, in denen sie hier wohnten, erst einmal einen Albtraum gehabt.

Und die erste Stunde mit einem erwachsenen Schüler war heute auch gut gelaufen. Clemens zum Sande, ein gestandener Mann mit viel Sinn für Musik. Auch mit Line-Sophie hatte sie schon erfreuliche Stunden gehabt. Das Mädchen war durchaus begabt, die Freude am Spielen hatte sie offenbar tatsächlich nur durch ihren vorherigen Lehrer verloren. Sie hatten improvisiert, Körperübungen gemacht, Fee hatte Line-Sophie die Melodie eines Popsongs vorgeschlagen, als sie merkte, dass sie keine Klassik mochte, und sie hatten viel zusammen gelacht.

Es würde weitergehen. Sie würden es schaffen. Der Start in ein neues Leben war gemacht.

9

Jesko saß am Fluss. Er war in Stade gewesen, wo er einen Kumpel zum Squash getroffen hatte. Für ein anschließendes Bier hatte dieser keine Zeit gehabt. »Der Kleine zahnt gerade«, hatte er sich entschuldigt, und dass er froh sein könnte, dass seine Frau ihn überhaupt weggelassen hätte.

Jesko hatte sich also zu Hause ein Bier geöffnet, um es allein zu trinken. Familie hatten sie fast alle, seine Bekannten von früher. Oder sie waren weggezogen, lebten in der Stadt, hatten Jobs, die sie teilweise um die ganze Welt führten. Er selbst war nach einigen Jahren, die er in der Weltgeschichte unterwegs gewesen war, wieder hier gelandet, in dem Dorf, aus dem er kam, und er hatte weder einen aufregenden Job noch Familie.

Nadja und er hatten Kinder gewollt.

Grimmig nahm er einen Schluck.

Wieder stand ihm der Moment vor Augen, als er den Schwangerschaftstest im Bad gefunden hatte. Das Röhrchen mit den zwei blauen Strichen. Positiv. Die aufgerissene Packung daneben. Nadja ließ immer alles stehen und liegen. Ihre Unordentlichkeit hatte er hingenommen, auch wenn er sich nie ganz daran hatte gewöhnen können. Sie wiederum hatte ihm oft seinen in ihren Augen biederen Ordnungssinn vorgeworfen. Seine Häuslichkeit fand sie langweilig. Ihrer Meinung nach hätte er öfter mit ihr losziehen sollen, mit zu den Events gehen, zu denen sie als Modebloggerin und freie Journalistin eingeladen war, etwas unternehmen.

Heute fragte er sich manchmal, was er nur an Nadja gefunden hatte. Sie war sehr schön, sie war eine Frau, nach der sich alle umdrehten, und er war stolz auf sie gewesen, auch wenn er es oft anstrengend fand mit ihr. Denn sie wusste um ihre Wirkung und neigte zu temperamentvollen Ausbrüchen. Manchmal war sie schlicht launisch, dann testete sie ihre Grenzen aus und behandelte ihn nicht besonders rücksichtsvoll. Trotzdem: Er hatte sich gewehrt und war Nadja treu geblieben, er wünschte sich Familie mit ihr. Und sie hatte es auch gewollt. Süße Kinder, oh ja, die wollte sie unbedingt, versicherte sie, und mit sechsunddreißig wäre es ja auch langsam Zeit.

Dann der Schwangerschaftstest. Seine überbordende Freude. Wie sehr er sich auf Kinder gefreut hatte, wie sehr er sie sich wünschte, hatte er in diesem Moment gemerkt.

Und dann die Erkenntnis, dass das Kind nicht von ihm war. Nadjas Zerknirschtheit, als sie es ihm gestand. Die Schwangerschaft, die sie nicht so richtig geplant hätte. Die schon länger laufende Affäre mit einem Hamburger Marketingmanager, die ans Licht kam.

Nadja wollte zunächst auf nichts verzichten. »Wir können doch … Ich meine, es muss sich ja nicht unbedingt etwas ändern!« Sie wollte beide Männer, ihn und den anderen. Doch er hatte ihr ihre Sachen vor die Tür gestellt. Und Nadja war zu ihrem Schnösel nach Hamburg gezogen.

Jesko versuchte nach vorne zu schauen, doch er brauchte Wochen und Monate, um sich von diesem Schlag zu erholen. Die mitleidigen Blicke der anderen Männer. Es war etwas anderes, ob man jemanden verließ oder ob man selbst verlassen wurde. Es war schwer, darunter Würde und Selbstachtung zu bewahren.

Wie lange hatte er so dagesessen? Jesko nahm die Flasche in beide Hände und starrte aufs Wasser. Die Luft war zum Schneiden, es würde noch ein Gewitter geben heute Nacht. Kein Blatt regte sich. Weiter entfernt sah man Wetterleuchten.

Da hörte er Töne. War es das Gartengerät irgendeines Nachbarn? Er horchte genauer hin. Nein, es war Musik, vielmehr: eine Art von Musik. Eine Melodie. Einzelne Töne, und eine Pause. Wieder ein paar Töne, verträumt, schmeichelnd.

Der Klang kam von der anderen Seite des Flusses.

Felicitas. Sie sei Musikerin, hatte Katharina gesagt. Geigerin.

Ein zorniges Kreischen, als wäre jemand wütend über eine Saite gefahren. Eine Abfolge schneller Töne, die, das ahnte er, kein Anfänger so hinbekommen würde. Und wieder eine Pause.

Erneut ein Versuch. Sanfter. Wehmütig klang das. Und brach plötzlich ab, um erneut einem Kratzen Platz zu machen, das klang wie der Schrei eines Tiers, ihm sträubten sich die Nackenhaare.

Jesko erkannte, dass da etwas gewaltig nicht stimmte mit dieser Musikerin. Er hatte wenig Ahnung von Musik, aber das war keine Musik, die jemand gelassen spielte. Da wurde ein Instrument malträtiert, gehasst und geliebt zugleich. Umschmeichelt. Und am Ende verworfen. Denn nach diesem Schrei war Schluss. Er hörte nichts mehr. Stille.

Plötzlich blitzte es, und fast unmittelbar darauf krachte der Donner.

Jesko stand jetzt sehr schnell auf.

Er nahm den letzten Schluck aus der Flasche. Eine Mücke hatte sich darin ertränkt, er spuckte sie aus. Wind hatte sich erhoben. Ohne einen Blick zurück ging er ins Haus und schloss die Fenster.

***

Fee drehte die nächsten Stängel Rhabarber aus, der musste jetzt, Anfang Juni, geerntet werden. Mehrere Schalen Erdbeeren hatten sie von Elisas Mutter bekommen, »Nehmt sie mit, wir haben massig!«, und beides würde für eine große Menge Rhabarber-Erdbeer-Marmelade reichen, dazu ein oder zwei Bleche mit Kuchen. Die ehemalige Gasthausküche lud zum großen Kochen und Backen ein.

Rieke hatte leckere Rezepte im Internet entdeckt und kochte jetzt Marmeladengläser aus, die sie unten im Küchenschrank gefunden hatten – es war ein Zauberschrank, hatte Golo befunden, und damit hatte er recht –, Rasmus war das Wochenende nach Hannover gefahren, um einen Freund zu besuchen. Martha stand neben Rieke und half ebenfalls bei der Produktion, indem sie Erdbeeren in einem Sieb wusch und klein schnitt. Der erste Kuchen war bereits im Ofen.

Fee wollte den Rhabarber gerade hineintragen, als sie Stimmen hörte. Ein junges Paar stand im Garten, verschwitzt, mit Fahrradhelmen auf dem Kopf, in sportlicher Kleidung.

»Hi! Das hier ist doch ein Gasthof, oder?«

»Das war mal ein Gasthof.«

»Hättest du trotzdem Wasser für uns?« Die junge Frau hielt eine Trinkflasche in die Höhe.

»Sicher. Woher kommt ihr?« Sie war Fee sympathisch.

»Aus Hamburg. Wir fahren den Elberadweg nach Cuxhaven und haben einen Abstecher gemacht, weil das Flüsschen hier so verträumt aussah.«

»Mögt ihr Kaffee?« Fee wollte sowieso gerade einen aufsetzen, und die junge Frau wirkte, als könnte sie eine Pause gebrauchen.

»Drinnen wird Marmelade gekocht«, erklärte Golo, der neugierig näher gekommen war. »Kann ich mal dein Rad sehen?«, fragte er dann, an den Mann gewandt.

»Klar«, sagte dieser.

Die junge Frau folgte Fee in die Küche, wo sie Wasser aufsetzte. »Mhm, das riecht aber gut!«

Rieke zog gerade den Rhabarberkuchen aus dem Ofen. Dann nahm sie ihr Handy und fotografierte ihr Werk.

»Wieso fotografierst du den Kuchen?«, wollte Fee wissen.

»Vielleicht mach ich einen Foodblog. Magst du probieren?«, wandte sie sich an die junge Frau.

»Sieht super aus, gern! Hier bei euch ist es überhaupt nett.« Interessiert erkundigte sie sich bei Fee nach der Geschichte des Gasthofs, und Fee tat ihr den Gefallen und führte sie ein wenig herum.

»Wie wunderschön, der liegt ja im Dornröschenschlaf!«, rief die Frau aus, als sie den Saal sah. »Damit musst du aber was machen, so einen Saal kann man nicht ungenutzt lassen.«

»Mal sehen, vielleicht, wenn Geld da ist.«

»Das würde ich mir überlegen. Vermiete ihn doch!«

»Damit hier ständig Leute herumlaufen? Nein, wir haben ganz gern unsere Ruhe, bei uns ist genug los.«

»Okay. Ist aber ein Schmuckstück, das sollte dir klar sein. Solche Säle gibt es nur noch selten.«

»Bist du Architektin, oder warum interessiert dich das Gebäude?«

»Ich bin Locationscout für Filmproduktionen. Das hier wäre ein interessanter Ort für Filmaufnahmen. Wollen wir Nummern tauschen? Dann komme ich vielleicht mal auf dich zu.«

Serap, so hieß sie, trank ihren Kaffee und probierte mit ihrem Begleiter Riekes Rhabarberkuchen, bevor sie sich wieder auf den Weg machten. »Ihr könntet auch ein Café eröffnen – wir würden wiederkommen«, rief sie noch, bevor sie um die Ecke bogen.

Fee ließ die Hand sinken, sie hatte gewinkt, und schüttelte den Kopf. Ein Café eröffnen. Das hätte ihr gerade noch gefehlt. Wenn Serap wüsste, welche Herausforderung es schon im Alltag war, jeden Tag drei Mahlzeiten für fünf Personen auf den Tisch zu bringen.

Es roch verbrannt.

»Ach du Scheiße!« Sie raste in die Küche.

Rieke war nicht zu sehen. Der Ofen war immer noch eingeschaltet, die heruntergetropften Teigreste verkohlten. Auf dem zweiten Blech Kuchen, das darauf wartete, hineingeschoben zu werden, tummelten sich zwei Wespen.

Café – na, da würden sie noch ein bisschen üben müssen.

***

Am Sonntagabend zeigte Rieke Rasmus begeistert ihren neuen Blog, den sie schlicht »Rieke geht raus« genannt hatte.

»Der Blog kommt voll gut an, guck mal. Sinje hat die ersten Beiträge schon kommentiert und geteilt.«

Neben Fotos von den Marmeladengläsern, die sich auf den Wandregalen der Speisekammer reihten – ein paar romantische Spinnweben daran –, für die Golo hingebungsvoll Schilder mit Erdbeeren darauf gemalt hatte, gab es ein Foto von Fee im Garten, auf dem sie zerzaust die Sense schwang, die Ärmel ihres alten Männerhemds hochgekrempelt und ein Kopftuch im Haar; Fotos von Golo in einer alten Zinkwanne und von Martha, die unter der Weide am Fluss saß und Frösche zeichnete, und viele Blumenfotos. Dazu Rezepte, Beobachtungen und lustige Bemerkungen.

»Was ist denn in dich gefahren?«, wollte Rasmus wissen.

»Wieso? Nichts! Das ist doch voll schön, so sommerlich-ländlich. Guck mal hier, die Hummel auf der Blüte!«

Die alte Bank mit der geschwungenen schmiedeeisernen Lehne, das Holz abgeblättert, die leuchtenden Rosen daneben, Rieke hatte alles festgehalten und hübsch angeordnet und mit entsprechendem Text versehen.

»Man könnte meinen, dass wir hier im Paradies leben«, sagte Rasmus.

»Tun wir doch auch!«, rief Rieke.

Ihr Bruder sah sie verblüfft an. »Vor Kurzem hörte sich das bei dir noch ganz anders an.«

»Ja, vor Kurzem. Keine Ahnung, in welcher Welt du lebst, ich lebe in einer, in der sich die Dinge verändern.« Damit stapfte Rieke aus der Küche.

Später am Abend ließ Fee sich mit einem Buch am Fluss nieder. Das Buch ließ sie bald sinken, sie sah lieber den Schwalben hinterher. Heute flogen die Vögel sehr tief, im Zickzack schossen sie dicht über das Wasser, um Mücken zu fangen. Und dann folgte Fee einem Impuls: Sie holte ihren Geigenkoffer von oben und zog sich damit in den Pavillon zurück. Schlug das Tuch zur Seite, in das das Instrument gewickelt war, und nahm es heraus. So vertraut war ihr ihre Geige, fast wie ein Teil ihres eigenen Körpers.

Sie hatte sie vernachlässigt. Nicht mehr gespielt, mutwillig missachtet und damit einen Teil von sich selbst abgetrennt.

»Ein Trauma ist das«, klang ihr die Stimme des Psychologen im Kopf, »es wird unter Umständen lange dauern, bis Sie wieder spielen können. Geben Sie sich die Zeit.«

Sie hatte es gar nicht erst versucht. Sie wollte und sie konnte nicht mehr spielen, zu entsetzlich war die Erinnerung an das, was geschehen war, als sie sich der Musik das letzte Mal ganz hingegeben hatte. Als sie eins geworden war mit dem Instrument, ihr bestes Konzert gespielt hatte und ihre Seele aufgestiegen war mit der Melodie, immer höher.

Danach war sie gefallen.

Ihre Finger wanderten über das rötliche Holz. Sie kannte jeden Quadratzentimeter. Ihre Geige war da, Jan war es nicht. Wenn es nur umgekehrt wäre, wenn das Instrument zerstört wäre und Jan dafür lebendig. Aber nein, Jan lag unter der Erde, er war im Krankenhaus gestorben, und die Geige lag hier, schimmernd und unversehrt. Unschuldig.

Das Wasser kräuselte sich, ein Fisch war an die Oberfläche gestoßen. Der Himmel leuchtete fast unwirklich, die Luft war zum Schneiden dick. Von weither grollte es.

Etwas in Fee bäumte sich auf, wurde übermächtig. Ein großer Zorn machte sich in ihr breit.

Sie griff nach dem Bogen und spannte ihn. Dann hob sie die Geige ans Kinn und spielte eine Melodie. Es klappte überhaupt nicht. Sie klang wie eine miserable Anfängerin. Schlimmer. Wütend traktierte sie die D-Saite. Sie führte den Bogen so hart, dass es kreischend klang. Stakkato, Pizzikato, Tremolo. Die Saiten waren verstimmt, es war ihr egal. Es passte zu ihrer Stimmung. Je schräger, desto besser. Nein, es störte sie doch.

Sie stimmte die Geige wenigstens oberflächlich, dann begann sie die Violinsonate von Franck.

Es war furchtbar. Ihre Fingerkuppen schmerzten. Sie brach ab. Die Geschmeidigkeit war dahin, sie traf die Töne nicht. Sie konnte sich überhaupt nicht einlassen auf das Instrument. Erneut strich sie die Saiten, klopfte mit dem Bogen darauf, sie hämmerte die Töne regelrecht, spielte sie kratzig, zornig, laut. Sie spielte ihre Wut heraus und ihre Trauer. Ihre unendliche Ohnmacht. Ihr Unvermögen.

Der Himmel war jetzt von einem fast giftigen Gelb. Sie spürte Schweiß auf der Stirn. Hörte das Rascheln eines Wasservogels im Schilf.

Dann zuckte ein Blitz über den Himmel. Drei Sekunden darauf krachte der Donner. Wind kam auf, und fast im selben Moment setzte der Regen ein.

Fee legte ihre Geige in den Kasten und sah durch den prasselnden Regenvorhang in den verhangenen Garten. Der Wind trieb Tropfen in den Sitzbereich.

»Mama!!« Golo. Fee klemmte den Geigenkoffer unter den Arm und rannte, so schnell sie konnte, ins Haus.

***

In einem der Zimmer im Gasthof, es war das des Knirpses, stand eine Wasserlache auf dem Boden. Felicitas hatte ihn um Hilfe gebeten, und er war nach der Arbeit zu ihr gefahren.

»Stand das Fenster offen?«, wollte er wissen. In der Nacht hatte es stark geregnet, die schwüle Luft hatte sich in einem kurzen, aber heftigen Gewitter entladen, geregnet hatte es noch über Stunden.

Felicitas versicherte jedoch, dass sie alle Fenster geschlossen hätte. Sie hätte zwar im Garten gesessen, sei aber hineingegangen, als Golo gerufen hätte, und hätte alles überprüft. Der Kleine hätte dann bei ihr im Bett geschlafen.

Jesko hielt in der Bewegung inne. Sie war es also tatsächlich gewesen, gestern Abend am Fluss, er hatte sich nicht verhört.

Felicitas sah ihn abwartend an. Sie war blass und hatte Ringe unter den Augen.

Er wandte sich wieder zum Fenster. »Vermutlich ist es ebenso undicht wie das im Flur.« Und tatsächlich, es gab einen Spalt zwischen Rahmen und Laibung. Jesko strich darüber und klopfte dagegen, das Holz war weich und porös. Wie alt war das Fenster? Fünfzig Jahre, sechzig? War es überhaupt jemals gestrichen worden?

Fee beugte sich vor, um zu sehen, worauf er zeigte. Sie war so nah, dass er ihren Duft wahrnahm, ihre körperliche Gegenwart. Er riss sich zusammen.

»Dann brauchen wir wohl ein neues Fenster«, hörte er sie sagen.

»Was ist denn mit den übrigen Fenstern?«

»Die anderen? Ach, die sehen eigentlich noch ganz gut aus.«

»Darf ich sie mal sehen?«

Sie nickte und führte ihn durchs Haus. Sein Verdacht bestätigte sich: Die meisten der Fenster waren in ebenso schlechtem Zustand. Gut, letztlich war es ganz einfach, sie musste die Fenster austauschen lassen, und zwar vor dem Winter, wenn sie das Wasserproblem nicht immer wieder haben wollte. Es würde sonst auch ziemlich zugig werden.

Das erklärte er ihr sachlich.

Felicitas verlor regelrecht die Fassung. »Die Fenster? Alle?« Sie lehnte sich an die Wand, als bräuchte sie Halt.

»Alle.«

Ihre Reaktion befremdete ihn. Es war so wie neulich. Sie kaufte einen über hundert Jahre alten Gasthof, seit zehn Jahren nicht bewirtschaftet, seit vierzig Jahren nicht saniert, und wunderte sich, dass die Fenster erneuert werden mussten?! Wie eine Träumerin sah sie eigentlich nicht aus. Aber letztlich wusste er nichts über sie, sie hatten nicht viele Worte gewechselt bisher. Was vor allem an ihm gelegen hatte, wie er sich jetzt eingestand.

Plötzlich tat ihm seine ablehnende Haltung leid.

»Entschuldigung«, murmelte sie, »ich muss das erst mal begreifen.«

Es war ihr zu teuer. Auf einmal fiel es ihm wie Schuppen von den Augen. Welchen Grund sollte es sonst geben, dass sie so entsetzt reagierte? Er erinnerte sich an den Knirps im Lottoladen. Geld war das Problem. Ach herrje. Aber selbst wenn sie Geld hätte, sämtliche Fenster auf einen Schlag erneuern zu müssen, das wünschte sich niemand.

Und noch etwas anderes begriff er, es passte auf einmal wie ein weiteres Puzzleteil: Sein Onkel hatte wahrscheinlich – getrieben von dem Wunsch, die junge Familie in seinem Gasthof zu wissen – den Zustand des Hauses eher ein wenig beschönigt, als ihr zu helfen, die Lage realistisch einzuschätzen.

Jesko verdrehte innerlich die Augen. Der alte Sturkopf hatte einfach verkauft, er war froh gewesen, dass ihm jemand den Kasten abnahm, der dort selbst leben wollte, am besten mit Kindern. Hauptsache, Bückmann bekam ihn nicht.

Langsam löste Felicitas sich von der Wand.

»Vielleicht kann ich dir helfen«, hörte er sich sagen. Wie kam er dazu? Schwarzarbeit war nicht zu verantworten, es reichte, dass er das Loch in den Dielen ausgebessert hatte.

Doch Felicitas tat ihm leid, ihm nötigte Respekt ab, was sie hier leistete mit ihren Kindern, offenbar gab es wirklich keinen Mann oder keine Frau als Partnerin, zumindest hatte er bisher niemanden gesehen. Der Gasthof war mit Leben erfüllt, immer, wenn er hier gewesen war, hatten die Kinder sich unterhalten, waren herumgetobt, hatten Hausaufgaben gemacht. Nichts lag ihm daran, dem einen Dämpfer zu verpassen. Außerdem mochte er das Gebäude. Er verband selbst so viele Erinnerungen damit.

Wenn sie weg wäre, würde etwas fehlen.

»Ich sprech mal einen Kollegen an, der auf Fenster spezialisiert ist. Der macht dir bestimmt einen guten Preis. Dieses Gebäude zu sanieren lohnt sich.« Er lächelte, um ihr Mut zu machen.

Sie lächelte zaghaft zurück.

***

Beim Abendessen war Fee in Gedanken versunken. Sie bekam kaum mit, was die Kinder erzählten. Rieke redete in einem fort vom Reitstall, Golo fragte, wann er endlich sein Baumhaus bekäme, Martha half ihm, sein Brot zu streichen, Rasmus war noch beim Basketballtraining.

Neue Fenster. Wie sollte sie das schaffen? Was war das für eine Schnapsidee gewesen, diesen alten Kasten zu kaufen? Ja, Heinrich Feindt hatte sie gewarnt. Aber er hatte wohl gedacht, sie wüsste, worauf sie sich einließe, und viel gesprochen hatte er damals nicht. Von Fenstern hatte er nichts gesagt, da war sie sicher.

Jan. Warum war er nicht mehr da? Alle Entscheidungen allein zu treffen, wie schwer das war. Aber Jan hatte mit diesem Haus überhaupt nichts zu tun. Das hatte sie selbst zu verantworten.

Fee blickte sich um. Sah die blühenden Stauden im Garten, die Wiese, den Steg. Die Wände der Küche, sonnengelb, die Kinder, die so zufrieden waren. Gerade kam Rasmus herein, verschwitzt vom Sport, aber ungewöhnlich guter Dinge. »Du weißt es noch gar nicht, Mama, aber ich habe in diesem Mathewettbewerb die höchste Punktzahl!«

Sie gratulierten ihm überschwänglich, alle miteinander.

Sie waren gesund, und sie waren beieinander. Sie hatten einen Ort gefunden, an dem sie glücklich waren.

Fenster. Was waren schon ein paar Fenster.

10

Clemens zum Sande überraschte Fee mit Konzertkarten. Ausgerechnet. Hätte er sie vorher gefragt, sie hätte eine Ausrede gefunden. Doch er stand unangekündigt vor ihr und verkündete gut gelaunt, dass sie ihn einfach begleiten *müsste*. »Ein Jazzsextett, im Schloss Agathenburg, super Musiker. Es wird dir gefallen! Eigentlich wollte mich eine Kollegin begleiten, aber sie ist krank geworden.«

Fee wollte sich gerade damit entschuldigen, dass sie die Kinder nicht alleine lassen konnte, als Rieke dazukam. Sie begriff die Situation sofort und bot an, auf Golo aufzupassen. »Unternimm ruhig mal was, Mama, das tut dir gut!«

Fees Herz klopfte vor Aufregung. Sie sollte wirklich ausgehen? Rasch zog sie sich um. Die Kinder pfiffen, als sie vor ihnen erschien, um sich zu verabschieden. »Nice!«, war ihre Einschätzung.

Hohe Schuhe, Sommerkleid, Kette – wie lange hatte sie sich nicht mehr schick gemacht? Verblichene Jeans und ein verwaschenes Top, ausgemusterte Männeroberhemden für den Garten, das war ihre Alltagskleidung gewesen in der letzten Zeit. Sogar Rouge und Lippenstift hatte sie jetzt aufgelegt.

Der Abend war warm, und mit Clemens' Cabrio bogen sie nach zehn Minuten Fahrt auf eine Allee ein, die zu einem Schloss führte.

Als Fee die im Innenhof aufgebaute Bühne sah, wurde ihr mulmig. Seit Jans Todestag hatte sie kein Konzert mehr besucht. War es der richtige Moment, diesen Schritt zu wagen? Aber jetzt einen Rückzieher zu machen, wäre Clemens gegenüber unhöflich. Außerdem: Sollte sie ihre Ängste nicht langsam überwinden? Sie sollte sich Zeit lassen, hatte der Psychologe gesagt. Aber jetzt, dachte Fee, war eigentlich genug Zeit vergangen.

Clemens und sie spazierten durch den hübsch angelegten Schlossgarten. Clemens berichtete von den Konzerten, die hier regelmäßig stattfanden. Offenbar hätte er gern ihre Meinung zu bestimmten Musikern und Ensembles gehört, aber Fee gab vor, die Aussicht zu bewundern, quer durchs Alte Land und bis auf die andere Elbseite konnte man sehen, um sich über Musik nicht äußern zu müssen.

Das Publikum war überwiegend älter, helle Sommerkleider und um die Schultern gelegte Pullover, Weingläser wurden in Händen gehalten, die Karten waren sicher nicht günstig gewesen. Clemens stellte sie einem älteren Paar vor. Fee war die Situation unbehaglich. Hielten die beiden sie für Clemens' Partnerin? Er erklärte gut gelaunt, dass sie seine Geigenlehrerin sei. Bevor er ins Detail gehen konnte, entschuldigte Fee sich und lief zu den Waschräumen. Dort warf sie sich Wasser ins Gesicht, beäugt von einer älteren Dame, die missbilligend auf die Tropfen sah, die gegen die Wand spritzten.

Als Fee zurückkehrte, war Clemens gerade dabei, seinen Bekannten zu erklären, dass sie den alten Gasthof in Kirchenfleth gekauft hätte und bewohnen würde, und die beiden zeigten sich sehr interessiert. Sie hätten auch schon überlegt, ein altes Anwesen zu kaufen, aber das sei ja gar nicht so leicht zu bekommen und im Übrigen auch nicht mehr so günstig wie noch vor zehn Jahren, außerdem müsse man einigermaßen wohlhabend sein, um so ein Anwesen stilvoll wiederherzurichten. Stilvoll, dachte Fee. Sie war weit davon entfernt, irgendetwas herzurichten, sie verwaltete marode Fenster und einen staubigen Saal. Aber das würde sie diesen Leuten nicht auf die Nase binden. Zu sehr erinnerten sie sie an ihre Schwiegereltern.

Das Publikum nahm die Plätze ein. Es gab eine Begrüßung, dann betraten die Musiker die Bühne und griffen zu ihren Instrumenten. Ein Alt- und ein Tenorsaxofon waren dabei, Trompete, Kontrabass, Schlagzeug.

Und eine Geige.

Fee bewegte vorsichtig ihren verspannten Rücken. Sie hatte zu lang Unkraut gejätet. Die Sense würde sie schärfen müssen. Ob sie Rasmus darum bitten konnte?

Clemens blickte zu ihr herüber, seine Miene spiegelte Bewunderung für ein Trompetensolo, das gerade gespielt wurde.

Fee dachte weiter an den Garten. Kürbisse wollte sie pflanzen. Die gediehen gut auf Komposthaufen. Im Herbst würden sie dann Suppe daraus kochen. War es für das Pflanzen von Kürbissen schon zu spät? Martha hatte gesagt, dass sie es gut fände, wenn sie Gurken anbauen würden.

Wenig später hatte die Violine einen Solopart. Der Geiger trat nach vorne, ein Lächeln auf den Lippen, er führte den Bogen über die Saiten und genoss den spontanen Applaus.

Der Gedanke an Kürbisse half nicht mehr.

Fee flüchtete am lauschenden Publikum vorbei und schaffte es gerade noch in die Toilettenräume im Schloss.

Dann musste sie sich übergeben.

Sie hätte ihm doch etwas sagen können, sagte Clemens ebenso besorgt wie vorwurfsvoll, als er sie nach Hause brachte, Magenprobleme seien doch kein Verbrechen.

Er hatte sie gesucht und schließlich im Vorraum des Schlosses gefunden, nachdem sie nicht auf ihren Platz zurückgekehrt war. Fee hatte sich entschuldigt. Sie müsse etwas Falsches gegessen haben, die Kinder würden manchmal beim Kochen experimentieren.

So verbindlich sie konnte, verabschiedete sie sich von Clemens, entschuldigte sich noch einmal und beteuerte, dass sie sich auf die nächste Unterrichtsstunde freue. Dann schloss sie auf, streifte die Schuhe von den Füßen, wankte hoch und ließ sich auf ihr Bett fallen.

Fee stöhnte. Was hatte sie da nur vermasselt? Sie hatte ihren besten Geigenschüler vor den Kopf gestoßen, der außerdem Werbung für sie gemacht und ihr bereits zwei neue Schüler, eine jüngere und eine ältere Frau aus seinem Bekanntenkreis, vermittelt hatte. Ein angenehmer Mann war er noch dazu, sie fühlte sich wohl an seiner Seite, war sogar ein wenig aufgeregt gewesen, dass er sie ausgeführt hatte.

»Du kriegst wirklich nichts hin, Felicitas Henrichs«, murmelte sie. Warum hatte sie Clemens nicht einfach erklärt, was Sache war? Aber nein, sie wollte nichts erklären müssen, das Thema Jan war Außenstehenden gegenüber nach wie vor tabu. Und wie es wirklich in ihr aussah, das begriff ja nicht einmal sie selbst.

Auf dem Weg zum Bad traf sie Rasmus, der sich gerade ein Glas Milch aus der Küche geholt hatte.

»Und, wie war's?« Seine inzwischen so tiefe Stimme, irgendwann hatte sie sich verändert, war fast unbemerkt gekippt. Fee schüttelte nur resigniert den Kopf.

»Konzerte sind noch nichts für dich, was?«

Ihr verständnisvoller Großer. Sie nickte nur. In ihrem Zimmer vergrub sie den Kopf in den Kissen.

***

Die Klingel funktionierte immer noch nicht, also ging Jesko ums Haus. Felicitas, die einen Spaten in Händen hielt, fuhr zusammen.

»Es tut mir leid, ich wollte klingeln, aber ...«

»Reparaturstau.« Sie strich sich eine Strähne aus dem Gesicht. Ein Streifen schwarzer Komposterde zierte ihre Wange. Sie wirkte viel munterer als vor drei Tagen.

»Kaffee?«, bot sie an.

Er folgte ihr in die Küche, in der sich Gläser stapelten, ein aufgeklapptes Bilderbuch auf dem Tisch lag, ein Fleck Nudelsoße neben einem Wiesenblumenstrauß prangte. Die Wände waren sonnengelb, alles war bunt, und Jesko stellte wieder einmal fest, dass er sich hier wohlfühlte. Eigentlich hatte er Fee nur die Rechnung für die Ausbesserung der Dielen bringen wollen, die Kosten des Materials und seine aufgelisteten Arbeitsstunden, unter die er eine Summe geschrieben hatte.

In der Küche stand die ältere Tochter, die Ärmel hochgeschoben, und rührte irgendetwas in einem großen Topf, das fruchtig roch. In einer Glaskaraffe befand sich eine rote Flüssigkeit, Minzblätter schwammen darin.

»Selbst gemachte Limonade«, erklärte das Mädchen. »Erdbeer-Rhabarber. Willst du probieren? Ich brauche sowieso einen Testtrinker.«

»Gerne. Dann verzichte ich auf den Kaffee.« Er zwinkerte Fee zu.

Die Limonade war sehr erfrischend. Das Mädchen fotografierte die Karaffe mit ihrem Handy von unten gegen das Licht und kommentierte das Ergebnis zufrieden.

Dann schob Felicitas ihn wieder hinaus. Den Garten hatte sie gestaltet, Beete waren angelegt worden mit Blumen und mit Kräutern und Gemüse. Es war ein deutlicher Fortschritt gegenüber dem verwilderten Grundstück der letzten zehn

Jahre. Und trotzdem war es noch wild genug, dachte er, es hatte eine natürliche Schönheit, war überbordend und reich.

»Sieht gut aus hier«, stellt er fest.

»Findest du?«

»Wie schaffst du das nur alles?«

Sie lachte. »Das ist eine Standardfrage. Nächste Frage.«

»Okay, ich versuche es anders: Wie erzieht man vier Kinder?«

Sie sah ihn amüsiert an. »Das ist nicht so schwer. Man muss sie gernhaben, sie erziehen sich gegenseitig, perfekt ist man nie ... Welche Antwort willst du hören?«

Sie musste ihn für einen Trottel halten. Im Plaudern war er nicht besonders geübt. Aber er wollte seine Wortkargheit wettmachen, die tat ihm inzwischen leid, er wollte endlich freundlicher zu ihr sein und Interesse zeigen.

»Gefällt es euch hier?«

Sie schmunzelte.

»Sehr. Es ist nicht leicht mit den Kindern, natürlich nicht, aber der Garten macht mir Freude, es ist toll, ein eigenes Grundstück zu haben, mich hier auszutoben ... Im Moment kann ich mir nicht vorstellen, in die Stadt zurückzugehen.«

Das ging ihm genauso. Die Ruhe, der Platz und der Blick auf den Fluss – nein, seine Kate auf dem Deich würde er so schnell nicht aufgeben.

Nadja hatte es nicht gereicht.

»Und du? Wohnst du schon immer hier?« Es war die erste persönliche Frage , die sie an ihn richtete.

»Ich bin hier aufgewachsen. Die Ausbildung zum Tischler habe ich in Kiel gemacht. Dann war ich auf Wanderschaft, auf der Walz. Aber ich hatte immer den Wunsch, irgendwann zurückzukommen.« Das reichte. Mehr wollte er ihr jetzt nicht erzählen. Womöglich fragte sie noch, warum er keine Familie hätte.

Er wechselte das Thema. »Ich hab bei meinem Kollegen wegen der Fenster nachgefragt. Er müsste mal kommen, meinte er, und sich das Haus ansehen. Vor dem Winter sollte man die Fenster allerdings machen, im Oktober, meinte er, könnte er es vermutlich einrichten.«

»Und die Kosten?«

»Das kann man so schlecht sagen. Aber mit zehntausend Euro musst du vermutlich rechnen.«

Felicitas biss sich auf die Lippen. »Nützt ja nichts. Irgendwo bekomme ich die schon her, oder? Dann muss ich eben noch ein paar Schüler finden. Oder mir einen neuen Job suchen.« Sie lächelte schief.

»Du bist Musiklehrerin, oder?« Na toll. Innerlich gratulierte er sich zu dieser überflüssigen Frage.

»Ja. Das bin ich.« Fee sah ihn an, mit ihrem abgründigen Blick. Sie schwieg einen Moment. »Hast du den Stundenzettel dabei?«, fragte sie dann.

Jesko dachte an den Zettel in seiner Tasche. Er schüttelte den Kopf. »Ich bring ihn dir später.« Er würde den Zettel neu schreiben. Sollte sie einfach das Material bezahlen, das reichte, die Arbeitszeit würde er ihr nicht berechnen.

»Die Dielen sind jetzt jedenfalls stabil, man kann drüberrennen«, sagte Felicitas. Sie wollte offensichtlich etwas Nettes sagen, aber das Gespräch war ins Stocken geraten, ihm war gar nicht ganz klar, wieso eigentlich.

Er sollte verschwinden, er hatte hier nichts verloren. Jesko erhob sich. »Wenn ich dir noch mal helfen kann, sag Bescheid.«

Nahm er in ihren Augen Bedauern wahr? Er musste sich getäuscht haben.

Am Tag zuvor hatte Boris ihn nach dem Handballtraining angesprochen. Eigentlich spielte Boris in einem anderen

Verein, doch zum Training kam er manchmal zu ihnen nach Stade.

Boris hatte die Hand schon auf der Tür der Umkleidekabine liegen, da war er, als sei ihm noch etwas einfallen, stehen geblieben.

»Sag mal, diese Neue, die aus Feindts Gasthof, die kennst du doch inzwischen.«

Jesko nickte unbestimmt.

»Man hat dich dort kürzlich gesehen. Mit Material.«

Das Stichwort Material ließ Boris beiläufig, aber deutlich fallen. Jesko ärgerte sich. Was sollte das? Drohte Boris damit, ihn anzuzeigen, weil er ein bisschen schwarzgearbeitet hatte? Das sollte er besser sein lassen.

Jesko sah ihn fest an. »Was willst du?«

Boris klickerte mit einem Kugelschreiber, den er in der Jackentasche hatte. »Wie sieht es denn inzwischen dort aus, im Gasthof? Der dürfte doch ziemlich marode sein, oder?«

Onkel Heinrich hatte Boris nicht erlaubt, den Gasthof zu betreten, das wusste Jesko. Eine alte Geschichte. Heinrich hatte Boris' Vater nie verziehen, dass dieser das Elternhaus seiner verstorbenen Frau Karin, ein rotes Fachwerkhaus, vor zehn Jahren in einem schnellen Coup aufgekauft und dem Erdboden gleichgemacht hatte. Jetzt stand dort ein Klotz aus dunklem Backstein mit schwarzem Dach, der Jesko immer an einen Bunker mit Schießscharten denken ließ. Alles, was vier Wände hätte, würden sie sich unter den Nagel reißen, die Bückmanns, hatte Heinrich geschnaubt, aber jetzt sei Schluss damit. Seinen Gasthof, den bekämen sie nicht.

»Sie kann den Kasten vermutlich nicht lange halten, oder? Wie schätzt du das ein? Mit ihren Kindern ist sie ja offenbar überfordert, Musikerin, ein sensibles Wesen, oder wie soll man das nennen. Und Geld hat sie wohl auch nicht.«

»Kann man eigentlich nicht wissen, oder?«

»Oh, dafür habe ich einen Blick, das kannst du mir glauben.«

Jesko verstaute Trikot und Hallenschuhe.

»Ich will niemandem etwas wegnehmen, das weißt du. Ich würde ihr einen guten Preis machen. Dann kann sie sich was Nettes kaufen, das besser für sie und ihre Kids passt. Unterm Strich wäre es das Beste für sie.«

Jesko stand auf und griff nach seiner Sporttasche. »Darüber, was für andere Leute das Beste ist, mache ich mir eigentlich keine Gedanken. Ist irgendwie überflüssig, oder?«

»Okay, verstehe. Wenn sie verkaufen will, dann sag mir einfach Bescheid, ja? Da im Gasthof gibt es doch sicher Dinge, die bald fällig sind. Du weißt schon. Leitungen. Das Dach. Irgendwann ist es mit der Landromantik vorbei. Dann will sie lieber weg.«

»Muss los.« Jesko hatte knapp gegrüßt und die Umkleidekabine verlassen.

Er würde sie nicht ausspionieren.

Und er mochte sie. Das wusste er auf einmal.

Spontan drehte er um. Noch war er erst an der Ecke. Sie hatte ihn so fröhlich empfangen vorhin. Er ging zurück in den Garten. Sie stand da, als wüsste sie nicht, wo sie sich lassen sollte, den Spaten hatte sie noch nicht wieder zur Hand genommen. Über ihr Gesicht zog etwas Helles, als sie ihn sah.

»Wie wäre es mit einem Ausflug, damit du die Gegend kennenlernst?«, schlug er vor.

Was war nur in ihn gefahren? Aber es fühlte sich absolut richtig an.

»Mama fliegt aus! Mama fliegt aus!« Woher war der Knirps plötzlich aufgetaucht? Er hüpfte zu seiner Mutter und schlang seine Arme um ihre Beine.

»Mensch, Golo, bist du schon fertig mit Zähneputzen?«

»Alles sauber!« Der Kleine bleckte die Zähne.

Die Limonadentochter kam hinterher, er wusste ihren Namen nicht, schimpfend, weil ihr der Bruder weggelaufen war. Die Sache mit dem Ausflug schnappte auch sie auf. »Du machst einen Ausflug? Etwa ohne uns? Allein? Klasse!«

»Nein, ich ...«

»Mensch, Mom, du musst mal was unternehmen! Das Konzert war doch schon ein guter Anfang!«

Das Konzert? Jesko stutzte. Es ging ihn nichts an.

»Ich weiß nicht. Golo ...«

»Den hab ich im Griff«, unterbrach ihre Tochter sie. »Oder?« Wild die Brauen hebend sah sie ihren Bruder an.

»Ich geh sowieso zu Elisa«, versicherte der Knirps.

Felicitas sah hilflos zu ihm hinüber, gleichzeitig sah sie so aus, als wünschte sie sich genau das. Sie war tatsächlich leicht errötet.

Einen Rückzieher gab es jetzt nicht mehr. »Am Samstag? Was würdest du von einer Fahrradtour halten?«

Jetzt leuchtete ihr Gesicht richtig. »Gern.«

»Dann sagen wir um vierzehn Uhr. Wir treffen uns an der Brücke.«

Jetzt aber Land gewinnen. Er hatte auf einmal richtig gute Laune, als er sich auf sein Rad schwang und wegfuhr.

Er hatte sie von Anfang an gemocht.

11

Fee hatte zugesagt, ohne darüber nachzudenken. So nett war es auf einmal gewesen, als sie mit Jesko im Garten gesessen hatte, und so selbstverliebt, wie sie zunächst vermutet hatte, schien er gar nicht zu sein. Ganz im Gegenteil. Etwas Aufmerksames ging von ihm aus, eine Gelassenheit und Ruhe, die ihr wohltat. Und dass er eine falsche Frage gestellt hatte, hatte er gemerkt und war schnell abgeschwenkt.

Das Konzert und seine Auswirkung steckten ihr zwar noch in den Knochen, aber Fahrradfahren war kein Konzert, und sie brannte darauf, die Gegend kennenzulernen. Mit einem Erwachsenen käme sie natürlich viel schneller vorwärts als mit den Kindern.

Es herrschte schönstes Juniwetter, mit Schäfchenwolken am Himmel. Sie fuhren im selben Tempo nebeneinanderher, auf kleinen Straßen zwischen Apfelplantagen und hinter den großen Höfen entlang.

Die Kinder zu organisieren, war überraschend leicht gewesen. Rasmus wollte für die nächste Klassenarbeit lernen, Fee hatte sich gewundert, denn freiwillig lernte er eigentlich nie, Rieke war mit Line-Sophie im Stall, beide hatten Stalldienst – »Die Weidezäune befestigen, Spinnweben fegen, abäppeln und so was« –, Golo war bei Elisa untergekommen, und auch Martha durfte bei Augustins sein. »Bring sie einfach her«, hatte Ina gesagt, »wir finden schon was für sie zu tun.«

Als Jesko gehört hatte, dass sie bis auf das Apfelblütenfest in Jork noch nichts gesehen hatte, hatte er den Kopf geschüttelt und beschlossen, Abhilfe zu schaffen.

Jetzt zeigte er auf die mächtigen Altländer Höfe und erklärte, dass es Holländer gewesen seien, die das Marschland der Niederelbe im zwölften Jahrhundert kolonisiert hätten. »Die wussten mit dieser Art von Boden umzugehen, waren in der Entwässerung und im Deichbau kundig. Auch der Name Altes Land geht vermutlich auf sie zurück.«

Den Obstanbau in dieser intensiven Form hingegen gäbe es erst seit hundertfünfzig Jahren, inzwischen jedoch sei das Alte Land das größte Obstanbaugebiet Nordeuropas.

Fee hatten es vor allem die gewundenen Flüsse in der von Gräben durchzogenen Landschaft angetan.

Im Dorf Estebrügge schien die Zeit stehen geblieben zu sein. Auf dem Deich reihten sich die Fachwerkhäuser, eine Drehbrücke verband die Ufer der Este. Auf der anderen Seite lag das langgezogene Dorf Moorende, und bis nach Buxtehude war es von hier nicht weit.

Dort angekommen schlossen sie ihre Räder an und schlenderten durch die Buxtehuder Altstadt. Auch hier hatte es einmal einen Hafen gegeben, sogar ein Schiff lag vor der ehemaligen Wassermühle. Am Fleet mitten in der Stadt entdeckte Fee auch eine kleine Kaffeerösterei. Sie hatte bereits geschlossen, doch Fee nahm sich vor, den Besuch dort nachzuholen.

Sie stiegen den Turm der St.-Petri-Kirche hinauf und blickten von der Plattform weit über das Alte Land, anschließend fuhren sie an der Este entlang bis zur Elbe. Wie absichtslos hingewürfelt wirkten die weißen Häuser von Hamburg-Blankenese auf der anderen Seite.

Bei der Jahre zurückliegenden Tour mit Jan waren ihnen diese Häuser auch aufgefallen. »Elbhang, beste Wohnlage«, hatte er damals gewitzelt, »wenn du berühmt bist, ziehen wir dorthin.« Er und Fee hatten ein Konzert in der Laeiszhalle besucht und danach in einem Hotel übernachtet. Viola, die damals noch nicht in Afrika war, hatte auf die Kinder aufgepasst und gemeint: »Als Paar muss man auch mal die Zweisamkeit pflegen.« Der Ausflug ins Alte Land am nächsten Tag war nur eine Stippvisite gewesen, aber dass sie es erholsam gefunden hatten nach den Baustellen in der HafenCity, das wusste Fee noch.

»Dort drüben, das ist das Treppenviertel von Blankenese, da müssten wir eigentlich auch mal hin«, sagte Jesko. »Kennst du Hamburg?«

Er schien nicht bemerkt zu haben, dass sie für Momente in Gedanken versunken gewesen war.

»Kaum«, gab sie zu.

»Von Finkenwerder aus kann man mit der Fähre übersetzen und bis Övelgönne oder zu den Landungsbrücken fahren. Das könnten wir mal zusammen machen.«

Die Reise mit Jan war fünf Jahre her. Ich muss aufpassen, dachte Fee, dass ich nicht stecken bleibe. Auf einmal ahnte sie, was Viola ihr immer deutlich zu machen versuchte. Energisch zwang sie ihre Gedanken in die Gegenwart. Jesko sah sie erwartungsvoll an, auch ein wenig fragend, als würde er jetzt doch bemerken, dass sie im Geist woanders gewesen war.

Fee lächelte ihn an. »Ja, das lass uns doch mal machen. Du bist ein wunderbarer Guide.«

Jesko hob den Daumen. Er wirkte viel gelöster als bisher, während der Arbeit in ihrem Haus. Sie mochte ihn. Dass er gut aussah, ja, das war kaum zu übersehen, aber dafür konnte er schließlich nichts.

»Hast du noch Lust zum Fahren? Dann könnten wir noch ein Stück weiter über Neuenfelde Richtung Hamburg fahren. Dort ist es nett.«

Er hatte nicht zu viel versprochen. Deiche, auf denen knorrige, alte Obstbäume wuchsen, und immer wieder der Blick auf die prunkvollen, reich verzierten Fachwerkhäuser dahinter.

»Sind wir eigentlich noch im Alten Land?«, wollte Fee wissen.

»Das sind wir, Obstanbau und Höfe gab es auch im Süden von Hamburg, in Cranz, Neuenfelde und Francop. Es ist die sogenannte dritte Meile, sie wurde als letzte eingedeicht. Das ist eine eher unbekannte Seite Hamburgs, die Dörfer hier waren für die Städter höchstens als Ausflugsziel interessant.«

Moorburg, las Fee auf einem Ortsschild. Das würde jetzt allerdings nicht mehr zum Alten Land gehören, erklärte Jesko. »Komm, ich zeig dir was.«

Unter hohen Bäumen fuhren sie in ein Naturschutzgebiet und schoben die Räder bis zu einem Aussichtspunkt. Fee erwartete einen weiteren idyllischen Elbblick, zumal Schilder am Wegrand auf seltene Pflanzenarten hinwiesen. Umso überraschter war sie, als stattdessen ein riesiges Containerterminal vor ihr lag. Kräne fuhren darauf hin und her, es herrschte reger Betrieb, ohne dass man einen einzigen Menschen sah. Unwirklich wirkte es auf sie, futuristisch.

»Hier gab es mal ein Dorf, Altenwerder. Es existiert nicht mehr. Bis auf die Kirche, die als Einziges noch steht, musste es der Hafenerweiterung weichen«, sagte Jesko.

Was für Gegensätze: dort die alten Weiden am Fluss, hier diese hochmoderne Industriezone. Das war etwas anderes als die pittoresken Kräne aus der Ferne. Mit der Romantik war es schlagartig vorbei.

»Alles wird von Computertechnik gesteuert. Und damit hier noch mehr Container umgeschlagen werden und noch größere Containerschiffe den Hamburger Hafen erreichen können, wird die Elbe derzeit vertieft«, setzte Jesko hinzu.

»Die Elbe vertieft?«

»Die Fahrrinne wird ausgebaggert.«

»Und das ist gut?«

»Nein.« Seine Miene hatte sich unwillkürlich verhärtet, als er in die Ferne blickte. Kaum merklich, aber sie konnte es sehen. Fee wartete ab.

Nach einer Weile wandte Jesko sich ihr zu. »Es gibt noch einen Elbfischer im Alten Land. Einen einzigen. Früher hat er dreißig bis fünfzig Tonnen Stint im Jahr gefangen. Jetzt fängt er höchstens noch zehn Prozent davon. Die Brut der Fische, die hier in der Elbe laichen, wird von den Baggern aufgesaugt. Sie stirbt. Ein weiteres Problem sind die Wassermassen, die in die Elbe drücken, gegen die Deiche und in die Stadt. Der Pegel steigt, die Fließgeschwindigkeit erhöht sich. Auch die Verschlickung von Ufern und Nebenflüssen ist ein Riesenproblem. Nein, das ist ganz und gar nicht gut.«

Langsam entspannte sich seine Miene wieder. Er schüttelte noch einmal den Kopf, dann lächelte er Fee zu. »Na komm, jetzt zeige ich dir den Rest von Moorburg. Es ist sozusagen ein kleines gallisches Dorf, der älteste Hamburger Stadtteil südlich der Elbe, seine Tage sind vermutlich ebenfalls gezählt.«

Der Reichtum des Alten Landes mit seinem Obstanbau hatte hier haltgemacht, eher bescheiden wirkte das langgezogene Dorf. Und dennoch so friedlich. Ein stiller Winkel, kein Verkehr in der schmalen Hauptstraße. Langsam radelten sie sie entlang. Fee dachte an Golo und Martha. Bald war es Abend. Sie sollten besser umkehren, um rechtzeitig zu Hause zu sein. Fee hatte gar nicht gemerkt, wie die Zeit verstrich, so sehr hatte sie diesen freien Tag genossen.

»Warte, ich möchte mal eben die Kinder anrufen und ihnen sagen, wann ich wieder da bin. Was meinst du, wie lange brauchen wir, um zurückzufahren?«

»Kommt darauf an, wie schnell wir sind. Anderthalb Stunden auf jeden Fall.«

»So lange?« Als sie das Handy zur Hand nahm, stellte sie fest, dass Rieke ihr bereits eine Nachricht geschrieben hatte: »Golo will bei Elisa schlafen, geht das?«

Fee rief erst Rieke an, dann Ina, und es wurde vereinbart, dass Golo direkt dableiben konnte, Rieke würde ihm seinen Schlafanzug, Esel und seine Zahnbürste bringen. Auf Martha wiederum würden Rasmus und Rieke aufpassen, sie versprachen es hoch und heilig, sie solle sich bitte keine Sorgen machen.

»Und außerdem«, sagte Rieke geheimnisvoll, »habe ich eine Überraschung für dich!«

»Na, da bin ich ja gespannt! Tschüs, meine Süße.« Fee steckte das Handy weg. »Ich bin frei!«

»Dann sollten wir etwas aus dem Abend machen!«

»Außerdem hat meine Tochter eine Überraschung für mich, verrät mir aber nicht, um was es sich handelt.«

»Sie ist ganz schön patent, deine Tochter, oder?«

»Das ist sie. Sie hat sich verändert, im Moment staune ich nur noch.«

»Das ist das Landleben, das macht selbstständig.« Jesko lachte.

»Offenbar! Dabei habe ich sie kaum hierherbekommen, gerade Rieke war diejenige, die es mir wirklich schwer gemacht hat am Anfang.«

Warum sie ins Alte Land gezogen waren, diese Frage lag ihm auf der Zunge, warum sie ihren alten Wohnort verlassen hatten. Aber er sparte es sich. Sie waren hier, jetzt, das genügte. Er mochte es nicht, wenn Leute Fragen stellten, die nett gemeint waren und Anteilnahme signalisieren sollten, und doch nur eins waren: zu persönlich.

Felicitas sei Witwe, das hatte Katharina ihm verraten,

gerade heute Morgen erst beim Bäcker. Er hatte es nicht hören wollen, aber Katharina hatte dafür gesorgt, dass die Neuigkeit angemessen zündete. War das der Grund für ihren Umzug gewesen? Hatte sie Abstand zu ihrem früheren Leben gewinnen wollen? Auf jeden Fall musste es der Grund für ihre Traurigkeit sein, für den Schatten, der manchmal über ihr lag.

Aber er wollte es gar nicht wissen. So nah standen sie sich nicht. Er hätte es umgekehrt gehasst, wenn man ihm eine solche Frage gestellt hätte, und zum Glück fragte Felicitas ihn ihrerseits nicht aus. Jesko wurde klar, dass das einer der Gründe dafür war, dass er sich in ihrer Gegenwart wohlfühlte. Außerdem hätte er vermutlich nicht gewusst, was er sagen sollte, wenn sie ihm vom Verlust ihres Mannes erzählt hätte. Im Trösten war er nicht besonders gut.

Nein, besser nicht.

Hätte er gewusst, dass sie Witwe war, hätte er sich vermutlich nicht mit ihr verabredet. Er hätte Sorge gehabt, irgendetwas falsch zu machen. Wobei es, dachte er, letztlich keinen Unterschied machte. Sie war alleinstehend. Warum genau, war das nicht egal? Und wie allein sie tatsächlich war, war etwas, was er auch nicht wusste. Vielleicht hatte sie einen Liebhaber, der sie gelegentlich besuchte. Vielleicht Affären. Aber grundsätzliche Treulosigkeit, die unterstellte er ihr jetzt nicht mehr. Von einem tragischen Unfall hatte Katharina etwas geraunt, und dass Felicitas nicht wollte, dass darüber geredet würde. Wenn Katharina wüsste, wie unsympathisch sie ihm dadurch wurde, hätte sie sicher den Mund gehalten. Mit Klatsch und Tratsch gewann man ihn nicht.

»Und dein Ältester, was plant der?«

»Abi. Hoffe ich zumindest. Im Moment scheint er sich reinzuhängen, er kommt jetzt in die Oberstufe.«

»Wie alt ist er? Sechzehn? Und dann keine Krise?«

»Doch. Aber er schafft das schon. Das erwarte ich zumindest von ihm.«

»Als ich sechzehn war ... Na ja, gut, lassen wir das.« Jesko grinste bei der Erinnerung.

Er erkundigte sich nach der zweiten Tochter und fand es bemerkenswert, wie Felicitas sie alle unter einen Hut bekam. Vier Kinder, jeden Tag und jede Nacht. Dazu das riesengroße Haus.

»Ein freier Abend ist jedenfalls paradiesisch!« Sie lachte und band sich die Haare neu. Er sah, wie sie den Kopf beugte, und betrachtete ihren Hals. Sie hatte einen schönen Hals, schlank und gebräunt. Sie wirkte so jung, obwohl er ihr Alter inzwischen kannte.

»Hast du Hunger? Nicht weit von hier gibt es ein Lokal.«

So weit kamen sie allerdings nicht, denn kurz darauf trafen sie auf Freunde von Jesko, eine junge Familie, die gerade einen Grill in ihrem Garten aufstellte. Kinder liefen umher, ein Pfau stolzierte den Weg auf dem Deich entlang, ein Pony graste auf einer Weide daneben. Sie wurden zum Essen eingeladen. Schüsseln von Salat standen bereit, Dips und Brot, Getränke wurden herbeigebracht.

»Wunderschön hier«, bemerkte Fee, die sich neben Jesko auf einen Holzstamm gesetzt hatte.

»Das denkt man gar nicht, oder?«

Die Mieten seien günstig in Moorburg, erklärte ihr Jesko, weil die Stadt wegen des Hafenerweiterungsgebiets hier nicht mehr investiere. Deshalb hätten sich hier viele junge Leute und Kreative angesiedelt.

Es wurde geplaudert und gelacht, und Fee war froh, dass niemand fragte, wo sie herkam und was sie hier machte. Niemand, der wusste, dass sie eine Ehefrau war, deren Mann nicht mehr lebte, niemand, dass sie eine Musikerin war, die ihr Instrument nicht mehr anfasste.

Gleichzeitig war es ungewöhnlich, dass Jesko ihr bisher keine einzige Frage gestellt hatte. Dass er nicht wissen wollte, warum sie keine klassische Familie waren, was mit dem Vater der Kinder war. War er wirklich so einfühlsam, oder interessierte es ihn schlicht nicht? Fee dachte kurz darüber nach, ihm ihre Lebenssituation darzulegen. Aber es passte nicht. Schlagartig wäre die heitere Stimmung zerstört worden. Außerdem waren sie in Gesellschaft.

Vielleicht irgendwann einmal, dachte sie. Vielleicht auch nie.

Sie nahm eine Gabel von ihrem Salat.

»Kommt ihr nachher mit zum Tanzen?«, fragte einer der Gastgeber. »Drüben in der Scheune findet heute ein Ball statt.«

»Ein Ball? Hier in Moorburg?«, fragte Fee verwundert.

»Es ist ein sogenannter Bal Folk«, erklärte Jesko, »mit traditionellen Tänzen, vor allem französischen. Ein paar Leute von hier organisieren diese Events regelmäßig, und die Leute kommen auch von weiter her, da schaffen sie es sogar über die Elbe.« Er sah sie an. »Hast du Lust?«

Tanzen. Kann ich das überhaupt noch? fragte sich Fee. Egal, sie würde mitmachen. »Na klar. Ich bin gespannt.«

»Heute gibt es sogar Livemusik. Einen Dudelsackspieler und noch irgendeine Band.«

Livemusik. Fee strich sich unwillkürlich über die Stirn.

»Alles in Ordnung?« Jesko sah sie prüfend an.

Fee erwiderte seinen Blick. »Auf jeden Fall.«

Sie würde den Teufel tun und dem Tischler von der anderen Seite des Flusses sagen, wie es um sie stand. Und außerdem: Es ging ums Tanzen, nicht um die Musik. Und einen Dudelsackspieler, den würde sie ja wohl verkraften. Immerhin war es keine Klassik und auch kein Jazz.

In der ausgebauten Scheune standen viele Leute herum, jüngere und ältere, sie tranken etwas und unterhielten sich. Woher kamen sie auf einmal? Auf der Straße hatte Fee kaum jemanden gesehen und dass Moorburg weniger als tausend Einwohner hatte, hatte Jesko ihr bereits erklärt.

Jesko grinste. »Sag ich ja, dafür kommen sie sogar über die Elbe, das fällt den Hamburgern sonst schwer.«

Einige der Frauen trugen Kleider oder Röcke, die Männer Hemden, die locker über der Hose hingen, das Ganze wirkte sehr informell. Und dann ging es los. Der Dudelsackspieler brachte sich auf der Bühne in Position, er begrüßte die Menge in einem französisch klingenden Englisch, dann begann er zu spielen. Es war eine leichte, heitere Melodie, traditioneller Folk mit modernen Elementen.

Die Ansage für den ersten Tanz lautete: »Chapelloise!«

Die Tänzer ordneten sich zu Paaren und bildeten einen Kreis.

Jesko reichte Fee die Hand.

»Schaffe ich das?«

»Mach einfach mit. Ich helfe dir. Es ist völlig unkompliziert.«

Alle setzten sich gleichzeitig zur Musik in Bewegung, vier Schritte vorwärts und vier Schritte rückwärts, es gab einen Hüpfer zum Partner hin, einen vom Partner weg, eine Drehung unter Jeskos Arm hindurch – und schon fand sich Fee an der Hand des nächsten Mannes wieder. Und so ging es weiter, bis Fee nach einer Runde wieder vor Jesko stand. Der Chapelloise folgte eine Bourrée, bei der die Paare aufeinander zu- und voneinander wegtanzten und sich dabei drehten. Dann ein »Fröhlicher Kreis«, bei dem tatsächlich viel gelacht wurde. Die Tänze fielen Fee leichter als gedacht. Sie tanzte mit verschiedenen Männern und ebenso mit Frauen, in einer Reihe und im Kreis und auch einen Paartanz, »Scottish«.

In der Pause nahmen sie etwas zu trinken mit hinaus, die frische Luft tat gut, Jesko kannte einige der Leute, sie wechselten ein paar Sätze, doch schon bald ging es weiter.

Auf der Bühne stand nun die Band bereit. Mit Gitarre, Akkordeon, Bass – und einer Geige.

Fee fühlte, wie ihre Knie weich wurden. Jetzt galt es zu entscheiden: verschwinden, dann am besten gleich – oder durchhalten?

Die Musiker legten munter los, die junge Geigerin ließ den Bogen tanzen, sie beugte sich zum Akkordeonspieler, der antwortete spielerisch auf sie, alle drei hatten sichtlich Spaß.

Die Tänzer um sie herum begannen sich zu formieren.

Fee konnte den Blick nicht von der Geigerin wenden. Deren Technik war virtuos, viel zu leicht war es im Grunde, was sie hier spielte.

Und trotzdem ... Sie spielte so kraftvoll, lebendig, fröhlich. Und war es nicht großartig, die Menschen zum Tanzen zu bringen, sie zu begleiten und anzufeuern? Fee dachte auf einmal, dass sie gern an ihrer Stelle wäre, befreit von den Vorgaben eines Orchesters, von Druck und Hierarchie und frei von der Vergangenheit.

Das war sie nicht. Aber tanzen dazu, das konnte sie.

Sie nickte Jesko zu, der sie abwartend angesehen hatte, und reichte ihm die Hand.

Wieder gab es Reihentänze und Kreistänze. Und Fee ertrug die Musik überraschend gut. Vielleicht, weil sie so einfach war, so schlicht, weil die Musiker improvisierten und die Tanzenden anfeuerten, so wie sie von ihnen bejubelt wurden. Es war eine Situation, die richtig war.

Als sie zwischendurch zur Toilette ging, stieß sie auf die junge Geigerin, die sich gerade die Hände wusch. Ihre Blicke trafen sich im Spiegel.

»Du spielst wirklich gut.«

»Danke!«

Es folgte ein bretonischer Reihentanz, bei dem sich die Hände in einer Kreisbewegung hoben und senkten, dann wurde eine Mazurka angekündigt.

»Das ist ein Paartanz, tanzt du ihn mit mir?«, fragte Jesko.

Der Rhythmus war zunächst ungewohnt. Die Mazurka war ähnlich wie ein Walzer und doch anders, weicher und wiegender. Aber Jesko führte sie sicher, Fee konnte gut folgen, hob Füße und Hüfte im Takt. Wie nah sie sich auf einmal waren. Jesko war groß und kräftig und lächelte sie unter einer Haarsträhne hinweg an. Seine Augen direkt vor ihr. Die Zeit dehnte sich. Um sie herum drehten sich die anderen Paare, aneinandergeschmiegt zu dieser leichten, heiteren und doch auch sehnsüchtigen Melodie.

Dann klang die Mazurka aus. Eine letzte Drehung.

»Wollen wir fahren? Das war doch ein guter Abschluss.«

Fee nickte. Sie warf einen letzten Blick in den Raum, in dem die Musiker fröhlich den nächsten Tanz anstimmten.

Die Luft draußen war immer noch warm, eine Weile hörten sie noch die Musik, bis sie verklang. Sie nahmen den direkten Weg zurück, radelten in stetem Tempo, der Himmel vor ihnen war rötlich.

Fee war Jesko dankbar, dass er nicht sprach. In ihr klangen die Melodien nach, die Schritte der Tänze, die fröhlichen Gesichter. Was sie erlebt hatte, war anders gewesen als alles in den letzten Monaten. Dieser Ausflug und dieser unbeschwerte Abend hatten sie herauskatapultiert aus ihrem Alltag, sie hatte den ganzen Tag genossen, und zwar zutiefst.

Als sie schließlich die Brücke in Kirchenfleth erreichten, bremsten sie beide ab. Es war jetzt fast dunkel.

»Findest du den Weg nach Hause?«, fragte Jesko.

»Klar«, sagte Fee.

Jesko öffnete den Mund, als wollte er noch etwas sagen, tat es dann aber nicht.

»Tschüs. Und danke, Jesko. Der Tag war wundervoll.«

Hätten die Räder nicht zwischen ihnen gestanden, hätte sie ihn vielleicht umarmt.

So lächelte sie.

Dann drehte sie sich um und fuhr davon.

12

In der Küche sah es aus wie Kraut und Rüben, Rieke stand gerade an der Arbeitsplatte und bereitete etwas zu. Fee fasste sich an die Stirn. Hier musste dringend aufgeräumt werden, Riekes Bereitschaft, Ordnung zu schaffen, hielt mit ihrer Kreativität nicht Schritt.

Ihre Tochter überreichte ihr ein großes Glas. »Hier, du bist doch Kaffeeexpertin.« Es sah aus wie kalter Kaffee mit Eiswürfeln.

»Was ist das?« Fee nahm ihn überrascht entgegen.

»Frappé. Wird in Griechenland getrunken. Probier mal!« Rieke sah ihr gespannt zu.

»Mh, köstlich!«

»Gut, ja?«, wollte Rieke wissen. »Super. Dann haben wir das nächste Angebot auf der Getränkekarte.« Sie machte sich eine Notiz.

»Willst du ein Café eröffnen?«, witzelte Fee.

»Exakt. Allerdings nicht ich. Wir.«

Fee verschluckte sich und hustete. »Du willst was?!«

»Ein Café eröffnen! Es ist doch ganz einfach: Du brauchst Geld. *Wir* brauchen Geld. Was wir haben, ist ein Gasthof mit einem Garten und einer großen Küche. Und um Geld zu verdienen, eröffnen wir ein Café. So einfach.«

Fee starrte sie verblüfft an. Rieke und ihre Ideen. Aber ... Ja, eigentlich war die Idee gar nicht so schlecht. Obwohl – ein

Café zu eröffnen war sicher kompliziert, an Auflagen gebunden, und überhaupt, wer sollte die Speisen zubereiten und die Gäste bedienen? »Ich weiß nicht, Rieke.«

»Natürlich weißt du nicht. Wir müssen es ausprobieren.« Rieke saß auf der Arbeitsplatte, wo sie sich mit einer entschlossenen Bewegung Platz geschaffen hatte, und ließ die Beine baumeln. »Ein Ausflugscafé für die Leute, die am Wochenende unterwegs sind, so wie du gestern bei deiner Radtour.«

Irgendwie gefiel Fee die Vorstellung. Ausflugscafé, das klang so nett. Nur am Wochenende. Ja, warum eigentlich nicht? Gäste auf der Terrasse bewirten, ihnen Getränke bringen und einen Imbiss.

»Vielleicht bieten wir gar nicht so viel an«, überlegte sie laut, »eine kleine, aber feine Karte, hauptsächlich Getränke, vielleicht herzhafte Quiches und nur zwei Sorten Kuchen.«

»Genau! Jetzt hast du es begriffen.« Rieke sprang von der Arbeitsplatte. »Wir machen alles selbst. Rhabarberlimonade, Erdbeerkuchen, Kaffee. Die Kühlschränke und all das sind doch noch da!«

Ein Problem allerdings gab es. »Und Golo? Auf Golo muss man aufpassen, Rieke. Wie machen wir das, wenn wir ein Café führen?«

»Er kriegt einen Babysitter.«

»Dann sind wir das verdiente Geld gleich wieder los.«

»Dann bauen wir ihm einen Laufstall oder binden ihn fest. Keine Ahnung. Uns fällt schon was ein!«

Zu Fees Überraschung war auch Rasmus einverstanden. »In den Sommerferien könnten wir das doch eigentlich auch vier Tage die Woche machen. Wir haben ja sonst nichts zu tun.«

Rieke schlug ihrem Bruder auf die Schulter. »Gute Idee. Anstelle von Verreisen kümmern wir uns um das Café. Ferienjob quasi.«

Fee staunte. Was war bloß in ihre Tochter gefahren? Sie hatte immer weggewollt und ging jetzt in Landcaféplänen auf. Aber die Idee war interessant, war wirklich nicht schlecht. Sie war sogar ganz ausgezeichnet.

Als Fee Martha die Pläne präsentierte, nickte auch sie. »Ich möchte in den Ferien sowieso lieber hierbleiben, Mama. Ich habe ein Projekt. Damit bin ich noch nicht fertig.«

Projekt? Davon hatte Fee nichts mitbekommen. Martha hockte zwar stundenlang am Graben, mit Fernglas, Klemmbrett und Stift, und zeichnete alles Mögliche auf, was sie dort sah, aber warum sie das tat, wusste Fee nicht.

Rieke saß noch an ihrem Laptop, als Fee ihr Gute Nacht sagte, und deutete auf ein Rezept und ein Bild von einem verführerisch aussehenden grünen Getränk. »Hier, schau mal, was mit Basilikum und Limette sollten wir machen, das liegt im Trend. Vielleicht einfach eine Saftbar, gar kein Café. Wir könnten eine Anlegestelle für Kanufahrer einrichten und die Leute vom Steg aus versorgen.«

»Der müsste erst mal repariert werden.«

»Kann Rasmus so was nicht machen? Ich hab übrigens schon hundertsiebzig Follower. Das ist gar nicht so wenig. Mit Sinje hat es angefangen, die Leute aus meinem Jahrgang waren auch bald dabei, jetzt hat es sich herumgesprochen. Sogar Freunde von Rasmus folgen mir.« Klick, klick, klick. Fee wurde schwindelig.

»Was ist mit der Schule?«, wollte sie wissen.

»Schaff ich mit links. Ach, Mama, das weißt du doch.«

Das stimmte allerdings, Rieke kam auf der Oberschule gut zurecht, sie hatte nie viel lernen müssen.

»Und das Reiten? Hörst du damit dann auf?«

»Auf keinen Fall!« Riekes Augen glänzten. »Alex hat sich schon zweimal länger mit mir unterhalten! – Guck mal hier, recycelte Folie, falls jemand sich was mitnehmen möchte und wir Kuchen einpacken müssen.«

So viele gute Ideen. Aber etwas daran stimmte nicht.

»Sag mal, meine liebe Tochter, warum bist du eigentlich auf einmal so begeistert vom Landleben?«

Rieke sah verwundert auf. »Alle wollen so was machen. So was wie wir hier. Alle sind voll neidisch auf das, was wir hier haben!«

Riekes Begeisterung hatte sich auf Fee übertragen. Aber konnte man mit einem Ausflugscafé wirklich Geld verdienen? Würde es für neue Fenster reichen? Oder würden sie ohnehin nur Minus machen? Fee konsultierte Viola, ihre zuverlässige Beraterin, die vor allem eines war: schonungslos ehrlich.

Sie holte den Rest des Weißweins aus dem Kühlschrank und stellte die Skype-Verbindung her, die für sie so wichtig geworden war, nachdem sie sich kurz auf eine Uhrzeit verständigt hatten.

Viola war von der Idee begeistert. »Du als Gastwirtin, wieso nicht?«

»Gastwirtin nun nicht gerade, Cafébetreiberin eben. Wir wollen mal gucken, wie das läuft. Es soll drei Tage geöffnet haben, am Wochenende, für Ausflügler. Rieke hängt sich voll rein.«

»Das tut euch gut. Ein gemeinsames Mutter-Tochter-Projekt, es freut mich, dass Rieke die Kurve offenbar gekriegt hat.«

»Ja, sie ist wild entschlossen, das ist mir richtig unheimlich.«

»Freu dich einfach. In dem Alter braucht man Projekte, für die man brennt. Und es passt doch, euer Gasthof ist doch riesig!«

Mit dem Handy in der Hand waren Rieke und Rasmus nach dem Einzug herumgelaufen und hatten für Viola eine virtuelle Führung durch ihr neues Zuhause gemacht. Sie war also bestens informiert.

»Ich hab keine Ahnung, wie es mit Auflagen aussieht. Ob man Versicherungen braucht oder so. Ich meine, man kann ja nicht einfach ein Café eröffnen.«

»Du kannst bestimmt jemanden fragen. Geh doch einfach mal zu eurer Gemeindeverwaltung, dort helfen sie dir sicherlich gerne weiter. Das ist anders als hier: Von den Ämtern, auf denen ich vorsprechen muss, machst du dir keine Vorstellung …«

Fee nahm einen Schluck von ihrem Weißwein. Ihr amüsierter Gesichtsausdruck entging Viola nicht. »Verstehe. Ich höre schon auf. Aber ich meine, dass sich das regeln lässt. Und sonst, was machst du sonst?« Der Röntgenblick ihrer Freundin, als sie ihr Gesicht näher an den Bildschirm brachte.

»Gestern war ich tanzen. Mit einem Mann.«

»Mit diesem Lehrer?«

»Nein, mit dem Handwerker.«

»Ah, ein Handwerker. Welcher? Hast du mir von ihm erzählt?«

»Ich glaube nicht. Es ist der, der das Loch in den Dielen für mich repariert hat.«

»Sieht er gut aus?«

»Mensch, Viola! Er sieht sehr gut aus, aber dafür kann er nichts, und das interessiert mich auch gar nicht.«

»Okay, ist er nett?«

»Ja, das ist er.«

»Sehr nett?«

»Ich weiß nicht, ich glaube schon.«

»Na, dann solltest du es schleunigst herausfinden!«

Es war letztlich Ina, die Fee mit Informationen versorgte. »Wir hatten mal ein Hofcafé, aber als die Kinder dann da waren, haben wir es aufgegeben, ich hab das nicht mehr geschafft, auf dem Hof ist einfach zu viel zu tun. So ein Café ist aber eine nette Sache, und so schwer ist es gar nicht, die Genehmigung zu bekommen.«

Im Ordnungsamt machte Fee einen Termin, und mit ihren Antragsformularen verließ sie kurz darauf zufrieden das Stadthaus in Stade. Den Gewerbeschein könne sie bald abholen, hatte die Mitarbeiterin ihr freundlich erklärt, eine Schulung durch das Hygieneamt würde sie erhalten, ausreichend Parkplätze und Toiletten waren vorhanden, weil der Gasthof ja lange als solcher genutzt worden war ... Sie konnten ihre Pläne in die Tat umsetzen.

Für Rieke stand fest, dass sie sich voll engagieren würde – »Ich will ja Geld für Reitstunden haben!« –, Martha versicherte, dass sie sich selbst beschäftigen könne, und Golo ging erst einmal zwei Wochen in eine Feriengruppe im Kindergarten, danach würde Ina ihn öfter nehmen.

Unterdessen testete Rieke weiterhin Rezepte, recherchierte Zutaten, verwarf und notierte. Sie stellte fest, dass man nicht viel anbieten musste, dass dieses Wenige aber besonders sein sollte. »USP, Mama, Alleinstellungsmerkmal, darum geht es!« Neben dem Testen der Rezepte verbrachte sie viel Zeit auf Social Media und postete täglich den Fortschritt des Cafés.

Während die Kinder vormittags in der Schule waren, lief Fee zu Hochform auf. Sie strich die alten Gartenstühle und -tische in bunten Farben und baute einladende Sitzplätze unter den Bäumen. Der wilde Garten verwandelte sich in ein kleines Paradies.

Heinrich Feindt, der es sich zur Gewohnheit gemacht hatte, immer mal wieder vorbeizuschauen, setzte sich zur Probe auf einen der Stühle. »Wollen mal sehen, ob der noch hält!«

An seinem Hintern klebte lila Farbe, als er sich erhob, aber Feindt winkte ab. »Is 'ne olle Büx.«

Alle, die vorbeikamen, wurden zur Eröffnung Anfang Juli eingeladen.

Wer nicht auftauchte, war Jesko, und Fee stellte fest, dass sie ihn vermisste. Knapp eine Woche war nach ihrem gemeinsamen Ausflug vergangen, da nahm sie Golo an die Hand und spazierte mit ihm über die Brücke und auf die andere Seite des Flusses.

»Guck mal, Mama!« Golo blieb andächtig stehen. Er hatte das Boot neben Jeskos Haus entdeckt.

Jesko musste sie gehört haben, er kam um die Ecke und schmunzelte. »Hallo, ihr beiden.«

Golo zeigte auf das Boot. »Kann man damit fahren?«

»Ja, das kann man. Ich habe es gerade fertiggestrichen.«

»Nimmst du mich mal mit?«

Jesko warf Fee über Golo hinweg einen Blick zu. »Wenn deine Mutter es erlaubt? Oder sie kommt selbst auch mit!«

Fee wollte etwas sagen, aber ihr Mund war wie zugeklebt.

»Wir machen übrigens ein Café!«, erklärte Golo wichtig.

»Ein Café? Klingt gut. Dann komme ich zu euch zum Kaffeetrinken und ihr zu mir zum Bootfahren. Ist das ein Deal?« Er hielt Golo die Hand hin.

»Ja.« Golo strahlte und schlug ein. »Tschüs.« Dann fiel ihm noch etwas ein: »Wir müssen auch noch das Baumhaus bauen.«

Fee musste ein Fragezeichen im Gesicht stehen.

»Na ja, aus eurem Obergeschoss zu rutschen, das geht jetzt ja nicht mehr, das Loch im Boden hab ich ja zugemacht«, erklärte Jesko ihr. »Also hat Golo sich die Rutsche an einem Haus im Baum gewünscht.«

»Ja, und denk nur, er will mir dabei helfen!«

Fee spürte, dass sie Jesko eine Erklärung schuldig war. Waren es nicht oft die Väter, die mit ihren Kindern Baumhäuser bauten? Dass Golo einfach ihn dazu aufforderte, einen fremden Mann, musste Jesko seltsam vorkommen.

»Ich ... sein Vater ...«, setzte sie an. Doch ihre Stimme versagte. Es war so schwer. Es ging Jesko im Grunde nichts an.

»Mein Vater ist immer bei uns, das hat er mir gesagt, aber bauen kann er nicht, das musst du schon machen!«, ließ sich Golo vernehmen.

Jesko wirkte nachdenklich.

»Er ...« Lebt nicht mehr, wollte Fee sagen.

»Er kann eben nicht bauen, weil er es eben nicht kann!« Damit drehte Golo sich um und zog Fee mit sich.

»Du könntest zur Eröffnung kommen.« Das fiel ihr gerade noch ein.

»Sehr gern.« Sein Blick war so ruhig.

»Okay, dann ...!« Schnell lief sie Golo hinterher. Sie konnte nicht über Jan reden. Nicht jetzt.

***

Fee erwachte davon, dass es draußen krachte. Schlaftrunken richtete sie sich auf. Tief und fest schlief sie seit einiger Zeit, das Fenster stand nachts offen, sie hörte die Geräusche vom Fluss her, die sie in den Schlaf wiegten.

Der Boden bebte.

Sie stand schlagartig aufrecht und lief zum Fenster. Nichts zu sehen. Erneutes Krachen. Fee warf sich ein Sommerkleid über und eilte in den Flur, zu einem Fenster auf der anderen Seite. Auf der Straße parkten drei Lastwagen, ein Bauunternehmen, wie die Aufschrift verkündete. Sie standen vor dem Wohnhaus schräg gegenüber, einem kürzlich verkauften Siebzigerjahrbungalow, klotzig.

Fees Wecker piepte, sie rannte zurück und stellte ihn aus: Es war sieben Uhr, Zeit, den Frühstückstisch zu decken und anschließend Golo zu wecken. Aus den ruhigen Minuten, die sie am Morgen meistens für sich hatte, wurde diesmal nichts. Jetzt setzte ein Presslufthammer an.

Im Gegensatz zu ihr war Golo begeistert. Als sie ihn zum Kindergarten brachte, war er an der Baustelle kaum vorbeizulotsen. »Bauen die hier bei uns?! Kann ich das jeden Tag sehen?!«

Nur schwer konnte Fee ihn dazu bewegen, sein Kinderfahrrad wieder in Gang zu setzen, er fuhr Schlangenlinien, den Kopf immer wieder nach hinten gewandt.

An ruhiges Vor-sich-hin-Werkeln war heute Morgen nicht zu denken. Das An- und Abfahren der Baufahrzeuge, die lauten Rufe der Bauarbeiter drangen bis in den Gasthof.

Am Mittag ging Fee hinüber. Sie wollte herausfinden, was dort los war. Aus einem Wagen mit Hamburger Kennzeichen stieg gerade ein Mann. Er trug einen grauen Zopf, ein mit großen Blüten auffällig gemustertes Hemd und spitze Stiefel. Er war fast zwei Meter groß. Ein Großstadtcowboy, dachte Fee amüsiert. Um die sechzig schätzte sie ihn.

»Moin«, sagte sie laut und vernehmlich.

Der Riese drehte sich um. »Moin, Moin.« Eigentlich sah er ganz verträglich aus. Seine Stimme war angenehm tief. An seinen Ohren blitzten Steine.

»Was wird denn das hier?« Fee stellte sich neben ihn.

Er blickte erst die Baustelle, dann sie an. »Das hier? Das wird 'n Tonstudio.« Breiter norddeutscher Tonfall.

»'n Tonstudio.«

»'n Tonstudio.«

»Was macht man denn hier mit 'nem Tonstudio?«

»Aufnahmen.« Er grinste. »Außerdem wird das mein

Wochenendhaus. Herkommen, Ruhe haben, bisschen chillen nach der Arbeit ... So halt, ne?«

Ruhe haben. Ruhe haben wollte sie hier auch, aber was hier gerade passierte, war Unruhe.

»Du baust also um?« Sie duzte ihn unwillkürlich.

Sein Grinsen wurde breiter. Dann wies er über die Schulter. »Eigentlich hätte ich den gern gehabt, den alten Gasthof, sollte aber nicht sein. Der Besitzer hatte ihn gerade an eine alleinstehende Frau mit ihren Kindern verscherbelt, wollte wohl 'n gutes Werk tun.«

Fee streckte sie die Hand aus. »Das gute Werk bin ich. Felicitas. Auf gute Nachbarschaft.«

»Swen. Kannst auch Schluppi zu mir sagen.« Sein Händedruck war angenehm fest.

Fee wollte sich gerade umdrehen, das musste sie erst einmal verdauen. Da fiel ihr noch etwas ein. »Und diese Umbauarbeiten, wann sind die vorbei?«

Swen hob die Schultern. »In drei Monaten? Vier?«

Ihr musste alles aus dem Gesicht gefallen sein, denn Swen nickte ihr versöhnlich zu. »Mach dir keine Sorgen, vielleicht geht's auch schneller.«

***

Jesko wollte zum Sport und war gerade an der Brücke, als er sah, wie Felicitas mit einem Mann aus dem Gasthof trat. Gut gelaunt beugte der sich zu Fee hinüber und hauchte ihr französische Küsschen auf die Wange, bevor er mit seiner Tasche in ein offenes Cabrio stieg. Dann sagte er noch mal etwas. Sie lachte und hob die Hand, es wirkte, als würden sie sich schon lange kennen. Was war denn das für ein Schnösel?

Es versetzte ihm einen Stich, stärker, als er gedacht hätte.

Er musste aufpassen. Wie hatte er annehmen können, dass

es mit Felicitas anders war als mit anderen Frauen? Sie hatte so ungekünstelt gewirkt, so ehrlich. Die gemeinsame Radtour durchs Alte Land und der Ballabend hatten einfach Spaß gemacht. Sie stellte keine Ansprüche, fragte ihn keine komplizierten Dinge, auf die sie ihn dann festnagelte, es gab kein weitschweifiges Reden, sie psychologisierte nicht. Sie verhielt sich angenehm ernst. Er mochte sie. Das erste Mal seit Nadjas Weggang hatte er sich wieder auf eine Unternehmung mit einer Frau eingelassen und diese sogar genießen können. Ein Date war es gewesen, so gesehen. Aber es hatte sich ganz anders angefühlt, besser.

Wozu er jedoch keine Lust hatte, das war, in Konkurrenz zu anderen Männern zu stehen. Von Frauen, die sich parallel zu ihm mit anderen trafen, hatte er erst einmal genug. Sollte sie tun, was sie wollte, es war ihr gutes Recht, er konnte schließlich keinen Besitzanspruch auf sie erheben, aber ohne ihn. Er spürte, dass er noch nicht so weit war.

Es gab eine Sache, die würde er Felicitas bringen, danach würde er die Segel hissen und verschwinden.

***

Die Baulärmhölle brach in den folgenden Tagen erst richtig los. Wände wurden eingerissen, neue aufgemauert, Bodenbeläge herausgeschlagen, Estrich gegossen. Golo war überwältigt von dem großen Betonmischer, der in ihrer kleinen Straße stand, und konnte sich kaum lösen vom Anblick der rot-weißen Trommel, die sich beständig drehte. Immer wieder musste Fee mit ihm zur Baustelle gehen, um festzustellen, was sich dort gerade tat. Die Handwerker scherzten mit ihm und erklärten ihm, was sie taten.

Und: Im Bungalow wurden die Fenster ersetzt. Eines Morgens gähnten Löcher in den Wänden, ein paar Tage später saßen bereits neue in den Rahmen. Für diesen Schluppi war das offenbar kein Problem.

Schluppi scherzte ebenfalls mit Golo und unterhielt sich ein bisschen mit Fee. Dass sie ein Café eröffnen wollte, gefiel ihm. »Mach vernünftigen Kaffee, dann komm ich mal vorbei!«

Wenn nur die Bauarbeiten nicht gewesen wären! Fee spürte, wie die Anspannung in ihr zunahm. Es fiel ihr schwer, all das Schlagen, Klopfen und Hämmern auszublenden. Die Melodien, die sie sonst im Kopf hatte, wurden vom Lärm der Maschinen erstickt. Sie war erleichtert, wenn die Bauarbeiten ab sechzehn Uhr bis zum nächsten Morgen ruhten.

Fee zählte gerade das Geschirr durch und überlegte, wie viele Teller, Tassen und Gläser sie für ihr Café brauchen würden, als es klopfte. Daran, dass niemand die Haustür benutzte, hatte sie sich inzwischen gewöhnt.

Es war Jesko. Fee spürte, wie Freude in ihr aufstieg.

»Ich habe etwas gefunden.« Er überreichte ihr ein bemaltes Tablett aus Holz. »Das stammt vermutlich sogar aus dem Gasthof, es liegt schon lange bei mir herum, ohne dass ich es benutze. Du kannst es sicher besser gebrauchen als ich.«

»Hast du Durst?« Wenigstens einen Moment blieb er vielleicht.

Er nahm das Glas entgegen, wobei sich ihre Hände kurz berührten. Sie lächelten sich an, fast ein wenig verlegen.

»Du hast frei«, stellte Fee fest.

»Tatsächlich, zehn Tage.«

»Und, hast du was vor?«

»Eine Segeltour machen. Ein Stück die Ostsee hoch. Das Boot ist fertig.«

Fee fand den Gedanken verlockend. Der Ausflug neulich war so vertraut gewesen, hatte sich so richtig angefühlt. Aber vielleicht war das zu früh, sie musste aufpassen, sie wusste nach wie vor kaum etwas von Jesko und seinem Leben.

»Zu eurer Caféeröffnung bin ich vermutlich nicht zurück.« Er sah sie fest an.

»Willst du trotzdem mal sehen, was wir bisher gemacht haben?« Sie führte Jesko durch den Garten, erklärte das Konzept.

Jesko betrachtete die grün und violett gestrichenen Stühle. »Sieht nett aus.«

»Praktischerweise ist alles da. Stühle, Tische – der Gasthof ist gut ausgestattet.« Sie lachte. »Nur eine Tafel für die Speisekarte fehlt mir noch.«

»Die müsste es doch noch von früher geben. Hast du im Schuppen nachgeschaut?«

»Flüchtig. Da steht viel Gerümpel.«

»Wie ist es mit dem Dachboden?«

Fee schüttelte den Kopf. Den Dachboden hatte sie bisher nur einmal begangen und dort nur ein paar kleinere Möbelstücke und staubige Kisten wahrgenommen.

»Auf dem Dachboden haben wir Kinder uns früher versteckt, wenn uns keiner finden sollte. Wenn du willst, können wir eben gemeinsam gucken.«

Fee folgte ihm die knarzende, schmale Treppe hinauf. Sie betrachtete seine Unterarme und die Tätowierung, die unter dem T-Shirt hervorlugte, als er den Schlüssel drehte und die Tür aufzog.

Der Dachboden war viel größer, als Fee ihn in Erinnerung hatte. »Das ist ja ein richtiger Ballsaal«, stellte sie fest.

»Möchtest du tanzen?« Jesko reichte ihr die Hand. Er summte eine Walzermelodie, gemeinsam drehten sie sich ein Stück. Sein Arm lag sicher auf ihrem Rücken. Lachend löste Fee sich wieder von ihm. Ihre Schritte hatten Spuren in den Staub gezeichnet.

Dann sah Fee sich in den Ecken um. Dort waren viel mehr

Dinge abgestellt, als sie in Erinnerung gehabt hatte. Ein antikes Kinderbett, ein wurmstichiger Hocker, eine geschwungene Kommode. Jedoch nichts, was für ihr Café brauchbar gewesen wäre.

Jesko hatte sich derweil ans Giebelfenster gestellt. »Nette Aussicht. Ich sehe mein Haus.«

Fee trat zu ihm. Das Dorf, das Flüsschen, Jeskos Haus auf der anderen Seite, die endlosen Obstplantagen, weit hinten das andere Elbufer und die Kräne des Hamburger Hafens.

Ihre Arme berührten sich.

Fee spürte kleine Funken an der Stelle. Sie schloss die Augen und hielt ganz still.

Dann gab sie sich einen Ruck und trat einen Schritt zurück. »Ich glaube, hier finden wir nichts.«

»Hat sich trotzdem gelohnt, allein für die Aussicht.« Jesko warf ihr einen undefinierbaren Blick zu.

Unter einer Schräge entdeckte Fee eine verstaubte Truhe mit einem Stapel sauber gefalteter Leinentischdecken darin. »Sind die schön!« Fee nahm sie mit.

»Wo habt ihr euch denn sonst noch herumgetrieben als Kinder?«, fragte Fee Jesko, als sie den Dachboden verlassen und die Tür hinter sich geschlossen hatten.

»Komm, ich zeig's dir!«

Die Nebengebäude aus Backstein hatten Ecken voller Gerümpel. Ein Schrank stand dort, mit gespaltener Tür, geschnitzte Blumen im Jugendstil.

Fee strich über den Spalt: »Schade, dass er beschädigt ist.«

»Wenn du willst, mache ich ihn dir bei Gelegenheit fertig«, bot Jesko an. Waschtische mit Porzellankrügen, die in den Gastzimmern gestanden hatten, bevor es moderne Bäder gab, und eine alte Nähmaschine. Fee trug dieses und jenes hinaus, um das neue Café damit zu dekorieren. Und tatsächlich, auch Standtafeln gab es.

Schließlich betraten sie den ehemaligen Stall. »Hier wurden die Pferde untergebracht, der Hof war früher ein Ausspann«, erklärte Jesko.

Es war schattig und still. Schwalben flitzen umher. Die leeren Futtertröge, ein paar Strohreste in den Ecken.

»Heinrich hatte lange selbst Pferde.« Jesko sah sie an, seine Hand näherte sich, er pflückte ihr etwas Stroh aus dem Haar. Wieder spürte Fee, wie ihre Knie weich wurden, wenn er sie so ansah, warm und zärtlich.

Einen Moment sagte keiner etwas. »Na dann.«

Im Sonnenlicht war alles wie immer.

Jesko nickte ihr zu. »Ich muss los. Ich schau mal, dass ich zur Eröffnung wieder da bin. Sonst komm ich später vorbei.«

Fee hob die Hand. Wusste nicht, was sie sagen sollte, sie hätte gern irgendetwas Nettes gesagt. Vielleicht einfach, dass sie ihn vermissen würde. Sie holte Luft.

In dem Moment wummerte ein Presslufthammer los. Jesko hob eine Augenbraue, dann drehte er sich um und ging davon.

Sommer

13

Die Eröffnung des Cafés wurde ein voller Erfolg.

Fieberhaft hatten sie einen Namen gesucht und ihn gefunden, als sie in der Küche standen, wo sie viele Stängel duftender grüner Minze wuschen und zupften: *Le Jardin de Menthe*. Golo gefiel die französische Aussprache, er fand sie äußerst lustig, und damit war die Entscheidung gefallen.

Die Minze aus dem Garten spielte eine wichtige Rolle, sie aromatisierte die Limonaden und Süßspeisen. Fee und Rieke hatten eine schlichte Karte entworfen: Ingwerlimonade, Holunder- und Rhabarberschorle, frisch zubereitet. Dazu ein kleines Sortiment an Kaffeespezialitäten. Als Speisen boten sie wechselnde Kuchen an mit saisonalem Belag – »Aber mindestens einer davon vegan!«, darauf hatte Rieke bestanden – und vollwertige Quiches.

Und dann war es so weit. »Herzlich willkommen«, stand auf einer der Standtafeln, von den Kindern gebastelte bunte Wimpel flatterten an den Bäumen, und die Tische waren mit den Leinentüchern aus der Truhe bedeckt. Darauf Wiesenblumensträuße in kleinen Vasen – die Gäste konnten kommen.

Als Erster tauchte Heinrich Feindt auf. »Is jo jüst Kaffeetied! Wat hebbt ji denn Goodes?«

Dann erschien Line-Sophie mit ihrer Mutter, Fee war ihr erst einmal begegnet, und auch Ina und ihr Mann standen kurz darauf im Garten. Bald waren fast alle Plätze besetzt.

Rieke errötete, als eine Gruppe Jugendlicher auftauchte. War dieser Alex aus dem Reitstall dabei?, fragte sich Fee. Die Jugendlichen ließen sich mit gekreuzten Beinen am Wasser nieder. Auch Ausflügler kamen auf Fahrrädern, Riekes Werbung hatte bis Hamburg gereicht.

Nein, es gab nichts auszusetzen an diesem ersten Tag. Alle waren zufrieden, hatten Komplimente gemacht, Blumen oder kleine Geschenke mitgebracht und ihnen alles Gute gewünscht. Morgen würde es weitergehen, dann hätten sie erst einmal vier Tage Pause. Das war doch ein Rhythmus, fand Fee, der sich durchhalten ließe.

Die Tageszeitung berichtete wohlwollend über ihr Café und hob vor allem die ausgezeichnete Holunderschorle hervor. Auch in einem Hamburger Magazin war der *Jardin de Menthe* als Tipp für einen Ausflug in die Umgebung genannt worden, und Rieke hatte auf ihrem Blog und bei Instagram viele neue Follower.

»Finn fand es auch gut«, schwärmte sie, »er findet es klasse, wenn man Dinge selbst macht, und mag es, wenn man vor Ort etwas bewegt, anstatt in den Urlaub zu fliegen.«

Finn war, stellte sich heraus, einer der Jugendlichen, die zur Caféeröffnung gekommen waren. Alex war wohl nicht mehr angesagt, dachte Fee und nahm sich vor, sich bei Gelegenheit bei Rieke nach ihm zu erkundigen.

Von Jesko hatte Fee nichts mehr gehört. Zehn Tage hätte er Urlaub, hatte er ja gesagt. Wie es wohl war, mit einem Segelboot unterwegs zu sein, so allein auf dem Meer? Sie überlegte, ob er sie mal mitnehmen würde. Sie hatte Sehnsucht danach, merkte sie: unterwegs zu sein. Das war etwas, was nicht mehr möglich war, seitdem sie allein für die Kinder da war. Früher war sie manchmal auf Konzertreise gewesen und hatte es genossen. Trotzdem: Das Schönste war es gewesen, zu Jan und den Kindern zurückzukommen. Nach Hause.

Sie wollte lieber nicht daran denken. Noch immer tat sich ein Riss auf, wenn sie an Jan dachte, an die gemeinsame Zeit, die so sicher geschienen hatte. Warum dachte man immer, dass Dinge, die gut waren, nie enden würden? Sie waren jung gewesen, sie hatten im Leben gestanden, und sie hatten alles erreicht, was sie sich vorgenommen hatten. Es war ein erfülltes Leben gewesen. Und auf einmal war alles vorbei gewesen.

Was hier geschah, im Alten Land, fühlte sich für sie manchmal wie ein Schauspiel an. Als wäre es eine Probe, die verdammt an die Wirklichkeit erinnerte. Manchmal vergaß sie, was geschehen war. Dann gab sie sich dem Moment hin, fühlte sich lebendig und war tatsächlich glücklich.

Bis sie einen Albtraum hatte und wieder erwachte.

Danach war es schlimmer als zuvor, und sie musste das Glücklichsein erst wieder erneut probieren.

Trotzdem, insgesamt wurde es besser. Es gab Dinge, die waren hier leichter. Die Arbeit im Garten lenkte sie ab, und das Café war ein tolles Projekt, wie gemacht, um Sorgen, wenn nicht gänzlich zu vertreiben, so zumindest in die hinterste Ecke zu verbannen.

Auch am zweiten Wochenende war das Café gut besucht. Katharina, Line-Sophies Mutter, war wieder da. Sie bot Fee das Du an. »Nett hast du's hier!« Sie lächelte, und Fee dachte, dass sie einen Schauspielerinnenmund hatte, schön und ausdrucksvoll. Dazu die ausgewählte Fünfzigerjahrekleidung – ja, Katharina sah gut aus. Vieles an ihr erinnerte Fee an Viola, das Strahlende, Selbstverständliche, Einnehmende. Vielleicht konnte sie eine Freundin sein?

»Danke. Wir haben uns Mühe gegeben.« Fee lächelte zurück.

»Gar nicht so einfach, oder? So ein Café, dann der Gasthof, die Kinder ...« Wie verständnisvoll sie wirkte.

Fee schüttelte den Kopf und lachte. »Nein, natürlich nicht. Aber es klappt. Ich bin so froh, dass wir das Haus hier haben. Vorher, in Hannover ...« Sie ließ den Satz unvollendet.

Katharina sah sie teilnahmsvoll an. »War es nicht gut?«

»Unsere Wohnung war zu klein. Es gab kaum Platz, öfter Ärger mit den Nachbarn – hier haben wir jetzt auf jeden Fall ausreichend Platz. Was darf ich dir bringen?«

»Ach, ich komme einfach mit in die Küche und suche mir direkt was aus.«

Anerkennend betrachtete Katharina die Auslagen. »Nicht schlecht, sieht alles superlecker aus. Du bringst ein Stück Großstadt aufs Land, finde ich gut, ehrlich!«

Sie wählte Erdbeertorte und eine Limonade und setzte sich wieder in den Garten, wo sie ihre Sonnenbrille aufsetzte und auf dem Handy tippte.

»Moin!« Eine bekannte Stimme, dröhnend. Swen.

»Machst du mir einen Kaffee?« Mit einem jungen Mann, dieser war auffällig tätowiert, ließ er sich im Garten nieder. Und Swen war ein echter Kaffeefan, wie sich herausstellte. »Hat fast Hamburger Qualität!«

Fee lachte.

»Fehlt nur 'n büschn Musik hier.«

»Lausch besser den Fröschen und den Grillen. Die machen auch Musik, das tut deinen geplagten Produzentenohren gut!«, erwiderte sie. Swen grinste.

Fee überlegte kurz, ob Musik tatsächlich eine Lösung wäre. Nein, nicht hier draußen. Und sie selbst reagierte zu empfindlich auf alle Arten von Tönen, eine selbst für professionelle Musiker erhöhte Sensibilität gegenüber akustischen Reizen hatte ihr ein Professor auf der Musikschule bescheinigt.

Der Nachmittag verging wie im Flug. Ein kurzer Schreckmoment war, als Martha eine Wespe retten wollte, die von einem älteren Ehepaar aufgebracht verscheucht wurde, weil sie auf einem Kuchenstück saß. Martha veranlasste dies zu einem Vortrag über das Insektensterben.

Fee zog sie entschuldigend vom Tisch weg, aber Martha ließ sich nicht irritieren.

»Sie hat ja recht, Insektenschutz ist sehr wichtig. Freuen wir uns, dass wir hier noch eine Wespe sehen«, sagte die Frau versöhnlich, ihr Mann allerdings wirkte wenig überzeugt. Martha zog zufrieden ab.

Fast alle Besucher waren aufgebrochen. Fee ging hinaus, um die letzten Teller und Gläser abzuräumen. Aus dem Augenwinkel hatte sie wahrgenommen, dass sich am Tisch unter der Weide noch zwei Gäste niedergelassen hatten, während sie in der Küche war.

Als sie im Garten stand, erkannte sie, wer es war.

Jeskos blonde Haare waren von der Sonne gebleicht. Seine Haut war sonnengebräunt, und seine Augen blitzten, als er ihr entgegensah. Er sah regelrecht verwegen aus.

Fee freute sich. Sie musste sich zwingen, ihre Schritte zu mäßigen. Auch Jeskos Begleiter erhob sich, es war ein schmaler, gut aussehender Mann mit einem Haarknoten. Fee bemerkte, dass er eine Gitarre in einem Futteral dabeihatte.

»Fee!« Jesko legte ihr die Hände auf die Schultern. Kurz sah es aus, als würde er sie an sich ziehen, aber dann sah er sie nur mit leuchtenden Augen an.

»Darf ich vorstellen, Hugo, ein alter Freund aus Frankreich. Er ist gerade in Moorburg zu Gast. Sie haben ihn zu mir geschickt, damit er sich das Alte Land anschauen kann. Hugo ist Musiker und macht eine Deutschlandtour, er hat verschiedene Auftritte.«

Wie erholt und gelöst Jesko wirkte, und auch Hugo war ihr spontan sympathisch. »Bienvenue, Hugo.« Sie sie gaben einander Wangenküsse. Hugo hatte einen französischen Charme, der ihr vertraut war. Ihre Konzertreisen nach Frankreich lagen weit zurück, aber sie hatte sie gemocht, die französische Lebensart, und Paris hatte sie begeistert. Am meisten geliebt hatte sie allerdings die raue Bretagne.

»Was macht dein Café? Läuft?«, erkundigte sich Jesko interessiert.

»Viel besser, als ich dachte. Was wir machen, kommt tatsächlich an. Und bei dir? Wie war deine Reise?«

»Oh, die war gut.« Er grinste unter seinem Bartschatten.

»Setzt du dich zu uns?«

»Gern. Habt ihr Hunger? Ich fürchte, es gibt nur noch Reste.«

Kurz darauf saß Fee mit am Tisch, und Jesko erzählte von seiner Segeltour in die Dänische Südsee. Hugo verstand genug Deutsch, um zu folgen, manchmal fügte Jesko etwas auf Französisch hinzu, und Fee war überrascht, wie selbstverständlich er diese Sprache benutzte.

Rasmus kam vorbei und brachte Golo mit, der sich auf Fees Schoß kuschelte. Auch Rasmus blieb sitzen und lauschte den Männern.

»Très bon!«, lobte Hugo. »Du bist die beste Köchin. Es schmeckt wie bei meiner Großmutter in Frankreich.«

»Er mag die Quiche«, stellte Golo fest, der Hugo nicht aus den Augen ließ. Jeskos Bericht lauschte er mit offenem Mund, und Fee bemerkte, dass Jesko seine Schilderungen extra für Golo übertrieb, indem er einen Wind zu einem Sturm aufbauschte und ihn mit großen Gesten schilderte. Fehlte nur noch, dass ein Meeresungeheuer aufgetaucht wäre oder eine Seejungfrau.

»Aber solche Stürme gibt es nicht in echt, oder?«, wollte Golo wissen.

»Manchmal«, sagte Jesko. »Und das nächste Mal kommst du mit, zu zweit können wir die Segel besser halten.«

»Ich weiß nicht, ob ich mich das traue. Aber Rasmus, der ist stark genug.«

»Dann segeln wir alle zusammen. Bis nach Frankreich, was, Hugo?«

»Na klar. Und dort machen wir ein Feuer. Wir grillen einen Ochsen«, erklärte Hugo.

»Echt?« Golo riss die Augen auf.

»Natürlich nicht.« Fee strich ihm übers Haar.

»Schade, ein Feuer würde ich mögen.«

Rasmus war es, der sagte: »Können wir doch auch hier machen.«

»Wir haben keine Feuerstelle«, bemerkte Fee.

»Oh, die haben wir in zehn Minuten«, sagte Jesko.

»Ich muss aufräumen«, sagte Fee, »morgen Mittag geht der Betrieb weiter.«

»Wir können dir helfen«, bot Hugo an.

Jesko holte einen Spaten aus dem Schuppen, hob eine Kuhle aus und umrandete sie mit Backsteinen. Ein Haufen trockener Äste und Zweige war schnell gefunden, neben dem Schuppen war noch altes Feuerholz gestapelt. Rasmus half ihm dabei, Fee und Hugo räumten währenddessen die Küche auf. Rieke war noch nicht wieder da, aber Martha erschien und wischte mit einem Lappen sorgfältig die Tische ab.

Fee warf die Spülmaschine an, strich noch ein paar Brote und brachte sie hinaus. Der Anblick gefiel ihr: die Jungen, wie sie arbeiteten, Golo, der mithelfen durfte, einfache Sitzgelegenheiten aus Brettern um die Feuerstelle herum zu errichten. Als ob es so gehörte. Jesko hingen die blonden Haare ins Gesicht, mit kräftigen Händen packte er die Steine und Bretter an ihre Stelle.

Rieke erschien, immer noch in Reitkleidung. »Sorry, Mama, wir haben noch gequatscht, Line und ich! Darf ich bei ihr übernachten? Ich hab dir geschrieben, aber du hast nicht geantwortet!«

Nein, ihr Handy hatte Fee nicht im Blick gehabt. »Von mir aus.«

Rieke drückte ihr einen Kuss auf die Wange. »Cool, das mit dem Feuer, aber ich verschwinde dann mal!« Weg war sie.

Rasmus, Golo und Martha hatten es sich bereits um die Feuerstelle gemütlich gemacht. Jesko winkte ihr zu. »Komm zu mir.« Er klopfte neben sich auf die Bank. Doch Fee ließ sich in dem klapprigen Liegestuhl nieder, den Rasmus aus dem Schuppen herangeschleppt hatte.

Die Grillen zirpten. Eine weiße, etwas struppige Katze hatte sich vorsichtig genähert, sie saß jetzt in der Nähe und beobachtete sie. Fee hatte sie schon einmal gesehen, wie sie durch die Gärten streifte, sie war sehr scheu. Ihr Schwanz schlug aufmerksam hin und her.

»Eh, Madame Souris!« Hugo warf ihr ein Bröckchen der Quiche zu. Sie beachtete es nicht.

Golo war es nicht entgangen. »Was hat er gesagt?«

Fee musste schmunzeln. »Madame Maus. Er hat sie Frau Maus genannt.«

»Das ist, wie wenn ich zu Esel Herr Pferd sage.« Golo kicherte.

Und es brachte ihn auf die Idee, seinen Esel und eine Kuscheldecke aus dem Haus zu holen. Er legte sich damit zu Fee auf den Liegestuhl.

»Ich möchte rein. Ich muss noch was aufzeichnen«, sagte Martha.

Bei Fee regte sich wieder das schlechte Gewissen. Kümmerte sie sich zu wenig um Martha? Ständig zog sie sich zurück, schien ihre Zeit am liebsten mit Spinnen, Fröschen und anderem Getier zu verbringen. Gleichzeitig wirkte sie so zufrieden wie selten in Hannover, auch die Streitereien mit Rieke hatten sich wie von Zauberhand gelegt.

Sie gab ihr einen Kuss. »Komm wieder raus, wenn du magst, ja? Wir sitzen hier.«

Ja, sie saßen hier. Sie saßen einfach so da. Der Feuerschein spiegelte sich auf den Gesichtern, es wurde langsam dämmrig. Hugo griff nach seiner Gitarre und stimmte ein Lied an. Seine Finger zupften die Saiten, eine kleine Melodie, die sich so wunderbar in diesen Sommerabend fügte. Jesko hatte die Ellenbogen auf die Oberschenkel gestützt und saß zum Feuer gebeugt, einen Stock in der Hand, mit dem er gelegentlich die Glut zusammenschob.

»La mer …« Es war ein bekanntes französisches Chanson, schlicht, beruhigend, wiegend wie weiche Wellen. Und Hugo hatte eine ausdrucksvolle Stimme.

»Sssön«, murmelte Golo, er war beinahe eingeschlafen.

Auch Fee entspannte sich. Sie konnte loslassen. Sie konnte die Situation annehmen, das Feuer und die Töne, alles verschmolz miteinander, und alles war richtig. So einfach, so naheliegend. Eine Gruppe von Menschen, die beieinandersaßen und einer Musik zuhörten, einer Musik, die vom Meer erzählte und dem Sommerhimmel, den silbernen Lichtreflexen auf dem Wasser.

Die Katze strich unter den Büschen umher, blieb dabei aber in der Nähe.

Als es bereits dunkel war, brach Jesko mit Hugo auf. Sie löschten das Feuer, das fast heruntergebrannt war, und trugen das letzte Geschirr hinein.

»Schaffst du das?«, fragte Jesko mit Blick auf den schlafenden Jungen auf ihrem Arm. Fee nickte.

Hugo erklärte, dass er morgen weiterreisen würde. »Es ist schön hier im Alten Land«, sagte er mit seinem französischen Akzent. »Dies ist ein großes Haus mit großem Glück.«

»Danke für die Musik«, erwiderte Fee. »Und komm wieder, wenn du in der Nähe bist.«

Ein Lächeln, ein Zwinkern. Weg waren die beiden Männer.

Nachdenklich brachte Fee Golo nach oben.

14

Ein paar Tage waren es noch bis zu den Ferien, und Fee hatte mit dem Café alle Hände voll zu tun. Obwohl sie sich einen Ausflug eigentlich nicht erlauben konnte, was er natürlich verstand, versuchte Jesko, sie zu einer Segeltour zu überreden.

»Morgen stimmt der Wind, es ist bestes Segelwetter – lass es uns einfach tun. Glaub mir, danach läuft es umso besser in deinem Minzgarten, du bist frisch und ausgeruht!«

Fee lachte und ließ sich überzeugen, Martha und Golo konnten glücklicherweise bei Ina untergebracht werden.

Sie fuhren nach Lühe, wo Jeskos Segelboot, die *Wellentänzerin*, inzwischen am Steg lag. Und vom ersten Moment an, als sie die Elbe sah, wusste Fee, dass es richtig gewesen war, sich die Zeit zu nehmen. So lange hatte sie ihr Verlangen nach Unterwegssein unterdrückt, jetzt war es fast übermächtig wieder da.

Sie zog die orangefarbene Schwimmweste über, die er ihr reichte, und half Jesko, die Leinen zu lösen. Er sprang im letzten Moment zu ihr aufs Boot. Einen Augenblick bangte sie, ob sie jetzt allein auf die Elbe treiben würde. Tatsächlich war Fee noch nie in ihrem Leben gesegelt. Es hatte sich einfach nicht ergeben, und mit Jan war es nicht möglich gewesen, er war leicht seekrank geworden.

Fee kannte keine Seekrankheit. Sie hielt nur den Atem an, als das Schiff sich neigte, fast waagerecht aufs Wasser. Ein kräftiger Wind wehte und schob sie auf den Fluss hinaus.

Jesko lachte. »Keine Angst, es kann nichts passieren! Das Boot kentert nicht!« Fee beobachtete, wie er mit sicheren Griffen die Segel setzte und die *Wellentänzerin* auf Kurs brachte.

Er war sichtlich in seinem Element. Fee war fasziniert davon, wie er sich auf dem Boot bewegte, wie er das Boot steuerte, unterm Segelbaum durchtauchte, die Seiten wechselte. Und auch für sie selbst war die Fortbewegung wie ein Rausch, der Wind, der ihr um die Ohren brauste, das knatternde Segel, die Geschwindigkeit, mit der sie Fahrt aufnahmen. Ostwind und ablaufendes Wasser, das seien hervorragende Voraussetzungen, um Richtung Nordsee zu segeln, hatte Jesko ihr erklärt.

Ein riesiges Containerschiff kam näher, vom Wasser aus sah es noch höher aus als vom Ufer. Fee wurde unbehaglich. »Weißt du, was du tust?«, rief sie gegen den Wind.

»Das weiß ich genau!«

Und schon hatte sich der Frachter an ihnen vorbeigeschoben, mit tief puckernden Motoren, und die *Wellentänzerin* schaukelte auf den Wellen, die er verursacht hatte.

Sie glitten stromabwärts. Die Möwen, die sie begleiteten, die frische Luft, der blaue Himmel – Fee fühlte, wie alle Sorgen von ihr abfielen. Andere Segelboote waren unterwegs, vereinzelt Motorboote, meistens weit entfernt, dieser Strom war einfach unglaublich breit.

Nach etwa zwei Stunden hatten sie einen Nebenfluss erreicht. »Das ist die Oste«, erklärte Jesko, »wir fahren ein Stück hinein.«

Schilf säumte das Ufer, ein Deich und Pferdeweiden. An einer geeigneten Stelle ankerten sie und packten das mitgenommene Picknick aus. Wie ruhig es hier war, wie verwunschen. Kein Mensch war hier, nur weit entfernt auf der Elbe fuhren die großen Schiffe. An der Ostemündung öffnete sich die Elbe bereits zur Nordsee, erklärte Jesko und sprach von den Gezeiten, dem ewigen Wechselspiel von Ebbe und Flut im Schleswig-Holsteinischen Wattenmeer.

Dass die Elbe von den Gezeiten abhängig war und selbst die Lühe, an der sie wohnten, der Tide unterlag, war ihr natürlich nicht entgangen. Aber Jesko wusste so viel mehr zu erzählen. Vom Watt, in dem man von Cuxhaven aus bis zur Insel Neuwerk wandern konnte – »Die übrigens zu Hamburg gehört« –, um dann, wenn das Wasser wieder da war, mit dem Schiff zurückzufahren. Aber auch von Sturmfluten berichtete er, die in den vergangenen Jahrhunderten immer wieder die Deiche durchbrochen und das Land überschwemmt hatten.

»Deshalb werden die Deiche regelmäßig überprüft und immer wieder erhöht. Zuletzt gab es 1962 eine verheerende Sturmflut. In Hamburg starben über dreihundert Menschen. Noch früher, im Mittelalter, sind bei außergewöhnlich schweren Sturmfluten ganze Landstriche verschwunden. Die Sturmfluten haben die Küste verändert.«

Es war schwer, sich das jetzt vorzustellen, bei diesem blauen Himmel.

Sie segelten wieder zurück, die Flut, die das Wasser elbaufwärts strömen ließ, half ihnen dabei. Plötzlich machte Jesko eine Wende und wies auf eine Sandbank. Im ersten Moment verstand Fee nicht, was er ihr zeigen wollte, aber dann erkannte sie die glänzend grauen Körper: Seehunde waren es, die dort zufrieden ruhten.

Weiter ging es, allmählich wusste Fee, was von ihr erwartet wurde, und fühlte sich sicher an den Leinen. Jesko zeigte ihr, was sie tun konnte, und Fee fühlte sich auf dem Wasser so wohl wie lange nicht mehr. Es war ein wunderbares Element, sie verstand, dass Jesko Segeln ging, wann immer es ihm möglich war.

Als sie bereits ein ganzes Stück weit gekommen waren, steuerte Jesko die Nebenelbe bei Pagensand an. Sie vertäuten das Boot an einem kleinen Anleger, dann stapften sie durchs Grün einen schmalen Weg entlang auf die andere Seite der Insel. Fee ließ sich in den Sand fallen und streckte mit einem zufriedenen Seufzer die Beine aus. »Wunderbar.«

Jesko packte die Reste ihres Picknicks aus dem Rucksack und platzierte Tomaten, Oliven, Brot, Käse und gekochte Eier vor ihr.

»Ich hab tatsächlich schon wieder Hunger.« Fee wollte zugreifen, aber an ihren Händen klebte Sand.

»Warte, ich helfe dir.« Fee ließ zu, dass Jesko ihr behutsam eine Cocktailtomate in den Mund schob.

»Den Rest esse ich selbst.« Sie rieb ihre Hände an der Hose ab.

Anschließend ließ Fee sich zurücksinken, hob die Hand vor die Augen und sah in den Himmel. Das Festland war so weit weg von dieser Insel aus. Alles schien so weit entfernt, als wäre nichts wirklich, als könnte nichts ihr etwas anhaben.

Jesko lag einen Meter entfernt neben ihr, er hatte seine Jacke unter den Kopf geschoben und die Augen geschlossen. Die Farbe seiner Haare passte zu der des Sandes, es waren die Farben der Küste, die seine Haut und seine Haare hatten. Auch seine graublauen Augen fügten sich ins Bild. Nordseeaugen, dachte Fee.

Jesko öffnete jetzt die Augen, schirmte sie ab und betrachtete den Himmel. »Elefant«, sagte er plötzlich.

»Wie bitte?«

Er wies nach oben.

Ah. Sie musste schmunzeln.

»Nilpferd.«

Gemeinsam entdeckten sie Bilder in den Wolkenformationen, bis Fee gähnte. »Ich könnte eine Runde schlafen.«

»Ruh dich ruhig zehn Minuten aus, wir haben Zeit genug.«

Fee dämmerte sofort weg, in einen leichten Schlaf, begleitet von den Wellen, die an den Strand schwappten, dem Rascheln des Schilfs und dem Gekreisch der Möwen. Das Segelboot, Jesko, Himmel und Wasser, alles vermischte sich in diesem Halbschlaf auf köstliche Weise.

Sie erwachte, als jemand ihren Namen nannte.

Fee fuhr hoch, benommen. »Wie lange habe ich geschlafen?« Sie musste tatsächlich fest eingeschlafen sein.

»Nur eine Viertelstunde.«

Fee sank zurück. Sie musste sich erst einmal sammeln.

Jesko sah sie mit einem so liebevollen Blick an. Hatte er sie beobachtet, während sie geschlafen hatte? Fee wurde heiß. Sie konnte ihren Blick nicht von seinem lösen.

Das tiefe Tuten eines Schiffes. Wieder eine Möwe.

Graublaue Augen. Die Fältchen in seinen Augenwinkeln. Die Tiefe dieses Blicks, in den sie sank wie auf den Meeresgrund.

Ohne nachzudenken schlang sie ihren Arm um seinen Nacken und zog seinen Kopf zu sich heran. Sand im Gesicht, zwischen den Lippen, der schlickige Duft der Elbe, der sich vermischte mit dem von Sonne auf Haut.

Fee versank in diesem Duft. Und in dem Kuss. Fuhr durch Jeskos Haar, spürte seine Hände, die sich neben ihr im Sand abstützten. Seine Augen öffneten sich, als ihre Lippen sich lösten. Er war so nah, auf eine besondere Weise, obwohl sie sich kaum kannten, so vertraut. Fee strich mit den Fingerkuppen über seinen Hals, fuhr die Beuge zwischen Hals und Schultern entlang. Sein Oberkörper so nah bei ihrem, die Beine aneinandergelegt. Die Wärme zwischen ihren Körpern, die so gut zueinanderpassten.

Es war das Beste, was ihr passierte, seit Ewigkeiten.

15

Es war Beerenzeit. Fee und Martha waren auf dem Weg, um einige Schalen Roter Johannisbeeren bei Augustins abzuholen. Träubleskuchen, natürlich vollwertig, nach einem Rezept von Viola, sollte die nächste kulinarische Besonderheit sein, mit der sie im *Jardin de Menthe* aufwarten wollten. An Fees Rad hing der Anhänger, den Rasmus gebaut hatte. Fee hatte gestaunt, wie schnell er aus einem alten Kasten, zwei Gummirädern und einer Deichsel etwas Brauchbares zustande gebracht hatte, er schien sich Rat bei Jesko geholt zu haben, und Werkzeug war ja genug da.

Die Scheune strotzte vor Material. »Nehmt euch, was ihr braucht«, hatte Heinrich gesagt. Ihm schien es diebische Freude zu bereiten, wenn sie seine alten Sachen benutzten. »Das ist man was anderes als dieser neue Krams aus China. Das hat noch Qualität!«

Dahinten lag schon Augustins Hof. Martha radelte ein Stück voraus.

Auf einmal flog etwas haarscharf an Marthas Kopf vorbei. Hinter dem Deich nahm Fee eine Bewegung wahr. Martha schien unmerklich zu versteifen, fuhr aber weiter.

Es war eine angefaulte Erdbeere, wie Fee feststellte, als sie herangekommen war. Einige Kinder rannten Martha hinterher. Offenbar war Fee noch zu weit weg, als dass sie auf sie achteten. Sie hüpften neben Martha auf dem Deich auf und ab und machten übertriebene Schwimmbewegungen, dabei quakten sie laut.

Was sollte das? Wieder zuckte Martha zusammen, verlangsamte aber nicht. Als eines der Kinder sah, dass Fee sich näherte, rannten sie davon.

»Was war das?«, wollte Fee wissen, als sie Martha erreicht hatte.

Martha sagte nichts, stellte ihr Rad ab und wollte geradewegs auf Inas Hof marschieren.

»Martha, was war das?! Kanntest du die Kinder?! Machen sie das öfter?« Fee hielt Martha am Arm fest.

Ein winziges Zucken ihres Mundes. Es war nichts aus ihr herauszubekommen.

Ina erschien, sie hatte schon ein paar Stiegen mit Johannisbeeren zusammengestellt. Fee nahm sich vor, dem Vorfall später nachzugehen. Vielleicht war es Zufall gewesen. Martha war anders als andere Kinder, bisher war das allerdings kein Problem gewesen, in Hannover hatte man viel Verständnis für ihre Art gehabt, ihre Erzieher und Lehrerinnen hatten sie gefördert und ermutigt, ihr selbst erworbenes Wissen vor der Klasse darzustellen. Dabei war sie nicht einmal als besonders leistungsstark gewürdigt worden, sie war einfach so, wie sie war.

War die Einschulung hier ein Fehler gewesen? Die Dorfschule hatte einen guten Eindruck gemacht, auch Martha war einverstanden gewesen, außerdem würde sie nach der vierten Klasse sowieso wechseln, und ihre Noten waren bereits in Hannover sehr gut gewesen. In Sachkunde, hatte ihre Lehrerin gescherzt, müssten sie für Martha eine bessere Note als eine Eins erfinden, mit so viel Hingabe und Entschlossenheit hatte sie sich jedes Thema angeeignet und in ihren Mappen dokumentiert.

»Schaut mal!« Ina präsentierte ihnen die prallen, leuchtend roten Rispen. »Dieses Jahr sind sie besonders schön.«

Der süßsäuerliche Geschmack von Johannisbeeren war für Fee der Geschmack des Sommers schlechthin. »Danke, Ina!« Wie sie diese Frau mochte mit ihrer warmherzigen, zuverlässigen Art! Ina stand mitten im Leben und gleichzeitig auf wohltuende Weise über den Dingen. Sie sprach nicht schlecht über andere und strahlte eine unerschütterlich positive Lebenshaltung aus.

Zu Hause verschwand Martha in ihrem Zimmer, während Fee in die Küche ging. Dort hatte Rieke bereits den Mürbeteig für den Kuchen vorbereitet. »Vollkornmehl, Butter, kein Ei, nur wenig Zucker – der wird super, Mama.«

Rieke schien alles gleichzeitig zu wuppen. Die Schule, ihren Blog, das Café. Das Reiten hatte sich offenbar erledigt, denn zum Stall fuhr sie nicht mehr. Auch Line-Sophie hatte Fee in letzter Zeit kaum noch gesehen, dafür war der dunkelgelockte, fröhliche Finn mit seinem Laptop öfter aufgetaucht und mit Rieke in ihrem Zimmer verschwunden. Bahnte sich da etwas an?

»Er bittet mich um Hilfe bei seinen Flyern«, erklärte Rieke mit glänzenden Augen. »Finn ist doch aktiv bei den Demos gegen die Klimakatastrophe, da brauchen sie ständig Unterstützung beim Einrichten ihrer Website und bei der Erstellung von Flyern und so! Ich kann das halt.«

Rieke war mit der Vielzahl ihrer Aktivitäten ein Phänomen, ausgerechnet sie, die am Anfang nicht ins Alte Land hatte ziehen wollen. Dass Sinje sich wünschte, ebenfalls hier zu wohnen, berichtete sie, dass sie ihre Eltern am liebsten überredet hätte, aus der Stadt wegzuziehen. »Das ist viel cooler, Mama, ich meine, Hannover …!« Rieke rollte mit den Augen.

***

Und dann waren die großen Ferien da. Bei schönstem Sommerwetter buk Fee zum Mittagessen Apfelpfannkuchen, so wie sie es immer tat, wenn es Zeugnisse gab.

Golo stand neben ihr auf einem Stuhl, um zu helfen. In zwei Pfannen dünstete sie die Apfelscheiben an, goss Teig darüber, wendete die duftenden Pfannkuchen und servierte sie mit Zimt und Zucker. Die Kinder liebten es. Am Tisch wurden die Zeugnisse herumgereicht und gebührend gewürdigt, die Ranzen und Schultaschen flogen in die Ecke, man feierte den Beginn der sechs freien Wochen, der schönsten Zeit im Jahr.

Fee hatte Martha an der Schule abgeholt, dort waren die Kinder aus der Grundschule verabschiedet worden. Die Lehrerin hatte von den Eltern ein Geschenk erhalten, die Kinder hatten gesungen und etwas aufgeführt, Tränen der Rührung waren geflossen – nur für Fee war es, als gehörte sie nicht dazu. Kaum jemand sprach mit ihr, und auch Martha stand unmerklich abseits der anderen Kinder. Wir sind eben erst spät dazugekommen, tröstete sich Fee, die Eltern kommen alle von hier, kennen sich vermutlich seit Ewigkeiten, was haben sie da für jemanden übrig, der aus der Stadt hergezogen ist? Dennoch versetzte es ihr einen Stich. Im Café hatte sie diese Eltern bisher nicht gesehen.

Als sie zu Hause ankamen und Martha ihr Zeugnis hervorholte, bemerkte Fee, dass in Marthas Ranzen etwas roch, und zwar nicht gut. Es war Stallmist. Ob ihr den jemand in den Ranzen geworfen habe, fragte Fee empört, aber Martha zuckte wieder nur mit den Schultern. Egal, jetzt ging es um die Noten. Eine Drei in Musik, eine in Textilem Gestalten und eine in Sport. Ansonsten: lauter Einsen.

Rieke tauchte auf, warf ihren Rucksack in die Ecke und tanzte durch die Küche. »*Richtig* gut«, trällerte sie und zog ihr Zeugnis hervor. Und tatsächlich, Rieke hatte sich selbst übertroffen. Golo verkündete, dass er im nächsten Jahr ja auch ein Zeugnis bekommen würde und verdrückte nebenbei jede Menge Apfelpfannkuchen, nicht ohne auf jedem vorher sorgsam drei Löffel Zucker zu verteilen.

»Nicht so viel!« Rieke nahm ihm den Zuckertopf weg.

Golo wollte sich gerade beschweren, da erschien Rasmus. Keiner hatte ihn kommen hören. Er wirkte mitgenommen.

»Magst du auch einen Pfannkuchen?«

Rasmus strich sich die Haare aus dem Gesicht und sagte etwas Nettes über Marthas Zeugnis. Rieke stieß er kumpelhaft an.

»Und du?«, wollte Fee wissen. Langsam wurde sie misstrauisch. »Zeig doch mal.«

Rasmus quälte sich sichtlich. Dann legte er ihr das Zeugnis hin. Die aufgelisteten Fächer und Noten. Ausreichend. Mangelhaft. Ausreichend. Ausreichend. Und so weiter. Sechs Vieren, zwei Fünfen, eine Zwei in Sport, eine in Kunst.

»Du wirst nicht versetzt?«

»Doch, knapp.« Rasmus ließ den Kopf hängen.

Fee wusste nicht, was sie sagen sollte. Er war kein Überflieger, was die Noten betraf. Aber wie hatten seine Noten innerhalb von zwei Monaten noch mehr absacken können?

»Ich hatte halt Pech mit den schriftlichen Arbeiten.« Die hatte Rasmus verhauen, aber er hatte es Fee nicht gesagt.

Fee schob ihren Teller, auf dem seit einer Viertelstunde ein mittlerweile kalter Pfannkuchen lag, von sich. »Warum wusste ich nichts davon?«

Rasmus hob die Schultern. »Weiß nicht.«

Sie hatte sich nicht gekümmert, nie nachgefragt, war davon ausgegangen, dass ihr Ältester alles schaffte. Sie hatte ihn alleingelassen.

»Du ...« Rasmus brach ab. Es war mucksmäuschenstill. Keine Gabel klapperte mehr. »Du hattest eben viel um die Ohren. Ich wollte dich nicht ...«, murmelte er schließlich.

Sie hatte Rasmus nicht geholfen. Er war sechzehn. Ja, eigentlich sollte er selbstständig lernen. Aber das war ihm offenbar nicht gelungen. Was hatte er eigentlich gemacht in all der Zeit? Viel Sport, die Trompete hatte er manchmal in der Hand gehabt. Hatte er überhaupt gespielt? Seine Tonleitern. Unterwegs war er gewesen, hatte Freunde getroffen, Kumpels. Was für Freunde? Nett waren sie Fee erscheinen, wenn sie bei ihnen aufgetaucht waren. Vielleicht waren es die falschen? Was wusste sie schon?

Ihr Kopf fühlte sich schwer an. »Bist ja versetzt worden. Wir reden später darüber. Jetzt iss erst einmal.«

Rieke war es, die Rasmus einen Pfannkuchen auftat. Golo schob seinem Bruder erschrocken den Zuckertopf zu.

Fee grübelte. Warum hatte sie nichts von Rasmus' Schwierigkeiten bemerkt? Sie rief Viola an. Aber auch die schien heute erschöpft.

»Du hast ihn zwar gefragt, aber du wolltest es nicht wirklich wissen«, war ihre Diagnose. »Du bist extrem mit dir selbst beschäftigt, Fee, auch wenn du es nicht wahrhaben willst. Mit dir und den anderen, Golo, Martha, Rieke. Rasmus schont dich.«

»Soll ich meine Kinder etwa abschaffen? Zur Adoption freigeben? Ich kann sie ja zu dir nach Afrika schicken.« Es klang schärfer als beabsichtigt.

»Das habe ich nicht gemeint. Aber überleg doch mal: Rasmus ist der Älteste, er fühlt sich verantwortlich. Du erwartest von ihm, dass er alles alleine schafft. Rasmus darf keine Probleme machen, und Rasmus macht auch keine Probleme. Alle, die er hat, verbirgt er vor dir.«

»Bin ich so schlimm?«

»Nein, das bist du nicht. Aber du bist eben mit anderem beschäftigt.«

»Wie bitte? Mein Leben dreht sich nur um die Kinder, alles, was ich tue, tue ich für sie!« Jetzt wurde Fee doch wütend.

»Natürlich, du machst das alles ganz wunderbar. Das spielt sich auf einer anderen Ebene ab, auf einer gefühlsmäßigen. Rasmus will dich nicht belasten.«

»Womit, mit seinen Sorgen?«

»Exakt.«

»Aber, Viola, warum?«

»Weil du immer noch trauerst. Rasmus spürt das, er will sich dir nicht aufdrängen. Er ist respektvoll, rücksichtsvoll, er ist ein wunderbarer Sohn. Rasmus ist ein Goldstück. Aber er kämpft selbst. Fee, deine Kinder haben ihren Vater verloren, aber sie möchten, dass das Leben weitergeht.«

Fee wusste nichts zu sagen.

»Na, Kopf hoch«, sagte Viola versöhnlich. »Er ist versetzt worden. Und er geht aufs Gymnasium. Die Möglichkeit haben meine Kids hier gar nicht. Was erwartest du mehr? Leistungsschwankungen sind normal in seinem Alter.«

»Das weißt du also.« Alles, was sie sagte, klang giftig.

»Sieh ihm die schlechten Noten nach. Versuch ihn zu unterstützen im nächsten Schuljahr, frag ihn, was er braucht. Und, Fee – lass los. Lass Jan los, deine Kinder brauchen eine Mutter, die nach vorne schaut.«

Fee schwieg. Einerseits sagte Viola, sie solle sich um sich selbst kümmern, andererseits warf sie ihr vor, mit sich beschäftigt zu sein. Wie denn nun?!

»Okay, meine Liebe.« Viola spitzte die Lippen zu einem freundschaftlichen Kuss. Dann wurde der Bildschirm dunkel.

***

Jesko griff den Ball fester und donnerte ihn ins Tor. Der gegnerische Torwart streckte sich vergebens. Die anderen jubelten, sie klatschten ihn ab. Doch schon ging es weiter. Boris war im Ballbesitz. Es gelang Jesko, den Ball abzufangen. Ein anderer Spieler übernahm. Warf den Ball zurück. Jesko dribbelte ihn übers Feld. Plötzlich kam Boris von hinten und stieß ihn an, als er gerade den Arm hob. Foul. Ein Pfiff. Ausgerechnet Boris war es, der den nächsten Treffer erzielte. Tor.

Jetzt war er angestachelt. Jesko übertraf sich selbst. Einem Mannschaftskollegen verschaffte er die Vorlage für das folgende Tor, und so ging es weiter. Großer Jubel am Ende, sie hatten gewonnen.

In der Umkleide, mit den Handtüchern um die Schultern, die ersten Biere wurden geöffnet, gingen die Männer das Spiel noch einmal durch. Jeskos Einsatz wurde gebührend gewürdigt.

»Ich zieh gleich noch los, kommt jemand mit?«, warf der Torhüter in die Runde. »Was trinken, bisschen tanzen später.« Die Jüngeren waren sofort dabei, die Älteren winkten ab.

Wie kam das Thema nur auf den Gasthof? Jesko wusste es nicht. »Da kann man jetzt ja auch wieder was trinken«, sagte einer. »Sprudelwasser mit Farbe«, bemerkte ein anderer, »oder mit zermatschten Kräutern.« Alle lachten.

Jeskos Kiefer mahlten, er spürte, wie seine Fäuste sich ballten.

»Die Kräuterhexe dazu würde ich allerdings nicht verachten«, feixte jemand.

»Die bekommt dir nicht.« Er hieb dem Spieler, der das gesagt hatte, jovial auf die Schulter, etwas zu fest.

»Sag mal!« Er rieb sie sich.

»Sorry, Kollege.« Jesko fixierte ihn. »Ich bin übrigens mit dabei heute.« Er hatte für diese Discobesuche wenig übrig, er ging selten mit. Aber heute wollte er Mannschaftsgeist zeigen. Und sich ablenken von seinen verwirrenden Gefühlen.

»Jesko in freier Wildbahn, das ist ja mal was!« Die anderen lachten.

Die Euphorie des Siegs erfüllte sie, das zufriedene Gefühl, es der gegnerischen Mannschaft gezeigt zu haben, damit hatten sie zumindest den Abstieg verhindert. In dieser Stimmung zogen seine Mannschaftskollegen los.

In der Disco am Rand des Industriegebiets, der einzigen in der Gegend, richtete Jesko sich an der Bar ein. Das Wummern der Bässe, das Stakkato der bunten Lichter. Er betrachtete die Tanzenden. Es waren sehr junge Menschen, mit Anfang vierzig war er in ihren Augen steinalt.

Als seine Kollegen begannen, junge Frauen auf der Tanzfläche anzubaggern, leerte er sein Glas und nahm sich ein Taxi nach Hause.

Was ihm mit Fee passiert war, steckte ihm noch in den Gliedern. Er hatte das nicht geplant. Er brauchte keine Frau. Er wollte keine. Aber es war verdammt schön gewesen, da auf Pagensand.

16

Fee suchte das Gespräch mit ihrem Ältesten. Rasmus saß mit gekreuzten Beinen auf dem Bett, die Haare zerrauft.

Er würde natürlich trotzdem Abitur machen, stellte Fee fest, oder? So richtig Lust habe er nicht auf die Oberstufe, erwiderte Rasmus. Er wisse nicht, ob er es schaffen würde, Abi zu machen. Ob er auf eine Berufsschule wechseln wollte? Nebenbei eine Ausbildung machen? Keine Ahnung.

So gequält sah Rasmus aus, dass Fee schließlich aufsprang. »Du musst doch wissen, was du willst!«

»Was willst du denn, dass ich mache, Mama?«, fragte er leise.

Fassungslos sah Fee ihn an. »Ich? Das musst DU doch wissen. Ich bin ratlos, Rasmus.«

Aber er wusste es eben nicht. Keine Ahnung.

Fee überlegte. Dann einigten sie sich, dass er sich einen Ferienjob suchen und in sich gehen sollte. In zwei Wochen würden sie nochmal sprechen.

Währenddessen lief der Cafébetrieb weiter. Den Kaffee bezog Fee aus der Rösterei in Buxtehude, die sie mit Jesko bei ihrem Ausflug entdeckt hatte, sie bot mehrere Sorten an. Überhaupt genoss es Fee, ihrer Leidenschaft für Kaffee nachgehen zu können und verschiedene Variationen auszuprobieren. Besonders beliebt bei den Gästen war tatsächlich der Frappé.

Ja, sie arbeitete gern in der Küche. Der große, helle Raum mit der Tür zu Veranda, dem Holztisch in der Mitte und den großzügigen Arbeitsflächen war bestens geeignet, um dort alles vorzubereiten. Nebenbei arbeitete sie im Garten, auch hier beflügelt von den Gästen, die die blühenden Sommerblumen bewunderten.

Rasmus half, so gut er konnte, er kümmerte sich um Golo oder reparierte Stühle und Tische, aber glücklich wirkte er nach wie vor nicht. Für eine Woche erhielt er einen Aushilfsjob bei Ina. »Kirschen pflücken, wir können immer jemanden brauchen.«

***

Eines Morgens blieb Rieke im Bett liegen und zog sich die Decke über den Kopf. »Es sind Sommerferien, Mom, ich hab irgendwie keine Lust auf Café. Können wir nicht mal einen Tag schließen?«

Sie hatte recht, das dämmerte Fee. Den ganzen Tag arbeiten, auch wenn es für Rieke nicht wie Arbeit wirkte – das war nichts für eine Vierzehnjährige. Und auch die anderen hatten Abwechslung verdient, schließlich waren Sommerferien.

»Wollen wir einen Ausflug machen?«

»Echt jetzt?« Rieke setzt sich schlagartig auf. »Ich will ja nichts sagen, aber ich fänd's toll, wenn wir hier mal rauskämen!«

»Ans Meer, ich will ans Meer!«, krähte Golo.

Sie nahmen den Zug nach Cuxhaven. Und sie hatten Glück: Es war Flut, das Meer war da. Sie verbrachten den ganzen Tag am Strand, badeten, spielten Ball und liefen später, bei Ebbe, ein Stück durchs Watt.

Als sie nach Hause zurückkehrten, sandig, erschöpft und mit sonnenerhitzten Gesichtern, lagen zerbrochene Dachpfannen vorm Haus. Und zwar auf dem Gehweg. Fee erschrak. Was wäre gewesen, wenn diese Dachpfannen jemandem auf den Kopf gefallen wären? Sie musste das Dach sofort überprüfen lassen. Die schadhafte Stelle musste repariert werden, sonst hätten sie bald den nächsten Wasserschaden.

Jesko. Er fiel ihr als Erstes ein. Aber konnte sie ihn schon wieder mit ihrem alten Haus belästigen? Er hatte schon so viel für sie getan. Sie würde Katharina um Rat bitten, sie war schließlich die Frau eines Bauunternehmers und sie hatte sehr hilfsbereit gewirkt. Fee griff zum Telefon.

***

Jesko zog die Haustür hinter sich zu und machte sich auf den Weg zum Gasthof. Er wollte Fee fragen, ob sie mit den Kindern nicht Lust hätte, mit ihm eine Segeltour zu machen, eine kleine nur, ein Stück elbaufwärts, was den Knirps aber freuen würde. Und vielleicht auch Fee selbst.

Vorfreude erfüllt ihn.

Immer wieder waren ihm die Augenblicke am Strand durch den Kopf gegangen. Ihre Küsse. Der Moment, als sie ihre Hand unter sein Shirt geschoben hatte. Ihre warme, weiche Haut, die nach Sand, Sonne und See geduftet hatte. Vielleicht war es ihr Duft, der ihm nicht aus dem Sinn ging. Sie war ihm so vertraut erschienen, viel vertrauter als die Frauen, mit denen er vor Nadja Affären gehabt hatte. Da war es meist um Sex gegangen. Bei Fee war es anders. Es ging um, ja, um was eigentlich? Um Freundschaft? Aber was war das für eine Freundschaft, bei der man einander so wenig von sich erzählte? Und wenn man befreundet war, küsste man sich auch nicht am Strand.

Er hatte lange nicht mehr so empfunden. Fee war ihm vorgekommen wie ein kostbares Fundstück, ein höchst lebendiges, unter dessen Händen er sich ebenfalls lebendig gefühlt hatte. Es war einfach anders gewesen, alles hatte sich so richtig angefühlt.

Aber was hatte das zu bedeuten? Auf mehr durfte er kaum hoffen, oder? Sie hatte die Kinder. Vier. Wenn seine Kumpels das mitbekämen, wären ihm Hohn und Spott sicher. Ein Kind zeugte man selbst, das übernahm man nicht von anderen Männern. War das durchschnittliche männliche Denken wirklich so archaisch? Ja, das war es.

Doch Fee suchte keinen Vater für ihre Kinder, keinen Versorger, das spürte er. Und wenn sie jemanden wollte, könnte sie jemanden finden, Möglichkeiten gab es durch Datingportale viele. Sie sah gut aus, war klug, zurückhaltend und sympathisch. Sie war eine Frau, für die sich viele Männer interessieren würden. Zumindest für sie selbst, für die Kinder vielleicht weniger.

Aber er spürte, dass das keine Option für sie war. Er wusste es einfach. Dazu hing die Traurigkeit zu dicht über ihr. Wenn sie lächelte, wirkte es immer ein wenig überrascht. Meist war sie ernst. Nur bei der Segeltour mit ihm, da schien sie ihre Sorgen vergessen zu haben. Und auch beim Tanzen, da war sie ganz bei sich gewesen. Es hatte ihn glücklich gemacht, ihr diese Momente verschaffen zu können, das Leuchten in ihren Augen zu sehen, den Übermut zu spüren, der sich in ihr regte.

Verdammt, ja, er wollte sie sehen. Was die anderen dachten, war ihm egal. Hugo hatte Fee sehr bewundert. Sie sei ein ganz besonderer Mensch, hatte er gesagt. Ja, das war sie. Und das Gerede im Dorf, das wurde nicht besser, wenn er Fee mied. Jesko bekam es mit, und es schmerzte ihn, weil Fee offensichtlich nichts davon ahnte. Wie die anderen Männer sie taxierten, wie die Frauen sich darüber ausließen, dass sie ihre Kinder allein erzog. Dass der Vater der Kinder nicht mehr lebte, wusste man inzwischen, das hatte sich herumgesprochen, aber warum sie dann noch den Gasthof besitzen zu müssen glaubte, für dessen Sanierung sie offenbar nicht genug Geld hatte, und ihr Glück hier auf dem Land suchte, anstatt in der Stadt zu bleiben, das verstand niemand.

Gerede. Gerüchte. Geschwätz. Jesko verabscheute es. Er wollte Felicitas sehen. Über alles andere würde er sich später Gedanken machen.

Er schritt rascher über den Deich.

Doch Fee war nicht allein. Katharina stand im gelben Sommerkleid mit grünen Tupfen und gebauschtem Rock vor dem Gasthof und sah ihm an Fee vorbei entgegen, und ihr Lächeln wurde breiter, als sie ihn sah.

Am liebsten hätte er sofort kehrtgemacht.

Jetzt drehte sich auch Fee zu ihm um. Ihre Miene leuchtete auf. Bildete er es sich ein oder überzog eine leichte Röte ihre Wangen?

»Jesko. Wir besprechen gerade etwas mit dem Haus.«

»Felicitas hat Probleme mit dem Dach.« Katharina senkte die Stimme.

Katharinas Mitleid ist aufgesetzt, dachte Jesko, und er wunderte sich, dass Fee es offenbar nicht bemerkte.

»Es sind Dachpfannen heruntergefallen, ich habe keine Ahnung, wie das passiert ist. Aber Katharina will mir helfen. Sie fragt ihren Mann, ob er das für mich erledigen lassen kann.«

Katharina schien die Situation zu genießen. »Jesko kennt sich gut mit alten Häusern aus.« Sie blitzte ihn vielsagend an.

»Ja, ich weiß«, sagte Fee.

Jesko war unbehaglich zumute. Sie würde doch jetzt nicht seine Schwarzarbeit ausplaudern? Aber Fee schwieg. Trotzdem, er musste sehen, dass er hier wieder wegkam. Wo Katharina auftauchte, war die Atmosphäre für ihn wie vergiftet.

»Man sieht sich.« Er hob die Hand. »Ich komme ein anderes Mal wieder.«

Fee sah ihn an, als ob sie endlich merkte, dass er die Zähne zusammenbeißen musste.

Wütend lief er zurück. Was für eine unangenehme Situation. Katharina war die Letzte, die er hatte treffen wollen. Was würde sie Felicitas über ihn erzählen? Dass er im Winter verlassen worden war? Und umgekehrt, würde Fee Katharina womöglich ihren Segelausflug schildern? Dann wüsste es bald das ganze Dorf.

Verdammt. Jesko spürte, wie ihm die Freude schlagartig vergangen war.

***

Katharina besprach die Sache telefonisch mit ihrem Mann und übermittelte Fee sein Angebot. Die schadhafte Stelle würden sie ausbessern lassen, noch diese Woche. Einen Dachdeckerbetrieb, der das kurzfristig machte, hätten sie an der Hand, und Fee sollte die Rechnung einfach dann bezahlen, wenn es passte. Das sei gar kein Problem, winkte Katharina großzügig ab, das würde Boris' Firma erst einmal übernehmen, sie könnten es sich leisten. »Du sagst einfach Bescheid, wenn du so weit bist.«

Fee wollte eigentlich zustimmen, es schien die einzige Lösung. Und dennoch, sie hatte ein komisches Gefühl. Es behagte ihr nicht, Leuten etwas schuldig zu sein.

»Ich weiß nicht.«

»Kein Problem, überleg's dir einfach! Und sonst fragst du Jesko. Der macht solche Auftragsarbeiten, na, du weißt schon, in seiner Freizeit.«

Was hatte Jesko damit zu tun? Und was dachte Katharina über Jesko? Ihr Tonfall war so anspielungsreich.

Plötzlich stand Clemens zum Sande in der Tür. Seine Geigenstunde, Fee hatte sie schon wieder vergessen!

»Darf ich zuhören?«, fragte Katharina.

»Schöne Frauen dürfen immer zuhören, was meinst du, Felicitas?«, sagte Clemens charmant.

Katharina saß während der Stunde mucksmäuschenstill am Rand, scheinbar vertieft, und Clemens' Blick schweifte nur ab und an zu ihr. Als die Stunde vorbei war, klatschte sie.

»Was macht eigentlich deine Sehnenscheidenentzündung?«, wollte Clemens wissen, während er seine Geige einpackte.

»Aktuell sieht es wieder schlechter aus. Die Gartenarbeit.« Das Lügen fiel ihr erstaunlich leicht.

»Das ist ja ärgerlich. Ich kann dir einen guten Arzt empfehlen.« Clemens notierte etwas auf einem Stück Papier.

Katharina sah sie nachdenklich an.

»Loch im Dach?« Swen zupfte an seinem Hemdkragen. Der Stoff war mit Palmen und Lianen bedruckt. »Stimmt, da ist was runtergeknallt gestern. Ich hatte den Eindruck, dass sich ein paar Bengels auf dem Grundstück herumtreiben und etwas in die Luft schießen. Dachte allerdings, das wären deine.«

Fee schüttelte den Kopf. »Wir waren in Cuxhaven.«

Fee hatte wieder den Albtraum gehabt, von dem Bühnenloch, das sie verschlang. Und als sie wach war, gelang es ihr kaum, sich zu erholen. Der Lärm, das Beben quer über der Straße. Während bei ihr alles brüchig wurde, entstand bei Schluppi fast täglich Neues, mehrere Firmen waren dort beschäftigt.

Als Fee Schluppi mittags durchs Fenster gesehen hatte, er kam regelmäßig aus Hamburg, um den Fortgang zu begutachten, war sie mit einem doppelten Espresso hinübergegangen, um sich zu erkundigen, wie es aussähe, wann es endlich ruhiger würde dort drüben.

Schluppi nahm den Espresso gerne an. Er war die Entspanntheit in Person und plauderte bereitwillig mit ihr über den Verlauf der Bauarbeiten, versicherte, dass es gut vorangehe. Darüber kamen sie auch auf die Dachpfannen zu sprechen, die sich bei Fee gelöst hatten. Doch, er hätte ein paar Jungs mit einem Fußball gesehen, da war Swen sich sicher. Warum sie gegen das Haus geschossen hätten, sogar auf die Fenster, hätte er sich zwar gefragt, sei aber nicht eingeschritten, weil er angenommen hätte, dass es Kumpels ihrer Söhne wären.

»Nein, bei uns gibt es Grenzen.«

»Und jetzt?«, wollte Swen wissen.

»Bückmann hilft mir. Ich hab mit Katharina gesprochen, seiner Frau.«

»Kannst du dir das denn leisten?« Swen hatte etwas an sich, das diese Frage nicht indiskret wirken ließ.

Fee schüttelte den Kopf. »Eigentlich nicht. Sie machen das erst mal auf ihre Kosten. Ich soll später zahlen, wenn ich mit dem Café genug verdiene.«

Swen wiegte den Kopf. »Weißt du was? Ich schick jemanden rüber. Morgen kommen die Dachdecker sowieso. Kannst Bückmann absagen.«

»Mensch, Schluppi, das kann ich nicht annehmen!«

»Doch, doch. Ich hab'n schlechtes Gewissen, dass ich die Jungs nicht verjagt habe. Außerdem kann ich es mir leisten. Läuft gut bei mir zurzeit.« Er hob den Kaffeebecher und grinste. »Du hast mich übrigens endlich Schluppi genannt. Auf gute Nachbarschaft!«

***

Wieder baute sich ein Sommergewitter auf. Donner grollte nicht weit entfernt. Fee hatte sich in den Pavillon zurückgezogen. Jesko war gestern bei ihr aufgetaucht, etwas sagte ihr, dass es kein Zufall gewesen war, sie hatte allerdings nicht erfahren, was er gewollt hatte. Irgendetwas stand zwischen ihm und Katharina. Eine Spannung, mit Händen zu greifen, von der sie nicht wusste, woher sie rührte. Vielleicht eine Geschichte von früher.

Die Wolkenwand kam langsam näher, doch Fee blieb sitzen. Diese Minuten am Abend, sie waren ihr so kostbar geworden. Sie könnte zu Jesko hinübergehen und ihn fragen, ob er Lust hätte, mit ihr einen Wein zu trinken. Aber sein Haus war dunkel, es schien nicht so, als wäre er zu Hause. Er kannte sicher viele Leute, war unterwegs. Vielleicht hatte er auch gerade ein Date.

Was wusste sie schon von ihm? Sie hatten so wenig miteinander gesprochen bisher. Aber genau damit hatte sie sich wohlgefühlt. Fee sprach nicht gern. Entweder fühlte sie sich wohl oder nicht, es war ganz einfach. Mit Jesko fühlte sie sich wohl. Sehr wohl sogar.

Wieder gingen ihr die Momente am Strand durch den Kopf. Ob es Minuten oder Stunden gewesen waren, sie wusste es nicht. Weit weg von allem, entrückt zwischen Himmel und Wasser, da am Strand dieser Insel, sie hatte den Namen vergessen, und es hatte sich richtig angefühlt. Sand zwischen den Zehen, zwischen den Lippen, und Haut, ein warmer, duftender Körper, der sie betört hatte, von dem sie nicht genug hatte bekommen können.

Es grollte erneut. Fee sah in den Himmel. Wie er leuchtete, die Luft stand still. Sie hatte den Impuls, ihre Geige zu nehmen, Töne zu finden für all das, doch sie war zu träge zum Aufstehen. Sie wusste, sie würde nicht wieder hinausgehen, wenn sie einmal im Haus war. Außerdem war das Erlebnis neulich zu ernüchternd gewesen. Die Perfektion, die sie einst erreicht hatte als Musikerin, davon war sie weit entfernt und würde, selbst wenn sie alles dafür tat, nicht mehr zu ihr zurückkehren.

Und trotzdem, die Musik, die Musik selbst – sie fehlte ihr.

Fee stellte sich ihre Geige vor. Ihre Finger auf dem Griffbrett, den Bogen, die Saiten. Sie schloss die Augen. Sie hatte Sehnsucht. Nach der Musik. Und nach dem Mann. Die Melodie dazu kam von ganz allein.

Ein Blitz zuckte über den Sommerhimmel. Kurz darauf krachte der nächste Donner. So ohrenbetäubend, dass Fee zusammenfuhr. Sie sprang auf und rannte ins Haus.

Aus Riekes Zimmer hörte Fee ein unterdrücktes Schluchzen. Leise öffnete sie die Tür. Rieke lag bäuchlings auf ihrem Bett, den Kopf unter einem Kissen, und weinte. Sie setzte sich neben sie und legte ihr die Hand auf die Schulter.

Rieke drehte sich zu ihr, tränenüberströmt.

»He, meine Süße, was ist denn los?«

»Line hat sich in Finn verliebt!«

»Und er sich in sie?«

»Ich glaube ja!«

Liebeskummer. Ach, Rieke. Fee schloss sie in die Arme, reichte ihr ein neues Taschentuch. »Woher weißt du das? Ich meine, bist du sicher?«

Ein Schniefen. »Ich sehe doch, wie Line ihn immer anschaut. Sie himmelt ihn an. Und als ich sie gefragt habe, hat sie es nicht abgestritten.«

»Und er, Finn?«

»Geht immer auf alles ein, was sie sagt. Er hatte nicht einmal etwas dagegen, dass sie bei uns mitmacht! Dabei interessiert sie sich eigentlich gar nicht für die Umwelt. Aber Finn sagt, wir können jeden brauchen. Ständig erklärt er ihr alles!«

»Das klingt jetzt erst mal nicht so dramatisch.«

Rieke starrte sie verzweifelt an. »Doch, das *ist* dramatisch. Bisher hat er alles mit mir zusammen gemacht! Und Line ist hübsch, alle Jungs stehen auf sie, das *ist* einfach so!«

Ja, Line war hübsch, aber nicht hübscher als Rieke, die burschikoser auftrat, dafür aber sagte, was sie dachte. Fee war sich fast sicher, dass Finn Riekes Temperament und ihre Direktheit mochte. Line war hübsch, aber Line war auch schüchtern und hatte Schwierigkeiten, ihre Meinung zu äußern. Weshalb Rieke die richtige Freundin für sie war, die ihr Auftrieb gab.

Fee strich ihrer Tochter eine Haarsträhne aus dem Gesicht. »Ich glaube, du musst dir keine Sorgen machen. Und *wenn* es so ist, dann ist es so, dann kannst du es auch nicht ändern. Hab Vertrauen. Magst du Finn denn wirklich so gern?«

»Ja. Mit ihm kann man Sachen machen, er weiß viel, er ist cool, er hat keine Angst.«

Dann passte er sehr gut zu Rieke. Zur höflichen Line eigentlich weniger. Aber Fee wusste auch, dass Liebe verschlungene Wege ging. Und wenn Line-Sophie tatsächlich der Schwarm aller Jungen war, wie Rieke behauptete, konnte es sein, dass er ihr nahe sein wollte, nur um die anderen auszustechen. Jugendlich zu sein war hart.

»Schlaf jetzt, meine Süße.«

»Danke, Mama.« Rieke schlang ihr die Arme um den Hals. Es hatte ihr offenbar gutgetan, sich überhaupt einmal auszusprechen. Sie sah schon wieder nach vorn.

17

Der Sommer war prächtig, und auch wenn Rieke nicht müde wurde, den Klimanotstand zu betonen, genoss Fee es, bei schönstem Wetter mit dem Rad im Grünen unterwegs zu sein, und sich auszuleben in ihrem Paradies. Denn ein Paradies, das war er, ihr Gasthof im Alten Land. Riekes Freunde kamen gern, um hier zu feiern und ihre Themen zu besprechen, sie schätzten es, dass Fee ihnen freie Hand ließ, und auch Rasmus brachte den ein oder anderen Kumpel mit, der mit ihnen zusammen in der Küche saß.

Golo und Elisa waren ein Herz und eine Seele, also war auch Elisa oft bei ihnen. Nur Martha brachte nie Freunde mit.

Fee traf Marthas ehemalige Lehrerin eines Tages beim Bäcker.

»Ach, Frau Henrichs«, die Lehrerin nickte überschwänglich. Sie trug geblümte Gummistiefel. »Wie geht es Martha?«

»Sehr gut, danke, sie genießt die Ferien.«

»Was macht ihr Molchprojekt?«

»Molchprojekt?«

»Sie hatte doch Großes vor, die Entwicklung der Teichmolche wollte sie festhalten, mit Zeichnungen und allem Drum und Dran. Haben Sie das nicht mitbekommen?«

Nein, Fee hatte nichts mitbekommen. Martha hatte Molche erwähnt, richtig. Aber dass sie sich für Insekten und Amphibien interessierte, war normal.

Die Lehrerin wirkte verwundert. »Sie hätte das der Klasse gerne vorgestellt. Beziehungsweise, sie hat es auch getan, ich habe ihr erlaubt, in einer Stunde kurz vor den Ferien ein Referat zu halten.« Sie seufzte. »Leider kam es bei den Kindern nicht besonders gut an.«

»Wie meinen Sie das?«

»Es hat die anderen Kinder nicht interessiert. Es wurde recht laut. Da kann man nicht so viel machen.«

»Kann man nicht?«, fragte Fee. In ihrem Kopf arbeitete es. Die Lehrerin hatte es nicht geschafft, für Ruhe und Aufmerksamkeit zu sorgen, während eine Schülerin der Klasse ein Referat hielt?

»Na ja, es gibt immer zwei Seiten. Martha interessiert sich nicht für die anderen, wieso sollten die sich dann für sie interessieren?«

»Weil sie ein gutes Referat gehalten hat.«

»Na ja«, die Lehrerin legte mitleidig die Stirn in Falten, »es war vielleicht *zu* gut. Wie sollen die anderen das verstehen? Lauter Daten und Zahlen und detaillierte Beschreibungen – auf dem Stand sind sie doch gar nicht. Das kann man nicht von ihnen verlangen.«

»Es hat ihr also keiner zugehört.« Nichts hatte Martha von diesem Referat zu Hause erzählt, überhaupt nichts.

»Niemand«, gab die Lehrerin zu.

»Warum weiß ich davon nichts?« Hatte sie zu hart geklungen?

»Wir können den Eltern nicht jede Schulstunde berichten«, erwiderte die Lehrerin auch prompt, ihre Körperhaltung strahlte Abwehr aus.

Auf einmal ahnte Fee einen Zusammenhang mit Stallmist und faulen Erdbeeren. »Wurde Martha von den anderen Kindern geärgert?«

»Na ja, wie man's nimmt. Sie lässt niemanden an sich heran,

ist immer nur für sich. Das mögen die anderen nicht. Haben Sie mal dafür gesorgt, dass Martha sich verabredet und hier im Dorf Kontakte knüpft?«

Die arme Martha. Das war ein Drama, von dessen Ausmaß Fee nichts geahnt hatte. Dass Martha gern für sich war, war nicht neu, doch ihre Lehrerin in Hannover hatte sich immer stark gemacht für Martha, ebenso wie für die anderen Schüler, und es über dreieinhalb Jahre geschafft, die ganze Klasse zu einem Team zusammenzuschweißen.

»Martha ist speziell«, sagte Fee.

»Ja, und es wäre sicherlich gut gewesen, wenn wir von den Schwierigkeiten, die sie mitbringt, erfahren hätten.« Das klang jetzt sehr spitz. »Dann hätte ich Martha besser helfen können.«

Hatte Fee bei der Anmeldung in der Schule nicht darauf hingewiesen, dass Martha Halbwaise war und besonders in ihrem Wesen? Fee wusste es nicht mehr. Sie hatte neu anfangen wollen. Marthas Noten waren gut gewesen, und auf diese drei Monate Grundschule schien es Fee nicht mehr anzukommen, bevor Martha auf die weiterführende Schule wechselte.

»Viel Freude mit Ihrer neuen Klasse.« Das schaffte Fee gerade noch zu sagen. Dann verließ sie den Bäcker, ohne Brot gekauft zu haben.

Das Gespräch mit Martha erbrachte nicht viel. Sie hätte die anderen Kinder nicht gemocht, ganz einfach, nicht gewusst, was sie mit ihnen reden sollte, und sehr bald hätten sie angefangen, sich von ihr abzuwenden. Sogar einen Jungen, der sich ebenfalls für Frösche interessierte und anfangs noch nett zu Martha gewesen war, hätten sie auf ihre Seite gezogen.

»Aber Martha, warum hast du mir nichts erzählt?!«

Martha schwieg.

Fee ergriff das schlechte Gewissen. Sie fühlte sich schuldig. Im nächsten Schuljahr musste sie sich besser kümmern, von Anfang an zum Klassenlehrer Kontakt knüpfen und für Martha und ihren besonderen Charakter werben. Die Schule, auf die sie gehen würde, hatte einen Begabungsschwerpunkt, vielleicht war das eine Chance. Arme Martha.

Die schien ihr ihre Sorgen angesehen zu haben. »Mach dir keine Gedanken, Mama. Das ist normal. Keiner mag es, wenn man ihm zeigt, dass man klüger ist als er. Außerdem hab ich ja euch!«

***

Fee klingelte mit einer frisch zubereiteten Erdbeertorte bei Bückmanns an der Tür. Sie hatte gute Laune. Zwei Stündchen wenigstens wollte sie bleiben, das war mit den Kindern vereinbart.

Für Katharina war es völlig unproblematisch, als Fee ihr erklärt hatte, dass eine Firma von gegenüber zu ihr käme. Dass Schluppi auch die Kosten übernehmen wollte, hatte sie ihr allerdings nicht gesagt. Stattdessen hatte Katharina vorgeschlagen, dass sie sich einmal auf ein Glas Aperol oder Ähnliches treffen sollten, und sie spontan zu einem Gartenfest eingeladen, das sie und ihr Mann demnächst geben würden. Fee fand, dass das eine nette Geste war. Katharina und ihr Mann wollten, dass sie sich hier im Dorf willkommen fühlte.

Während sie wartete, sah Fee sich um. Ihr eigener Hof kam ihr auf einmal vernachlässigt vor: wild, überladen, chaotisch. Hier war alles geschmackvoll angelegt, die Buchsbaumhecken geschnitten, Rosen rankten malerisch über einen Bogen. Und welch prächtiger Blauregen am Carport wuchs, das hatte Fee schon bewundernd von der Straße aus bemerkt. Auch Katharina mochte den Landhausstil, nur dass er hier äußerst gepflegt war.

»Oh, wie schön, dass du da bist!« Die Tür hatte sich geöffnet, Katharina stand vor ihr, strahlend, sie trug ein elegant geschnittenes Sommerkleid. Vielleicht hatte sie es selbst genäht, Line-Sophie hatte einmal erwähnt, dass ihre Mutter gerne nähte. Ohne Zweifel: Katharina machte eine gute Figur.

Schon hatte sie Fee in den Garten geführt und ihr einen Aperitif in die Hand gedrückt. Fee nippte nur daran, während sie sich auf der Terrasse umsah, umgeben von plaudernden Menschen, alle in betont legerer Freizeitkleidung. Eine Haushälterin reichte Getränke, Salate standen bereit, ein Grill war aufgestellt. »Alles ganz rustikal«, hatte Katharina angekündigt, »ganz unkompliziert, und jeder bringt etwas mit.«

Es wollte Fee nicht gelingen, ins Gespräch zu kommen. Nur eine andere Frau, offenbar ebenfalls allein da, machte ihr ein Kompliment für ihre Torte. Die meisten der Anwesenden hatte Fee nie zuvor gesehen, sie schienen einander jedoch gut zu kennen. Boris legte den Herren beim Sprechen die Hand auf die Schultern, sorgte für Lacher, reichte mit der Zange Fleischstücke vom Grill.

Sie verlegte sich darauf, durch den Garten zu spazieren, die auch hier üppigen Rosen zu betrachten, die Obelisken zwischen den Hecken. Nicht nur die Rosen kletterten, auch andere blühende Pflanzen berankten hier eine Mauer, dort eine Pergola. Wilden Wein, den kannte Fee, doch es gab vieles, das ihr neu war.

Sie war überrascht, einen grünen Daumen hätte sie Katharina und Boris nicht zugetraut, eher gestutzte Einförmigkeit. Wobei der Rasen … Einen Maulwurf gab es hier nicht, und Fee hatte den Eindruck, dass sich auch keiner herwagen durfte.

»Gefällt's dir? Ich hab eine Schwäche für Kletterpflanzen, und Herr Weinmeister macht das wirklich gut.« Plötzlich war Katharina neben ihr.

»Herr …?«

»Der Gärtner. Er bessert bei uns seine Rente auf.«

Fee wollte gerade etwas erwidern, als Line-Sophie mit ihrer Geige in der Hand auf die Terrasse trat, sichtlich verlegen. Katharina eilte sofort zu ihr und verkündete gut gelaunt, dass ihre Tochter ein kleines Ständchen geben würde.

Es war allzu deutlich, dass Line dazu keine Lust hatte, doch anscheinend kannte sie es nicht anders. Fee nickte ihr aus der Entfernung zu, aber das Mädchen war wie unter einer Glocke, sie nahm sie gar nicht wahr.

Als alle nach vorne schauten, Richtung Line-Sophie, überlegte Fee, die Gelegenheit zu nutzen, dass keiner auf sie achtete, und zu verschwinden. Fast wäre sie über einen Stapel Broschüren gestolpert, dezent und doch gut sichtbar am Gartentor platziert. Mehrfamilienhäuser waren darauf abgebildet, darüber blauer Himmel.

In diesem Moment hörte sie, wie Katharina auch sie, Fee, zu sich bat. Alle Augen wandten sich ihr zu.

»Dies ist nämlich die Frau, die meine Tochter unterrichtet.« Höflicher Applaus. »Felicitas Henrichs ist eine ausgesprochen gute Geigerin. Es ist nicht lange her, da war sie noch Stimmführerin der zweiten Violinen beim Rundfunkorchester in Hannover.«

Fee sah nur noch Katharinas roten Mund. Wie er sich schloss und öffnete. In ihren Ohren rauschte es. Sie hielt sich am Gartentor fest.

Es war zu spät, sie konnte jetzt nicht mehr gehen. Zu lange hatte sie sich bei den Broschüren aufgehalten.

»Bitte, komm doch her!«, hörte sie Katharina sagen.

Sie benötigte alle Kraft, um sich auf den Beinen zu halten. Früher war ihr die Bühnenpose leichtgefallen. Egal wie müde sie war, auf der Bühne hatte ihr Körper die Spannung gehalten, sie war ruhig und konzentriert gewesen, wenn sie sich mit den anderen Musikern im Orchester setzte, um zu spielen.

Aber es war nicht mehr wie früher. Sie hatte sich aus dem Musikleben verabschiedet. Warum führte Katharina sie vor, ebenso wie ihre eigene Tochter? Wusste sie, was sie tat? Sie als Besitzerin des *Jardin de Menthe* zu präsentieren und dafür Werbung zu machen, wäre doch viel naheliegender gewesen. Stattdessen hatte sie sich offenbar durch alte Konzertankündigungen im Internet geklickt und herausgefunden, wie ihre frühere Laufbahn als Musikerin ausgesehen hatte. Zielsicher traf sie die alte Wunde.

Fee kämpfte gegen die aufsteigende Panik.

Das Rauschen in den Ohren ließ nur langsam nach.

Line begann jetzt zu spielen, lustlos und verspannt, und Fee fasste sich einigermaßen. Ein Lächeln gelang ihr jedoch nicht.

Sobald Line geendet hatte, wurde Fee von Interessenten umringt und erhielt gleich vier neue Anfragen für Unterricht.

Katharina beobachtete es lächelnd.

18

Am folgenden Wochenende saßen die Gäste des *Jardin de Menthe* wieder unter den Apfelbäumen und verzehrten mit Genuss ihren Kuchen. Rieke war diejenige, die die Idee äußerte, dass man doch auch Musik spielen könnte. »Live, Mama, so wie dieser Franzose neulich, Rasmus hat mir davon erzählt!«

»Und wer soll das machen?« Fee strubbelte ihrer Tochter durchs Haar, und Riekes Hand fuhr umgehend an den Kopf, um die Haare wieder zu glätten. Fee sah sie prüfend an. »Du denkst doch nicht etwa …?«

»Ich dachte an irgendjemanden. Rasmus. Oder auch Line. Einfach an jemanden, der Musik macht. Finn spielt übrigens Schlagzeug in einer Band. Die sind auch gut.«

Fee zog die Augenbrauen hoch. »Ein bisschen laut, oder? Eine ganze Band?«

»Aber warum nicht? Man könnte es versuchen. Außerdem suchen sie einen Probenraum. Ich dachte, dass unser Saal … Mama …!«

Fee kannte ihre Tochter. Rieke wusste, was sie wollte. Sie sah zwar deutlich älter aus, aber Rieke war eben doch erst vierzehn – und sie verplante gerade den gesamten Gasthof. Erst das Café, jetzt also ein Probenraum. Nicht mehr lange, und sie, Fee, traf hier überhaupt keine Entscheidung mehr. Außerdem wollte sie keine Musik. Keinen Krach, keinen Lärm, nichts zusätzlich, was ihre Ohren belastete.

»Nein.«

»Was?! Du weißt doch gar nicht, was ich ...«

»Nein.«

»Mama! Hör mir doch wenigstens ...«

»Das ist mein Zuhause hier, auch meines, Rieke, nicht nur deine Spielwiese. Ich will meine Ruhe haben, versteh das doch endlich, ich will keine Musik! Nicht hier und überhaupt nicht!« Die letzten Worte schrie sie fast.

Einige Leute sahen zu ihnen her. Fee ging erhobenen Kopfes in die Küche. Sie war hier die Chefin. Nicht ihre vierzehnjährige Tochter. Das hier war ein Café, kein Experimentierfeld für pubertierende Kinder.

Sie schnitt Kuchen, füllte Gläser, unterhielt sich freundlich mit den Gästen. Langsam kam sie wieder bei sich selbst an, innerlich.

Als sie Rieke später rief, war diese verschwunden.

Eine Stunde später war Rieke wieder da.

»Wo bleibst du denn?«, schimpfte Fee. Sie hatte den Andrang allein kaum bewältigt. Martha hatte die Tische abgewischt und gewissenhaft Münzen in die Kasse gezählt – aber Martha war zehn. Die Leute lächelten zwar, aber Fee merkte ihnen an, dass sie sich wunderten, warum hier ein Kind aushalf, ein so ernsthaftes noch dazu.

Rieke übernahm jetzt wieder das Zurechtschneiden der Kuchenstücke, das Einschenken der Limonade, so wie sonst, war dabei jedoch einsilbig. »Ich will übrigens Geld für das, was ich hier mache«, verkündete sie, als Fee erhitzt in die Küche kam, einen Stapel leerer Kuchenteller auf dem Arm.

»Wir haben kein Geld«, erwiderte Fee knapp.

»Dann haue ich morgen früh ins Freibad ab, und du kannst gucken, wie du hier zurechtkommst.«

»Rieke, du kennst unsere Situation. Wir machen das hier nicht zum Spaß.«

»Natürlich haben wir Geld. Du streichst schließlich unsere Halbwaisenrente ein. Kindergeld bekommen wir auch.«

Fee schnappte nach Luft. »Die Halbwaisenrente geht auf ein Sparbuch, für eure Zukunft, und, ja, meine Liebe, vom Kindergeld zahle ich Wasser, Gas und Strom. Nicht wenig übrigens, für so einen Riesenkasten wie diesen Gasthof.«

»Dann verdien doch endlich wieder richtiges Geld, damit wir leben können wie andere auch! Du bist doch die Erwachsene. Such dir doch einfach einen Job!«

Ihre Tochter sah wütend aus und ohnmächtig.

Fee hatte Mühe, ihre Stimme zu finden. Sie stellte die Kuchenteller ab, dass es nur so schepperte.

»Und welchen, bitte schön? Wie soll das gehen? Ich bin Musikerin, ich habe sonst nichts gelernt. Und anstatt irgendwelche schlecht bezahlten Hilfstätigkeiten auszuführen, kann ich auch ein Café führen. Dann bin ich wenigstens hier und kann einen Blick auf Golo und Martha werfen.«

»Was Martha und Golo machen, kriegst du doch gar nicht mit! Und eben: Du bist Musikerin. Ist ja toll, dass du das endlich begreifst.«

Jetzt platzte Fee der Kragen. »Rieke! Was – soll – das? Kannst du mir das bitte sagen?«

Ihre Tochter schwieg verbissen.

»Okay, wenn es dir so wichtig ist, bekommst du Geld. Neun Euro fünfunddreißig die Stunde. Mindestlohn.«

»Darum geht es gar nicht. Du begreifst es nicht.«

»Ich begreife es tatsächlich nicht. Ich fürchte, dass ich dich nicht verstehe. Du bist ja wie verdreht.«

»Nee, du verstehst mich nur nicht. Du verstehst gar nichts. Weißt du was? Ich freue mich auf den Moment, in dem ich ausziehe!«

Sie knüllte das Handtuch, warf es in eine Ecke und verließ

die Küche, knallrot im Gesicht. Rannte davon, in Richtung Wiesen.

Martha, die inzwischen hereingekommen war, sah ihre Mutter betrübt an. Vorwurfsvoll. »Ich geh mal hinterher.«

***

Fee radelte den Deich entlang. Sie hatte Luft gebraucht. Als sie alle stumm am Abendbrottisch saßen, war Heinrich Feindt hereingekommen. Fee hatte ihn gefragt: »Hast du ein bisschen Zeit, Heinrich? Dann setz dich bitte hierhin. Mach es dir gemütlich und iss mit den Kindern zu Abend, ja? Hab einfach ein Auge auf sie. Ich muss mal raus. Ich bin bald wieder da.«

Sie hatte ihr Rad regelrecht aus dem Schuppen gerissen und war kräftig in die Pedale getreten. Wütend. Immer noch wütend.

Was erlaubte Rieke sich eigentlich? Alles war so gut gelaufen in letzter Zeit. Sie war vierzehn, ja, aber eben: vierzehn. Das gab ihr nicht das Recht, über ihr, Fees, Leben zu bestimmen. Die Eigenständigkeit war ihr offenbar zu Kopf gestiegen, das Café, das Engagement bei den Schülerdemos für das Klima, zusammen mit diesem Finn – was glaubte sie eigentlich, wer sie war? Fee erinnerte sich nicht, jemals so zornig auf ihre Tochter gewesen zu sein.

Da vorn war die Elbe. Mit Schwung nahm Fee den Deich. Fuhr auf dem Weg dahinter Richtung Nordwesten, in ziemlich hohem Tempo. Was hatte sie nur falsch gemacht, dass Rieke dermaßen störrisch wurde? Was war nur mit ihr los?

Wäre Jan noch da, hätte sie jemanden, mit dem sie über ihre Tochter reden könnte. Sie wäre nicht allein. Und: Sie wäre noch Musikerin, so wie Rieke es sich offenbar wünschte.

Aber das Leben war kein Wunschkonzert. Dieses Festhalten am Alten war kontraproduktiv. Warum begriff Rieke nicht, dass es weiterging im Leben? Man konnte Altes nicht konservieren, sie mussten gucken, wie sie zurechtkamen, es war vorbei mit der Musik, Geigenspiel *adieu, arrivederci, farewell!*

Ja, irgendwann würde Rieke ausziehen, fast war auch Fee froh bei dem Gedanken. Denn es war immer Rieke, die Unruhe in die Familie brachte, die sich auflehnte, alles infrage stellte, einfach nicht mitmachte, wenn es von ihr erwartet wurde.

Fast wäre sie in eine Schafherde gerast, die von einem Schäfer über den Deich getrieben wurde. Die Hütehunde bellten sie an. Ein Schaf, das in die falsche Richtung lief, wurde von den Hunden wieder zur Herde gedrängt.

Fee musste warten, bis die Herde den Weg überquert hatte. Sie rieb sich über die schweißnasse Stirn. Mit lautem »Bäh!« hoppelten die Schafe weiter, angetrieben von den Rufen des Schäfers und dem Bellen der Hunde.

Schafe. Es stand ihr auf einmal deutlich vor Augen. Wie gefügige Schafe waren ihre Kinder und taten, was sie sagte. Nur Rieke, die brach eben gelegentlich aus. Und die anderen? Rasmus versuchte sich möglichst unsichtbar zu machen. Martha sprach wenig und lebte in ihrer eigenen Welt. Golo war erschrocken, sobald sie ärgerlich wurde, und wollte sie sofort trösten.

War das richtig?

Fee warf ihr Rad ins Gras und setzte sich ans Wasser. Hier kam sie jetzt sowieso nicht weiter. Sie hockte auf den Steinen, die das Ufer festigten, und starrte ins Wasser. Sonnenuntergang.

Nein, Kinder mussten auch streiten dürfen, ihre Meinung sagen, gerade wenn sie älter wurden, sich mit ihren Eltern auseinandersetzen. Das gehörte dazu.

Verdammt. Fee stützte den Kopf in die Hände. Offenbar hatte sie alles falsch gemacht. Vielleicht nicht alles, aber vieles in letzter Zeit.

Rieke war schon immer das schwierigste ihrer Kinder gewesen. Am eigensinnigsten, diejenige, die sich am meisten an der Welt stieß. Sie suchte ihren Weg immer wieder neu, er war nicht selbstverständlich für sie. Und, ja, sie wollte, dass auch Fee ihren eigenen Weg ging. Entscheidungen traf, hinter denen sie stand. Ein Vorbild für sie war. Sich nicht kleinmachen ließ von Rückschlägen.

Aber das tat sie doch gar nicht! Fee wurde schon wieder wütend. Sie unternahm schließlich alles, damit es den Kindern gut ging. Sie kämpfte. Aber so ging es nicht weiter. Sie brauchte jemanden, der die Kinder erzog, der ihr mit Rieke half. Vielleicht sollte sie Rieke auf ein Internat schicken? Oder doch nach München, also das Angebot ihrer Schwiegereltern annehmen?

Fee stand wieder auf. Nachdenklich fuhr sie nach Hause.

19

Das Lachen der Gäste ertönte, im Garten herrschte angeregtes Geplauder. Was für ein Glück sie mit dem Wetter hatten, es war ein Bilderbuchsommer. Jeden Tag war es warm, und der Himmel leuchtend blau, ohne dass die Hitze zu sehr drückte. Ein frischer Wind, der ging hier am Fluss.

Ina half heute im Café als Bedienung aus, anstelle von Rieke, mit der Fee sich noch nicht wieder versöhnt hatte. »Einen Nachmittag kann ich das machen«, hatte Ina gesagt, »aber auf Dauer musst du eine bessere Lösung finden.«

Sie hatte recht, dachte Fee, vielleicht sollte sie irgendwann jemanden einstellen. Aber noch setzte sie auf Rieke. Fee liebte Ina dafür, dass sie ihr nicht in die Kindererziehung reinredete. Für manche Mütter war es gleichsam ein Hobby, andere auf vermeintliche Fehler hinzuweisen, Ina war anders, sie sah das Wesentliche.

Wie tatkräftig sie jetzt zupackte. Alles lief reibungslos.

Es waren mehr Ausflügler bei ihnen als bisher, die Urlaubszeit machte sich bemerkbar, und davon waren viele mit dem Fahrrad unterwegs. Von Altona aus konnte man die Elbfähre bis Finkenwerder oder Cranz nehmen und dann an den Deichen entlang zu ihnen weiterfahren. Der *Jardin de Menthe* bot vegane Speisen an, und das hatte sich unter den ernährungsbewussten Städtern bereits herumgesprochen.

Manche der Jüngeren hatten sich direkt im Gras niedergelassen. Eine junge Mutter stillte auf einer Decke im Schatten der Weide sogar ihr Baby, fürsorglich abgeschirmt durch den Vater. Ein Kinderwagen stand unter dem Baum, ein vielleicht siebenjähriger Junge, der ebenfalls zu ihnen gehörte, spielte etwas gelangweilt mit einem kleinen Ball herum und wurde von seinem Vater etwas genervt ermahnt, nicht zwischen die Sitzenden zu schießen.

Fee und Ina liefen zwischen den Tischen hin und her, während Rieke ihre Drohung wahrgemacht hatte und tatsächlich ins Freibad gefahren war.

»Das muss sie auch mal dürfen, oder?«, bemerkte Ina.

Natürlich, Rieke hatte Ferien. Und gleichzeitig ... fühlte Fee sich von ihrer Tochter im Stich gelassen. Martha war ebenfalls nicht da, sie nahm an einem Ferienprogramm teil. Naturkundliches Forschen für Kinder, Erkunden der Feuchtwiesen mit Fernglas und Lupe, angeleitet von einem Biologiestudenten der Hamburger Uni. Fee war froh, dass sie dieses Angebot gefunden hatte. Golo und Elisa wiederum spielten in Golos Zimmer mit seinen Autos. Sie hatten strenge Anweisung, in die Küche zu kommen, wenn sie etwas brauchten, und das Haus nicht ohne Erlaubnis zu verlassen. Rasmus war bei einem Basketballspiel.

Fee kam in die Küche, setzte ein Tablett ab und lächelte Ina dankbar an. »Ohne dich würde ich das hier nicht hinkriegen.«

»Lass gut sein. Ich freu mich ja auch, dass du hier bist. Du bringst ein bisschen frischen Wind ins Dorf, und Golo ist genau das, was Elisa gefehlt hat.« Ina lächelte warm zurück.

Fee warf einen Blick hinaus. Alle Gäste wirkten zufrieden. Für einen Moment war tatsächlich Ruhe, niemand, der zahlen oder etwas bestellen wollte.

Fee trank ein Glas Wasser aus der Leitung. Das erfrischte, sie verspürte Zufriedenheit und freute sich trotz der Arbeit auf den Rest des Nachmittags, die Stimmung mit all den Menschen war einfach nett.

Unvermittelt ertönte ein Schrei. »MAMAAA!«

Golo. Von oben aus dem Fenster.

Fee ließ das Glas fallen. Klirrend zerbrach es auf den Fliesen.

Andere Stimmen riefen aufgeregt durcheinander. Fee stürzte nach draußen. Die Gäste waren von ihren Stühlen aufgesprungen.

Die junge Frau mit dem Baby stand am Ufer, sie hielt ihr Kind eng an sich gepresst, der junge Mann stand bis zur Hüfte im Fluss. Neben dem abgesperrten Steg trieb eine Babydecke auf dem Wasser, die Lenkstange des Kinderwagens ragte daneben heraus.

Fee versuchte zu begreifen, was geschehen war. Ein Kind, im Wasser?!

Ertr …? Sie konnte es nicht denken.

Kälte schoss ihr durch die Glieder. Sie brachte nur einen tonlosen Schrei hervor, spürte, wie alles in ihr wie gelähmt war. Sie war unfähig, sich zu rühren.

Ina hatte die Situation schneller erfasst als sie. Sie stand bereits am Ufer und sprach mit den Leuten, beruhigte die junge Frau. Dann kam sie zu Fee zurück. »Fee?!« Ihre Stimme wie von weither. Fee nahm alles nur verlangsamt wahr, sie war wie unter einer Glocke, getrennt vom Rest der Welt.

»Felicitas?! Es ist nur der Kinderwagen. Er war leer. Der Vater fischt ihn gerade heraus. – Fee?«

Fee knickten die Beine weg, sie hielt sich an der Tischkante fest. Saß da, kreidebleich.

Sie konnte sehen, wie der junge Mann den triefnassen Wagen mithilfe eines anderen Gastes aus dem Fluss hob und ans Ufer stellte. Offenbar war Ebbe und das Wasser nicht tief.

»Felicitas. Es ist nichts passiert. Es war nur der Wagen.« Ina tippte sie an.

Fee wollte aufstehen, etwas sagen, die Situation auflösen. Doch sie konnte nicht. Golo stand auf einmal neben ihr und umschlang ihren Arm. Elisa war zu ihrer Mutter gelaufen.

Fee zwang sich, aufzustehen und zu dem Paar zu gehen. Es fühlte sich an, als wären ihre Beine nicht ihre eigenen.

Einige Gäste redeten, deuteten aufs Wasser und den abgesperrten Steg. »Verklagen ... Schadensersatz«, drang an Fees Ohr.

Die junge Frau schluchzte plötzlich auf. »Es ist ja nichts passiert«, flüsterte sie. Ihr Gesicht war gerötet. Sie versuchte sogar zu lächeln.

Noch immer brachte Fee keinen Ton hervor.

»Die Bremse war nicht angezogen«, sagte der junge Mann. »Es ist abschüssig hier.« Er wirkte etwas konfus, seine Hose triefte, Schlick klebte daran.

»Ich bringe Ihnen trockene Kleidung«, sagte Ina, die Fee gefolgt war. »Und kommen Sie erst einmal ins Haus. Felicitas, gibt es vielleicht eine Hose und ein Shirt von Rasmus? Die Größe müsste passen.«

Fee nickte. Langsam löste sich ihre Erstarrung.

Sie fühlte Golos Hand in ihrer, wie er sie ganz fest hielt. Er hatte ebenso wie sie gesehen, dass jemand dem jungen Paar ein Stoffhündchen gegeben hatte, das schließlich aus dem Wasser gefischt worden war.

Dann ertönte ein erneuter Schrei, die Stimme hoch, hilflos, diesmal aus dem Mund der Mutter, ein fragendes Rufen, das kippte: »Liam?!«

Niemand hatte mitbekommen, wie er sich entfernt hatte. Der Junge, der eben noch mit seinem Ball gespielt hatte, war in der Aufregung um den Kinderwagen verschwunden.

Ina redete beruhigend auf die Eltern ein, glättete die Wogen, versuchte Ruhe zu bewahren.

»Keine Panik«, sagte sie mahnend und sah vor allem Fee dabei an. »Er taucht bestimmt gleich wieder auf.«

Jetzt begann die Mutter haltlos zu schluchzen, es war alles zu viel, das Baby weinte ebenfalls.

»Kümmer dich bitte«, sagte Ina leise und wies auf Gäste, die zahlen wollten. Laut sagte sie: »Wer hat ihn zuletzt gesehen?«

Verschwunden. Wie konnte ein Kind auf diesem Grundstück einfach verschwinden? Fee wusste es nicht. Am Fluss hatten sie ja alle gestanden, dort war der Junge nicht gewesen. Blieb die Straße vorne, die Wiesen hinten.

Einige Gäste boten an, bei der Suche mitzuhelfen, Ina schickte sie in die entsprechende Richtung. Auch Fee lief ums Haus. Nichts.

Die Gräben. Die Wiesen waren durchzogen von Gräben, der Junge war klein. Was machte er, wenn sein Ball hineinfiel? Sprang er hinterher und kam nicht wieder heraus, blieb stecken im Morast? Weit weniger Wasser reichte, um ein Kind ertrinken zu lassen. Fees Kopf war leer wie ein Ballon. Sie versuchte zu denken. Nichts.

Das Weinen der Mutter, das Rufen des Vaters, der ebenfalls über das Grundstück lief, bemüht um Ruhe, und dessen Stimme doch immer drängender wurde und lauter, als er nach seinem Sohn rief.

Was passierte hier gerade, welche Katastrophe spielte sich ab? Es war unwirklich, es schien Fee, als wäre sie im falschen Film. Nur Ina blieb gefasst, zumindest tat sie so.

Die Stimmung war vollständig gekippt, einige Gäste überlegten, die Polizei anzurufen.

Auf einmal war Rasmus wieder da.

»Rasmus!« Fee fiel ihm fast um den Hals. »Rasmus, du musst mit suchen! Ein kleiner Junge ist verschwunden, gerade hat er noch da am Ufer gespielt, jetzt ist er weg ...«

Rasmus zog einen gelben Ball aus der Tasche. »Was, sagst du, hat der Junge vorher gemacht? Der lag hier im Garten. Neben der Veranda.«

Rasmus blieb mitten im Garten stehen und sah sich um, bewegte den Ball nachdenklich in seinen Händen.

Plötzlich ertönte ein Kichern, und zwar von oben. Ein Kopf schob sich über die Dachkante der Veranda, der Junge lag dort bäuchlings und hatte sie offenbar die ganze Zeit beobachtet.

Wie war er dort bloß hinaufgekommen? fragte sich Fee. Dann sah sie die alte Holzleiter, die an der Seite angelehnt war. Die Leiter. Sie hatte sie nicht weggestellt, warum auch, sie hatte sie zur Dekoration benutzt und einen Blumenkübel an sie gehängt.

Zum Glück schien der Junge unversehrt.

Die Mutter rief hektisch nach ihm, der Vater schwieg jetzt. Er wirkte erschöpft. »Komm runter«, wies er den Jungen an.

Der schüttelte stumm den Kopf, er sah herunter, es war ihm offenbar zu hoch.

»Dann komm ich dich eben holen.« Mit zusammengebissenen Zähnen war der junge Vater, immer noch mit nassen Hosen, bereits auf die morsche Leiter gestiegen.

»Vorsicht!«, rief Fee laut, ihre Stimme klang ihr selbst kreischend in den Ohren, »die Leiter hält nicht, sie ist alt!«

Doch der Mann war schon oben. Sein Sohn steckte ihm die Arme entgegen, er sah jetzt ängstlich aus. Mit dem Kind vor sich, das er anwies, sich gut festzuhalten, machte der Vater sich an den Abstieg.

Eine Sprosse in der Mitte war es, die nicht hielt. Sie barst mit einem Knacken. Die endlosen Sekunden des Falls.

Es war furchtbar, einfach nur entsetzlich. Mit verdrehtem Bein lag der Vater unten und der Junge, der auf ihn gefallen war, quer darüber.

Die Mutter hatte offenbar einen Schock, sie öffnete den Mund und konnte nichts sagen, das Baby hielt sie wie im Schraubgriff umklammert.

Ina, Rasmus, alle stürzten herbei, Fee rief sofort den Notarzt an.

Kurz darauf waren die Sanitäter da. Das Kind war unverletzt, es hatte großes Glück gehabt, der Vater hatte offenbar ein verstauchtes Bein, aber keine inneren Verletzungen, möglicherweise eine Gehirnerschütterung. Die Sanitäter nahmen Vater und Sohn mit ins nächste Krankenhaus, ein älteres Ehepaar, das die ganze Zeit geblieben war und besorgt zugeschaut hatte, brachte die Mutter hinterher.

Auch die anderen Gäste, die übrig geblieben waren, verließen den Hof nach und nach. Ina musste weg, Golo klebte an Fee, Rasmus räumte das Geschirr zusammen.

Golo fand das Hündchen, das noch im Garten lag, unter der Weide, wo es offenbar vergessen worden war, und begann zu schluchzen, er wollte gar nicht wieder aufhören.

***

Der nächste Tag war ein Montag, und das Café blieb geschlossen. Benommen räumte Fee die Reste vom Vortag auf, sie wischte die Küchenfliesen, als ginge es um einen ersten Preis.

Sie hatte kaum geschlafen, und pünktlich um sieben Uhr waren die Handwerker bei Schluppi am Start gewesen. Nachdem sie den Bungalow in seine Einzelteile zerlegt hatten, bauten sie ihn jetzt wieder auf. Schluppi selbst machte das Freude, zufrieden begutachtete er jeden Fortschritt. Fee fragte sich, was er hier eigentlich wollte, mitten auf dem Land. Aber er hatte es ja selbst gesagt: Studioaufnahmen machen und sich erholen. Was Schluppi wohl unter Erholung verstand?

Das Bohren und Hämmern zersetzte bei Fee jeden klaren

Gedanken. Dazu kamen die Trecker der Obstbauern, die auf den schmalen Straßen entlangfuhren, in den Plantagen war die Kirschernte in vollem Gang.

In einer Ecke stand noch eine Schüssel mit frisch gepflückten Kirschen, Rieke hatte einen Kirschkuchen backen wollen. Fee prüfte die Früchte. Man musste sie bald verarbeiten, damit sie nicht faulten.

Der Unfall. Sie hatte an nichts anderes denken können in der Nacht.

Golo war wieder mit einem Albtraum zu ihr ins Bett gekommen. Sie hatte ihn beruhigt und selbst stundenlang wach gelegen und an die Decke gestarrt.

Mit dem jungen Paar hatte sie abends noch telefoniert. Sie hatten Glück im Unglück gehabt, waren aber sehr mitgenommen. Wie durch ein Wunder war dem jungen Mann nichts weiter passiert, er hatte einen verstauchten Knöchel, ein paar Prellungen, das war alles. Keine Gehirnerschütterung, keine Brüche. Trotzdem, es war ein Schock, das machte er auch deutlich. Obwohl er ihr zögerlich zu verstehen gab, dass sie nicht mit rechtlichen Konsequenzen zu rechnen hatte – zu unklar war die Lage –, war seine Ausstrahlung durch und durch vorwurfsvoll.

Fee konnte es ihm nicht verdenken. Sie fühlte sich schlecht.

Ina sagte: »Auf ihre Kinderkarre müssen die schon selbst aufpassen. Der Steg war gesperrt. Es war Pech, dass der Kinderwagen daraufgerollt und ins Wasser gekippt ist. Und auf Dächern hat ein Kind nichts zu suchen, fertig.« Mit ihrer üblichen pragmatischen Klarheit wiederholte sie es: »Fee, es war ihre eigene Schuld. Hörst du?«

Und trotzdem, nicht auszudenken, wenn der Vater verunglückt wäre. Oder wenn im Wagen ein Kind gelegen hätte. Fee wurde immer noch ganz flau, wenn sie daran dachte. Sich vorzustellen, dass die Eltern den Kinderwagen mitsamt Kind vermutlich besser gesichert hätten, half nichts. Sie würde den kompletten Uferbereich absperren, damit sich dort keiner mehr hinsetzte. Und dann die Leiter ... Sie hatte ihn gewarnt, er hatte nicht darauf geachtet.

Nein, sie haftete nicht für den Schaden. Und dennoch ... Etwas war anders als vorher, die Unbekümmertheit, mit der sie das Café bisher betrieben hatte, war dahin.

Auch Rieke war bestürzt gewesen. Von ihrem Streit keine Spur mehr, vielmehr hatte Rieke versucht sie zu trösten, als sie nach Sonnencreme duftend aus dem Freibad zurückgekehrt war. »Mensch, Mama ...« Rieke hatte sie fest in die Arme geschlossen.

Jetzt kam sie barfuß und verschlafen die Treppe herunter, den Laptop in der Hand.

Fee wollte sie gerade ermahnen, dass sie ihr Gerät auch mal weglegen sollte, schon morgens auf Bildschirme zu schauen, wäre nicht gesund, da verschluckte sie ihren Satz beim Blick in Riekes Gesicht. Wortlos hielt Rieke ihr den aufgeklappten Laptop hin.

Und Fee klappte noch in der Sekunde, in der sie erfasste, was sie da sah, die Kinnlade herunter.

Der *Jardin de Menthe* war großes Thema im Internet: Über Social Media hatte sich der Unfall gestern rasend schnell verbreitet. Nutzer hatten sogar Bilder hochgeladen. Woher kamen die? Fee hatte nicht mitbekommen, dass jemand fotografiert hatte. Der Kinderwagen, wie er im Wasser versank. Die tränenüberströmte, entsetzte Mutter. Das auf dem Wasser treibende Stoffhündchen. Vater und Sohn auf dem Boden neben der zerbrochenen Leiter.

Es war nicht auszuhalten. Fee schlug sich die Hand vor den Mund und sah Rieke erschrocken an.

»Ja, Scheiße, absolute Scheiße«, murmelte die. Sie setzte sich an den Küchentisch und begann geistesabwesend, sich

Kirschen in den Mund zu stecken. Fee schob ihr den Brotkorb hin und kochte ihr einen Espresso mit viel Hafermilch, wie Rieke ihn gerne mochte. Sie bewegte sich wie auf Autopilot.

Schlimmer noch waren die Kommentare zu den Bildern: *Kind fast ertrunken. Kind verschwindet im Alten Land. Ausflug ins Alte Land endet mit Schock.*

Rieke, die jede Erwähnung ihres Ausflugscafés im Internet im Blick hatte, wies auf die Sterne der Gäste, die bisher nur in Bestbewertung neben ihrer Adresse geprangt hatten. Jetzt war die Durchschnittsbewertung abgestürzt, vor ihrem Café wurde stattdessen gewarnt.

Wie hatte das so schnell passieren können? Der Kaffee, ihre Lieblingsröstung aus Buxtehude, fair gehandelt aus Kolumbien, schmeckte Fee auf einmal nicht mehr. Und dann förderte Rieke es zutage: ein Bild des Gartens mit den erschrockenen Gästen und Fee, die reglos im Hintergrund stand. Unbeteiligt sah sie darauf aus, ganz so, als ob sie der Vorfall nicht interessierte.

Fee rieb sich die Stirn. Und jetzt?

Sie mussten eine Richtigstellung schreiben. Den jungen Vater bitten, sich öffentlich zu äußern, die Sache ins richtige Licht zu rücken. Aber was war das richtige Licht? Der Kinderwagen war in den Fluss gefallen, es war ein Schock gewesen für ihre Gäste. Und zwar für alle, nicht nur für das junge Paar. Nein, natürlich würde sie ihn nicht mit solch einem Anliegen belästigen, denn was er erlebt hatte, war schlimm genug.

Fee war übel.

Man müsste eine Gegenkampagne starten, selbst einen Bericht ins Netz stellen, andere Bilder posten – welche? –, sich entschuldigen, nein, die eigene Unschuld beteuern … mit welchem Ziel? Fee spürte, wie sehr es ihr zuwider war, sich in den Sumpf zu begeben, der sich da vor ihr auftat.

Sie sah ihre Tochter an.

Und auch Rieke musste sie davor bewahren. Rieke, die vor ihr stand, das Gesicht voll Mitleid, aber auch Ratlosigkeit, Traurigkeit.

Es reichte. Was hatte sie sich nur dabei gedacht, sie so einzuspannen?! Rieke war vierzehn. Sie war ein Kind. Ja, ihre Tochter bewegte sich mit großer Selbstverständlichkeit in den neuen Medien – aber das bedeutete doch nicht, dass Fee sie ständig für sich arbeiten lassen konnte! Was auf keinen Fall sein durfte, war, dass sie diese Sache ausbadete.

Fee fasste einen Entschluss. Es musste ein Ende haben. So schön die Sonne draußen schien, so prächtig die Stauden blühten und so verführerisch ihr Garten sich präsentierte: Der *Jardin de Menthe* würde in die Sommerpause gehen.

»Rieke-Maus, wir schließen. Vorerst zumindest. Das ist besser. Und dann sehen wir weiter.«

Rieke runzelte die Stirn. »Was?! Mom, die ganze Arbeit! Wenn wir den Account jetzt löschen, sind die Bilder auf Nimmerwiedersehen weg, wenn wir den löschen, ist alles umsonst gewesen!«

Aber schon ein paar Minuten später, in denen sie ratlos auf den Bildschirm geschaut hatte, murmelte sie: »Ist vielleicht auch ganz gut. Wenn ich ehrlich bin, war es ein bisschen viel. Die Kampagne mit Finn, all die Infoblätter und Pressenachrichten, die ich für unsere Demos geschrieben habe, und dann das Café. Ich wollte dich nur nicht hängen lassen.«

Fee traf es ins Herz. Da war es wieder. Eines ihrer Kinder wollte sie nicht hängen lassen. Verdammt, *sie* war für ihre Kinder zuständig, nicht andersrum. Es war Zeit, etwas zu unternehmen.

»Rieke, komm, wir machen uns einen freien Tag, wir fahren nach Hamburg, ja?«

»Hamburg?« Ihre Tochter hob den Kopf und strahlte. »Nur wir zwei?« Dann fiel sie ihr um den Hals. »Du bist die Beste!«

Es wurde ein wunderbarer Tag. Fee war überrascht, wie nah das Großstadtleben im Grunde war. Ein Sprung über die Elbe, mit der Fähre oder durch den Elbtunnel, und schon war man mitten in Altona. Sie bummelten durch das lebendige Ottensen mit seinen vielen Straßencafés, drückten sich die Nasen an Schaufenstern platt und betraten kleine Läden mit ungewöhnlichen Dingen in ungewöhnlichem Design. Rieke kaufte ein Oberteil im Shop eines kleines Modelabels, öko und *fair trade*, das ihr ausgezeichnet stand, sie aßen Eis in einem Laden, der die köstlichen Kugeln selbst herstellte – »Lakritz und Minze, mhm, lecker« –, aßen würzige Falafel in einem Imbiss, schließlich gingen sie sogar in ein Kino, das sich in einer alten Fabrikhalle befand, in eine Spätnachmittagsvorstellung. Als sie schon aufstanden, rief Fee verblüfft aus: »Guck mal, da steht Seraps Name – erinnerst du dich? Die Fahrradfahrerin, die mal bei uns vorbeigeschaut hat!« Sie wurde im Abspann als Locationscout genannt.

»Ich wusste gar nicht, dass man solche Ausflüge mir dir machen kann«, sagte Rieke fröhlich, als sie mit dem VW-Bus zurückfuhren.

»Ich auch nicht.« Fee lachte. »Aber es war schön, oder?«

»Es war wahnsinnig schön, Mama. Lass uns so was doch öfter machen.«

Öfter. Das war wohl nicht drin, dachte Fee, wieder hatte sie Golo und Martha zu Ina gebracht. Noch störte es diese nicht, aber wie lange noch? Und was wäre, wenn Golos und Elisas Freundschaft einmal endete? Kinderfreundschaften währten nicht immer ewig, auch wenn manche erstaunlich beständig waren.

Aber für Rieke musste eindeutig Abwechslung her. Sie müsste mal raus, so wie alle Schüler. »Rieke, meine Liebe, hör mal, was würdest du denn von Ferien halten? Echten Ferien, meine ich? Mit Wegfahren?«

»Zu Oma, nach München?« Sehr begeistert sah sie nicht aus.

»Oder in ein Feriencamp, irgendetwas müsste es doch geben. Mit Gleichaltrigen, was meinst du?«

Jetzt leuchtete das Gesicht ihrer Tochter. »Finn nimmt an einem Zeltlager teil, von der Kirche organisiert. In Schleswig-Holstein, an der Ostsee! Er hat mich gefragt, ob ich mitkomme, aber ich dachte, ich könnte nicht weg. Wegen des Cafés. Vielleicht ist noch ein Platz frei!«

»Das passt doch perfekt.«

»Es geht aber übermorgen schon los«, warnte Rieke.

»Na und? Das schaffst du doch, oder?«

Rieke grinste. Dann wurde sie plötzlich skeptisch. »Aber wir haben doch kein Geld.«

»Wir haben Geld, das hast du ja ganz richtig festgestellt. Und genau dafür geben wir es jetzt aus.«

Im Feriencamp war tatsächlich noch ein Platz frei. Rieke warf ihre Sachen in einen Koffer und fegte durchs Haus, um Badezeug, Schlafsack und Matte zusammenzuraffen. Dabei wirkte sie so glücklich, dass Fee sofort wieder ein schlechtes Gewissen bekam. Was hatte sie sich nur dabei gedacht, die Kinder die ganzen langen Sommerferien über hierbehalten zu wollen? Rieke war wie ausgewechselt. Natürlich musste sie mit Gleichaltrigen weg, das Camp machte einen guten Eindruck – Fee hatte sich die Unterlagen angeschaut und mit den Leitern telefoniert –, und wie es hier die nächsten zwei Wochen weiterging, das würde man sehen.

Und dann war Rieke weg, auch Finn schien sich gefreut zu haben, er war noch einmal aufgetaucht, auf seinem Fahrrad, zerzaust und fröhlich, Line-Sophie hatte nicht mitgedurft, Katharina fand ein Zeltlager nicht hygienisch und das Umfeld für ihre Tochter nicht passend, und im Gasthof wurde es still.

Auf einmal war es tatsächlich still, so viel ruhiger, als wenn Rieke da war.

Am Abend nach Riekes Abreise stieß Fee im Garten auf Rasmus. Er saß in einem Liegestuhl und schaute in den Himmel, ohne etwas Besonderes zu tun. Fee erinnerte sich daran, wie Rasmus, als er klein war, auf dem Bauch liegend Schnecken beobachtet hatte, die in Zeitlupe durch die Gegend krochen. Wie er im Kindergarten Sandburgen gebaut hatte in Perfektion, mit Giebeln und Erkern und Türmen – nur dass er nie fertig gewesen war, wenn er hineingerufen wurde. Er hatte schon immer viel Zeit gebraucht.

»Na, Großer?« Sie zog einen Stuhl heran und setzte sich neben ihn.

»Na?« Seine Stimme, sein Ausdruck, er hatte sich verändert. Er war ihr Sohn, so vertraut, und doch bald erwachsen. Wie es in ihm aussah, wusste sie nicht.

»Möchtest du auch verreisen?«

»Kann ich.«

»Willst du?«

»Wenn du das möchtest.«

»Darum geht es nicht. Möchtest du?«

Fee versuchte herauszufinden, ob er sich wie seine Schwester ein Jugendlager vorstellen könnte. Etwas Sportliches. Aber sie erhielt keine richtige Antwort. Ja. Nein. Vielleicht.

Fee war kurz davor aufzuspringen. »Möchtest du vielleicht zu Oma und Opa nach München?«

Rasmus sah interessiert auf. »Können wir uns das leisten?«

Himmel, hatte sie ihren Geldmangel so vor sich hergetragen? Außerdem würden ihre Schwiegereltern das Bahnticket bezahlen, das hatten sie oft genug betont, sie baten immer wieder darum, dass der Junge sie mal besuchen käme.

Fee war zwar etwas skeptisch, was ihre Schwiegereltern betraf, aber wenn Rasmus Lust dazu hatte? Sie würden außergewöhnliche Sachen mit ihm unternehmen, in die Berge fahren, auf dem Ammersee segeln und feine Restaurants besuchen. Warum nicht, wenigstens konnten sie ihm, im Gegensatz zu ihr, etwas bieten. Und vielleicht würde ihm diese Abwechslung guttun.

Überraschend bat Martha darum, zu den Großeltern mitkommen zu dürfen. Rasmus versicherte, dass es überhaupt kein Problem sei, während der Bahnfahrt auf Martha aufzupassen, der ICE fuhr von Hamburg aus durch bis zum Münchener Hauptbahnhof, sie würden ein paar Kartenspiele mitnehmen. Und es stimmte, die beiden hatten sich schon immer gut verstanden, auch wenn fünfeinhalb Jahre sie trennten. Beide hatten einen intuitiven Zugang zu Logik und spielten unter anderem gerne zusammen Schach. Nur waren sie in letzter Zeit nicht mehr dazu gekommen, alles hatte sich ein bisschen verlaufen in dem großen Haus.

Sie packten also ein paar Sachen, und Fee brachte sie nach Stade zum Bahnhof. Umarmte sie. Erinnerte sie an das Umsteigen in Harburg. Ließ sie noch einmal nachprüfen, ob ihre Handys aufgeladen waren. Sagte ihnen, sie sollten sich nicht aus den Augen lassen. Küsste sie noch einmal. Winkte. Wischte sich die Tränen aus den Augen.

Und auf einmal war sie allein. Golo war bei Elisa. Er würde bald sechs Jahre alt werden, direkt vor Beginn des neuen Schuljahrs, und käme dann in die erste Klasse.

Ihre Kinder, sie wurden groß.

20

»Moin!« Vor dem Haus standen zwei Mitarbeiter einer Dachdeckerfirma. Sie hatten offenbar gerade wieder aufbrechen wollen, weil Fee nicht da gewesen war. »Hier ist was zu tun?« Schluppi hatte sie geschickt, wie versprochen.

Fee erklärte ihnen, was geschehen war, und schon stiegen die Männer durch eine Luke aufs Dach, um sich ein Bild zu machen. »Mehrere lose Schindeln, die der nächste Sturm abheben kann«, lautete die Einschätzung. »Einige sind schon heruntergefallen. Wenn man nichts macht, läuft das Wasser rein.«

Das Wasser. Mal wieder.

Fee nickte. Wie sollte sie das finanzieren? Schluppi hatte zwar angekündigt, dass er die Kosten übernehmen wolle, aber sie fragte sich, in welche Abhängigkeit sie sich damit begab. Sie kannte ihren Nachbarn doch kaum. Nein, wohl war ihr nicht dabei. Aber es nützte ja nichts, das Dach musste ausgebessert werden.

Kurz darauf tauchte Swen selbst auf. Wie immer völlig entspannt, einen Kaffeebecher in der Hand, sein Hemd, mit breitem Revers, war diesmal mit pastellfarbenen Eiswaffeln bedruckt. Fee zog unwillkürlich ihr eigenes T-Shirt zurecht.

»Schick, oder?«, sagte Swen, als er ihren Blick bemerkte.

»Sehr modisch«, erwiderte Fee.

Dann wies Swen nach oben. »Denk nicht drüber nach. Das Dach wird gemacht. Ich kann es nicht verantworten, dass hier bei Regen vier Kinder ertrinken. Direkt nebenan, stell dir mal vor.« Dann grinste er. »Du zahlst es mir bei Gelegenheit zurück. Sonst: Kaffee bis ans Lebensende!«

***

Kaffee bis ans Lebensende. Dieser Satz ging Fee nicht aus dem Kopf.

Vielleicht war das wirklich die Aussicht für die Zukunft. Was war jetzt mit dem Minzgärtchen, sollte sie es weiterführen, oder war es besser, das Café endgültig aufzugeben?

Fee war auf den Dachboden gestiegen, um selbst einen Blick auf die Schindeln zu werfen. Sie erkannte die Spuren, die Jesko und sie bei ihren Tanzschritten hinterlassen hatten. Jesko. Fee fuhr ein Schauer über den Rücken, als sie an ihn dachte.

Sie lehnte sich an einen Balken. Das Dämmerlicht umfing sie, unterbrochen nur von einem Lichtstrahl aus dem halb blinden Giebelfenster.

Sie hatten hier oben getanzt. Das war vor der Caféeröffnung, zu dem Zeitpunkt war sie noch voller Elan gewesen. Seitdem er in der Küche vor ihr gestanden hatte, als Katharina da gewesen war und er so abweisend gewirkt hatte, hatte sie Jesko nicht mehr gesehen. Vielleicht war er mit seinem Boot unterwegs? Warum war er neulich überhaupt aufgetaucht, hatte er mit ihr reden wollen? Seit ihrem Ausflug auf der Elbe hatten sie sich nicht mehr verabredet.

Wollte er ihr auf diese Weise zeigen, dass er nicht an ihr interessiert war? Ging er auf Abstand, damit sie sich keine Hoffnungen machte? Fee fühlte einen feinen Stich. Es war so besonders gewesen, das Zusammensein mit Jesko hatte sich so vertraut angefühlt, so selbstverständlich.

Aber vielleicht hatte nur sie es so erlebt, bei ihm sah es offenbar anders aus. Sicher hatte er die Momente genossen – es konnte gar nicht anders sein, Fee hatte es in seinen Augen gelesen, während sie dort am Strand gelegen hatten. Aber danach hatte er sich wieder zurückgezogen. Warum auch immer er sich entschlossen hatte, auf Abstand zu gehen: Fee wurde plötzlich klar, dass er eine engere Bindung vermied.

Und diese Erkenntnis schmerzte. Mehr, als sie gedacht hätte. Aber so vieles hatte wehgetan in den letzten Jahren, das hielt sie jetzt auch noch aus. Eine einmalige Geschichte war es also gewesen. *Sex on the Beach*. Viola würde sich totlachen und ihr gratulieren. Immerhin.

Fee stieß sich vom Stützbalken ab. Es nützte nichts. Sie musste weitermachen. Zuerst die Dachpfannen.

Das Gezwitscher der Vögel, als sie sich aus der Dachluke beugte. Die rotbraunen Dachpfannen, teilweise von Moos besetzt. Der warme Sommerduft. Die Möwen am Himmel und der weite Blick. Das andere Elbufer in der Ferne, man sah es gut von hier oben.

Fee atmete tief durch. Lange stand sie dort.

Was für ein wunderbarer Ort.

Ihr war es, als ob sie hier Luft bekäme, die sie woanders nicht hatte. Das gab ihr Kraft.

Nein, sie wollte diesen Gasthof nicht aufgeben. Sie wollte hier ein Zuhause finden, für sich und die Kinder, es war der erste Schritt in ein Leben, wie sie es sich wünschte, der erste echte Schritt ohne Jan. Es fühlte sich richtig an.

Und das Geld? Sie musste eben doch mehr Musikunterricht geben, außerdem würde sie lernen, die Dinge selbst zu reparieren, und das Haus nach und nach auf Vordermann bringen – und natürlich würde sie ihren *Jardin de Menthe* weiterbetreiben. Rieke hatte recht: Jetzt aufzuhören wäre Unsinn, sie hatten bereits so viel Arbeit und Mühe investiert. Jede Selbstständigkeit brauchte Zeit, um anzulaufen, und den Leuten hatte es bei ihnen gefallen. Das konnte dieser eine Nachmittag nicht zunichtemachen. Es war ja letztlich nichts Schlimmes passiert. Es war ein Tiefpunkt gewesen, ein unglücklicher Zufall. Sie selbst war entsetzt gewesen, weil alles, was Kinder betraf, ihr unweigerlich naheging, weil sie im ersten Moment gedacht hatte, dass tatsächlich ein tragisches Unglück geschehen wäre. Unglück aus heiterem Himmel – da war sie ein gebranntes Kind. Die Erfahrung mit Jan saß tief.

Aber es *war* faktisch nichts passiert.

Fee beschloss die Zeit, in der ihre Kinder verreist waren, zu nutzen, um die Wiedereröffnung des Cafés vorzubereiten. Sie wollte auf Vorrat backen, sicher ließ sich einiges einfrieren. Sie würde in Ruhe überlegen, was sie brauchten, und einen gut strukturierten Plan machen. Bis zum Ende des Sommers würde das Café im Garten weiterlaufen, und im Winter – sie dachte es das erste Mal – könnten sie vielleicht die alte Gaststube nutzen. Es dort gemütlich haben mit Kaminfeuer, Kaffee und Kuchen. Mit heißer Schokolade und Rumgrog. Beim bloßen Gedanken daran lief ihr das Wasser im Mund zusammen.

Also, ein Plan musste her. Fee schloss die Dachluke, legte den Hebel fest vor und verließ den Speicher.

Später am Tag hatte Fee sich dazu durchgerungen, sich einen Eindruck darüber zu verschaffen, was in der Zwischenzeit über das Minzgärtchen geschrieben worden war. Den Instagram-Account sowie den Blog des *Jardin de Menthe* verwaltete Rieke, sie hatten sich dagegen entschieden, die Seiten stillzulegen, nur eine vorübergehende Pause angekündigt.

Viele neue Kommentare gab es nicht. Jemand hatte noch einmal betont, dass der Minzgarten, anders als in den Einträgen behauptet, sehr nett sei und wirklich einen Ausflug wert.

Fee schüttelte den Kopf. Das war alles völlig absurd, jetzt, mit etwas Abstand, erkannte sie es deutlich. Sie würde Rieke bitten, diesen Instagram-Account und damit die Kommentare zu löschen. Sie brauchten keine Werbung und erst recht nicht solche. Der *Jardin de Menthe* würde auch so laufen.

Würde er das tatsächlich? Fee war sich nicht sicher. Die Zeiten, als man in den nächstgelegenen Gasthof gegangen war, um seine Nachbarn zu treffen, wie es vielleicht noch gewesen war, als Heinrich den Gasthof betrieben hatte, waren vorbei. Marketing war jetzt alles, Empfehlungen, die sich im Netz verbreiteten, ansprechende Bilder. Jeder informierte sich über Orte und Produkte mit einem Blick ins Internet. Fee wusste das. Und es war ihr trotzdem fremd. Rieke war da anders, deshalb hatte sie diesen Blog geführt.

Trotzdem, es musste auch so zu schaffen sein. Ihr Café: ein Geheimtipp für Leute vor Ort. Und für Ausflügler. Den ein oder anderen Eintrag im Blog könnte man ja stehen lassen, nur auf die täglich neuen Posts sollte man besser verzichten.

Motiviert krempelte Fee die Ärmel hoch und verbrachte die nächsten beiden Tage in die Küche. Sie buk neue Kuchen, wandelte Riekes Rezepte für Limonaden ab, fror Rote Johannisbeeren auf Vorrat ein. Schwarze Johannisbeeren pflückte sie neu und kochte daraus Marmelade. Wie das duftete! Elisa und Golo fielen kaum ins Gewicht, wenn sie da waren, sie puzzelten den ganzen Tag vor sich hin, versunken in ihre Spiele, Fees Anwesenheit kaum gewahr.

Es war Ina, die Fee den Tipp gab, sich an die Lokalzeitung

zu wenden und dort jemanden für einen zweiten Besuch zu gewinnen. »Die suchen doch immer nach interessanten Geschichten vor Ort.« Die Zeitung. Wie so oft hatte Ina recht.

***

Jesko war von der Arbeit gekommen, hatte sich Schweiß und Holzstaub vom Leib geduscht, ein frisches T-Shirt übergezogen und sich mit einem Abendbrot ins Freie gesetzt.

Auf der anderen Seite des Flusses lugte eine Ecke des Gasthofs hinter den Weiden hervor. Jesko biss in sein Brot, das mit einer Scheibe Wildsalami belegt war, und öffnete eine Flasche Wasser.

Diese Stille war selten, meistens hörte man landwirtschaftliche Maschinen oder Rasenmäher bis in den Abend.

Auch drüben im Gasthof war es still. Waren sie verreist, Fee und ihre Kinder? Er spürte ein merkwürdiges Ziehen. Sie fehlten ihm, auch wenn es ihm schwerfiel, es sich einzugestehen.

Jesko nahm noch einen Schluck Sprudel.

Ob es ihr gut ging?

War es nicht egal, was man Fee möglicherweise über ihn zutrug? Er hatte Sorge gehabt, dass Katharina indiskret werden, dass sie ihr von Nadja erzählen würde, die ihn verlassen hatte. Na und? Sollte er sich wirklich von Katharina davon abhalten lassen, sich mit Fee zu treffen, wenn er das wollte? Das wäre absurd.

Aber ob sie, Felicitas, umgekehrt auch bereit war, ihn zu sehen? Er konnte es nicht einschätzen. Einerseits war sie ihm ganz nah, gab sich völlig unverstellt, andererseits umgab sie eine dicke Schale, hinter die er nicht blicken konnte.

Alles, was er wusste, war, dass sie eine gute Zeit miteinander gehabt hatten, während des Segelns, bei der Radtour, beim Tanzen. Es war besonders gewesen, viel leichter und selbstverständlicher, als er es sonst mit Frauen erlebte. Fee verzichtete darauf, ihm gefallen zu wollen. Sie machte überhaupt keine Andeutungen, keine Zweideutigkeiten, sie flirtete nicht mit ihm.

Ob sie ihn wiedersehen wollte?

Es gab nur einen Weg, es herauszufinden.

***

Sie erkannte ihn sofort.

»Hey.« Jesko trat unter dem Apfelbaum hevor und auf sie zu.

Fee hatte den abendlichen Himmel betrachtet, wie sie es so gern tat, die Farben der Wolken, ein Glas Wein neben sich. Golo war bei Elisa, sie musste an nichts und niemanden denken. Alles schien gerade weit weg. Die Kinder, der Cafébetrieb, die Sorgen.

»Hey.« Fee machte Anstalten, sich zu erheben, um ihn zu begrüßen, doch er winkte ab.

»Bleib sitzen.« Jesko griff nach einem Gartenstuhl. »Darf ich?« Er platzierte den Stuhl neben ihrem Liegestuhl.

»Ich hol dir was zu trinken.« Geschmeidig erhob Fee sich jetzt doch. »Keine Widerrede.« Sie lachte.

Mit der angebrochenen Weinflasche, einer Wasserkaraffe und einem zweiten Glas kehrte sie zurück. Jesko hatte die Hände im Nacken verschränkt und sah auf den Fluss.

»Alles okay bei dir?« Sie reichte ihm das Glas.

Er nickte. »Und bei dir?«

»Ich hab Ferien. Die Kinder sind verreist.«

»Deinen Lütten habe ich vorhin getroffen. Mit der Kleinen von Augustins.«

»Ja, Augustins haben ihn quasi adoptiert. Er darf dort Trecker fahren.«

Jesko lachte. »Ich bin ihm noch ein Baumhaus schuldig. Was macht euer Café? Läuft?«

»Wie man's nimmt. Eigentlich nicht. Von dem Unfall hast du gehört, oder?«

Jesko sah sie fragend an. Er wusste nichts davon, stellte sich heraus, Fee konnte es kaum glauben. Er würde generell nicht so viel mitbekommen, versicherte Jesko, er halte sich raus aus dem Dorfklatsch.

Fee berichtete ihm, was geschehen war. »Jetzt mache ich erst mal ein paar Tage Pause, dann geht es weiter, ohne Werbung, mal sehen, wie das läuft. Möchtest du noch was trinken?« Sie wollte Wein nachschenken, er griff im selben Moment zum Glas.

Ihre Fingerspitzen berührten sich. Fee durchfuhr es wie ein Stromschlag.

Jesko zog die Hand zurück, als hätte er es ebenfalls gespürt.

Seine Augen waren kaum noch zu erkennen in der Dämmerung.

»Mensch, Fee.« Seine Stimme war leise, rau.

Fee hielt die Luft an.

Sekunden verstrichen.

Dann stellte Jesko, ohne den Blickkontakt zu unterbrechen, das Glas ab und beugte sich zu ihr. Er streckte seinen Arm aus, legte ihr die Hand in den Nacken und zog ihren Kopf zu sich heran.

Fee spürte seine weichen Lippen. Dann schloss sie die Augen und überließ sich seinem Kuss. Seinem sanften, wundervollen Kuss.

21

Durch die Felder und Obstplantagen radelte Fee Richtung Buxtehude. Sie war glücklich. Sommerlich glücklich. Spürte am ganzen Körper eine selige Sattheit, wie sie sie seit Jans Tod nicht mehr gekannt hatte. Wenn sie ehrlich war, vielleicht seit Jahren nicht mehr. Die freie Zeit, die sie jetzt zur Verfügung hatte – sie genoss sie in vollen Zügen. Die Kinder waren versorgt, es ging ihnen gut. Rasmus und Martha hatten kurze Nachrichten geschickt, sie gingen mit Oma und Opa in den Zoo und Eis essen und schwimmen. München im Sommer schien ihnen zu gefallen, und die Großeltern bemühten sich diesmal offenbar besonders um sie. Martha war besonders begeistert vom Deutschen Museum, während Rasmus fasziniert das Leben im Englischen Garten und die Surfer auf der stehenden Welle im Eisbach beobachtete. Sie brauchte sich also keine Gedanken zu machen, im Gegenteil, der Ortswechsel tat den beiden gut.

Rieke war happy in ihrem Camp an der Ostsee – »Mama, denk nicht so viel nach, ja? Mir geht es bestens!« – und ja auch gar nicht so weit weg, Golo verlor sich in der Zeitlosigkeit der Tage. Ihm und Elisa fiel immer etwas Neues ein, und sonst gab es auch noch das Freibad, das Ina oder Fee gelegentlich mit ihnen besuchten. So mussten Sommerferien sein – lang, scheinbar endlos, ein bisschen langweilig, heiß.

Fee war froh, dass sie auf dem Land wohnte, auch für sie

war es wie Urlaub. Ihr Liegestuhl zwischen den blühenden Stauden – und tatsächlich hatte sie endlich eine Hängematte aufgehängt. Das Wasser, das sie immer vor der Nase hatte, der frische Wind, der hier wehte: Es war so wohltuend.

Und dann Jesko. Unwillkürlich fuhr ihr ein Schauer durch den ganzen Körper. Sie radelte langsamer, rollte ein Stück dahin.

Wie schön es gewesen war, ihn wiederzusehen. Als Jesko gestern zu ihr gekommen war, war es trotz des zeitlichen Abstands, als knüpften sie nahtlos an das vorherige Treffen, an die Segeltour an. Und trotzdem war es anders gewesen. Aufregender.

Die Verlegenheit, das Herzklopfen, das Fee empfunden hatte, als sie Jesko erkannt hatte.

Sie hatte gar nicht klar denken können, hatte sich zusammenreißen müssen, um ihm etwas zu trinken anzubieten.

Dieser Moment, als ihre Finger sich versehentlich berührt hatten. Der endlose Augenblick, in dem ihre Blicke sich trafen. Und der Kuss danach. Sie hatten einander in die Arme geschlossen, und es war, als ob es einfach keinen Grund mehr gäbe, sich zurückzuhalten. Alle Hemmungen waren gefallen. Sie kannten sich und kannten sich doch viel zu wenig. Es war ein Wiedererkennen und Weiterentdecken gewesen.

Die Frösche hatten in der einsetzenden Dunkelheit gequakt, die Nachtvögel gerufen, und der Fluss hatte leise geplätschert.

Fee hatte ein solches Verlangen gespürt, dass ihr ganz schwindelig geworden war. War sie beschwipst gewesen? Vermutlich. Berauscht von diesem Mann, mit dem sie auf einmal im Gras dicht am Ufer lag, die Arme umeinandergeschlungen. Fee hatte sich aufgestützt und über ihn gebeugt. »Kommst du mit hoch?«

Jesko hatte gelächelt.

Im Giebelzimmer waren sie heute Morgen zusammen aufgewacht, die Sonne hatte durchs Fenster geschienen, und Fee hatte sich gleich noch einmal die Decke über den Kopf gezogen.

Sie lachte, als sie daran dachte. Sie hatten so viel Spaß gehabt miteinander. Und Kaffee im Bett getrunken. Meine Güte, wie lange hatte sie das nicht mehr getan?

Fee trat wieder kräftiger in die Pedale und fuhr beschwingt weiter. Ihr Ziel war die Redaktion der Tageszeitung in Buxtehude. Sie wollte herausfinden, ob es einen Redakteur oder eine Redakteurin gab, der oder die an einem Artikel über ihr Ausflugscafé interessiert war. Vielleicht ja im Kontext mit dem Kneipensterben auf dem Land, das Jesko erwähnt hatte?

Aus der Ferne sah sie bereits den Kirchturm, hoch aufragend in der flachen Gegend. Da schlingerte ihr Rad plötzlich. Der Hinterreifen hatte kaum noch Luft. Es zischte, sie musste über einen spitzen Stein oder eine Glasscherbe gefahren sein, ohne es bemerkt zu haben. Sie hatte einen Platten. Schon wieder.

Zwanzig Minuten später schob Fee ihr Rad durch die Buxtehuder Altstadt. Zum Glück war sie nicht mehr allzu weit entfernt gewesen. Sollte sie erst zu einem Fahrradladen gehen oder erst zur Zeitung? Während sie sich orientierte, besserte sich ihre Stimmung sofort. Sie mochte das Flair der kleinen Stadt. Das buckelige Kopfsteinpflaster, die hübsch verzierten Fachwerkhäuser am Fleet und in den Gassen, die Caféstühle auf den Bürgersteigen.

Im Fahrradladen bot man ihr an, den Schlauch direkt in der Reparaturwerkstatt zu ersetzen. Fee nutzte die Zeit, um die Zeitungsredaktion aufzusuchen.

Tatsächlich nahm sich auch dort jemand Zeit für sie, ein freundlicher Redakteur mit Bauchansatz und runder Brille. Was er entgegnete, als Fee ihr Anliegen schilderte, war allerdings verwirrend. Die Nachricht vom Unfall in ihrem Café hatte so große Wellen geschlagen, dass auch er bereits davon gehört hatte. In seinen Worten klang der Unfall jedoch viel tragischer, als er tatsächlich gewesen war.

Es sei purer Zufall gewesen, dass sie damals nicht darüber hätten berichten können, erklärte er, dabei hätte es sogar einen Anruf gegeben, der sie auf diesen Vorfall hingewiesen hätte.

»Einen Anruf?«, fragte Fee alarmiert. »Von wem?« Das wisse er nicht mehr, sagte der Redakteur, von irgendjemandem aus dem Ort, nähm er an.

Aber wenn es so schön sei in ihrem Minzgärtchen, wie sie es darstellte, sagte er, würde er gerne jemanden vorbeischicken, der sich ein Bild machte. Grundsätzlich sei es ihnen ja ein Anliegen, über Eröffnungen in der Region zu berichten. Und überhaupt interessierten sich die Leser natürlich dafür, wie der alte Gasthof sich verwandelte. Wie sie das als Besitzerin machen würde. Und dann die Kinder. Wie viele Kinder seien es? Vier? Respekt. Er nickte.

Fee verdrehte innerlich die Augen. Vier Kinder, sie fand es gar nicht so besonders. Aber egal, Hauptsache, er nahm sich ihres Cafés an. Und wirklich, er schaute bereits in einen großen Terminkalender. »Passt es Ihnen morgen um elf Uhr?« Entweder er selbst oder ein Kollege, der Zeit hätte, würde vorbeikommen, um sich ein Bild zu machen.

»Wunderbar. Bis morgen!«, strahlte Fee.

Dann machte sie einen Abstecher in den kleinen Kaffeeladen, plauderte mit der Inhaberin und probierte eine neue Sorte, bevor sie ihr Fahrrad aus der Werkstatt holte, um den Heimweg anzutreten.

***

Der Besuch des Redakteurs am nächsten Tag begann sehr entspannt. Fee lotste ihn in den Garten und auf die Veranda. Dort war es trotz der Baustelle ruhig genug, um sich zu unterhalten.

»Wie großzügig. Am liebsten würde ich den ganzen Tag hier sitzen, anstatt zu arbeiten.« Der Redakteur zwinkerte ihr zu, schlug die Beine übereinander und legte seine Kamera auf den Tisch.

»Ja, die Gäste lieben es auch.«

Der Redakteur nickte und ließ sich das Konzept des *Jardin de Menthe*, sein Speisen- und Getränkeangebot, noch einmal erläutern.

Dann beugte er sich leicht nach vorne. »Und jetzt erzählen Sie doch mal: Was hat Sie dazu bewogen, hierherzukommen und diesen Gasthof zu übernehmen?«

Fee stutzte. Auf diese Frage war sie nicht vorbereitet. Über das Café wollte sie gerne reden – aber nicht über sich selbst. Wollte er wirklich etwas von der zu engen Altbauwohnung in Hannover hören, von ihrer Kündigung und der Wohnungssuche? Sicher nicht. Und alles andere ging ihn nichts an.

»Unsere Vermieterin meldete Eigenbedarf an.« Das war unverfänglich.

»Oh, Sie mussten ausziehen. Schwierig, mit vier Kindern, oder?«

Das musste sie ihm nicht auf die Nase binden.

»Wir wollten sowieso ins Grüne. Das ist für Kinder einfach besser zum Aufwachsen.« Fee lächelte.

»Sie haben keinen Partner?«

Sie wusste nicht, wie sie ihn angesehen hatte, denn er winkte sofort ab. »Entschuldigung, das geht mich ja gar nichts an.«

»Alleinerziehend.« Sie schaffte noch ein Lächeln.

»Sie sind also eine echte Powerfrau. Erzählen Sie einfach weiter. Ich mache mir ein paar Notizen.« Er griff nach dem Stift und dem Block, die vor ihm auf dem Tisch lagen, ohne dass er sie bisher benutzt hatte.

Powerfrau? Sie tat, was sie konnte. Aber wenn er es so nennen wollte, bitte.

»Also, Sie managen das hier alles allein, richtig?«, fragte er noch einmal. »Meine Hochachtung!«

Er sah freundlich aus mit seiner runden Brille. Ob er selbst Kinder hatte? Verheiratet war? Mit einer Partnerin oder einem Partner zusammenlebte?

»Richtig«, sagte Fee. »Meine Tochter hilft mir allerdings.« Hoffentlich war das nicht falsch. Kinder durften nicht arbeiten. Auch Vierzehnjährige nur begrenzt.

»Also im Prinzip allein, ich schaffe das ganz gut, ich bin ja noch jung«, lächelte sie.

»Das glaube ich Ihnen sofort.« Er zwinkerte wieder. Wahrscheinlich doch nicht schwul.

»Wir haben das Café aufgebaut, um etwas aus diesem wunderbaren Gebäude zu machen. Schauen Sie sich doch um: was für ein Prachtgebäude. Wäre ja schade, wenn es verfällt.«

»Kommen Sie aus der Branche?«

»Nein, aber Cafés eignen sich gut für Quereinsteiger.«

»Und was haben Sie vorher gemacht, wenn ich fragen darf?«

Verdammt, warum lenkte er das Gespräch immer wieder auf sie?

Fee nahm einen großen Schluck von ihrem Tee. »Ich war, also ich bin Musikerin«, sagte sie schließlich.

»Musikerin.« Er sah sie bewundernd an.

»Ich gebe Geigenunterricht.«

»Ein anspruchsvolles Instrument.«

»Nicht ganz leicht«, stimmte Fee zu.

»Haben Sie viele Schüler?«

»Einige.« Allmählich war sie wirklich irritiert. Außerdem wurde ihr schon wieder flau. »Entschuldigung«, murmelte sie uns setzte sich aufrechter hin.

»Ist Ihnen nicht wohl?« Der Redakteur wirkte besorgt. Er erhob sich. »Ich mache noch ein paar Fotos. Ansonsten weiß ich, glaube ich, genug. Sonst rufe ich Sie nochmal an. Übermorgen finden Sie Ihr Café in der Zeitung, wenn nichts Dringendes dazwischenkommt.«

Fee erhob sich ebenfalls. »Kommen Sie wieder vorbei, wenn Ihnen nach Tee ist.«

Er erwiderte ihren Händedruck. »Ganz bestimmt.«

Dann schoss er ein Bild von ihr, Fee versuchte zu lächeln, was misslang, anschließend ging er durch den Garten und drückte noch ein paarmal ab. Schließlich war er weg.

Fee ließ sich auf einen Stuhl sinken. Was war das gewesen? Sie hatte sie kalt erwischt. Ihre Vergangenheit.

22

Fee betrat den Bäcker und grüßte in die Runde – statt mit einem »Guten Tag!« mit dem hier üblichen »Moin!«, sie hatte sich schnell daran gewöhnt. Sie griff eine Tageszeitung aus dem Regal und wunderte sich, dass die Gespräche verstummten. Die Bäckersfrau bediente sie freundlich, alle anderen schienen darauf zu warten, dass sie wieder verschwand.

Zu Hause schlug sie die Zeitung auf dem Küchentisch auf. Und war fassungslos.

»Drama an der Lühe«, prangte als Aufmacher der zweiten Seite in dem Blatt. Wie bitte!

Untertitel: »Pech und Pannen im Kirchenflether Gasthof. Geigerin kämpft um ihr Glück.«

Eine halbe Seite hatten sie ihr gewidmet. Aber wie! Fee konnte es nicht glauben. Oben das Porträt von ihr, mit schiefem Lächeln, sichtlich blass, vor dem Gasthof, der aus der gewählten Perspektive baufällig aussah. Darunter ein kleineres Bild, das Flussufer mit dem abgesperrten Steg.

Nichts Einladendes, keine Gartenidylle. Kein Wort davon, dass sie Kaffee und Kuchen anboten sowie vegane Speisen und man bei ihnen wundervolle Nachmittage verbringen konnte. Kein Wort von den Limonaden. Doch, ein Satz: »Die Herstellung der Limonaden überließ Henrichs vertrauensvoll ihrer Tochter, bis sie merkte, dass die Vierzehnjährige damit überfordert war.«

In welches Licht rückte sie das? Der *Jardin de Menthe* stand zwar im Mittelpunkt, doch der Artikel schilderte vor allem Fees Kampf um das Café mit allen Widrigkeiten (wie Geldmangel, über den sie im Übrigen nicht gesprochen hatten, da war Fee sich sicher). Einen Kampf, den sie am Ende verlor. Krönender Abschluss: der Unfall mit dem Kinderwagen und der Sturz von der Leiter.

Das, was sie im Gespräch versucht hatte positiv zu schildern nach dem Motto »Man kann auch aus wenig viel machen«, war umgedeutet und als Mangel dargestellt worden. Der Artikel war alles andere als eine Einladung, es sich im *Jardin de Menthe* gut gehen zu lassen. Nein. Er war der Todesstoß für ihr Café, was die öffentliche Meinung betraf. Als ob es nicht schon schlimm genug gewesen wäre.

Zu guter Letzt stellte der Redakteur die Frage, ob es wirklich im Interesse der Region sein könne, alte Gebäude um jeden Preis zu bewahren, statt Platz und Infrastruktur für Neues zu schaffen.

Als Fee bei der Zeitung anrief, um den Redakteur zur Rede zu stellen, geriet sie nur an eine Assistentin, die ihr mit unpersönlicher Stimme mitteilte, dass er im Urlaub sei.

Wie betäubt saß Fee im Garten. Vernahm das Gehämmer an Schluppis Bungalow, das Radiogedudel, das die Handwerker so laut gedreht hatten, dass es alle Maschinen übertönte.

Eigentlich hatte sie das Café am nächsten Tag wiedereröffnen wollen. Aber wer würde nach diesem Zeitungsbericht noch kommen? Sie malte ein Schild: »Betriebsausflug. Geschlossen.« Aber würde ihr das nicht zum Nachteil ausgelegt werden? Als Bestätigung dafür, dass sie dem Betrieb nicht gewachsen war? Würden sich die Leute – und Fee war auf einmal sicher, dass sie es schon in der Bäckerei getan hatten – nicht erst recht über sie reden?

Nein, sie machte weiter.

Den Kindern zuliebe riss sie sich sonst zusammen. Aber die Kinder waren jetzt nicht da. Sogar Golo war halbwegs zu Elisa gezogen. Elisas Vater fand immer ein paar Minuten, trotz der Obsternte, um sie eine Runde auf dem Trecker mitzunehmen.

»Hallo! Hallöchen!«

Bitte, bitte, kein Besuch, dachte Fee.

Katharina bog um die Ecke, betont vorsichtig, quasi auf Zehenspitzen. »Felicitas, du Arme! Das ist ja völlig schiefgelaufen!«

Wie teilnahmsvoll sie klang. Fee musste fragend ausgesehen haben. »Na, der Artikel in der Zeitung«, erklärte Katharina. »Nicht gerade Werbung für dich!«

Fee spürte, dass ihr die Anteilnahme wohltat. Egal wie sehr Katharina sie bei dem Gartenfest vor den Kopf gestoßen hatte, es schien ihr wirklich leid zu tun.

»Das kann man so sagen. Möchtest du Kaffee?«

»Mach dir bitte keine Mühe!«

»Setz dich, ich bin gleich wieder da.«

Als sie zurückkehrte, wippte Katharina mit dem Fuß und starrte geistesabwesend auf den Fluss.

Es war, als würde Katharina ihr Lächeln anknipsen, als sie Fee sah. »Weißt du schon, wie du jetzt weitermachst?«

»Ich bin völlig ratlos«, gestand Fee.

»Brauchst du Hilfe?«

»Wobei? Mit dem Café?«

»Zum Beispiel.« Katharina nickte.

»Eigentlich nicht. Vielleicht auch doch. Ich kann es dir nicht sagen. Selbst wenn ich Hilfe hätte: Wer will denn noch hierherkommen? Nach diesem Artikel?«

»Ich könnte dir jedenfalls gerne helfen. Also, wenn du mich brauchst, sag Bescheid.«

Fee nickte, wusste aber nicht, wobei Katharina sie unterstützen könnte.

»Wie geht es eigentlich Line-Sophie?«, wechselte sie das Thema.

»Sie hat eine rebellische Phase. Will sich plötzlich für die Natur engagieren und kommentiert jeden Joghurtbecher, jedes Stück Papier und jede Bananenschale, die wir wegwerfen.«

Rebellisch hatte das Mädchen auf Fee eigentlich nie gewirkt, eher bemüht, es allen recht zu machen.

»Nachmittags ist sie ständig unterwegs, verabredet sich mit diesem Typen, der sie alle aufwiegelt, und seiner Gruppe ... Merkst du davon gar nichts? Macht Rieke da nicht auch mit?«

»Ich finde es einfach gut. Sie engagieren sich. Das ist doch toll.«

»Na ja, es ist schon verständlich, dass die Mädchen für diesen Jungen schwärmen. Finn heißt er, oder? Er sieht ja auch gut aus. Typ Rebell. Frei. Ungehindert. Nimmt sich, was er will, und sagt, was er denkt. Aber ich hoffe trotzdem, dass Line sich bald wieder besinnt.« Dann zwinkerte sie Fee zu. »Und du? Lebst hier so ganz allein? Gib's zu, du hast doch bestimmt eine Romanze, es gibt einen Verehrer!«

Fee lachte. »Nein, nein.«

»Was ist mit deinem Schüler, diesem Lehrer, wie heißt er noch?«

»Clemens zum Sande. Aber nein, da ist nichts.«

»Ist er gut? Unterrichtest du ihn gerne?«

»Ja, er ist tatsächlich gut. Und ich unterrichte jeden Schüler gerne. Fast jeden!« Fee erzählte von hoffnungslosen Fällen, aber Katharina hörte gar nicht richtig zu. Ob Clemens überhaupt solo sei, wollte sie plötzlich wissen. Ja, das sei er wohl, so viel wusste Fee.

»Na also!« Katharina nickte verschwörerisch.

»Ach, weißt du, bei mir besteht im Moment kein Bedarf.«

»Nein? Ach, komm!«

Dass Clemens sie zu einem Konzert eingeladen hatte, erzählte Fee Katharina dann doch.

»Na, siehst du. Lass ihn dir nicht entgehen, das ist ein gut aussehender Mann. Und Lehrer sind solide. Außerdem können sie mit Kindern umgehen, das kannst du doch brauchen.«

Na, das war bei Clemens nun nicht gerade der Fall, die Kinder hatten eigentlich nur gestresst auf ihn reagiert. Ganz anders als auf Jesko. Vor allem Golo hatte einen Narren an Jesko gefressen, aber auch Rasmus mochte ihn. Ihre Jungen – brauchten sie einen Vater? Fee driftete mit ihren Gedanken ab.

»Oder was wäre zum Beispiel mit Jesko? Er sieht auch gut aus, findest du nicht?« Katharinas kirschroter Mund, das schöne Lächeln.

Ertappt. Fee setzte an, darauf einzugehen. Doch etwas warnte sie. Sie würde Katharina lieber nichts von ihren Gefühlen für Jesko anvertrauen.

Da sprach Katharina, deren Blick auf ihr ruhte, auch schon weiter. »Bald müsste er ja sein Kind bekommen«, sagte sie in verschwörerischem Ton.

Verständnislos sah Fee sie an.

»Wusstest du nicht? Na, woher auch. Seine Exfreundin ist schwanger. Er hat sie Ende Januar vor die Tür gesetzt, sie ist dann nach Hamburg gezogen.«

»Schwanger?«

»War nicht die feine Art. Er hat ihr unterstellt, das Kind wäre nicht von ihm, sondern von einem anderen.«

»Und, war es das?« Fees Stimme klang auf einmal belegt.

Katharina hob die Schultern und krauste die Stirn. »Weiß man nicht. Vielleicht ja, vielleicht nein. Ich denke eher nicht.«

Davon hatte Jesko ihr überhaupt nichts erzählt. Warum auch, sie hatte ihm ja auch nichts von sich und ihrer Vergangenheit erzählt. Trotzdem, es traf sie. Jesko würde Vater werden, er hatte eine schwangere Exfreundin. Und bemühte sich dabei gleichzeitig um sie, Fee. Er hatte in ihrem Bett gelegen, sie waren einander so nah gewesen.

Damit kam sie nicht zurecht. Überhaupt nicht zurecht. Ihr Herz pochte in der Kehle.

Fee stand auf, ohne es richtig zu merken, und ging ans Ufer. Katharina war am Tisch sitzen geblieben. Jetzt erhob sie sich. »Du hast bestimmt zu tun, ich gehe besser.«

Fee brachte Katharina vors Haus. Und auf einmal begriff sie es: Deshalb war Jesko neulich so reserviert gewesen und gleich wieder gegangen, als er Katharina hier angetroffen hatte. Es behagte ihm nicht, dass sie von der Sache mit seiner Freundin wusste.

»Danke jedenfalls für dein Hilfsangebot.«

»Komm gern darauf zurück«, sagte Katharina munter. »Ich bin immer für dich da! Ich hab als Studentin in der Gastronomie gejobbt. Ich bin richtig gut.« Sie lachte. Dann stieg sie auf ihr mintgrünes Fahrrad und fuhr winkend davon.

***

Jesko war bester Stimmung. Er plante Fee demnächst zu einem Essen einzuladen und sich damit für ihre Gastfreundschaft zu revanchieren, er verspürte schlicht das Bedürfnis, ihr etwas Gutes zu tun. Als Erstes wollte er gründlich sauber machen. So schlimm sah es nicht aus, aber trotzdem. Hier eine Staubflocke, dort eine Spinnwebe.

Nadja hatte sich über sein Haus immer beschwert. Eine neue Einrichtung, die wäre dringend fällig, hatte sie gesagt, sie hatte sich ein schlichtes und modernes Design gewünscht.

Aber er hatte die Ausgabe gescheut, denn das, was Nadja sich vorstellte, lag sowohl über seinem Budget als Tischler als auch über ihrem Verdienst als freie Journalistin. Außerdem mochte er die Möbel, von denen tatsächlich einige sehr alt waren. Das unebene Holz und die kunstvollen Verzierungen. Seinetwegen, ein Omahaus. Na und?

Er wollte für Felicitas kochen. Ein französisches Gericht, ein Bœuf bourguignon mit Rindfleisch und Rotwein. Das Rezept hatte er bereits herausgesucht. Hoffentlich aß sie überhaupt Fleisch. Aber er erinnerte sich daran, dass Speckstückchen in der Quiche gewesen waren, in die sie herzhaft gebissen hatte. Was also noch? Kartoffeln als Beilage, ein grüner Salat, Nachtisch. Eine Crème caramel. Passte das auch im Sommer? Bestimmt.

Jesko malte sich vergnügt aus, wie er Fee mit seiner Einladung überraschen würde. Sie würden sich einen richtig schönen Abend machen.

Was später geschah, würde sich ergeben, darauf kam es ihm nicht an. Vor allem wollte er Fee sehen, wollte Zeit mit ihr verbringen. Ihr Lachen hören. Dieses Lachen, das sie so selten zeigte, sie war ja eher ernst, und bei dem ihm das Herz aufging. Er mochte sie so sehr, gerade wegen ihres Ernstes. Sie kam ihm so wenig verstellt vor. Sie hielt ihre Gefühle zurück und war gleichzeitig ehrlich, taktierte nicht, umgarnte ihn nicht. Was sie zeigte, war völlig aufrichtig.

Felicitas.

Er hatte sich, Jesko gestand es sich ein, in sie verliebt.

***

Nur wenige Gäste waren in den *Jardin de Menthe* gekommen. Am Vormittag hatte es geregnet, und es war immer noch bewölkt. Die Tropfen, die an den Zweigen der Bäume hingen und in den Nacken fielen, wenn man sich an einem der Gartentische niederließ, veränderten die Stimmung.

Fee wischte Tische und Bänke ab, stellte Sonnenschirme als Schutz auf, legte trockene Kissen auf die Stühle, und trotzdem, es war anders als zuvor. Dass eine Familie aus Hamburg sich von Herzen über ihre Himbeertorte freute, Kaffee und Limonade bestellte, und zwar mit Genuss, tröstete sie nur wenig über die trübselige Stimmung hinweg.

Außerdem war es seltsam, so allein im Café zu sein, um die Gäste zu bedienen. Hätte sie Katharinas Angebot annehmen sollen? Aber sie brauchte eigentlich niemanden, außerdem wollte sie nicht in ihrer Schuld stehen.

Schon am Nachmittag war der Garten wieder leer. Fee saß auf der Veranda und starrte in den Himmel, in die Wolken. Betrachtete die Rosen, die die Blüten, schwer von Regen, herunterhängen ließen.

Das Gras war schon wieder so sehr gewachsen, sie musste noch mal die Sense rausholen. Der Garten, er wuchs ihr regelrecht über den Kopf, das Haus war eine Dauerbaustelle. Wieder einmal wirbelten die Gedanken durch ihren Kopf: Im Grunde war das alles nicht zu stemmen.

Das Glück auf dem Land war ein Konstrukt. Die ganze Idee, hierherzuziehen, war ein Luftschloss gewesen. Etwas, mit dem sie Bruchlandung erlitten hatte. Gescheitert, mal wieder.

Sie war wie gelähmt von der Erkenntnis.

Fee spürte Tränen aufsteigen und biss sich auf den Knöchel ihres Zeigefingers. Und jetzt?

In ihr altes Leben konnte sie nicht zurück. Und selbst wenn sie sich dazu entschloss, wieder Geige zu spielen, so würde sie keine Orchesterstelle mehr bekommen. Zu rar waren diese Stellen, als dass man jemanden wieder aufnahm, der zweieinhalb Jahre ausgefallen war. Sie hatte sich gegen ihren Beruf entschieden, jetzt musste sie mit der Konsequenz leben.

Hatte sie das? Hatte sie je eine Entscheidung getroffen? Es war ja vielmehr einfach passiert. Sie hatte nicht mehr spielen *können*. Sie hatte sich ihrer Trauer überlassen, ihren Gefühlen, dem Verlust. Sie hatte es geschehen lassen.

Die Phasen der Trauer müsse man durchlaufen, hatte ihr der Therapeut versichert, Viola hatte ihr Ähnliches gesagt. Man könne die Trauer nicht abkürzen, sie brauche Raum, um überwunden werden zu können. Dass sie nicht mehr spielen sollte, hatte ihr keiner geraten.

Der Regen wurde wieder stärker, bald hing er wie ein Vorhang über dem Wasser, grau floss es dahin.

Auf dem Geschirr, in den Tellern und Tassen, bildeten sich Regenlachen, matschige Kuchenkrümel dazwischen, Fee ließ sie einfach stehen und ging ins Haus.

23

Auf einmal waren alle wieder da. Rieke, die Schuhe voller Ostseesand, die helle Haut sonnengetönt, mit leuchtenden Augen. Rasmus und Martha, ausgeruht und erfrischt von Ausflügen mit den Großeltern an die bayerischen Seen und in die Berge.

Und Golo, der seinen Geschwistern mit großen Augen zuhörte und auf die Frage, was er so gemacht habe in der Zwischenzeit, erklärte: »Ich bin Trecker gefahren. Jeden Tag! Hab Kirschen gepflückt. Stand auf der Leiter: sooo hoch!« Rieke küsste ihn ausgelassen ab, wogegen er sich nicht wehrte, nur anschließend, da strich er mit dem Handrücken über die Wange.

Fee lauschte den lebhaften Erzählungen. Ja, sie waren wieder da, ihre Kinder. Und auf einmal herrschte so viel Leben im Haus, auf einmal wirkte doch wieder alles richtig. Im Nullkommanichts nahmen sie die Räume wieder in Beschlag, verteilten ihre Sachen und Klamotten, machten Pläne für den Rest der Ferien.

Zu Rieke ging Fee abends ins Zimmer. »Na, mein Schatz, war es gut in deinem Camp?«

»Super!« Rieke strahlte. Sie packte gerade ihre Sachen aus. In ihrem Koffer lag alles durcheinander. Saubere Sachen, dreckige Sachen, Sand, Dünengras.

»Und mit Finn war auch alles okay?«

»Ja, super, wieso?«

»Na ja, ich meine, weil er und du, beziehungsweise Line ...«

Rieke machte eine entschiedene Geste. »Ach, Mom, das muss man nicht so ernst nehmen. Alles wieder gut. Line war ja gar nicht dabei. Wir sind bestens miteinander zurechtgekommen.«

»Und du bist nicht mehr verliebt?«

Rieke sah sie an. »Mama!« Sie wurde rot.

Also doch noch verliebt. Sie hatte versucht, es auszuhalten und zu nehmen, wie es war, ihre kluge Tochter, ganz pragmatisch.

»Und hier? Bei dir? Wie ist es weitergegangen mit dem Minzgarten?«

Es interessierte sie allerdings nicht wirklich, hatte Fee den Eindruck. Stattdessen zog Rieke ein bedrucktes T-Shirt hervor. »Guck mal, hier haben alle unterschrieben! Leo und Alina ... Macin, Caro, Finn natürlich ...« Sie begann noch einmal aufzuzählen, wer beim Zeltlager alles dabei gewesen war. Dann berichtete sie erneut von den Aktivitäten am Strand, dem Sammeln von Müll im Naturschutzgebiet und der öffentlichkeitswirksamen Aktion, einer Skulptur nämlich, die sie aus dem Müll am Strand aufgebaut hätten. »Die ganzen Touris und Badegäste, die haben vielleicht gestaunt!« Plakate hätten sie gemalt und sie neben die Skulptur aus Müll gestellt. »Save our Planet«, »Kein Meer aus Müll« und ähnliche Sprüche. »Damit den Leuten klar wird, was sie eigentlich anrichten, wenn sie so viel wegwerfen! Und einige haben wir sogar überzeugt. Willst du mal gucken? Ich hab einen Film gedreht.«

Rieke öffnete ihren Laptop, beklebt war er inzwischen mit vielen bunten Stickern, die ihre ökologische Überzeugung bekräftigten.

Wie unwichtig ihre eigenen Probleme waren im Vergleich

zu Riekes Lebendigkeit, zu ihren Erlebnissen, dachte Fee. Sie würde ihr einfach gar nichts erzählen.

»Und bald wollen wir uns noch mal treffen, also alle, die dabei waren.« Glücklich sah Rieke ihre Mutter an. »Ich kenne jetzt echt viele neue Leute, das ist einfach cool.«

Sie wollte gerade den Laptop zuklappen, da stutzte sie. Irgendetwas war ihr auf einem der bereits geöffneten Tabs aufgefallen. Sie überflog den Text. Runzelte die Stirn. »Was ist das denn?«, murmelte sie.

»Was?«, wollte Fee wissen, etwas in Riekes Stimme alarmierte sie.

»Na, guck mal hier! Nein, guck besser nicht, warte.« Weiteres Stirnrunzeln. »Das wird dir nicht gefallen«, sagte Rieke schließlich. Sie drehte sich zu Fee. »Der Minzgarten. Es scheint, als will ihn hier wirklich keiner haben.«

***

»Viola, das ist das Ende. Es kommt keiner mehr!« Ernüchtert sah Fee die Freundin auf dem Bildschirm an.

Erneut war ein Foto des Kinderwagens gepostet worden, wie er im Fluss versank, dazu eines der zusammenbrechenden Leiter. Die Menschen unscharf, dass es der *Jardin de Menthe* war, sah man im Hintergrund jedoch deutlich. ›Mamilein53‹. Fee hatte keine Ahnung, wer das war. Diese Nutzerin hatte jedenfalls alle Familien vor dem Minzgärtchen gewarnt. Lautstark und wiederholt.

»Wolltest du damit denn unbedingt weitermachen?« Viola wirkte müde und abgelenkt, als sie ihr Skype-Treffen hatten, das war ungewöhnlich für sie.

»Natürlich! Was denn sonst?!«

»Na, wieder musizieren, zum Beispiel.«

Hatte sie sich verhört?! Sie berichtete Viola gerade vom

drohenden Ende ihres Cafés und den vernichtenden Kommentaren im Netz, und das war alles, was ihr dazu einfiel?

»Du hast mich schon richtig verstanden. Du bist doch gar keine Cafébetreiberin. Das ist zwar auch kreativ, in gewisser Weise, vor allem aber harte Arbeit. Und die Gäste, sie interessieren dich doch gar nicht.«

Fee fiel dazu nichts ein. Was, bitte schön, war heute mit Viola los? Aber es kam noch dicker.

»Ich glaube, dass das eine Sackgasse war. Ein netter Versuch. Und Rieke, die ist über sich selbst hinausgewachsen. Ich habe mir ihren Blog ja angesehen und immer kräftig gelikt. Aber sie ist eine Jugendliche und hat das Leben noch vor sich, Fee. Ich glaube nicht, dass sie in einem Café versauern will.«

Fee hätte das Gespräch am liebsten beendet. Viola merkte es ihr an.

»Warte, leg nicht auf. Entschuldige, Fee, es ist einfach ... Ach was, das tut jetzt nichts zur Sache. Ich hab Schwierigkeiten, aber das erzähle ich dir später. Also, was ich meine, ist: Ich glaube nicht, dass es dir wirklich liegt, ein Café zu betreiben. Wenn es sich gut entwickelt hätte, okay, dann hätte ich nichts gesagt. Aber es läuft nicht. Und ich bin davon überzeugt, dass es andere Optionen gibt. Du hast einen Beruf, du hast etwas gelernt.«

»Und welche Optionen, bitte schön?«

»Schau dich doch mal in Hamburg um.«

»Das ist zu weit. Ich kann die Kinder nicht allein lassen. Und du weißt doch, wie das läuft, ich bekomme keine feste Stelle im Orchester mehr.«

»Was würdest du tun, wenn eine Zauberin käme und dir eine Stelle im Orchester anböte?« Violas Augen bohrten sich in ihre.

»Ich würde ablehnen.« Fee war selbst überrascht, aber es war wahr. Sie war nicht sicher, ob sie sich wieder in die

Hierarchie eines klassischen Orchesters begeben wollen würde, selbst wenn sie gekonnt hätte. Nein, vermutlich nicht, selbst wenn die Zauberin mit ihrem Glitzerstab winkte.

»Na also. Okay, Fee, ich muss jetzt aufhören.«

»Sag mir doch wenigstens noch schnell, was bei dir los ist, du siehst so mude aus?«

»Hier in der Gegend ist Typhus aufgetreten. Und unserem Projekt sind die Mittel gestrichen worden. Wir sollen zurückkehren.«

»Das heißt?«

»Die Arbeit, die ich über Jahre aufgebaut habe, ist hinfällig. Ich muss das Land zum nächsten Monat verlassen.«

Typhus. Wie furchtbar. Und damit war Viola erst am Schluss herausgerückt.

Fee wollte ihr so gerne helfen, aber Viola hatte abgewinkt.

»Das ist lieb gemeint, aber du kannst nichts tun, Fee. Kümmer du dich um deine eigenen Sachen, das ist das Beste.« Die Schatten unter ihren Augen waren tief gewesen.

Ihre eigenen Sachen. Das sagte sich so leicht.

Ein Café ohne Besucher, ein baufälliger Gasthof, durch den es an allen Ecken und Enden zog. Und dann die Frage, was im Winter aus ihnen werden sollte, wenn es noch kälter würde.

So ging das nicht, sie musste etwas tun.

Fee nahm die Sense zur Hand, um wenigstens die Wiese zu mähen.

Madame Souris, die weiße Katze, strich ihr um die Beine, sie wurde langsam zutraulich.

Fee holte aus, doch das Gras knickte nur ab, die Schneide war zu stumpf. Im Schuppen fand sie einen Wetzstein. Kurz überlegte sie, sie hatte so etwas noch nie gemacht. Doch dann tat sie es einfach. Mit einer Hand hielt sie die Sense, mit der anderen fuhr sie mit dem Wetzstein die Klinge entlang. Oben und unten, immer abwechselnd. Sie mochte das metallene Geräusch, das dabei entstand, den Rhythmus. In ihrem Kopf entstand schon wieder eine Melodie.

Das Gras fiel jetzt sauber. Schritt um Schritt trat Fee vorwärts, zog die frisch geschärfte Sense dabei durch.

Viola hatte recht. Sie sollte sich auf ihre Kernkompetenz besinnen, und das war die Musik. Sie durfte nicht nur nebenbei unterrichten, ein bisschen hier und ein bisschen dort, sie musste das in großem Stil aufziehen. Eine eigene Musikschule, das wäre ein echtes Ziel.

Sie musste sich als Musiklehrerin präsentieren. Und zwar als die beste in der Gegend. Und um Schüler zu gewinnen und Werbung zu machen, würde sie zum Auftakt ein Vorspiel organisieren. Das ganze Dorf würde sie dazu einladen. Sie würde ein richtiges Event daraus machen, ihren Gasthof voller Musik für alle öffnen. Die Leute würden staunen.

***

»Klingt gut.« Katharina lächelte zerstreut.

Fee war zu ihrem Haus gefahren, um sie um ihre Unterstützung zu bitten, schließlich kannte sie viele Leute, und Katharina hatte sie hineingebeten. Eine offene Küche mit Barhockern am Tresen, alles sehr aufgeräumt, ein wenig, als würde diese Küche nicht benutzt. Wie verloren die Kaffeetasse aussah, die Katharina ihr hinstellte. Eine Putzhilfe verabschiedete sich gerade, Katharina geleitete sie hinaus.

»Dein Kaffee ist natürlich besser«, sagte Katharina schulterzuckend, als sie zurückkam, »ich hab's nicht so mit Küche. Aber egal, erzähl!«

Und Fee berichtete von ihrem Plan, ein Vorspiel ihrer

Schüler auszurichten, bei sich im Gasthof, draußen im Garten, kurz vor Beginn des neuen Schuljahrs.

»Und dazu möchte ich das ganze Dorf einladen. Was hältst du davon?«

»Warum nicht. Was soll Line denn spielen?«

»Ich dachte an einen Popsong, sie mag doch moderne Musik.«

»Einen Popsong? Etwas Klassisches wäre passender, meinst du nicht?«

»Mit der Klassik tut sie sich schwer. Wir haben bisher moderne Sachen gespielt, damit sie nicht die Freude verliert.«

Fee war verwundert. Wusste Katharina das nicht?

»Also, wenn sie auftritt, hätte ich schon gern, dass sie etwas Klassisches spielt. Es soll einen gewissen Anspruch haben und zeigen, was sie inzwischen kann.«

»Katharina, auch Unterhaltungsmusik kann anspruchsvoll sein. Es erscheint mir wichtiger, dass deine Tochter sich wohlfühlt. Man tut ihr keinen Gefallen damit, wenn man sie zu etwas drängt, hinter dem sie nicht selbst steht.«

»Aha, scheint es dir so«, sagte Katharina spitz.

Fee sah sie überrascht an. Langsam wurde ihr klar, warum Line-Sophie sich mit dem Geigespielen so quälte. »Vielleicht kann Rieke sogar dazu singen. Rieke singt gern, und die beiden zusammen – das wäre doch toll. Ein neues gemeinsames Projekt.«

Mit der gleichen Präzision, mit der sie ihr strahlendes Lächeln sonst anknipste, knipste Katharina es jetzt aus. »Das halte ich für keine gute Idee.«

»Na dann.« Fee gab auf. Sie trank ihren Kaffee aus und erhob sich.

Katharinas Lächeln erschien jetzt erneut. »Komm wieder, ja? Ich freue mich immer, wenn du vorbeischaust.« Als hätte sie eben nicht sehr unterkühlt reagiert.

»Besprich die Sache mit deiner Tochter. Und dann sagt ihr mir, was ihr entschieden habt.«

Vorm Haus stieg Katharinas Mann gerade aus seinem Wagen. Mit federnden Schritten kam er auf Fee zu. »Na, Käffchen gehabt?«

Woher wusste er das? Sie war doch unangekündigt hergekommen.

»Und sonst, alles klar? Dach wieder dicht?«

»Ja, das Dach ist wieder dicht«, sagte Fee. Er verhielt sich so unverbindlich, dabei war er doch Line-Sophies Vater. Aber es war, als hätte er mit seiner Tochter gar nichts zu tun, als wäre Katharina diejenige, die sich um alles kümmerte, was Kind und Haushalt betraf.

»Sonst gerne Bescheid sagen, nicht? Wir können immer was machen.«

Katharina, in der Haustür, winkte Fee noch einmal zu.

Während Fee den Garten beackerte, dachte sie an das Vorspiel. Sie fand die Idee fantastisch. Sie würde neue Schüler gewinnen und in ihrem eigentlichen Metier blieben.

Das Unkraut warf sie schwungvoll auf einen großen Haufen. Neben dem ersten Komposthaufen hatte sie bereits einen zweiten angelegt. Als »Gold des Gärtners« wurde die Komposterde auch bezeichnet, wie sie inzwischen gelernt hatte.

Wie prächtig die Pflanzen hier wuchsen, wie fruchtbar der Boden war, schwarz und schwer. Fee zog das Tuch zurecht, das ihre Haare aus dem Gesicht hielt. Den Bootssteg müsste sie endlich reparieren. Und mit Rasmus würde sie reden. Die Schonfrist war vorbei, er sollte sich jetzt überlegen, was er mit seiner Zukunft machen wollte. Er sollte einen Beratungstermin in der Arbeitsagentur vereinbaren, das könnte ihm Perspektiven aufzeigen. Vielleicht konnte Viola mit ihm sprechen, sie hatte einen Draht zu ihm. Wenn sie ihm nur nicht den Floh in den Kopf setzte, nach Afrika zu gehen.

Der Postbote hupte, Fee lief nach vorne. Ein Einschreiben. Absender war das Ordnungsamt Stade. Sie riss den Umschlag auf.

Und ließ ihn kurz darauf ernüchtert sinken.

Wenn sie bisher noch überlegt hatte, ob sie den *Jardin de Menthe* weiterführen sollte, dann hatte sich die Sache hiermit erledigt.

Es hatte eine anonyme Anzeige wegen Baufälligkeit gegeben. Das Café wurde, bis man es überprüft hatte, mit sofortiger Wirkung geschlossen.

24

Sie montierte das Schild ab. Der *Jardin de Menthe* war Vergangenheit. Rieke nahm es mit Fassung. Und auch Fee war erleichtert. Kurzentschlossen hatte sie beim Ordnungsamt angerufen und erklärt, dass es nichts zu überprüfen gebe. Sie würde schließen. Freiwillig. Sie wollte sich jetzt ganz auf ihren neuen Plan, ihre kleine Musikschule zu gründen, konzentrieren. Das war viel vernünftiger, es hatte mit dem zu tun, was sie tatsächlich konnte und gelernt hatte, Viola hatte recht.

Clemens war begeistert, als sie ihn anrief, und wollte dafür gleich zusätzliche Unterrichtsstunden vereinbaren.

»Und, Felicitas«, er sprach ihren Namen immer sehr weich aus, als wäre er etwas Zartes, Kostbares, »wie wäre es, wenn wir mal wieder etwas gemeinsam unternehmen?«

Oh ja, Ablenkung war genau das, was sie jetzt brauchte. Fee war entschlossen, nicht wieder in ein Tief zu geraten, an den vergangenen Winter erinnerte sie sich noch zu gut.

»Wie wäre es mit einem Konzert in der Elbphilharmonie?«

Die Elbphilharmonie. Fee stockte.

Aber Clemens sprach schon weiter. »Du warst sicher schon da. Der große Saal ist natürlich einmalig. Die Akustik! Man hört jeden Atemzug. Pass auf, ich besorge Karten, ja? Ich hab schon etwas im Sinn. Jazz muss es diesmal ja nicht unbedingt sein.« Er lachte. »Ich besorge Karten für etwas Modernes. Oder Klassik.«

Fee verspürte ein leichtes Ohrensausen. Das war sicher die Vorfreude.

In diesem Moment kam Martha auf sie zu, die Hände schlammverschmiert.

»Gern, Clemens. Such du etwas aus. Ich lass mich überraschen.« Der letzte Satz kostete sie überhaupt keine Kraft. »Also, wir sehen uns morgen zum Unterricht!« Sie beendete das Gespräch.

Martha streckte ihr die Hände entgegen, in denen sie einen Frosch hielt , und öffnete die Finger vorsichtig. »Er ist schön, oder?«, sagte sie fast zärtlich.

Fee sah ein glänzendes Auge.

Fee musste lächeln. »Ach, Martha.« Sie legte ihr die Hand um die Schulter und begleitete sie zum Graben, wo sie das Tier wieder freiließen.

Mit frischem Lebensmut veränderte sich auch ihr Gefühl gegenüber Jesko. Fee gestand sich ihre Sehnsucht ein. Wie sehr er ihr fehlte! Die Momente, in denen sie sich nahe gewesen waren – immer wieder tauchten sie vor ihrem inneren Auge auf, sie erinnerte sich an den betörenden Duft in seiner Halsbeuge.

Nein, sie wollte sich nicht irritieren lassen von dem, was Katharina über ihn gesagt hatte. Sie würde ihn einfach fragen, was mit ihm und seiner Freundin passiert war. Vielleicht war das alles nur ein Gerücht, vielleicht war nichts daran. Jesko würde es ihr erklären können.

Es stimmte, sie wollte keinen Mann, der mit einer anderen Frau verbandelt war – aber sie wollte diesen Mann.

Fee war plötzlich sicher, dass es nicht stimmte, dass Katharina irgendetwas falsch aufgeschnappt hatte. Gleich heute Abend würde sie zu ihm gehen.

Nachdem sie mit den Kindern gegessen und Marthas Aufzeichnungen gebührend bewundert hatte – Martha hatte mittlerweile den Entwicklungszyklus eines Molches fast lückenlos dokumentiert –, zog Fee sich eine leichte Strickjacke über und machte sich auf den Weg.

Je näher sie ihrem Ziel kam, desto stärker klopfte ihr Herz. Auf der Brücke blieb sie kurz stehen und betrachtete das Wasser, das darunter strömte, gerade war Flut, auflaufendes Wasser. Die Gärten am Ufer und die Bootsstege. Fee versuchte ihre Aufregung zu dämpfen. Gleich würde sie Jesko sehen, seine Augen, die sie immer so warm betrachteten. Die Fältchen darum, wenn er lächelte.

Vor Jeskos Haus parkte ein hellblauer Fiat 500 mit Hamburger Kennzeichen. Durch die offenen Fenster hörte Fee, während sie sich näherte, eine klare Frauenstimme. Daraufhin Jeskos Stimme, die etwas erwiderte.

Langsam ging Fee weiter.

Als sie das Haus erreicht hatte, sah sie die Frau, sie stand mitten im Raum. Sie hatte kunstvoll hochgesteckte Haare und ausdrucksvolle Augen. Sie war sehr schön.

Jetzt konnte Fee auch Jesko sehen. Er wirkte angespannt, ging unruhig hin und her. Dann trat er zu der Frau und legte ihr beide Hände auf die Schultern. Zwischen ihnen befand sich ihr Bauch. Ein wirklich runder Bauch. Diese Frau war eindeutig schwanger.

Mehr brauchte sie nicht zu sehen.

Fee drehte sich um und ging wie ferngesteuert davon.

***

Jesko rieb sich die Hände.

»Verdammt, Nadja, denk nach. Das ist gründlich schiefgegangen mit uns beiden. Du hast dir einen anderen ausgesucht, wenn du dich bitte erinnern würdest. Und jetzt kommst du hier an und willst wieder bei mir einziehen. Das ist nicht dein Ernst.«

Nadja sah ihn an. Ihre Augen, so groß und dunkel, jetzt bittend. Ja, diese wunderschöne Frau hatte einmal zu ihm gehört. Aber jetzt eben nicht mehr, sie hatte sich einen anderen gesucht, es war vorbei.

»Es ist ja nur vorübergehend.«

In Jesko brodelte es. Was bildete Nadja sich ein? Sie stritt mit ihrem Typen und kam wieder hier an? Hatte der sie wirklich vor die Tür gesetzt, wie sie behauptete, oder hatte Nadja sich das nur ausgedacht, damit er sie wieder aufnahm? Das Verdrehen von Wahrheiten, sie beherrschte es gut. Wochenlang hatte er über sie nachgedacht und zu begreifen versucht, was schiefgegangen war. Dass Nadja Situationen perfekt zu ihren Gunsten zu drehen wusste, war eine der Sachen, die er schließlich verstanden hatte.

»Jesko, bitte.« Wie sie seinen Namen aussprach. Es klang so vertraut. Und dann der runde Bauch, es machte ihn fertig. Das Kind eines anderen, dieser Schnösel aus Hamburg, der konnte von Glück sagen, wenn er ihm niemals über den Weg lief.

»Er flirtet mit anderen Frauen! Obwohl ich schwanger bin! Ich glaube, er hatte sogar Sex mit einer!«

Na, dann wusste sie ja jetzt, wie sich das anfühlte. »Nicht mein Problem.«

Er blieb unerbittlich, Nadja musste selbst zurechtkommen, er war nicht mehr derjenige, der alles für sie regelte, so wie früher.

»Ich brauche mal Abstand zu ihm. Bei dir vermutet er mich nicht.«

Jesko schüttelte den Kopf.

»Ach, komm, Jesko, lass mich hier nicht so stehen. Ich störe dich doch nicht weiter. Ich brauche nur eine Unterkunft, ein paar Tage zum Nachdenken.«

»Es gibt Hotels.«

»Hochschwanger? Das ist mir unangenehm. Und alleine zu essen, das ist scheiße.«

Sie erwartete im Ernst, dass er sie versorgte. So wie er es sieben Jahre lang getan hatte.

Sie spielte ihn gegen ihren Neuen aus, der keine Skrupel gehabt hatte, ihm die Frau wegzunehmen. Wobei: Wer wusste schon, was sie dem erzählt hatte.

Nadja sah sich um. »Nett sieht es hier aus. Du hast aufgeräumt. Du siehst übrigens auch gut aus.« Sie lächelte ihn an.

Er hatte Felicitas einladen wollen, und zwar bald. Wenn Nadja einzöge, und sei es nur vorübergehend, konnte er das streichen. Natürlich konnte er Fee trotzdem besuchen. Aber nein, das war ihm zu schräg, Nadja hier und Fee dort, das mochte er nicht. Und Nadjas Schwangerschaft? In ihm regte sich jetzt doch ein schlechtes Gewissen. Musste man Schwangere nicht unterstützen? Darauf setzte sie. Sie nutzte seine Hilfsbereitschaft aus. Nein, Nadja hatte hier nichts mehr zu suchen, zu dem Entschluss kam er endgültig.

Und genau das würde er ihr jetzt freundlich, aber unmissverständlich klar machen.

Mit einem entschlossenen Schritt trat Jesko auf sie zu und legte ihr die Hände auf die Schultern. Dabei hielt er sie jedoch bestimmt auf Abstand. »Nadja, ich verstehe dein Problem.«

Nadjas Gesicht leuchtete auf.

Die folgenden Worte fielen ihm schwer. »Aber es ist besser, wenn du jetzt fährst. Jetzt sofort.«

Ihr Lächeln erlosch. »Arsch!«, fauchte sie. »Du hast hier doch Platz genug. Wir müssen ja nichts miteinander anfangen.« Dann hob sie das Kinn, bemüht um Stolz. »Gibt es etwa eine Neue?«

Jesko sah sie an, ganz fest. Und nickte.

»Die gibt es. Ja.«

25

Schluppi tauchte im Garten des Gasthofs auf, im Schlepptau einen jungen Rapper. Gut gelaunt ließen sie sich an einem der Tische nieder.

Fee, die gerade Unkraut jätete, stapfte wortlos hinein und füllte zwei Becher Kaffee für die beiden, die Kanne stand sowieso auf dem Tisch.

»Hoppla, schöne Nachbarin!«, sagte Schluppi überrascht, als Fee ihm den Becher vor die Nase knallte.

Sie drehte sich kommentarlos um und nahm wieder ihre Gartenhandschuhe. Der Giersch wartete.

»Stopp mal, stopp. Setz dich her. Und dann erzählst du mir, welche Laus dir über die Leber gelaufen ist.«

Unwirsch stützte Fee die Hände in die Hüften. »Ich hab zu tun.«

»Ich weiß. Aber irgendetwas stimmt hier ja nicht. Zum Beispiel sind gar keine Leute da.«

»Richtig erkannt. Hier sind keine Leute. Das Café ist geschlossen. Was ich dir hier vorgesetzt habe, ist ein Becher Kaffee aus reiner Freundlichkeit, weil du mein Nachbar bist.«

»Schmeckt aber trotzdem gut«, meinte der junge Rapper und schlürfte.

»Gab's Probleme?«

»Du nutzt Social Media nicht, oder?«

Swen schüttelte den Kopf. »Nee, Zeitverschwendung. Ich

produziere lieber gute Musik. Nun sag schon, was passiert ist.«

Fee berichtete in knappen Worten von den vernichtenden Kommentaren über den *Jardin de Menthe* und vom Schreiben des Ordnungsamts.

»Aber das Café lief doch gut.«

»Tja. Ich hab keine Ahnung, warum das passiert ist. Wer es nötig hatte, das dermaßen hochzujazzen, aber es spielt keine Rolle mehr.«

Schluppi trank nachdenklich. Der junge Musiker war ans Ufer gegangen und blickte verträumt über den Fluss.

»Und jetzt? Gehst du wieder zurück in deinen alten Beruf?«

Bitte nicht, dachte Fee. Das lief ja wie mit dem Zeitungsredakteur. Oder mit Viola. Was hatten sie nur alle?

»Im Prinzip ja«, sagte sie fest. »Ich werde hier eine Musikschule aufbauen. Möchtest du zufällig Geige spielen lernen?«

»Nee, lass mal.«

Aus dem Augenwinkel sah Fee, wie der junge Musiker den Steg betrat. »Stopp!!«

Da knackte bereits eine Planke, und er sprang unbeholfen zurück.

»Mit dem Steg ging es los. Mit dem Kinderwagen, der ins Wasser gerollt ist, dem Jungen, der abgehauen ist, dem Sturz von der Leiter. Die Leute haben das hier als Bruchbude hingestellt und mich als unverantwortliche Besitzerin.«

Wie sehr es sie getroffen hatte, das merkte Fee jetzt erneut. Niemals hätte sie jemanden vorsätzlich in Gefahr gebracht.

»Wer hat denn ein Interesse daran, dir deinen Betrieb madig zu machen?«

»Frag mich was Besseres.«

»Willst du mal mit rüberkommen, gucken, wie es bei uns so aussieht? Das Tonstudio ist bald fertig.«

Damit wollte er sie offenbar ablenken und trösten. Schluppi hatte natürlich keine Ahnung, was sie wirklich bewegte.

»Ich komme bei Gelegenheit.« Sie griff wieder nach dem Giersch. »Lasst die Becher einfach stehen!« Aber Schluppi und sein Musiker hatten sie schon hineingetragen. Was soll's, dachte Fee. Und rupfte kräftig weiter. Sammelte Schnecken ein, schnitt Verblühtes von den Stauden, wässerte den Salat und erntete gleich welchen fürs Mittagessen. Zufriedenheit verspürte sie dabei nicht, nur innere Leere, sie hackte ihre unendliche Enttäuschung weg.

Als sie den Salat in die Küche brachte, entdeckte sie Swens Tasche auf dem Tisch. Es war eine Bauchtasche aus recycelter Plane, die er normalerweise quer über die Brust hängen hatte.

Dann war also doch ein Besuch fällig.

Drüben klang ihr Gehämmer entgegen.

»Swen? Ich hab deine Tasche!« Sie stieg über eine behelfsmäßige Rampe. Großzügig sah es im Haus aus. Eine Verglasung hinten, die sie noch nicht bemerkt hatte. Moderne Fliesen, die bereits in der Hälfte des Raums verlegt waren.

Schluppi trat aus einem Nebenraum. »Du willst also doch mal gucken.«

Fee schwenkte die Tasche. Sie wollte wieder gehen, aber Swen legte ihr freundschaftlich den Arm um die Schulter.

»Nun schau doch mal, Frau Nachbarin, ich bin doch auch stolz auf mein Haus! Einiges, was hier entstanden ist, habe ich übrigens von dir abgeschaut.« Er wies auf die Glasfront. »Dafür stand eure Veranda Pate.«

»Sieht gut aus.«

»Und jetzt guck dir mal das Studio an!« Er führte sie zu einem Vorraum mit einer Tür, an der ein Schild hing: »Vorsicht, Aufnahme.« Dann zeigte er ihr den Raum mit den Mikrofonen und die Mischpulte auf der anderen Seite der Glasscheibe.

»Ich hab mein Studio eigentlich in Hamburg, das ist größer. Das hier wird mein Nebenstudio, damit ich nicht immer hin- und herfahren muss und auch mal was ausprobieren kann.«

Fee ließ sich die Technik erläutern und fragte Schluppi erst einmal genauer, was er hier eigentlich machen wollte.

»Werbeaufnahmen, Demobänder, aber auch Musikvideos, Tonspuren für Filme ...« Er erklärte ihr alles mit seinem gemütlichen Hamburger Akzent.

»Für Filme?« Jetzt wurde Fee wach.

»Na, das gefällt dir also doch?« Schluppi lachte.

Hauptsächlich gebe ihm der zweite Standort aber auch eine Möglichkeit, junge Künstlerinnen und Künstler zu fördern, in denen er Potenzial sah, die aber noch Startschwierigkeiten hatten. »Ich hatte es früher selbst schwer, weißt du? Wir hatten nicht viel Geld zu Hause, und ich hab mich durchgeschlagen. Das tun die Jungs und Mädels hier auch. Aber wenn sie die Kulturbehörde von ihrem Können und ihrem Konzept überzeugen können, erhalten sie eine kleine Förderung, und die besteht darin, dass sie hier mit meiner Unterstützung was aufnehmen können.«

»Klingt gut.«

»Ja. Und nicht, damit du was Falsches denkst: Ich mache hier auch mein eigenes Ding.« Swen ging zu einem Gerät und fuhr es hoch. Bässe, Beats und eine wabernde Melodie. Mit leuchtenden Augen sah er sie an. »Und? Was meinst du?«, fragte er nach einiger Zeit.

Fee wusste nichts zu sagen. Es war eine ganze andere musikalische Welt, in der Swen lebte, als die, in der sie zu Hause war.

»Oder das hier.« Swen schloss dabei sogar die Augen. Ja, er war Musikproduzent durch und durch, das merkte Fee jetzt.

»Das ist die Tonspur für den neuesten Film von Vehring«, erwähnte er. Das war in der Tat ein bekannter Regisseur.

»Sag bloß, für den arbeitest du?«

»Is 'n alter Freund. Gut, oder?«

Swen sah auf einmal jünger aus, seine Züge waren wach, er war konzentriert, im Arbeitsmodus.

Fee horchte. Und tatsächlich, es klang gut. Sie konnte sich den Melodien nicht entziehen. Es hatte etwas Opulentes, das dann ruhiger wurde, Spannung aufbaute, eine gewisse Stimmung unterstrich – und da, Fee vergaß fast zu atmen, setzte eine Violine ein.

Swen sah sie gespannt an. Die Hand am Regler, ließ er die Melodie weiterlaufen.

Die Geige übernahm den Solopart, führte die Instrumente an, für eine Weile. Es war nicht virtuos, aber sauber gespielt, und es war so, dass fast automatisch Bilder vor ihrem Auge entstanden.

»Worum geht es in dem Film?«, wollte sie wissen.

»Im Grunde ist es eine Liebesgeschichte, ein Wiedersehen nach langer Zeit. Los geht es damit, dass ...«

Schluppi begann zu erzählen, und Fee hörte nicht mehr hin. Das war ihr zu ausführlich, ihr wurde kalt, sie wollte wieder raus, es gab kein Tageslicht hier im Studio. Außerdem waren die Kinder zu Hause.

»Schluppi, ich muss los. Mittagessen ruft«, unterbrach sie ihn. »Ein anderes Mal mehr, ja? Hier. Hier ist deine Tasche.«

***

Nadja war in ihren Fiat 500 gestiegen und abgefahren. Jesko saß am Tisch und hatte das Gesicht in die Hände gelegt. Lange verblieb er so.

Unversehens war er zurückkatapultiert worden in die alte Geschichte. Es war wie eine frisch vernarbte Stelle, gegen die man erneut stieß, und zwar heftig. Es schmerzte, aber die Narbe hielt, die Wunde riss nicht wieder auf. Zum Glück.

Er würde sich nicht davon abhalten lassen, sein Leben zu leben. Den ganzen Winter hatte er gebraucht, um sich wieder aufzurichten, jetzt ging es endlich.

Er hatte Nadja angeboten, ihren Typen anzurufen, damit der sie abholte, aber das hatte sie abgelehnt. So schlimm war er also offenbar nicht gewesen, der Streit, von dem sie berichtet hatte. Vielleicht hatte sie den Kerl nur eifersüchtig machen wollen, indem sie bei ihm auftauchte.

Aber ohne ihn. Dieses Gefühl, hintergangen worden zu sein, auf eine Weise benutzt, die ihm zutiefst missfiel, das musste er erst einmal wieder abschütteln, bevor er Fee einladen konnte.

Am nächsten Abend war er bereit. Er duschte nach der Arbeit, warf einen prüfenden Blick in den Spiegel, dann machte er sich auf den Weg zum Gasthof.

Der Knirps öffnete ihm die Tür. »Komm rein«, sagte er und ließ ihn in der offenen Tür stehen. Jesko folgte ihm in die Küche.

Felicitas' Gesicht versteinerte, als sie ihn erblickte. Das ältere Mädchen, Rieke, sah ebenfalls nur kurz hoch. Rasmus war nicht da, das jüngere Mädchen, Martha, häufte sich Haferflocken in eine Schüssel. Die Stimmung am Tisch war nicht gut, das merkte man.

Jesko räusperte sich. »Hallo.«

Fee reagierte nicht. Mechanisch strich sie Butter auf ihr Brot. Strich und strich, obwohl es längst genug war.

»Ich wollte dich fragen ...«

Wie kühl sie wirkte. Niemand forderte ihn auf, sich zu setzen. Er holte noch einmal Luft und lächelte Fee an. »Ich wollte dich einladen. Zu mir nach Hause.«

Sein Lächeln wurde nicht erwidert.

»Sie hat keine Zeit«, sagte der Knirps. »Das siehst du doch!«

»Du kannst *ihn* ja einladen«, sagte Rieke und wies auf den Kleinen.

Endlich sagte Fee etwas. »Es passt gerade nicht.« Es klang kühl. Aber so war sie letztlich auch gewesen, als er sie kennengelernt hatte. Abweisend, unterkühlt.

Jesko wusste, wenn er jetzt aufgab, würde er so bald nicht wiederkommen. »Also, ich würde dich gerne sehen. Wir könnten mal wieder etwas unternehmen.«

Die Kinder betrachteten ihn so misstrauisch wie Soldaten, die ihre Königin schützten. Fee veränderte ihren starren Blick nicht. Er störte hier. Das wurde ihm durch ihre Mimik und ihre Körperhaltung deutlich vermittelt.

»Na dann.« Jesko machte Anstalten, wieder zu gehen.

Fee verschränkte die Arme vor der Brust. Kurz flackerte etwas über ihr Gesicht. Schmerz? Aber vielleicht täuschte er sich.

Draußen ballte er die Fäuste. Was war das gewesen? Hatte er ihr etwas angetan, ohne es zu wissen? Sie hatten sich doch gar nicht mehr gesehen seit ihrer letzten gemeinsamen Nacht. Und die war wunderbar gewesen. Aber offenbar galt das nicht für sie. Wirklich nicht? Jesko konnte es kaum glauben. Die ganze Zeit, die sie miteinander verbracht hatten, sie war so vertraut gewesen, so unkompliziert. So, wie er es sich immer gewünscht hatte, das wurde ihm jetzt klar.

Aber er hatte sich offenbar getäuscht, Fee war nicht dazu bereit, sich auf mehr einzulassen. Sie hielt ihn – und vermutlich ebenso andere Männer, die sie kennenlernte – auf Abstand. Bloß keine Verbindlichkeit.

Na dann.

Jesko spuckte übers Geländer der Brücke in den Fluss. Es kam ihm gerade recht, dass er jetzt sowieso eine Weile weg sein würde: Er und sein Partner, mit dem er die Tischlerei betrieb, hatten gerade einen größeren Auftrag an einem Gutshaus in Mecklenburg an Land gezogen.

Übermorgen früh würde er abfahren.

***

Jesko hatte so dicht vor ihr gestanden. Zwei Tage früher wäre sie sofort mitgegangen, hätte alles stehen und liegen lassen und seine Einladung nur zu gerne angekommen.

Aber sie hatte es nicht gekonnt. Nicht so. Nicht wenn er noch mit seiner Exfreundin verbandelt war. Nicht wenn die auch noch schwanger war. Auf Zweigleisigkeit konnte sie verzichten. Sie brauchte Verlässlichkeit, jemanden, der es ernst meinte, niemanden, für den sie nur ein hübscher Zeitvertreib war.

Fee saß auf der Bank vor dem Gasthof. Vor ihr erstreckten sich die Obstbaumplantagen, endlos gerade, Reihe an Reihe. Dazwischen die Gräben.

Sie hätte nichts anderes erwarten sollen, von Anfang an hatte sie ihn als Verführer eingeschätzt, als jemanden, der gerne Spaß hatte, eine wirkliche Bindung aber vermied.

Warum tat es dann weh? Fee bückte sich und schleuderte einen Stein weg.

Sie war einfach blöd gewesen. Zu vertrauensselig. Es war ja klar, dass sie noch nicht bereit war für Nähe. Wie auch. Jans Tod war ja erst zwei Jahre her. Zwei Jahre. Sie hätte nicht auf Viola hören dürfen, die ihr eine Affäre schmackhaft gemacht hatte, die überzeugt davon war, sie sei bereit für einen Neuanfang. Was wusste schon Viola?

Fee fröstelte, obwohl es warm war.

Bei Schluppi dröhnten die Bässe einer Musikanlage. Irgendjemand war dort im Haus und räumte herum. Stellte die Musik noch lauter. Das dumpfe Wummern drang durch die Wände. Jetzt fiel ihr auch das Auto mit Hamburger Kennzeichen auf, das dort an der Straße parkte. Swens war es nicht.

Fee stand auf und ging zurück ins Haus.

***

»Mom, sei nachsichtig. Er kann nichts dafür. Das ist so bei Jungen in dem Alter!« Rieke umarmte sie tröstend.

Seit gestern lief Fee wie Falschgeld durch die Gegend. Das Gefühl, dass sich unmerklich alles verändert hatte, es fraß an ihr.

Und nun war auch noch Rasmus weg. Angeschrien hatte sie ihn gestern Abend, dass er endlich eine Entscheidung treffen solle. Wenn er Abitur machen wollte, müsse er dafür lernen, dann müsse er sich auf seinen Hintern setzen, sie könne ihn nicht mit angezogener Handbremse durch die Oberstufe schleifen. Oder er bräche ab, suche sich eine Lehrstelle, damit wäre sie einverstanden, aber das hätte dann auch bitte zu geschehen, und zwar ein bisschen schnell.

Rasmus hatte das Kinn vorgeschoben und gar nichts gesagt. Schließlich hatte er zurückgebrüllt – wann hatte sie ihn in den letzten Jahren je laut werden hören? –, dass er eben keine Ahnung hätte, was richtig sei, dass er eben immer Kopfschmerzen bekomme in der Schule, dass es einfach immer schon zu spät sei, wenn er sich melden würde, und dass die Lehrer sowieso denken würden, er hätte keine Lust.

»Und warum hast du mir das nicht früher gesagt?!«

»Weil man dir nichts sagen kann! Wann, bitte schön, hätte ich dir etwas sagen sollen? Du hattest nur dein Scheißcafé im Kopf!«

Da war es wieder gewesen. Man konnte ihr nichts sagen. Die Kinder hätten angeblich keinen Platz neben ihr. Dabei drehte sich doch alles nur um sie, um genau diese Kinder!

»Hat mich denn nie ein Lehrer sprechen wollen? Das kann doch gar nicht sein!«

Rasmus hatte verbissen geschwiegen. »Ich mach weiter«, hatte er dann gesagt. »Und jetzt lass mich in Ruhe.« Damit hatte er seine Tür vor ihrer Nase zugezogen.

Rieke hatte das Ganze beobachtet. »Mach dir keine Gedanken. Ich mach doch vermutlich auch kein Abi!«

Und dann hatte Rasmus mit gepackten Sachen vor ihr gestanden. »Ich fahr das Wochenende zu Fabian.« Das war sein bester Freund in Hannover. Fee hatte keinen Grund gehabt, ihm das zu verbieten. Er war sechzehn. Sie hatte ihn also fahren lassen.

Ohne das Café gab es keine Pläne mehr für die Tage, es war, als wäre ein bunter hoffnungsvoller Ballon geplatzt. Ein Sommertraum. Die Vorräte, die sie noch hatten, packte Fee beiseite. Und die Minze selbst? Sie war höher denn je, Fee begann sie zu verfluchen. Die unterirdischen Ausläufer, biegsam und hartnäckig, drangen überall durch, setzten sich fest und überwucherten alles.

Um sich abzulenken, blätterte Fee das kostenlose Anzeigenblatt durch, das in der Zeitungsrolle steckte. Ein paar redaktionelle Artikel gab es darin, außerdem Stellenanzeigen. Sachbearbeiterinnen wurden gesucht, Lagerarbeiter, Assistenzen der Geschäftsführung ... Sie hatte keine entsprechende Qualifikation. Warum hatte sie nichts Vernünftiges gelernt, sondern war Musikerin geworden? Und es blieb dabei, sie hatte zu wenig Zeit für eine Stelle, wenn sie sich, so wie jetzt, um die vier Kinder und den Haushalt kümmerte, ohne jemanden, der sie zuverlässig unterstützte.

Fee wollte die Zeitung gerade weglegen, als ihr ein Bild von Boris ins Auge fiel. »Bückmann-Bau will hoch hinaus.« In dem Artikel wurde die Firma vorgestellt, dann wurde Boris zu seinen Zukunftsplänen befragt. Weiterbauen natürlich, erklärte er. Es gebe großen Bedarf an Wohnraum, sein Unternehmen würde sich ganz auf schlüsselfertige, moderne Mehrfamilienhäuser fokussieren. Im Zug der Verdichtung von Städten und Gemeinden geschehe dies vor allem auf Grundstücken mit Altbestand, deren bisherige Bebauung nicht mehr rentabel zu nutzen sei. Die Bückmann-Bau sei damit erfahren, hieß es in dem Artikel, und die jüngsten Projekte wurden vorgestellt. Es waren vor allem die zurzeit beliebten Stadtvillen, einförmige Blöcke, die auf Fee trostlos wirkten, Reihe um Reihe, dazwischen Stellflächen ohne Grün.

Fee war nicht klar gewesen, wie aktiv die Bückmann-Bau in dieser Gegend war. Line-Sophies Aussage, dass ihr Vater den Gasthof gern gekauft hätte, kam ihr wieder in den Sinn. Und Heinrich Feindts Zorn.

Sie hatte den Gasthof nur bekommen, damit die Bückmann-Bau ihn nicht abriss.

26

Clemens fuhr mit seinem Porsche-Cabrio vor. Fee trug ein ärmelloses, elegantes grünes Kleid, das sie früher oft bei Feiern getragen hatte, sie hatte Lippenstift aufgelegt und eine zierliche goldene Kette umgehängt, ein Geschenk von Jan.

Clemens anerkennender Blick zeigte ihr, dass sie es richtig gemacht hatte. Fee war fest entschlossen, diese Tour zu genießen. Wollte wieder eintauchen in die Atmosphäre von Kultur und Musik, die ihr so vertraut war, wollte alles Abgerissene und Angefangene hinter sich lassen.

Lange hatte sie ihre Finger schrubben müssen, um die letzten Spuren von Gartenerde zu beseitigen. Heute würde sie ein wunderbares Konzert erleben, in einem Konzertgebäude, das perfekte Harmonie, den vollkommenen Klang versprach.

Sie lehnte sich zurück und sah zu Clemens hinüber. Auch er hatte sich elegant gekleidet mit Lederschuhen und einem dunkelblauen Hemd, außerdem sah er sehr erholt aus. Er war zwei Wochen zum Segeln auf Mauritius gewesen.

Bei Rieke hatte diese Information ein unwilliges Knurren hervorgerufen. »Wieso fliegt der denn?! Das ist total out, Mama, sag ihm das bitte. Das kann ja wohl nicht wahr sein, zum Segeln in den Flieger zu steigen, das kann man doch auch auf der Elbe!«

Aber auf der Elbe gab es weder türkisfarbenes Wasser noch weiße Strände. Nein, ganz sicher würde sie Clemens seinen

Langstreckenflug nicht vorwerfen. Im Gegenteil, sie würde sich seine Eindrücke und Erlebnisse haarklein berichten lassen und davon träumen, selbst irgendwann einmal durchs klare Wasser zu schippern. Ihre Kinder mit ihren ewigen Ansprüchen würde sie für heute Abend einfach vergessen.

Clemens lächelte ihr zu, während die Altländer Höfe an ihnen vorbeizogen, und Fee lächelte zurück. Clemens sah gut aus, er hatte Umgangsformen, ein festes Gehalt und einen attraktiven Beruf – und er spielte Geige und hatte Sinn für klassische Musik. Letztlich war er genau die Art von kultiviertem Mann, von dem Viola immer meinte, dass sie ihn kennenlernen sollte.

Geübt hatte sie ja schon. Ein bitterer Geschmack stieg in ihr auf, als sie daran dachte. Sie war ganz offenbar so weit, dass sie eine Affäre zulassen konnte. Und warum nicht? Viola hatte ja recht, sie sollte sich nicht so viele Gedanken machen.

Sie betrachtete Clemens' Mund, seine Lippen waren schön gezeichnet, er war rasiert, das Hemd saß gut und betonte seine schmalen Hüften. Gerade schimpfte er allerdings über ein Blitzgerät, das er übersehen hatte. Er war zu schnell gefahren, fuhr anschließend jedoch unbeirrt im selben Tempo weiter.

An Finkenwerder vorbei und über die Köhlbrandbrücke ging es, dann weiter bis zur HafenCity. Clemens hielt auf einem Parkplatz, den er im Voraus gebucht hatte. Weil sie noch etwas Zeit hatten, spazierten sie zwischen den Häuserblöcken entlang. Der frische Wind auch hier, der Blick aufs Wasser, auf die Schiffe, die Fähren und Barkassen.

In einem Bistro nahmen sie einen Imbiss zu sich, Ziegenfrischkäse und Rucola auf frischem Weißbrot. Fee genoss die großstädtische Atmosphäre. Touristen und Hamburger waren unterwegs, manche sehr gut gekleidet, einige offenbar ebenfalls auf dem Weg zum Konzert.

An der Wand des Bistros hingen Fotografien berühmter Musiker, die in der Elbphilharmonie aufgetreten waren, darunter eins von Ara Malikian mit seinem ausdrucksvollen Gesicht, den schwarzen Haaren, Armbänder am Handgelenk. Und der Geige, die er spielte wie kein zweiter.

Clemens verzog etwas verächtlich die Mundwinkel, als er bemerkte, wie Fee das Bild betrachtete. »Ein ziemlicher Clown, findest du nicht?« Fee schüttelte den Kopf. Nein, das fand sie nicht. Dieser Musiker tat, was er tun wollte. Er mixte die Genres, wie es ihm passte, überflog jede Grenze und war musikalisch auf der ganzen Welt zu Hause. Sie hatte ihn einmal live erlebt und war verstört gewesen von seiner Energie und seinem Charisma und tief bewegt zugleich. Malikian zeigte, was mit der Geige möglich war.

Clemens befragte sie nach ihrer Meinung zu anderen Musikern an der Wand – und anders als beim Jazzkonzert konnte Fee sich diesmal darauf einlassen, plauderte ganz selbstverständlich über bekannte Solisten und berühmte Dirigenten.

»Wie gut du dich auskennst!« Bewundernd und doch mit einer Spur Irritation sah Clemens sie an, vielleicht weil er sich fragte, warum sie ihm ihre Kenntnisse bisher verschwiegen hatte.

»Na klar, ich bin ja Musikerin.« Fee lachte, und dieses Lachen war wie eine Befreiung. Es war, als ob ein Damm in ihr gebrochen wäre, als ob der Schutzwall, den sie um ihre Vergangenheit errichtet hatte, nun gar nicht mehr nötig wäre. Sie hatte ja abgeschlossen mit ihrem Leben als Musikerin, sie wusste, dass sie nicht wieder spielen wollte. Also konnte sie darüber reden, oder?

Clemens lauschte aufmerksam, irgendwann jedoch unterbrach er sie: »Wir müssen los.«

Sie fuhren die Rolltreppe zum Eingang der Elbphilharmonie hinauf ins Foyer. Clemens hatte Karten für ein klassisches Konzert ausgewählt: Das Simón-Bolívar-Orchester aus Venezuela spielte, es war offenbar nicht leicht gewesen, überhaupt

Karten zu bekommen, und Fee fand es eine ausgesprochen gute Wahl. Der Blick durch die Fenster, die von außen wie Segel wirkten, auf den Hamburger Hafen und darüber hinaus, bis ins Alte Land, war eindrucksvoll.

Das Summen im Großen Saal, als sie ihre Plätze einnahmen. Diese vertraute Atmosphäre, von so vielen Konzertbesuchen und eigenen Orchesterauftritten.

Fee konzentrierte sich auf die Architektur, das Rund der Zuschauerreihen, die hier um die Bühne herum angeordnet waren. Clemens saß dicht neben ihr, sein Arm berührte sie leicht. Sie war aufgeregt, aber zuversichtlich, dass sie das Konzert nicht nur überstehen, sondern auch genießen würde. Die Jugendlichen würden es ihr leicht machen. Und tatsächlich, als die jungen Musiker die Bühne betraten, fiel alle Furcht von ihr ab und wich freudiger Erwartung.

Auch die Dirigentin war jung, sie grüßte ins Publikum, die Instrumente wurden gestimmt, dann legten sie los. Dvořáks Cellokonzert h-moll und Mussorgskis »Bilder einer Ausstellung« standen auf dem Programm. Dieses Jugendorchester hatte einen sehr guten Ruf, und das zu Recht, wie Fee befand. Die venezolanischen Musiker, die aus schwierigen sozialen Verhältnissen kamen und mit einem besonderen Programm gefördert wurden, beherrschten ihre Instrumente auf außergewöhnliche Weise. Wie fröhlich sie noch dazu wirkten, welcher Stolz sie beseelte, hier spielen zu dürfen, in diesem Konzerthaus von Weltrang, vor dem Hamburger Publikum und Besuchern, die von weither angereist waren. Fee beneidete sie. Für diese jungen Menschen war die Musik das Wichtigste, zusammen bildeten sie einen Klangkörper von großer Harmonie.

Natürlich kannte auch sie selbst dieses Zusammenspiel, die Befriedigung, wenn alles gelang. Aber eine solche Energie, diese reine Freude des Spielens hatte sie während ihrer

Zeit im Sinfonieorchester nie erlebt. Alles war ernst gewesen, schön, aber erhaben. Natürlich wurde auch gelacht. Aber dieser Überschwang, dieses Strahlen, das hatte es nicht gegeben. Müßig, sich darüber Gedanken zu machen. Es war vorbei.

In der Pause lud Clemens sie auf ein Glas Sekt ein. Er wollte gerade mit ihr anstoßen, als jemand erfreut auf Fee zueilte.

»Felicitas!«

Es war eine ehemalige Kollegin aus Hannover, Sylvia, ebenfalls zweite Geige. Sie sah Fee erwartungsvoll an.

»Sylvia«, erwiderte Fee zurückhaltend.

»Du wohnst jetzt in Hamburg, richtig?«

»Nicht ganz. In der Nähe.«

»Wir waren Kolleginnen, wir haben in Hannover zusammen im Orchester gespielt«, erklärte Sylvia, an Clemens gewandt.

Er wurde aufmerksam. »Interessant!«

Fee ahnte bereits, was kommen würde. Und tatsächlich.

»Bis zu diesem Unfall.« Sylvia verzog dramatisch das Gesicht.

Sie hatte Fee die Position als Stimmführerin nie gegönnt. Sie war kinderlos und hatte zu denjenigen gehört, die unverhohlen kritisiert hatten, dass die Orchesterleitung bei der Einteilung der Dienste ihr gegenüber so viel Rücksicht genommen hatte.

Clemens zog die Brauen hoch. »Ein Unfall? Was ist denn passiert?«

»Oh.« Sylvia öffnete schon den Mund, bereit, weiterzusprechen.

In diesem Moment ergoss sich der Inhalt von Fees Sektglas auf Clemens' Hose. Fee war gestolpert, sie sei auf einmal angerempelt worden, beteuerte sie und spürte, wie ihr die Hitze ins Gesicht stieg.

Clemens runzelte die Stirn und blickte sich nach den Toiletten um. Es klingelte zum Zeichen, dass die Pause zu Ende war, Sylvia verabschiedete sich, und Clemens forderte Fee auf, schon mal vorzugehen. Er schüttelte den Kopf. »Mit dir ist auch immer etwas los, Felicitas.«

Später, nach dem Konzert, saßen sie in der Nähe auf Treppenstufen am Wasser. Clemens hatte noch einmal Sekt organisiert, diesmal war es eine ganze Flasche. »Gab nichts anderes«, behauptete er, »ich halte mich einfach zurück, ich muss ja noch fahren.«

Fee war glücklich. Sie hatte das Konzert überstanden. Und sie war das erste Mal seit ihrem Umzug ins Alte Land in der Elbphilharmonie gewesen. Sie summte die Melodien der Sinfonie nach, erlebte noch einmal die Leidenschaft der jungen Musikerinnen und Musiker. Sie fühlte sich wieder wie sie selbst.

Auf der Rückfahrt war die Stimmung gelöst.

»Diese Frau, in der Pause ...«, begann Clemens plötzlich.

»Ach ja, meine alte Kollegin. Sie hat es nicht verkraftet, dass ich besser war als sie. Es gibt so Leute. Lass uns über etwas anderes reden.« Sie legte ihm die Hand auf den Arm. »Sieh mal, der Sonnenuntergang!«

»Wenn du meinst.« Er legte seine Hand auf ihre, sah ihr dabei einen Moment in die Augen und fuhr deshalb einen Schlenker.

»Pass auf!«, rief Fee erschrocken.

Clemens lachte.

Sie spürte die Spannung, die in der Luft lag. Ob etwas passieren würde zwischen ihnen? Sie war alles andere als abgeneigt. Das hier war ihr Abend, ihre Nacht. Sie hatte einen Schwips.

»Komm, wir schauen uns den Sonnenuntergang an.«

Clemens hielt am Deich. Sie stiegen aus und ließen sich

auf einer Bank nieder. Flussabwärts färbte sich der Himmel leuchtend rot.

Ein Windstoß fuhr Fee um die Knie. Sie lehnte sich gegen Clemens, der ihr schützend den Arm um die Schulter legte, als er bemerkte, dass sie fröstelte.

Die Wärme eines anderen Körpers, so nah. Fee spürte, wie ihr Kopf wattig wurde, ihre Knie weich.

Clemens fasste sie plötzlich an den Schultern, zog sie zu sich und küsste sie.

27

Bum. Bum. Bum. Fee zog sich die Decke über den Kopf. Dumpfe Töne drangen durch die Wände. Himmel, es war Sonntag! Hatte das denn nie ein Ende? Sie musste mit Schluppi reden, so ging es nicht weiter. Fee steckte sich die Finger in die Ohren, aber es bummerte weiter.

Das war nicht bei Schluppi, das war in der Nähe. Das war hier, im Haus! Ihr Kopf schmerzte. Warum hatte sie gestern Abend bloß noch mehr getrunken? Clemens hatte die Sektflasche aus dem Auto geholt, als sie beschlossen hatten, noch eine Weile am Deich sitzen zu bleiben. Sie wusste doch, dass er erst angenehm prickelnd wirkte, aber dass sie von Sekt am Ende zuverlässig Kopfschmerzen bekam.

Sie hatten dort auf der Bank gehockt und sich geküsst, beide hatten sofort ihre Hände unter die Kleidung des anderen geschoben, die Finger waren wie von selbst gewandert, wohin sie wollten, von außen musste es hemmungslos ausgesehen haben.

Clemens hatte einen regelrechten Hunger gezeigt, was für Fee erregend gewesen war.

Aber etwas hatte gefehlt. Sie starrte an die Decke.

Clemens hatte sie schließlich nach Hause gefahren. Er hatte offenbar erwartet, dass sie ihn hereinbat, aber das hatte sie nicht getan. Sie wusste selbst nicht, warum. Sie hatte sich von ihm gelöst, ihn blitzschnell auf die Wange geküsst und war ins Haus geschlüpft.

Fee beobachtete einen Schmetterling, der sich in ihr Zimmer verirrt hatte und jetzt an der Scheibe flatternd einen Ausweg suchte.

Vielleicht war es ganz gut so. Es musste ja nicht so schnell gehen. Sie sollten sich erst einmal kennenlernen. Der Abend gestern war doch ein guter Anfang gewesen. Körperlich fand sie Clemens sehr anziehend. Und vielleicht war auch bald genug Vertrauen da, um ihn hier übernachten zu lassen. Clemens und die Kinder, das schien einfach eine Sache, die Fingerspitzengefühl erforderte. Er war eben Lehrer, und gegen Lehrer hatten die Kinder etwas. Warum eigentlich? Fee wollte sie dazu bringen, ihre Vorbehalte zurückzustellen. Sie würde Clemens einladen, Zeit mit ihnen zu verbringen, mit ihnen zu Abend zu essen, die Kinder langsam an ihn gewöhnen. Im Gegensatz zu Jesko war er ungebunden und frei.

Sie hatte ihn gestern noch danach gefragt, sie wollte es wissen, ganz direkt und ohne Umschweife. »Hast du eigentlich eine Partnerin?«

Clemens hatte gelacht. »Das wüsstest du. Für mich gibt es im Moment nur dich. Dich allein.« Seine Augen waren schmal gewesen vor Verlangen.

Dass Clemens Kinder hatte, schloss sie aus, es schien ihr sehr unwahrscheinlich. Den Gedanken an Jesko schob sie resolut weg.

Der gelbe Schmetterling hatte den Weg ins Freie gefunden und flatterte davon.

Bum. Bum. Bum. BUM. Bum. Bum. Bum. BUM.

Was war denn nur los? Fee sprang aus dem Bett. Es war, als würde jemand hier im Haus auf ein Schlagzeug eindreschen. Aua, ihr Kopf.

Rieke wollte es offenbar wissen und sie aus dem Bett holen, indem sie die Musik aufdrehte.

Doch Riekes Zimmer war leer. In der Küche saß nur Martha am Tisch und hielt sich die Ohren zu. Als Fee hereinstürmte, wies sie Richtung Saal.

Fee riss die Tür auf: Auf der Bühne war ein Schlagzeug aufgebaut, an dem Finn saß, der locker die Stöcke wirbeln ließ. Gerade legte er einen Zahn zu. Er war gar nicht schlecht, bemerkte Fee überrascht. Aber das ging natürlich gar nicht. Es ging überhaupt nicht. Es ging schlicht nicht an, dass hier am Sonntag in ihrem Saal *Krach* gemacht wurde.

Vor dem Schlagzeug standen drei Trompeter und eine Tuba. Spätestens das nötigte Fee Respekt ab, eine Tuba war schwer, sowohl vom Gewicht als auch von der Technik her. Die Jugendlichen mit den Trompeten hoben jetzt an, sie spielten Balkanpop, witzig und kraftvoll.

Jetzt entdeckte Fee auch Rieke. Sie hantierte an den Lichtschaltern und versuchte die Band ins rechte Licht zu setzen. Rieke strahlte, als sie zu ihr herüberkam. »Hey, Mom, sie sind voll gut, oder?«

Alles, was Fee hatte sagen, vielmehr: schimpfen, wollen, fiel auf einmal in sich zusammen.

»Sie sind ausgesprochen gut. Es ist nur ein bisschen früh.«

»Früh? Es ist fast elf Uhr!«

Das Lied war zu Ende, Rieke und Fee applaudierten.

»Ich hab ihnen den Saal zum Proben angeboten, Mom, ich konnte nicht anders. Sie wollen Ende August beim Schulfest auftreten, aber der Gemeinderaum, in dem sie bisher geprobt haben, wird jetzt anders genutzt, und sie können da nicht mehr hin. Du warst ja nicht da gestern. Und weil's so gut lief, haben sie sich heute Morgen gleich wieder hier getroffen.«

Riekes leuchtende Augen.

»Ina hat übrigens angerufen. Ich hab ihr gesagt, dass du noch schläfst. Sie bringt Golo um zwei Uhr hierher.«

»Das ist gut.«

Da fiel Fee Martha ein, die nicht glücklich ausgesehen hatte.

»Was ist mit deiner Schwester?«

»Weiß nicht«, murmelte Rieke. »Martha mag, glaube ich, keine Musik.«

Nein, Martha mochte keine Musik, jedenfalls keinen Lärm. Fee machte sich auf, um sie zu beruhigen.

»Dafür kann ich jetzt aber auch nichts!«, rief Rieke ihr hinterher.

Die Küche war leer, aber Fee ahnte, wo sie Martha finden würde. Sie hockte in der Wiese am Graben und starrte hinein. Reglos, als sei sie selbst ein Frosch.

»Martha.« Fee wollte ihre Tochter in den Arm nehmen.

Martha machte sich vorsichtig los. Nein, Martha mochte auch keine Berührungen. Fee blieb also einfach neben ihr sitzen, auf dem Stumpf einer abgeschlagenen Pappel.

Sie schwiegen. Der Sommermorgen um sie herum, all das Leben hier auf der Wiese. Zum Glück, dachte Fee, gab es immer mehr Landwirte, die Grünstreifen stehen ließen und die Uferzone der Gräben beim Mähen verschonten. Martha hatte ihr genau erklärt, wie wichtig das war, damit die Insekten Nahrung fanden und später im Winter Unterschlupf. »Man muss gar nicht viel tun, Mama, man muss einfach nichts tun. Nur wachsen lassen, was von allein wächst. Es ist ganz einfach.«

Das hier war so ein Streifen. Drei Meter breit nur und doch voller Vielfalt. An den Gräsern saßen Ähren und Rispen, es gab Schilf mit Rohrkolben, eine Libelle schoss übers Wasser, Seerosen blühten. Insekten krabbelten die Halme hinauf, es surrte, schwirrte, sang. Das alles hörte man sehr gut, wenn man den Mund hielt und lauschte.

Ihre kleine besondere Tochter. Die schon immer einen eigenen Blick auf die Dinge gehabt hatte. Hier saß sie in ihrer Jeans, mit ihrem ernsten Gesicht, unerschütterlich, furchtlos. Starke Gefühle, wie sie in Rieke tobten und sich ständig in ihrem Gesicht, in ihrer Körperhaltung spiegelten, waren bei Martha selten zu bemerken. Fee wusste häufig nicht, was in ihr vorging.

»Schau mal.« Jetzt öffnete Martha den Mund und zeigte ihr eine Heuschrecke. Fing sie und öffnete die Hand ganz langsam.

Fee spürte, wie Marthas Ruhe auf sie abfärbte. Natürlich, es gab nichts Wichtigeres als dieses Universum. Eine Welt für sich, die Martha akribisch erforschte.

»Wie weit bis du denn mit deinen Dokumentationen gekommen?«

»Ziemlich weit. Mir fehlt noch ein Kammmolch, den sieht man so selten.«

»Und du beschreibst und zeichnest alles, was du hier entdeckst?«

»Nur das, was ich hier am Graben sehe. Sonst wäre das ja verfälscht.«

Warum sie das tat, wusste Fee immer noch nicht, fiel ihr jetzt auf. Sie hatte es immer hingenommen, als eines von Marthas besonderen Interessen. Aber diesmal schien mehr dahinterzustehen.

»Was hast du denn damit vor?«

Martha antwortete nicht. Auch das kannte Fee von ihr.

»Na dann.« Sie stand auf. »Ich bin drinnen.« Sie berührte sie noch einmal sacht. Diesmal ließ Martha es geschehen.

**

In dem Moment, da sie seine Wohnung betrat, wusste Fee, warum Clemens ihren Gasthof immer ein wenig zu belächeln schien mit seiner Baufälligkeit und auch das Chaos, das die Kinder verbreiteten. Ja, sie mochte alte Häuser, sie liebte den Gasthof – aber hatte sie sich nicht auch in eine Idee von etwas verliebt, was sie unbedingt haben wollte: ein großes gemütliches Zuhause?

Bei Clemens jedenfalls war es anders. Sauber. Der Fliesenfußboden glänzte, die Ledersofas glänzten ebenfalls, und auch die Arbeitsfläche aus Stahl in der offenen Küche: makellos. Sicher hatte Clemens eine Reinigungskraft. Wenn man keine Familie hatte, die man versorgen musste, konnte man das Geld schließlich für sich allein verwenden.

Clemens' Augen leuchteten, als er Fee das Sushi präsentierte, das er selbst zubereitet hatte. Er hatte den Tisch für zwei Personen gedeckt und dezent dekoriert.

»Das sieht aber gut aus!« Fee war entschlossen, sich den Abend nicht verderben zu lassen. Nicht von Rieke, die mal wieder gemeckert hatte – »Zu diesem Fuzzi fährst du? Was findest du nur an dem?!« –, nicht von Golo, der sich an sie geklammert und nicht von Martha, die sie so verloren angeschaut hatte. Jetzt war sie an der Reihe. Clemens hatte vier Tage nach ihrem Ausflug in die Elbphilharmonie angerufen und sie zum Essen eingeladen.

Warum er sie nicht alle eingeladen hätte, hatte Martha wissen wollen, sie wären ja schließlich ihre Kinder. Fee war froh, dass sie nicht versucht hatte, Clemens dazu zu überreden. Die Kinder wären hier fehl am Platz gewesen.

»Zum Wohl!« Clemens hob das Glas mit dem Aperitif.

Fee sah ihr Spiegelbild in der verglasten Front zur Dachterrasse. Ja, sie war schlank, und ihre Haare fielen gut.

Loungemusik lief, Clemens gab sich locker und aufgeräumt. Jetzt öffnete er die Tür zur Dachterrasse. »Das musst du sehen!«

Er wohnte tatsächlich in einer der Stadtvillen an der Schwinge gegenüber der malerischen Stader Altstadt. Zweifellos war es eindrucksvoll, wenn auch etwas windig hier oben.

»Wie hältst du es nur bei mir im Gasthof aus?«, scherzte Fee.

»Oh, ein bisschen Chaos finde ich sehr charmant!«

Wie bedeutungsvoll er sie ansah. Er flirtete mit ihr.

Sie setzten sich, und Clemens legte ihr von dem Sushi auf den Teller und schenkte ihr Weißwein ein. Fee wollte abwinken, sie müsse noch fahren, aber Clemens ließ keinen Einwand gelten.

»Dann nippst du nur, ich habe ihn extra zu diesem Essen ausgesucht!«

Clemens trank, er berichtete von seinen Urlauben auf Mauritius und woanders – »Die Seychellen sind auch sehr schön!« – und führte jedes Detail aus.

Fee verlor den Faden, aber das machte nichts, das Sushi schmeckte jedenfalls ausgezeichnet. Sie fühlte sich schon wieder beschwipst. Wovon eigentlich, sie hatte doch kaum etwas getrunken? Wahrscheinlich von der Atmosphäre, davon, dass ein gut aussehender Mann vorhatte, sie zu verführen.

Denn dass er das beabsichtigte, war offensichtlich.

Fee entschuldigte sich für einen Augenblick und ließ sich den Weg zum Bad erklären. Dort kühlte sie ihren Puls und saß für einen Moment auf dem Rand der Eckwanne, bevor sie die Spülung drückte. Lichtdusche, glatte Fliesen, ein einsames Handtuch in Dunkelgrau. Sie lächelte sich im Spiegel an und straffte die Schultern.

Ja, es hatte alles seine Ordnung.

Als sie wiederkam, hatte Clemens zwei Gläser mit Nachspeise auf den Tisch gestellt. Fee lächelte. Sehr verlockend sah diese sahnige Creme aus, verziert mit je einer Kirsche und einem Blättchen Minze.

»Hast du die auch selbst zubereitet?«

»Alles. Extra für die schöne Frau, die mich heute Abend besucht.«

»Mmh!« Fee hob anerkennend den Löffel.

Clemens stand auf und umrundete den Tisch, bis er hinter ihr stand. Fee hielt überrascht inne.

»Du magst den Nachtisch?«

Er zog ihr Dessertglas heran und tauchte vorsichtig einen Finger in die Creme. Fee öffnete überrascht den Mund. Sehr langsam verstrich Clemens mit dem Finger das Dessert an ihren Lippen. Fee konnte nicht anders, sie leckte mit der Zunge darüber. Clemens' Blick brannte förmlich, als er sie dabei beobachtete.

Benommen schloss Fee die Augen. Sie spürte, wie er mit den Lippen ihren Hals berührte. Ihr war auf wohlige Weise schwindelig, sie rutschte ein wenig tiefer im Stuhl.

Da durchschnitt ein Ton die aufgeladene Atmosphäre.

Das Klingeln ihres Handys – der Ton war extra laut gestellt, damit sie es, falls die Kinder versuchten sie zu erreichen, auf keinen Fall überhörte.

Fee stöhnte. Clemens hielt sie an den Schultern fest, doch sie machte sich los und begann in ihrer Handtasche zu wühlen.

Wo war bloß dieses verdammte Handy? Na endlich. Sie fuhr sich über die Stirn und drückte auf den grünen Knopf. Es war Rieke.

»Mom, du musst kommen, sofort! Martha spricht nicht mehr.«

»Na und? Ist das so schlimm?«

»Ja, ist es. Glaub mir einfach. Sie ist ganz merkwürdig drauf, irgendwie *strange*. Sie hockt nur noch da und sagt nichts. Mir ist das unheimlich! Und Golo heult. Er hört gar nicht wieder auf. Mama, ehrlich, ich schaff das nicht!«

Fee seufzte. »Ich bin gleich da.«

Clemens versuchte zu tun, als ob es ihm nichts ausmachte, doch seine Miene wirkte wie versteinert.

»Ich muss los. Tut mir leid.«

»Klar, die Kinder gehen vor.« Kühl lächelnd wischte er mit dem Daumen einen Dessertfleck von der Tischplatte.

Fee schnappte ihre Tasche, der Abschied war verwirrend flüchtig. Clemens brachte sie zur Tür, und schon saß Fee in ihrem VW-Bus. Als er endlich angesprungen war, fuhr sie, so schnell sie konnte, nach Hause.

28

Am nächsten Tag saß Katharina bei Fee in der Küche. Ihr abweisendes Verhalten zwei Wochen zuvor tat ihr offensichtlich leid. Jetzt berichtete sie stolz, dass sie sich mit Line-Sophie auf den »Frühling« von Vivaldi geeinigt hätte.
»Der ›Frühling‹? Der ist eigentlich ein bisschen zu schwer für sie.«
»Mit deiner Hilfe wird sie es schon schaffen. Das Vorspiel wird doch öffentlich sein, also muss sie zeigen, was sie kann.«
»Katharina, gönn ihr ein Stück, das sie selbst mag und das sie auch bewältigt. Etwas, was zu einer Jugendlichen passt. Etwas Frisches, Modernes.«
Katharina sah sie an, als überlegte sie, ob sie Fee als Lehrerin überhaupt für geeignet hielt. »Es ist ja noch ein wenig Zeit bis dahin.«
»Pass auf: Ich suche etwas anderes mit ihr aus, etwas Klassisches, das dir auch gefällt, das aber ein bisschen besser Lines Niveau entspricht, einverstanden?«
»Ich weiß nicht. Du bist natürlich die Lehrerin.« Sie zögerte. »Sag mal, kommt dieser Lehrer eigentlich auch?«
»Sicher. Er ist mein bester Schüler. Ach herrje, und er müsste im Übrigen gleich hier sein.« Fee sah hektisch auf die Uhr. »Er hat Unterricht, ich habe die Zeit ganz vergessen.«

»Na, dann höre ich eben wieder zu!« Ein Glitzern in Katharinas Augen.

Kurz darauf stand Clemens in der Küche, sah Katharina überrascht an und begrüßte Fee mit Küsschen auf jede Wange.

»Bekomme ich auch eins?« Katharina hielt Clemens die Wange hin.

Er lachte. »Sicher.« Sah er sie dabei einen Augenblick zu lang an?

»Ist es in Ordnung für dich, wenn Katharina dabei ist?«, wollte Fee wissen.

»Kein Problem.«

Clemens holte seine Geige hervor, er genoss es offenbar, dass er Publikum hatte. Katharina setzte sich auf einen Stuhl in die Mitte des Raums und schlug lächelnd die Beine übereinander.

Fee begann mit Fingerübungen. Dann besprachen sie die Sonate, die Clemens einstudierte. Als Fee einen Blick zu Katharina warf, sah sie, dass diese verträumt an ihren Haaren spielte.

Fee wandte sich wieder Clemens zu, sie gingen die Sonate weiter durch, wiederholten Übergänge. Schließlich packte Clemens seine Geige ein.

»Finden Sie nicht auch, dass ein Vorspiel zeigen sollte, was die Schüler so draufhaben? Sie sind doch Lehrer«, kam es plötzlich von Katharina.

»Natürlich. Dazu ist ein Vorspiel da.« Clemens klappte den Koffer zu.

»Meiner Tochter ist in letzter Zeit so unmotiviert. Sie möchte lieber moderne Sachen spielen, wie ihre Freundinnen sie gerne hören. Aber ich finde, dass gerade ein Vorspiel dazu dienen sollte, sich etwas Anspruchsvolles vorzunehmen. Zu zeigen, welche Ziele man hat.«

»Da bin ich ganz bei Ihnen«, stimmte Clemens zu.

»Felicitas sieht das anders.« Katharina sah Fee an, gespannt, wie sie reagieren würde.

Fee begann zu erklären, dass Motivation von innen kommen müsse. Dass man Schüler nur begeistern und begleiten könne, aber nicht zwingen, eine Leistung zu erbringen, die nicht in ihrem eigenen Interesse läge.

Die beiden sahen sie an, aber es war, als hörten sie ihr nicht zu.

Fee war es ein Rätsel, wie schnell Katharina ihr Gesicht wechselte. Eben noch wie eine Freundin, vertraut und zugewandt, war sie plötzlich wie eine Fremde.

»Ich muss dann.« Katharina stand auf.

»Soll ich dich zur Tür bringen?«

Als Fee wieder da war, trat Clemens lächelnd näher. »Und wir beide?«

Fees Herz klopfte. Sie wollte gerade etwas erwidern, als es laut polterte. Rieke war in den Saal gekommen. »Mama, das Abendessen ist fertig.« Sie verschwand, ohne Clemens eines Blickes gewürdigt zu haben.

»Möchtest du vielleicht mit uns essen?« Sie hoffte wirklich, dass sie ihn mit den Kindern zusammenbringen könnte. Sie sollten einander kennenlernen, die Kinder sollten seine netten Seiten entdecken. Auch wenn er Lehrer war, sie verstand ja, dass das für die Kinder nicht ganz einfach war, unbefangen mit ihm umzugehen.

»Nein, das ist eure Familienzeit, da will ich nicht stören. Wir beide könnten uns allerdings mal wieder zu zweit treffen.« Er berührte sanft ihr Haar. »Was meinst du?«

Er wollte ihr offenbar gerade einen Kuss geben, als es klackte und alle Lichter zugleich aufflammten.

Fee fuhr zusammen.

Golo stand an den Lichtschaltern. »Rieke hat mich geschickt.« Wie klein er wirkte in dem großen Saal.

»Ich komme.« Sie löschte die Lichter wieder.

Clemens zum Sandes hochgezogene Brauen versuchte sie zu ignorieren.

***

Abends saß Fee an ihrem Lieblingsplatz am Wasser. Sie hatte Clemens, der sich später noch mit ihr hatte treffen wollen, abgewehrt. Sie konnte schlecht weg, die Kinder brauchten sie. Warum hatte er sich nicht einfach mit an den Abendbrottisch gesetzt? Ganz offensichtlich mied er ihr Familienleben, ihre Kinder. Vielleicht war es die Tatsache, dass er Lehrer war, wahrscheinlich wollte er kein Gerede.

Ein Signalton zeigte an, dass eine Nachricht auf ihrem Handy eingegangen war. Clemens. Er ließ nicht locker, und sie stellte fest, dass seine Beharrlichkeit Lust in ihr weckte.

War es nicht genau das, was Viola ihr geraten hatte?

»Du musst ihn ja nicht gleich heiraten, Fee. Probier einfach mal etwas aus, lass dich fallen, genieß den Moment! Sex haben darf man auch einfach so. Fühl dich mal wieder als Frau!«

Etwas ausprobieren, den Moment genießen. Viola hatte recht. Sie brauchte keinen Familienvater, den hatten sie gehabt und verloren. Jan. Sie brauchte jemanden, der sie ablenkte. Ein erotisches Abenteuer.

Ja, das war die Lösung: Sie würde überhaupt nicht erwarten, dass die Kinder sich für Clemens interessierten.

Und umgekehrt genauso: Sie würde nicht mehr versuchen, Clemens an den Abendbrottisch zu bringen.

Aber: Sie würde sich mit Clemens treffen. Mit ihm ausgehen und Spaß haben. Er fand sie attraktiv. Genau das war es, was sie jetzt brauchte.

Auf einmal bereute sie es, ihm abgesagt zu haben. Sie würde versuchen, ihn so bald wie möglich zu treffen. Und zwar allein.

Die Gelegenheit war schneller da als gedacht. Am Tag darauf stand Clemens im Gasthof. »Meine liebe Felicitas, ich brauche dich!«

Ein Stimmwirbel seiner Geige sei kaputt, ob sie ihn zur Geigenbauerin begleiten könnte. »Nächste Woche ist sie im Urlaub, ich soll heute noch vorbeikommen!«

Fee blickte unschlüssig auf Rieke, Martha und Golo.

»Anderthalb Stunden«, sagte Clemens zu ihnen, »dann ist eure Mutter wieder da!« Etwas spöttisch klang er, dachte Fee, etwas lapidar. Als ob er ihren Kindern Hausaufgaben aufgeben würde. Aber wahrscheinlich unterrichtete er hauptsächlich ältere Schüler, mit jüngeren kannte er sich vielleicht gar nicht aus.

Rieke starrte ihn empört an. »Ich kümmer mich um Golo«, rang sie sich schließlich mit Blick auf Fee ab. Fee wusste, dass sie sich auf sie verlassen konnte.

»Na also.« Clemens sah zufrieden aus.

Zusammen fuhren sie Richtung Stade. Doch anstatt den direkten Weg in die Stadt zu nehmen, bog Clemens in einen Feldweg ein, wo er an einer Baumgruppe hielt.

Fee sah ihn fragend an.

»Anders hätte ich dich nicht loseisen können.« Er lachte und zog sie an sich. »In die Geigenwerkstatt fahren wir anschließend, was meinst du?«

Fee kam nicht dazu, zu antworten. Seine Lippen verschlossen ihr den Mund.

»Drei Minuten«, flüsterte er und zeichnete ihr Schlüsselbein mit dem Finger nach.

Fee seufzte wohlig. Sie hatte nichts dagegen. Drei Minuten, das fand sie völlig okay.

Die Geigenbauerin versprach, die Reparatur vor ihrem Urlaub einzuschieben. Wie es in ihrer Werkstatt duftete: nach Instrumenten, Leim, verschiedenen Hölzern ... Fee verlor sich in den Anblick der Streichinstrumente. Sie begann ein Gespräch mit der Geigenbauerin. Diese erkundigte sich aufmerksam nach Fees musikalischem Hintergrund, aber Fee wiegelte ab.

»Sie ist die große Geheimnisvolle«, sagte Clemens lächelnd.

Vielleicht war es an der Zeit, mit der Geheimniskrämerei aufzuräumen und sich als ehemalige Orchestermusikerin zu outen. Sie war fast so weit. Doch da sah Clemens auf die Uhr.

»Ich denke, wir müssen los. Deine Kinder warten auf dich.«

Wie sehr er es gewohnt war, über die Zeit zu bestimmen. Fee nahm sich vor, bei Gelegenheit wiederzukommen, sie mochte die Geigenbauerin, und die Atmosphäre in der Werkstatt ließ sie kaum los.

Auf dem Rückweg wirkte Clemens auf einmal wieder entspannt. »Ich wollte die Zeit nicht in der Werkstatt verplempern. Die können wir schöner verbringen, oder?« Er legte ihr die Hand aufs Knie.

Fee war irritiert. Wollte er wieder in den Feldweg abbiegen?

»Clemens, ich muss zu den Kindern zurück.«

»Meinst du nicht, dass sie auch mal warten können?«

»Ich habe ihnen gesagt, dass ich in anderthalb Stunden zurück bin.«

»Eine Viertelstunde noch bis dahin.«

Seine Hand wanderte weiter.

»Nein, das meine ich nicht. Also, doch, natürlich, aber das tun sie ja auch. Sie sind oft genug allein.« Entschieden schob sie Clemens' Hand weg.

Clemens' Lippen wurden schmal.

Während der Weiterfahrt sagte keiner etwas.

Dann sprach Clemens wieder. »Man muss Kindern auch mal etwas zutrauen.«

Er klang auf einmal sehr distanziert, sehr pädagogisch.

»Das tue ich. Anders käme ich gar nicht zurecht. Aber unser Zusammenleben funktioniert nur mit gegenseitigem

Vertrauen. Absprachen würde ich niemals missachten, das wissen sie.« Fee lachte im Versuch, die Lage zu entspannen.

Clemens trat aufs Gas und brauste an einem anderen Auto vorbei. Fee hörte auf zu lachen und hielt sich fest.

»Ein paar mehr verbindliche Absprachen, die wären wohl nicht verkehrt. Deinem ältesten Sohn, dem fehlt, würde ich mal so sagen, die harte Hand.«

Das kam wie aus dem Nichts. Fee dachte, sie hörte nicht richtig. »Wie bitte?«

»Er hat ja ein paar Probleme.«

»Und welche sollen das sein? Du unterrichtest ihn doch gar nicht.«

»Aber ich bekomme das ein oder andere im Kollegenkreis mit.«

Worauf, bitte, sollte das hinauslaufen? »Ich finde, Rasmus bekommt das alles sehr gut hin«, sagte Fee bestimmt. »Er hat den Umzug gut bewältigt, Rasmus ist verantwortungsvoll und selbstständig, darüber bin ich sehr froh. Und wenn er momentan eine schwierige Phase hat, so ist das eigentlich unsere Sache, oder?«

»Ach Gott, Felicitas. Schwierige Phase. Na gut. So nennt man das dann als Mutter. Ich würde sagen, der junge Herr braucht mal strikte Forderungen. Klare Ansagen. So, wie du mit ihm umgehst, wird das nichts.«

Felicitas spürte Wut aufsteigen. Was sollte das? Ein Lehrergespräch, ohne Anlass, hier im Auto, nachdem er eben noch versucht hatte, sie zu verführen?

»Ich fürchte, ich verstehe dich nicht.«

Konnte das sein, war er etwa wirklich beleidigt?

»Dein Sohn schläft im Unterricht, er passt nicht auf. Er tut quasi nichts, und auf die Bitten um Gespräche hast du bisher nicht reagiert.«

»Sagst du.«

»Na, die Kollegen meinen, du wärst nie zu erreichen. Wahrscheinlich hat dein Sohn das alles gar nicht weitergegeben. Im Sichdurchmogeln ist er offenbar ziemlich gut.«

Fee spürte, wie sie versteinerte. »Hör mal, Clemens, ich glaube, das ist jetzt nicht der richtige Moment«, sagte sie eisig.

»Ich will dir nur helfen. Ich habe eben eine klare Meinung.«

»Dann behalt sie am besten für dich. Er ist mein Sohn. Ich weiß, was ich tue.«

»Ich will mich gar nicht einmischen, das würde mir, ehrlich gesagt, auch zu viel werden. Aber wenn ich dir einen guten Rat geben darf, dann schlag mal andere Töne an.«

Wie ungeheuer anmaßend. Und wie grenzüberschreitend. Glaubte er wirklich, was er da sagte?

Als Fee ausstieg, knallte sie die Autotür zu, ohne sich von Clemens zum Sande verabschiedet zu haben.

Fee war zornig die folgenden Tage. Clemens' Worte steckten wie Stachel in ihren Gedanken. Hatte er wirklich geglaubt, dass sie ihn um Hilfe bitten würde und er sich als ihr Retter in Sachen Erziehung aufspielen könnte? Vielleicht hätte es geklappt, wenn sie ihm den guten Willen abgenommen hätte. Aber was war das für eine Ferndiagnose? Da hatte doch ausschließlich sein gekränktes männliches Ego gesprochen.

Die Kinder merkten, dass etwas nicht stimmte, und gingen ihr aus dem Weg. Verbissen bereitete Fee ihr Schülervorspiel vor.

Clemens kam zum Unterricht wie bisher. Fee ging die Sonate mit ihm durch und verhielt sich kühl. Er selbst gab sich gelassen, so als wäre es nur eine Frage der Zeit, bis Fee sich besinnen und wieder auf ihn zukommen würde.

Aber das würde sie nicht tun. Clemens müsste deutlich machen, dass er wusste, was er sich geleistet hatte, dann könnte man sehen, ob es noch mal einen Weg gab. So nicht.

Dennoch, der Keim eines Zweifels blieb. Denn natürlich war es schwierig mit Rasmus, er war wie gefangen in seiner Blase der Unschlüssigkeit. Vielleicht machte sie wirklich alles falsch?

Da konnte nur eine Rat geben. Viola.

Sie war blass.

»Hast du eine Minute für mich?« Fee umriss die Situation.

»Das ist doch nichts Neues. Rasmus ist in einem schwierigen Alter. Es liegt nicht an dir. Es wäre vermutlich genauso, wenn Jan noch da wäre. Er nimmt alles sehr genau, ist gründlich, braucht Zeit. Schule war noch nie sein Ding, Begabung hin oder her.«

Sie hatte ausgesprochen, was Fee sich selbst zu fragen verbot: Wie wäre es, wenn Jan noch da wäre? Jan, dachte sie, hätte sich bestimmt um seinen Sohn gekümmert.

Viola spürte ihre Zweifel. »Pass auf. Mach dir bitte keine Gedanken. Ich rede mit Rasmus. Und was diesen Lehrer betrifft: Du hast dich endlich mal vergnügt, dazu gratuliere ich dir. Es passt eben nicht automatisch, wenn ein alleinstehender Mann mit einer Frau mit vier Kindern konfrontiert wird. Die hast du aber nun einmal.«

Jetzt hatte Viola sie selbst stigmatisiert. Vier Kinder.

»Du meinst, ich finde nie jemanden, der es ernst meint?«

»Ach, Fee. Das passiert irgendwann von selbst. Lass locker, hab einfach Spaß, geh aus dir raus. Eine feste Beziehung ist das eine, eine Affäre das andere.« Viola grinste schief. »Erlaub dir ein bisschen Abwechslung. Mach weiter so.«

Fee schloss den Laptop, über den sie mit ihrer Freundin per Skype telefoniert hatte. Das Gespräch hatte nicht viel gebracht. Aus sich herausgehen, Spaß haben – wie stellte Viola sich das vor? Zweimal hatte sie jetzt »Spaß« gehabt. Mit Jesko und mit Clemens. Wie es mit Jesko geendet war, das hatte sie tief getroffen. Sie hatte ihn lange nicht mehr gesehen, er war wie vom Erdboden verschluckt, sein Haus wirkte verwaist. Als sie sich kürzlich überwunden und Heinrich Feindt nach seinem Neffen gefragt hatte, stellte sich heraus, dass der schon seit Längerem in Mecklenburg-Vorpommern war, um dort ein Gutshaus zu restaurieren.

Er war offenbar nicht mehr auf die Idee gekommen, sich bei ihr zu melden. Kein Wunder, so abweisend, wie sie sich verhalten hatte.

Und der Spaß mit Clemens hatte ebenfalls ernüchternd geendet. Bis das Schüler-Vorspiel über die Bühne gegangen war, würde sie ihm nicht kündigen. Kündigen? Sie würde ihm sowieso nicht kündigen. Sie konnte Privates und Berufliches ja wohl noch trennen. Fee riss sich zusammen.

Spaß würde sie erst einmal nicht mehr haben. Das Projekt war gescheitert. Viola: Ausnahmsweise war sie keine gute Ratgeberin gewesen.

29

Der Nachmittag des Vorspiels war gekommen. Die Sonne schien, ein leichter Wind wehte. Zusammen mit den Kindern hatte Fee im Garten eine kleine Tribüne aufgebaut, die sie mit Blumenvasen geschmückt hatte. In einem Halbrund waren Stühle davor platziert. Es sah sehr einladend aus.

Golo trug sein bestes Hemd und eine kleine Fliege – er hatte darauf bestanden, sich hübsch zu machen –, und auch Martha hatte ihre immer erdigen Hände gebürstet. Rieke hatte sich regelrecht in Schale geworfen, sie trug ein äußerst kurzes Kleid, Fee schüttelte etwas den Kopf darüber.

Die Eltern der Schüler trafen ein, dazugehörige Großeltern, selbst einige Leute, die sie nicht kannte, denn sie hatten Flyer in die Briefkästen geworfen. Sie würde alles geben, damit der Nachmittag ein Erfolg würde. Im Eingang reichte Fee jedem die Hand. Martha ging mit einem Korb herum und bot Limonade an.

Rieke kümmerte sich vor allem um die »Brass Brothers«. Finn und die anderen Jungen waren hochzufrieden, dass sie mit ihrer Band die Gelegenheit zu einem Auftritt hatten.

Golo hüpfte durch die Menge.

Auf einmal stand er vor ihr. »Mama, spielst du auch?«

»Nein, mein Schatz. Heute sind die anderen dran.«

»Und wann du?«

Fee wuschelte ihm durchs Haar.

Katharina traf etwas atemlos mit Line-Sophie ein. »Sorry, Fee, wir sind spät dran. Ich wollte Boris noch überreden mitzukommen, aber er hatte leider keine Zeit.«

Line-Sophie reichte Fee die Hand, sie wirkte angespannt. Fee wunderte sich, denn sie hatte ihr Lied sehr gut eingeübt und musste eigentlich nichts befürchten. Gemeinsam hatten sie den Evergreen »Memories« aus dem Musical »Cats« für das Vorspiel ausgesucht, das war ein Kompromiss zwischen den Ansprüchen ihrer Mutter und ihrem eigenen Geschmack. Aber jetzt stand Line wieder da wie ferngesteuert, wie damals beim Gartenfest.

»Das wird schon«, sagte Fee aufmunternd.

Fee eröffnete das Vorspiel mit einer kleinen Rede. Wie sie sich darüber freue, dass ihre Schüler heute ihr Können präsentierten, wie viel Freude es ihr mache, hier vor Ort zu unterrichten. Alle sahen sie aufmerksam an. Sie hatte das Keyboard von Rasmus im Garten aufgestellt, um ihre Schüler daran zu begleiten.

Eine erwachsene Schülerin mit grauen Haaren und wehendem Schal, die sie noch nicht lange kannte, war die Erste, sie spielte eine Fantasie von Telemann. Höflicher Applaus. Diese Frau hatte sie vorhin erst gebeten, gleich am Anfang spielen zu dürfen, sie müsse früher weg. Fee fand es schade, aber sie versuchte, sich davon nicht aus dem Konzept bringen zu lassen.

Es folgten erst die jüngeren, dann die älteren Kinder. Als Line-Sophie an der Reihe war, stakste sie wie eine Marionette auf die Bühne. Sie warf Fee einen leeren Blick zu und reichte ihr die Noten. Hübsch sah sie aus mit ihrem sorgsam gesteckten Haarknoten und dem hellen Kleid, sehr gepflegt, so wie am Anfang, als sie sie kennengelernt hatte.

Line-Sophie hob den Bogen und begann zu spielen. Fee saß am Keyboard, bereit zur Begleitung, und ließ überrascht die Hände sinken.

Das war nicht »Memories«. Das war der »Frühling« von Vivaldi. Viel zu schwer und auch nicht Lines Geschmack, sie hatten es angespielt und verworfen.

Fee warf einen Blick zu Katharina hinüber. Die wirkte zufrieden. Hatte Line also tatsächlich ein Stück geprobt, das ihre Mutter für sie ausgesucht hatte? Und dies vor ihr, der Lehrerin, verheimlicht?

Eine Windböe brachte Line-Sophies Notenblätter zum Flattern, Note für Note quälte sie sich durch das schwere Stück. Schließlich flogen die Blätter weg, Martha sammelte sie ein und brachte sie Line wieder. Die stand da, als würde sie gar nicht merken, was um sie herum geschah. Dann ließ sie die Geige sinken und brach in Tränen aus.

Katharina, die ihren Ärger offenbar nur mühsam unterdrückte, führte die weinende Line ins Haus, Rieke wollte ihr ein Glas Wasser holen, aber Katharina sagte scharf, dass sie sie bitte in Ruhe lassen solle.

Nach Line-Sophie war Clemens an der Reihe. Er stellte sich in Positur. Clemens hatte sich offenbar intensiv vorbereitet und spielte sehr gut. Die Zuhörerinnen und Zuhörer lauschten gebannt, es war ganz still. Clemens war fast am Ende, als eine Saite riss. Er erschrak, als sie ihm ins Gesicht schnellte, und brach ab. Sein Finger blutete.

Fee brach der Schweiß aus. Was war das hier heute nur? Wie hatte das mit der Saite passieren können? Sie hatte Clemens beim Stimmen geholfen, alles war in Ordnung gewesen. Fee sah, wie er seine Geige einpackte, mit einer zornigen Miene, die nichts Gutes versprach.

Der Himmel hatte sich bedeckt. Wie schnell die Sonne verschwunden war. Der Wind hatte weiter aufgefrischt, eine der Vasen kippte um. Jetzt waren Finn und seine Freunde an der Reihe, die »Brass Brothers«, der krönende Abschluss.

Die Jungen ließen sich vom Wind nicht stören. Finns Strahlen ersetzte die Sonne, seine Locken flogen im Takt der Sticks, und auch Riekes Gesicht leuchtete. Und dann legten die Bläser los, mit so viel Tempo und Spielfreude, dass die Beine der Zuhörer unwillkürlich mit den Beinen zu wippen begannen. Auch Schluppi stand plötzlich mit verschränkten Armen am Rand und nickte anerkennend.

Drei Lieder spielten sie. Dann setzte ein heftiger Regenschauer ein.

Die Leute flüchteten zu ihren Autos. Schließlich standen da nur noch die Stühle im Regen, die umgefallene Vasen mit den traurig am Boden liegenden Blumen.

Clemens war fort, ebenso Katharina mit Line-Sophie. Rieke hockte mit den Jungen, die ihre Instrumente geschnappt und das Schlagzeug in Windeseile abgebaut hatten, im Saal. Alle schienen zu frösteln. Fee kochte eine Kanne Kaffee und stellte ihnen Kekse hin.

»Ihr wart gut«, sagte Rieke gerade.

»Ja, ihr wart echt gut«, echote Golo. Er stand vor der Bühne mit seiner Fliege, die Hände auf dem Rücken wie ein Großer.

Fee sagte nichts. Sie war zu erschöpft. Das Vorspiel war ein kompletter Reinfall gewesen. Sie war sicher gewesen, dass es die richtige Idee gewesen war, und dann das.

Nach einer Weile nahm sie Rieke beiseite. »Weißt du, was mit Line-Sophie los war?«

»Migräne. Die kriegt sie immer dann, wenn es zu schlimm wird zu Hause. Und ich meine, guck dir ihre Mutter mal an. Die wollte, dass sie spielt, was *ihr* gefällt, nicht das, was Line gut findet.«

»Du wusstest das?«

»Nicht wirklich. Wir haben gerade nicht so viel miteinander zu tun.«

»Wegen Finn?«

Rieke schüttelte den Kopf. »Nee. Eher, weil sie nicht mehr herkommen darf.«

»Sie darf *was* nicht?«

»Nicht mehr zu uns kommen. Hat ihre Mutter angeordnet. Wir seien kein Umgang für sie.«

Fee musste ein fassungsloses Gesicht gemacht haben, denn Rieke kicherte. »Hey, Mom, alles gut. Das ist doch eher zum Lachen. Ich meine, guck dir *die* mal an. Ich finde, sie sind kein Umgang für *mich*!«

Fee kam nicht mehr mit. Katharina tat, als sei sie ihre Freundin, und verbot ihrer Tochter gleichzeitig den Umgang mit ihnen?! Rieke nahm es auf die leichte Schulter, ihr selbst wollte das nicht gelingen. Clemens fiel ihr ein, der sie so empört angeschaut hatte, als wäre es ihre Schuld, dass die Saite gerissen war.

Fee verzichtete auf den Keks, nach dem sie gerade hatte greifen wollen, und schnappte sich Golo, um mit ihm nach oben zu gehen. Er hielt ihre Hand ganz fest.

Nachts um zwei kam Golo in ihr Zimmer. »Hab nicht gut geschlafen.« Schweißnass war der kleine Kerl, Esel hielt er fest im Arm. Sie zog ihm einen frischen Schlafanzug an und erlaubte ihm, sich in ihr großes Bett zu legen. Dort kuschelte er sich in die Decke. Mit großen Augen sah er sie an.

»Mama?«

»Ja?«

»Wann bist du wieder glücklich?«

»Ich bin glücklich, wenn du bei mir bist, wenn wir alle beisammen sind.«

Fee summte ein Lied und streichelte seine Stirn, zum Glück schlief er bald wieder ein. Sie aber war jetzt wach. Fee stand auf und trat ans Fenster. Dunkel war es draußen, mit dem Regen am Nachmittag hatte sich die laue Sommerluft schlagartig abgekühlt. Am Fenster war es zugig. Fee merkte es deutlich. Sie hatten so viel Glück gehabt bisher mit dem Wetter. Golo schnarchte leise. Die anderen Kinder waren in ihren Zimmern, sie schliefen hoffentlich.

Wer nicht da war, war Jan. Sie fühlte sich so unendlich allein.

Auch in den nächsten Tagen regnete es. Golo hatte sich erkältet, er schniefte vor sich hin und saß lustlos in seinem Zimmer vor der Legokiste oder mit einer Tasse Fencheltee am Küchentisch. Da auch Elisa krank war, durften sie sich nicht treffen.

Auf das Schülervorspiel hatte es keine Reaktion mehr gegeben. Sicher war es besser so. Clemens hatte sich vorerst vom Unterricht abgemeldet. Fee vermutete, dass die gerissene Saite schon vorher defekt gewesen war. Was auch immer der Grund gewesen war, Clemens beharrte darauf, dass Fee dies beim Stimmen hätte bemerken müssen. Seine Verletzung am Finger betonte er überdeutlich, fehlte nur noch, dass er sie verklagte.

Auch Line-Sophie und Katharina hatten sich nicht mehr gemeldet. Die Idee mit der Musikschule konnte sie begraben. Fee kümmerte sich um Golo und Martha, auch Martha hatte sich mit leichtem Fieber ins Bett gelegt, und erledigte den Haushalt, der nie ein Ende nahm.

Fee verbrachte diese Tage wie betäubt. Was sie anfasste, ging schief. Das Café, das Schülervorspiel. Auch ihr Garten, der ihr so viel Freude machte, auf den sie so stolz gewesen war, bot ein Bild des Jammers, er triefte und tropfte. Die Blütenstände der Stauden waren vom Regen zu Boden gedrückt, die Beete schlammig, ein Maulwurf hatte sich unter dem Rasen entlanggegraben und seine Haufen hinterlassen – »Ich glaube, es ist eine Maulwurffamilie«, sagte Golo –, und die meisten der Äpfel an ihrem alten Baum hatten Wurmlöcher. Dazu kroch eine merkliche Kälte durch das Haus.

Selbst Rieke wirkte nicht besonders energiegeladen, sie hielt sich viel in ihrem Zimmer auf. Nur Rasmus war viel unterwegs. Fee war nicht klar, was er machte, wenn er sagte, dass er sich mit Kumpels treffe. Vielleicht sollte sie doch mal einen Jugendpsychologen aufsuchen, eine Beratungsstelle.

Sie selbst verkrümelte sich am liebsten in die Küche und sah durch die Verandafenster in den Regen hinaus. Was sollten sie hier, an einem Ort, in dem sie nicht richtig ankamen, und in einem Gebäude, das einfach ungastlich war? Warum waren ihr die Flecken an der Decke, die abgeschlagenen Fliesen und feinen Risse in den Wänden nicht früher aufgefallen? Wie schwer es sein würde, diesen Riesenkasten von Gasthof im Winter zu heizen. Wenigstens das Dach war gemacht worden.

30

Nach zwei Wochen auf der Baustelle in Mecklenburg war Jesko wieder zurück. Vielleicht lag es am durchwachsenen Wetter, dass er so unausgeglichen war. Die Gedanken an Fee holten ihn wieder ein.

Dass sie sich so abweisend gezeigt hatte, als er bei ihr aufgetaucht war, ging ihm immer noch nach. Als wäre nie etwas zwischen ihnen gewesen, als ertrüge sie seine Gegenwart nicht. Aber die gemeinsam verbrachten Stunden, die hatte er schließlich nicht geträumt. Wie sie sich ihm geöffnet hatte, vertrauensvoll, das hatte ihn tief berührt, er hatte eine ganz neue Fee entdeckt und sich ihr so nah gefühlt.

Trotzdem, sie wollte nichts mehr mit ihm zu tun haben, das hatte sie mehr als deutlich gemacht. Es war ihm natürlich lieber, sie machte das sofort deutlich, als es später herauszufinden, aber dennoch: Er konnte das nicht so leicht wegstecken, wie er sich gewünscht hätte.

Er hatte offenbar kein Glück mit Frauen, irgendetwas machte er falsch.

Jesko hätte nicht nach ihr gefragt, aber sein Onkel kam auf Felicitas zu sprechen, als er ihn besuchte.

»Is ne nette Deern, hat aber zu viel mit den Bückmanns zu tun.« Onkel Heinrich hatte Sorge, dass Felicitas den Gasthof bald wieder verkaufen würde. »Sie ist wohl ziemlich klamm, da muss aber viel gemacht werden«, brummelte er.

Als Jesko nachbohrte, stellte sich heraus, dass Onkel Heinrich Fee beim Verkauf nicht auf das Ausmaß der erforderlichen Sanierungsmaßnahmen hingewiesen hatte. Eigentlich prüfte man natürlich selbst, was zu tun war, wenn man ein altes Haus kaufte, zog in der Regel einen Gutachter heran, aber Fee hatte das nicht getan. Jetzt hatte Heinrich ein schlechtes Gewissen.

Und er hatte ein Problem, nämlich das vorherige: den drohenden Abriss des Gasthofs durch die Bückmann-Bau. Felicitas hatte er das Grundstück quasi geschenkt, seine Sympathie hatte den Ausschlag gegeben, und er hatte geglaubt, wenn diese große Familie dort lebte, würde sie bleiben.

Jetzt befürchtete er, dass Felicitas den Gasthof verkaufen würde, weil sie sich die Sanierung nicht leisten konnte, und zwar an Boris. An wen sonst? Jemand anderes wollte die kostspielige Immobilie nicht haben, sie war nur etwas für Investoren, die die notwendigen Mittel hatten. Man konnte es ihr im Grunde nur raten, dachte Jesko.

Was dann allerdings die Aussicht wäre, das war klar. Versiegelte Flächen und bauliche Fremdkörper, denn die Bückmann'schen Countryvillen fügten sich nicht in die bestehende Architektur. Er würde nie verstehen, warum Bebauungspläne und regionale Auflagen nicht entsprechend streng erstellt wurden. Dachneigung, Farben, Materialauswahl und auch die Außengestaltung, so etwas sollte seiner Meinung nach bei allen Neubauten sorgfältig erwogen werden. Schließlich wollte das Alte Land als Weltkulturerbe anerkannt werden.

Trotzdem: Er konnte nichts für den Erhalt des Gasthofs tun. Er hatte seinen Kollegen gefragt, ob er ein Angebot für die Fenster gemacht hätte, doch der hatte von einem Großauftrag berichtet, der alle Leute fordern würde, und erzählt, dass er Felicitas auf das nächste Frühjahr vertröstet hätte.

Jesko verabschiedete sich von seinem Onkel und fuhr noch kurz zum Boot, das im Jachthafen lag. Er blickte auf die Elbe, die grau und breit dahinströmte. Er musste daran denken, wie er mit Fee gesegelt war. Viel zu oft dachte er an sie. Wie sie zusammen gelacht hatten, wie viel Freude ihr das Segeln gemacht hatte, wie schnell sie die Handgriffe gelernt hatte. Wie gerne hätte er sie und ihre Kinder noch einmal mitgenommen. Er mochte die ganze Familie. Aber Fee war unerreichbar, wie eine Schnecke in ihrem Haus, so fern wie zu Beginn.

Es lag ihm nicht, sich aufzudrängen.

***

Fee nahm ihr Telefon zur Hand. Die Schreinerei, die Jesko ihr genannt hatte, hatte sich wegen der Fenster nicht gemeldet. Mit einem Betrieb, mit dem Jesko verbandelt war, wollte sie eigentlich auch nichts zu tun haben. Sie rief trotzdem an und erfuhr, dass es für eine größere Fenstersanierung derzeit leider keine Kapazitäten gäbe.

Und dann fiel die Heizung aus. Es gab kein Warmwasser mehr.

Fee erhitzte töpfeweise Wasser auf dem Herd und telefonierte wieder. Irgendwann kam der Installateur. Blieb eine Stunde. Machte ein sorgenvolles Gesicht. Holte Ersatzteile. Schraubte weiter an der Heizungsanlage herum. Machte ein noch sorgenvolleres Gesicht. Und eröffnete ihr, dass nicht der Warmwasserspeicher, sondern die Ölheizung, über die auch der Warmwassertank erhitzt wurde, defekt sei und sie eine neue Heizungsanlage brauche. Dann vielleicht am besten gleich Gas? Oder dächte sie an Solarenergie? Da wäre doch Platz auf ihrem Dach. Wie auch immer: Kostenpunkt vermutlich, genau könne er es nicht sagen, es käme ja noch die Installation dazu, um die achttausend Euro.

Fee musste sich setzen.
Dach. Fenster. Heizung.
Es war zu viel.
Es gab auch schmucke kleine Reihenhäuser. Oder Doppelhäuser. Oder Wohnungen mit einem netten Balkon.
Sie zog ihren Laptop heran. Dann öffnete sie das Immobilienportal.

***

Das Handballtraining war vorbei, und Jesko war gerade dabei, sich umzuziehen, als Boris an ihn herantrat. »Sag mal, die Geigerin vom Gasthof ...«

Boris wollte nicht ernsthaft über Fee sprechen, oder? Jesko zog sich ein frisches T-Shirt über den Kopf. Eigentlich konnte Boris nichts von Fee und ihm wissen, es sei denn, Katharina hätte getratscht. Die allerdings wüsste nur dann etwas, wenn Fee ihr etwas erzählt hätte. Dass Fee Katharina gegenüber geplaudert hatte, glaubte er eigentlich nicht, aber sicher sein konnte er nicht.

Boris wippte ungeduldig auf den Ballen.

Jesko packte sein verschwitztes Trainingszeug zusammen.

»Möchte sie nicht doch verkaufen? Ist ja schwer zu halten, so ein Gebäude, das wissen wir beide. Und bevor es jemand von außerhalb nimmt ... Es wäre ja schön, wenn es sozusagen in der Gemeinde bliebe. Auch die Wohnungen würde ich übrigens bevorzugt Leuten aus dem Dorf anbieten.«

»Die musst du schon allen anbieten, auch denen von woanders.« Jesko hatte seine Schuhe geschnürt und richtete sich auf, bereit zum Gehen.

»Wie auch immer. Solltest du etwas hören, wär's nett, wenn du mir Bescheid sagst. Du hast doch Kontakt.«

Nein, den hatte er leider nicht mehr, aber das würde er

Boris nicht auf die Nase binden. Vielleicht wäre es wirklich besser für Fee, wenn sie verkaufen würde. Für die Summe, die sie mit dem Gasthof erlösen würde, könnte sie sich zum Beispiel ein Reihenhaus kaufen. Ein Reihenhaus, nein, das passte nicht zu ihr und erst recht nicht zu ihren Kindern. Eine Wohnung in der Stadt, die passte. Aber auch Stadtwohnungen für fünf Personen waren unerschwinglich. Außerdem hatte sie in ihrem Garten so glücklich gewirkt.

Aber war sie das wirklich gewesen? Er wusste so wenig über sie, sie hatten kaum miteinander geredet. Nur gelacht. Gesegelt. Getanzt.

Sich geküsst.

Ihren Duft hatte er noch immer in der Nase.

Verdammt. Das nannte man wohl Sehnsucht.

***

Einige Tage später saß Fee mit einem Glas Weißwein im Pavillon. Hier hatte sie ihre Ruhe, hier konnte sie ihre Gedanken am besten sortieren.

Ja, es gab durchaus Leute, die per Anzeige nach alten Häusern auf dem Land suchten. Und es gab umgekehrt Angebote für kleinere Einfamilienhäuser und Doppelhäuser. Aber ein Haus hier in der Gegend war wahrscheinlich sowieso nicht die richtige Lösung, es wäre besser, wenn sie wieder in die Stadt ziehen würden. Dort könnte sie sich erneut an einer Musikschule anstellen lassen.

Fee überlegte, ob den Kindern etwas fehlen würde, wenn sie hier wegziehen würden. Die vier hatten sich gut eingelebt, weit besser, als sie das gehofft hatte. Golos Freundschaft mit Elisa war Gold wert, zumal Ina und sie ähnliche Vorstellungen hatten, was die Kinder betraf. Aber Golo käme auch woanders zurecht, sobald er jemanden zum Spielen fände.

Dann Rieke, auch sie hatte so viele Freunde gefunden. Aber Rieke fand überall Anschluss, sie war anpassungsfähig. Martha wiederum hatte überhaupt keine Freundschaften geschlossen. Dass sie sich ständig draußen aufhielt, Dinge aus der Natur sammelte und aufs Leben im Wasser fixiert war, erschien Fee auf einmal ziemlich seltsam. War es mehr als nur eine Marotte, war es vielleicht eine echte Einschränkung, die ihr auch auf Dauer Schwierigkeiten bereiten würde? Sie ahnte es ja längst.

Schließlich Rasmus, der sich ihr entzog, der einerseits da war, immer bereit, ihr zu helfen, und der andererseits kaum über sich sprach, der weiterhin ohne zündende Idee schien, was er einmal machen sollte im Leben. Er hätte in der Stadt vielleicht mehr Input. Außerdem könnte er an einer anderen Schule neu starten, ein positiveres Verhältnis zum Lernen entwickeln und möglichst Abitur machen.

Fees Blick wanderte über das Grundstück. Es war zu groß. Sie hatte ja nicht nur das Haus, sondern auch den Garten, der ihr über den Kopf wuchs. Die Minze wurden sie nicht mehr los, und sobald sie ein paar Tage nicht im Garten war, sah alles wild aus. Dabei war das Grundstück so zauberhaft, hier am Fluss.

Wieder kam ihr in den Sinn, dass Line-Sophie bei ihrem ersten Besuch bei ihnen zu Rieke gesagt hatte, dass ihr Vater an dieser Stelle gerne gebaut hätte. Katharina hatte das nie erwähnt, sie hatte getan, als würde sie ihren Gasthof bewundern. Fee wusste nicht mehr, was sie von ihr denken sollte. Vielleicht sollte sie sich von Katharinas Mann einfach ein Angebot machen lassen.

Dann würde das Gebäude allerdings abgerissen. Fee wusste nicht, ob sie zulassen durfte, dass der Gasthof, der Heinrich so am Herzen lag und den sie immer noch liebte, dem Erdboden gleichgemacht würde.

Eigentlich konnte es ihr egal sein.

Fee betrachtete den Geigenkoffer, den sie mit ins Freie genommen hatte. Immer stärker war in letzter Zeit das Bedürfnis geworden, ihr Instrument zu spielen.

Ob sie es noch einmal versuchen sollte? Beim letzten Mal, als sie hier draußen gesessen und dem Wunsch gefolgt war, hatten ihre Finger sich steif angefühlt, und auch beim Unterrichten spürte sie, dass es nicht sie selbst war, die bestimmte Läufe demonstrierte, nicht die Felicitas von früher. Es war eine Rolle, die sie spielte, gemessen an ihrem eigentlichen Niveau wenig, aber für den Unterricht genügte es.

Fee erfasste tiefe Traurigkeit.

Sie hatte einmal so gern gespielt. Es war ihr Leben gewesen. Wie leicht das Spielen damals gewesen war, das begriff sie erst jetzt. Alles war leicht gewesen damals, auch wenn sie mit den Kindern, als sie klein waren, harte Zeiten durchgemacht hatten, Jan und sie, geprägt vor allem von Schlaflosigkeit und Zeitmangel. Und trotzdem: Sie war so erfüllt gewesen. Alles war mühelos gewesen, heiter, auch in Momenten, in denen es schwer war. Denn sie waren eine Familie gewesen.

Wenn Fee die Geige jetzt ansah, wurde sie unweigerlich an diesen einen entsetzlichen Moment erinnert – als sie sie spielte, während Jan starb. Sie hatte es sich immer noch nicht verziehen. Auch wenn die Ärzte ihr erklärt hatten, dass sie ihm nicht hätte helfen können, eine verstopfte Arterie, ein Herzinfarkt ohne Vorwarnung. Rasmus hatte richtig reagiert, indem er den Notarzt gerufen hatte, mehr hätte auch sie nicht tun können.

Alles, was seitdem gewesen war, war Durchhalten gewesen, Durchhalten bis zu dem Moment, da es besser sein würde.

Und es war langsam besser geworden. Sie hatte sich beruhigt. Einige Wochen nach Jans Tod war sie wieder dazu imstande gewesen, den Alltag zu bewältigen. Es ging, irgendwie, und die Kinder lenkten sie ab. Fee hatte funktioniert, sie hatte in einem Zwischenzustand gelebt, mehr nicht. Echte Bewältigung, von der alle gesprochen hatten, auch ihr Therapeut und Viola, die sah anders aus.

Hier auf dem Land war es besser geworden. Hier war etwas aufgebrochen in ihr, hier hatte sie wieder zu leben begonnen. Der Garten, sie liebte ihn. Hier waren sie eine Familie. Ohne Jan, aber eine Familie. Und sie hatten ein eigenes Zuhause.

Der Himmel über ihr wurde allmählich dunkler, er schien sich abzusenken. Eine Eule strich lautlos über sie hinweg. Sie wurde ruhiger.

Fee nahm ihre Geige zur Hand.

Das leise Rauschen der Bäume. Und der Fluss. Es war, als riefe er danach, dass auch sie ansetzte, ihre Stimme dieser Sinfonie der Natur hinzufügte. Und wie so oft kam ihr die Melodie wie von allein in den Sinn.

Sie horchte. Und hob das Instrument an.

Da polterte etwas. Fee schrak zusammen. Ein Räuspern, eine gemurmelte Entschuldigung.

Rasmus. Sie hatte ihn nicht bemerkt.

Fee holte Luft und ließ die Geige sinken.

»Na, mein Großer.« Offenbar wollte er mit ihr reden.

»Na, Mama.« Seine Verlegenheit.

»Rück raus mit der Sprache.« Die Geige hielt Fee auf den Beinen, sie war noch nicht ganz wieder in der Wirklichkeit angekommen.

»Also, meine Schulnoten waren ja nicht so gut in letzter Zeit.«

»Die werden wieder besser. Ich helfe dir beim Lernen. Vielleicht können wir uns auch professionelle Unterstützung suchen, eine Nachhilfe oder einen Lerncoach. Du schaffst das.«

»Ja.« Da war also noch etwas anderes.

»Komm, setz dich.« Sie deutete neben sich.

»Also, ich dachte ... Dass ich ja aufhören könnte mit der Schule und mir doch eine Lehrstelle suchen. Ich glaube, das passt besser zu mir.«

Fee sagte nichts. Damit hatte sie nicht mehr gerechnet.

»Ich weiß nicht, aber ich glaube, das wäre eine bessere Möglichkeit. Ich trau mir nicht zu, bis zum Abi zu kommen.«

»Aber eine Lehrstelle traust du dir zu.« Zack. Wie bissig das klang. Damit hatte sie schlagartig alles zerstört. Rasmus erwiderte nichts. Zögerte. Dann: »Ich weiß nicht ...«

Etwas in Fee platzte vor Ungeduld. Ging das schon wieder von vorne los? Konnte es nicht vorwärts gehen? Reichte es nicht, wenn sie selbst gescheitert war im Leben?

»Was *weißt* du denn? Weißt du überhaupt irgendetwas? Ich bin es leid, ich hab keine Geduld mehr! Keine Kraft! Es reicht! Mach es doch nicht so kompliziert, mach – doch – einfach – Abitur!«

»Okay. Dann ...« Abrupt stand er auf. Dabei stieß er gegen die Geige, die mit einem hohlen Klang zu Boden fiel. Ein splitterndes Geräusch, das ihr in die Glieder fuhr.

Fee fühlte sich, als sei sie ebenfalls gesplittert.

»Sorry, Mama, ich ...«, stammelte Rasmus und bückte sich, um die Geige aufzuheben, vorsichtig, wie ein verletztes Tier.

Fee nahm sie ihm aus der Hand, erschüttert. Der Hals war angebrochen, der Boden hatte einen Riss.

Auch in Fee tat sich ein Riss auf.

Rasmus stand da, mit aufgerissenen Augen. Die Geige, das wertvolle, das Vierzigtausend-Euro-Instrument, das er als Kind nicht einmal hatte berühren dürfen.

»Du gehst jetzt ins Bett.« Fee sagte es leise und betont. »Ich kümmere mich darum.«

Er nickte. Kein Wort mehr von Lehre oder Schule. Dann bewegte er sich mit hängenden Schultern ins Haus.

31

Fee war mit dem Rad nach Stade unterwegs, den Instrumentenkoffer hatte sie auf den Rücken geschnallt. Die Bewegung tat ihr gut, sie hoffte, dass der Fahrtwind ihr den Kopf frei machte. Die Sonne hatte sich wieder durchgesetzt, alles glänzte und glitzerte. Hier im Norden wehte immer ein frischer Wind. In den Plantagen wurden jetzt die Äpfel geerntet, Golo war seit seiner Erkältung das erste Mal wieder bei Elisa und durfte dort auf dem Hof zusehen, wie die Obstkisten gestapelt wurden, meterhoch.

Sie fühlte sich müde und ernüchtert. Dass die kostbare Geige beschädigt war, hatte gerade noch gefehlt. Die Versicherung zahlte, und dennoch. Sie wollte keine Brüchigkeit mehr. Es musste doch mal ein Ende haben.

Fee fragte sich, ob es überhaupt nötig war, das Instrument in die Werkstatt zu bringen. Da war der Eigenanteil, und auch wenn sie gestern Abend den Impuls verspürt hatte zu spielen, es war das erste Mal seit Wochen gewesen. Die Realität war: Sie spielte nicht mehr. Sie unterrichtete ein paarmal in der Woche und erläuterte Übungsstücke. Das war's.

Doch diese Geige wollte benutzt werden. Sie wollte ihren Klang entfalten und Menschen glücklich machen. Sie war zu gut, um sie einfach auf dem Schrank verstauben zu lassen. Sie war zu wertvoll.

Vierzigtausend Euro.

Und wenn sie sich von ihr trennte?

Fee fuhr unwillkürlich schneller. Ihr Herz klopfte.

Wenn sie ihre Geige verkaufte, hätte sie eine schöne Summe. Mit der könnte sie die Heizungsanlage sanieren lassen und viele Fenster noch dazu. Wenn sie allerdings von hier wegzog, brauchte sie vorher nichts mehr zu sanieren. Was war besser: den Gasthof verkaufen, nach Hamburg ziehen und sich dort eine Arbeit an einer Musikschule suchen? Oder die Geige verkaufen, Heizung und Fenster erneuern und im Alten Land bleiben? Doch mit welcher Perspektive?

Es hatte nicht geklappt hier auf dem Land. Sie konnte kein akzeptables Café führen, sie konnte keine Musikschule aufbauen, sie konnte nicht einmal dafür sorgen, dass die verdammte Minze blieb, wo sie war.

Sie würde die Geige in Kommission geben und hoffen, dass sich bald ein Käufer fand. Die Geigenbauerin würde ihr sicherlich helfen, sie würde den Wert der Lazzaro sofort erkennen.

Die Geigenbauerin, Marisa hieß sie und hatte Fee spontan das Du angeboten, nahm die Geige ehrfürchtig an sich.

»Was für ein schönes Instrument!« Kundig strich sie über Körper und Hals. »Das bekommen wir wieder hin.« Sie blickte Fee prüfend an, als erkenne sie, welche Gefühle in Fee stritten, dass diese nicht so gleichgültig war, wie sie sich gab. »Ich schaue sie mir in Ruhe an und mache dir einen Kostenvoranschlag, dann sehen wir weiter. Ist dir das recht?«

»Eigentlich möchte ich sie verkaufen.« Auf einmal war es heraus. Ihre belegte Stimme. Wie schwer es ihr gefallen war, das zu sagen, obwohl sie es sich auf der Fahrt so genau überlegt hatte.

Marisa sah überrascht auf. »Du möchtest sie verkaufen?«

»Ich brauche Geld, und dieses Instrument brauche ich nicht.« Fee musste mehrmals schlucken, um den Kloß in ihrem Hals zu bewältigen.

Marisa wog die Geige in der Hand, hielt den Blick aber auf Fee gerichtet. »Wie lange hat sie dich begleitet?«

»Viele Jahre.« Fee konnte nicht verhindern, dass sich ihre Gefühle in ihrer Miene spiegelten. Trauer, Ernüchterung. Im Mund war es salzig.

»Dann repariere ich sie dir«, entschied Marisa.

»Ein Käufer wäre mir lieber. Ich würde die Kosten im Moment ungern tragen.«

»Pass auf, ich schaue sie mir an und melde mich zuerst. Dann kannst du immer noch entscheiden, wie du verfahren möchtest.«

»Wie du meinst.« Fee war schon wieder an der Tür. Sie hatte das dringende Gefühl, hier wegzumüssen.

Der vertraute Geruch, die Geigen und anderen Streichinstrumente an der Wand, die ganze Atmosphäre von Geborgenheit in diesem Altstadthaus mit den sichtbaren Balken taten das Ihrige.

Da rief Marisa sie zurück. Sie kräuselte die Stirn. »Warte mal. Ich glaube, ich kenne diese Geige. Ich dachte gleich, dass ich sie schon einmal gesehen hätte, der Boden hat eine besondere Maserung.«

Fee erstarrte. Marisa war ihr sehr sympathisch, aber was hier geschah, ging ihr entschieden zu weit.

»Wie lange hast du sie, sagst du? Es gab da ein Konzert. Bei den Hannoveraner Symphonikern. Schubert. Jemand hat mit dieser Geige das Solo gespielt, ich bin fast sicher.« Sie sah Fee mit ihrem warmen Blick überrascht an. »Warst du das etwa?«

Fee hörte kaum, was Marisa sagte. In ihren Ohren brauste es, sie hielt sich an der Klinke fest.

Marisa war mit zwei Schritten bei ihr. »Komm, setz dich«, sagte sie besorgt.

»Danke. Es geht schon.«

»Ein paar Minuten wenigstens. Ich hol dir ein Glas Wasser.« Resolut lotste Marisa sie in den hinteren Teil der Werkstatt.

Die Türglocke klingelte, jemand kam in den Laden. »Ich bin gleich wieder bei dir.«

Fee wartete auf einem bequemen Lehnstuhl. Sie hörte, wie Marisa den Kunden verabschiedete, einen Schlüssel drehte und zurückkam. »Ich hab zugemacht. Und jetzt erzählst du mir deine Geschichte.«

Als sie zwei Stunden später zurück nach Hause radelte, fühlte Fee sich deutlich besser. Alles hatte sie Marisa erzählt, es war nur so aus ihr herausgeflossen. Und Marisa war für sie da gewesen, das klingelnde Telefon hatte sie ignoriert. Und Fee hatte so erzählen können, wie sie die ganze Geschichte noch nie erzählt hatte. Alle waren immer so betroffen gewesen, hatten eine Meinung gehabt, auch Viola. Alle hatten gewusst, was für sie gut wäre, so wie Jans Eltern. Marisa nicht. Marisa hatte einfach zugehört. Und sie verstand vielleicht am besten, was die Geige für Fee bedeutete. Die Lazzaro, die ihr Ein und Alles gewesen war und die sie seit Jans Tod nicht mehr ertrug.

»Ich nehme sie an mich, okay? Ich passe auf sie auf. Hier ist sie gut verwahrt. Ich schaue sie mir an, aber du entscheidest, was du damit machen möchtest. Du kannst sie abholen, wann immer du willst, ich gebe dir meine Nummer.«

Es war so wohltuend gewesen. Und trotzdem. Wozu sollte sie noch Geld in die Reparatur stecken? Die Geige musste verkauft werden, alles andere hatte keinen Sinn. Sie würde Marisa anrufen und ihr den Auftrag dazu erteilen.

Im Gasthof war es so ruhig, dass Fee zunächst dachte, die Kinder wären nicht zu Hause. Sogar bei Schluppi drüben war es still.

Sie fand Martha in ihrem Zimmer sitzend, vertieft in ihre Zeichnungen, um sie herum lagen Haufen von beschrifteten und bemalten Blättern: der Molch in seinen verschiedenen Entwicklungsstadien. Aber nicht nur das, sondern auch Insekten, Frösche, Wasserschnecken und andere Tiere.

»Was ist das?« Fee wies auf eine Muschel, die Martha gezeichnet hatte. »Gehört die nicht ins Meer?«

»Das ist eine Flussmuschel«, erklärte Martha. »Es gibt hier viele davon in den Gräben.«

»Sieht ganz schön groß aus.«

»Zwölf Zentimeter, sie ist alt. Flussmuscheln können bis zu fünfzehn Jahre alt werden, wenn man sie leben lässt. Die größte Gefahr für Flussmuscheln ist die Ausbaggerung der Gräben. Dabei werden sie getötet. Es ist nicht erlaubt, aber die Landwirte machen es trotzdem.«

Martha sah blass aus, obwohl Sommer war, ihr Buntstift war am Ende zerbissen.

»Schön sind sie, deine Zeichnungen.«

»Gefallen sie dir?« Ein zaghaftes Leuchten in Marthas Gesicht.

»Sie gefallen mir sehr.«

»Das ist gut«, Martha zeichnete schon wieder, schraffierte eine weitere Muschelschale, »in drei Tagen muss ich das nämlich abgeben.«

»Abgeben?« Fee verstand nicht.

»Martha nimmt an einem Wettbewerb teil.« Rieke war hereingekommen. Sie sah schlecht gelaunt aus. »›Die Feuchtgebiete im Alten Land‹. Teilnahme ab vierzehn Jahren.« Sie schnaubte. »Aber Fräulein Superschlau meint natürlich, dass diese Beschränkung für sie nicht gilt.«

Martha wurde noch blasser. Fee fuhr sich durch die Haare. Warum hatte sie das alles nicht mitbekommen? Weil sie mit sich selbst beschäftigt gewesen war.

»Dann hängen wir das eben hier bei uns auf, wir machen eine Ausstellung im Gasthof!«, schlug sie vor.

Martha starrte sie stumm an. »Die Blätter sind für den Wettbewerb«, sagte sie schließlich leise und bestimmt, »ich möchte eine Mappe machen.«

Dafür also hatte sie wochen-, nein: monatelang gezeichnet. Im feuchten Gras gesessen, während im Gasthof alles drunter und drüber ging. Ihre kleine besondere Tochter.

Fee war gerührt. Und trotzdem befiel sie der Gedanke, ob Martha möglicherweise den Bezug zur Realität verlor. Ob es nicht doch höchste Zeit wurde, dass sie vernünftig gefördert wurde. Auf eine Schule in der Stadt kam, in der sie nicht von anderen gemobbt würde, eine Schule, die mit Kindern wie ihr umzugehen wusste.

Rieke war schon wieder abgedüst.

»Was ist mit Rieke los?«, wollte Fee wissen.

»Weiß nicht. Vielleicht ist etwas mit Finn? Vielleicht interessiert der sich mehr für Line-Sophie als für sie?«

Martha bekam also doch alles mit.

Bei Rieke ertönte jetzt laute Musik, Martha zuckte unwillkürlich zusammen. Wie gut, dass die beiden sich kein Zimmer mehr teilen mussten. Das wäre in einer Stadtwohnung natürlich schwieriger beizubehalten. Vielleicht doch ein Reihenhaus, irgendwo am Rand? Sie musste herausfinden, welchen Preis sie für ihren alten Gasthof hier ansetzen konnte, um dann zu sehen, was sie Neues dafür bekam.

Rasmus lag auf seinem Bett und döste, er schrak auf, als sie in sein Zimmer kam.

Fee hatte vorgehabt, in Ruhe mit ihm zu sprechen, aber als sie ihn so daliegen sah, platzte ihr der Kragen. Die eine

Tochter vertiefte sich in merkwürdige Interessen und nahm den Rest der Welt kaum wahr, dieser Sohn dagegen hatte schlicht keine Interessen. Es ging nicht. Rasmus wurde älter, er durfte mit seiner Berufswahl nicht scheitern, so wie sie gescheitert war. Wenn er weiter so entspannt blieb, war sein Berufsleben vorbei, ehe es begonnen hatte. Er war ihr Ältester, er musste sich doch langsam mal entsprechend verhalten – er musste erwachsen werden.

Sie war viel zu großzügig gewesen, zu nachlässig, was ihre Kinder betraf, davon war Fee plötzlich fest überzeugt. Man sah ja, was dann geschah. Nämlich nichts. Es musste aber vorwärts gehen, wenn schon nicht mit ihr selbst, dann wenigstens mit den Kindern. Sie brauchten Ziele. Sie brauchten Erfolge. Sie brauchten klare Anweisungen für ihren Weg.

Fee wählte ihre Worte knapp und deutlich, in einem Ton, der keine Widerrede duldete. »Pass auf, mein Lieber. Das mit der Geige ist passiert, daran ist jetzt nichts mehr zu ändern. Ich habe sie zur Geigenbauerin gebracht. Sie wird repariert und dann verkauft. Was ich dir aber eigentlich sagen will, ist etwas anderes: Ich möchte, dass du Abitur machst. Dass du dich in der Schule anstrengst und dich ab sofort zusammenreißt. Dass du lernst. Du kannst es nämlich. Du musst es nur wollen. Es geht los. *Jetzt.*«

Rasmus schien nicht sicher, ob sie es ernst meinte.

Aber es war ihr ernst, sehr ernst. »Die Schonfrist ist vorbei. Und damit es dir leichter fällt, setzt du dich jetzt jeden Morgen an den Schreibtisch und holst den Stoff des letzten Halbjahres nach.«

»Was?!«

»Du stellst dir morgens um sieben Uhr den Wecker und lernst bis mittags. Die Ergebnisse präsentierst du mir. Täglich.«

Kurz sah es so aus, als ob er etwas sagen wollte. Aber dann tat er es nicht. Rasmus fiel regelrecht in sich zusammen, müder als je zuvor.

Fee fühlte sich schlecht, aber sie war davon überzeugt, dass es richtig war. Lange überfällig. Der Junge brauchte Druck.

Sie drehte sich um und marschierte wieder hinaus.

***

Als sie Boris Bückmann auf der Straße vorbeifahren sah, machte Fee ihm ein Zeichen. Er hielt am Straßenrand und ließ das Fenster herunter. »Guten Morgen, Felicitas.« Er kannte ihren Namen, was Fee überraschte. Sie hatte immer das Gefühl gehabt, dass er sie überhaupt nicht wahrnahm. »Warte kurz. Ich parke da vorne.«

Nachdem er ausgestiegen war, reichte er ihr freundlich die Hand. »Wie kann ich dir helfen?«

Fees Blick schweifte zu den Häusern an der Straße, die Altländer Höfe im Sonnenlicht. Das weiße Fachwerk, die mit geschnitzten Schwänen verzierten Giebel. Dann sah sie Boris fest an. Und erklärte, dass sie ihren Gasthof eventuell verkaufen würde. Ob die Bückmann-Bau an ihrem Hof noch Interesse hätte?

Auch Bückmanns Blick schweifte über die Häuser. Einen Moment sagte er nichts. Dann sah er Fee fest in die Augen. Er habe definitiv Interesse, und er würde sich freuen, dass sie an ihn gedacht hätte. Er zog eine Visitenkarte hervor und notierte seine private Nummer darauf. Sie solle sich bitte direkt an ihn wenden, jederzeit, er würde dann kommen und ihr ein Angebot machen. »Dafür müsste ich allerdings einmal durchs Haus gehen, um den Zustand einschätzen zu können.«

Fee nickte zustimmend.

»Komm doch mal wieder bei uns vorbei. Katharina würde sich freuen.« Er klickte noch zweimal mit dem Kugelschreiber, bevor er ihn wegsteckte. Sein Händedruck war angenehm. Boris stieg in seinen Wagen, dann röhrte dieser auf, und er fuhr davon.

Fee zwang sich zu einer aufrechten Haltung. Sie hatte etwas angestoßen, das die Dinge in Bewegung brachte. Sie hatten zusammen einen schönen Sommer auf dem Land gehabt, er hatte ihr und den Kindern gutgetan. Jetzt war es Zeit für den nächsten Schritt. Boris Bückmann würde die Angelegenheit in die Hand nehmen, er war fachkundig und freundlich, warum also sollte sie Vorbehalte pflegen? Nur weil ihr selbst keine Stadtvillen gefielen? Es waren eben die Wohneinheiten der gegenwärtigen Zeit. Ein Gasthof, wie sie ihn bewohnte, dreihundert Quadratmeter für fünf Personen, mitten im Grünen, war Luxus. Ein Luxus, den sie sich nicht leisten konnte, der buchstäblich über ihr zusammenbrach.

Als sie sich ihrem Gasthof näherte, am Deich, die gewundene Straße entlang, hörte sie schon von Weitem Schluppis Gewummer. Auch das war ein Grund, hier wegzuziehen. Ausgerechnet ein Tonproduzent hatte sich das Nachbarhaus geschnappt. Man hätte darüber lachen können, wenn es nicht so deprimierend gewesen wäre.

Das Häuschen von Jesko fiel ihr ins Auge, seine gemütliche kleine Reetdachkate.

Ja, bald weg zu sein, war ganz sicher gut.

***

Rieke fegte vorbei. Diese Stimmungswechsel. Adoleszenz, schön und gut, aber dieses Hin und Her machte Fee wahnsinnig.

Ein Schlagzeug ertönte, Finn und seine Band probten offenbar schon wieder im Saal. Fee biss die Zähne zusammen und wollte nach oben verschwinden, um weitere Immobilienanzeigen zu sichten, als Swen um die Ecke kam. »Moin, Frau Nachbarin.«

»Hallo, Swen.«

Er fühlte sich hier offenbar zu Hause. Aber es war immer noch ihr Haus, auch wenn es sich eingebürgert hatte, dass alle Leute ohne Ankündigung einfach so hereinspazierten. Sie würde Schluppi jetzt keinen Kaffee anbieten.

Das brauchte sie auch nicht, denn den hatte er schon.

Schluppi grinste, als er ihren Blick bemerkte. »Hat deine Tochter mir gemacht.«

Aha.

Aber Swen musste ihr ihre Abwehr angesehen haben. »Pass auf, ich merke, dass ich störe. Das ist nicht meine Absicht. Ich habe eine Frage, deshalb bin ich hergekommen.«

Fees Widerstand fiel in sich zusammen. Schluppis Ruhe, seine Bedächtigkeit, das freundliche Blitzen in seinen Augen – sie konnte ihm nicht einfach böse sein. So sehr seine Musik sie störte, so sehr mochte sie ihn selbst.

»Schieß los.«

»Ich möchte deinen Saal mieten. Für einen Abend.«

Fee zog die Brauen hoch.

»Ich habe dir neulich von dem Film erzählt, für den ich die Musik produziert habe. Die Musiker wollen zum Erscheinen der CD eine Releaseparty feiern.«

»Da findet ihr sicher einen geeigneteren Ort, der Saal ist ja alt und im Grunde auch ganz schön heruntergekommen.«

»Eben. Er ist unverändert. Originale Details, das gibt es nicht mehr oft. Diese Location ist genau das, was wir suchen.«

Fee erinnerte sich, wie begeistert auch Serap von dem Saal gewesen war. Aber: noch mehr Unruhe, noch mehr Arbeit?

Nein. Sie hatte von Besuchern in diesem Gasthof genug. Und gerade im Moment konnte sie kein Durcheinander brauchen. Die Kinder sollten sich auf die Schule konzentrieren, sie wollte einen Umzug planen, die Kraft dafür aufzubringen, war schwer genug.

Fee schüttelte den Kopf. »Nein, Schluppi. Sei nicht böse, aber das passt mir wirklich überhaupt nicht.«

Schluppi sah sie prüfend an. »Schade. Sag Bescheid, wenn du es dir anders überlegt hast.«

Da stürmte Rieke heran, sie hatte das Gespräch hinter der Tür zum Saal offenbar mit angehört. »Mama, das ist nicht dein Ernst! Du kannst doch nicht schon wieder alles verbieten! Finn und seine Band wären die Vorgruppe!«

Aha, daher wehte der Wind. Deshalb hatte sie Schluppi Kaffee gekocht. Ihr Engagement in allen Ehren, aber dass ihre Tochter sie vor anderen zur Schnecke machte, ging zu weit. Ebenso wie Schluppis Ambitionen, seine Produzententätigkeit auf ihren Gasthof auszudehnen. Noch wohnte sie hier. Und sie wollte ihre Ruhe. Sie *brauchte* ihre Ruhe.

»Ist doch ganz einfach, oder? Ein ganz kleines Wort. Nein.«

Rieke tobte. »Immer musst du alles verbieten, immer bist du die Spaßbremse! Hast du einmal an die Chance für Finn und die Band gedacht? Außerdem wollte Rasmus mitspielen! Hast du dir das mal überlegt?!«

Rasmus wollte also auch mitspielen. Was alles geplant wurde, ohne dass sie gefragt wurde. Nein, Rasmus sollte seine Energie besser in seine Schullaufbahn investieren.

Tränen des Zorns traten in Riekes Augen. Für eine Erklärung war sie jetzt nicht zugänglich. Sollte Fee Fakten sprechen lassen, ihr sagen, dass sie vermutlich sowieso wegziehen würden? Besser nicht. Sie ahnte, dass sie damit einen neuen Sturm der Entrüstung auslösen würde, dessen Folgen sie möglicherweise nicht so leicht in den Griff bekäme. Alles zu seiner Zeit.

»Rieke, gib dir keine Mühe. Du darfst meine Entscheidung einfach akzeptieren. Ausnahmsweise.« Mehr sagte sie nicht.

Seitdem hatte Rieke kein Wort mehr mit ihr gesprochen.

Fee unterdessen ging so vor wie vor einem halben Jahr in Hannover: Sie hängte sich in Immobilienportale und kontaktierte Vermieter. Das Ergebnis war ähnlich ernüchternd wie damals. Es gab genau zwei Vierzimmerwohnungen, die infrage kamen, die jedoch schon vergeben waren, als sie anrief, um sich zu erkundigen. In Hamburg ließ sie sich bei einer Genossenschaft auf die Warteliste setzen. Vier Kinder, das sehe ganz gut aus. Keine Vollzeitstelle, dann habe sie ja sicher Anspruch auf Wohngeld. Die Mitarbeiter der Genossenschaft waren sehr freundlich am Telefon.

Auch der Vermieter eines Einfamilienhauses bei Bergedorf war sehr nett. Zu nett. Sie sollte bei Gelegenheit vorbeikommen und sich vorstellen. Er klang irgendwie seltsam und hatte sich allzu genau nach ihrem Familienstatus erkundigt.

Schaudernd begann Fee sich nach Optionen zum Kaufen umzusehen. Hamburg konnte sie dabei jedoch ausschließen. Fünftausend Euro pro Quadratmeter? Na wunderbar.

Neben der Wohnungssuche plagten sie andere Sorgen: Riekes Unberechenbarkeit, Rasmus' Sichwegducken, Golos Sensibilität und Marthas Verschlossenheit – Fee wusste sich nicht mehr zu helfen mit ihren Kindern. Viola war nicht erreichbar. Wie schwer ihr der Abschied nach drei Jahren in Afrika fallen musste, das konnte Fee nur erahnen.

Den großen Garten überließ Fee sich selbst. Einmal nahm Rasmus von sich aus die Sense zur Hand, und Martha jätete die Beete, beide in schönster Eintracht. Swen sah sie in diesen Tagen nicht.

Line-Sophie, die zwischendurch kurz auftauchte, eröffnete ihr an der Haustür, dass sie sich mit dem neuen Schuljahr verändern und Unterricht bei einem Lehrer in Stade nehmen würde. Es waren Floskeln, die ihr offenbar von ihrer Mutter eingetrichtert worden waren, sie kämpfte sichtlich mit ihrem schlechten Gewissen.

Fee verspürte Mitleid. Line-Sophie wusste ja nicht, dass es jetzt egal war, dass sie bald nicht mehr hier wäre. »Das macht nichts. Viel Glück mit dem neuen Unterricht. Du schaffst das, Line!«

Line-Sophie sah verzweifelt aus.

»Wir sehen uns sicher trotzdem, wenn du Rieke besuchst, oder?«

Line schluckte, nickte und ging weg.

Fee schüttelte den Kopf. Was passierte hier nur? Seitdem sie den Umzug ins Auge gefasst hatte, lief alles aus dem Ruder. Dabei wollte sie doch nur das Beste. Für sich und für die Kinder. Sollte sie es ihnen doch erzählen? Am liebsten hätte sie es getan, Alleingänge lagen ihr nicht. Aber mit ihrer kooperativen Erziehung hatte sie sie alle in eine schlechte Lage gebracht. Wie sehr das nach hinten losging, sah man ja. *Sie* war die Mutter, *sie* musste die Entscheidungen treffen, allein. Sie, nicht die Kinder.

Fee zwang sich, nicht nachzugeben. Wenn sie erst einmal in Hamburg wären, würde alles leichter. Sie gefiel sich selbst dabei nicht, aber es war besser so.

Wenn nur Martha nicht diese steifen Bewegungen hätte. Sie war ohnehin nicht sehr emotional, aber in letzter Zeit schien jedes Leben aus ihr gewichen zu sein. Und Golo? Fee ahnte, dass es ihm schwerfallen würde, Elisa Augustin und ihren Apfelhof zu verlassen.

Sie spürte den Impuls, ihre Geige aufzunehmen, um ein Ventil für ihre Gefühle zu haben, aber die war bei Marisa in der Werkstatt. Sie hatte die Geigenbauerin mittlerweile angerufen und sie gebeten, den Verkauf in die Wege zu leiten.

Wieder erfasste Fee der Schmerz, tief und heftig, ein herbes Gefühl von Abschied und Verlust.

32

Jesko besuchte seinen Onkel, wie häufig in letzter Zeit. Er musste ihn ein bisschen aufmuntern, ihm Gesellschaft leisten. Er hatte Kuchen für sie beide dabei.

Nach dem Verkauf des Gasthofs im März hatte Heinrich deutlich lebhafter gewirkt, ganz so, als ob es ihn froh machte, dass dort wieder Leben herrschte. Jesko wusste, dass er manchmal hinübergegangen war, »auf einen lütten Klönschnack«. Felicitas und sein Onkel, sie kamen gut miteinander zurecht, beide waren nach außen eher schroff und hatten doch einen weichen Kern. Spitzbübisch hatte Heinrich sich gefreut, dass er den Abriss des Gasthofs verhindert hatte. Aber jetzt saß er bedrückt in seiner Küche, eine Tasse Kaffee vor sich, die offensichtlich kalt geworden war, die Tageszeitung daneben, ohne sie aufgeschlagen zu haben.

Jesko stellte den Kuchen auf den Tisch. »Krieg ich auch einen Kaffee?«

Heinrich schlurfte zum Herd. Und dann erzählte er ihm, dass er Boris auf dem Deich gesehen hatte, im Gespräch mit Fee, an dessen Ende sie einen Handschlag gewechselt hätten.

Jesko fuhr sich durchs Haar. Was das bedeutete, konnte er sich denken. Er hatte von diesem Musikvorspiel gehört, im Regen untergegangen war es. Der Gasthof war unverändert, es wurden weiterhin keine Reparaturen durchgeführt, und in welcher finanziellen Lage Felicitas sich befand, hatte er ja mitbekommen. Dann war es das jetzt also gewesen, einen Sommer lang. Ein Gastspiel sozusagen, bevor alles wieder seinen Gang gehen würde, scheinbar unverändert.

»Das nimmt dich mit«, stellte er fest.

Heinrich brummelte etwas. Und dann sprach er von der Veranda, die Jeskos Tante Marie so gemocht hätte. Vom Garten, in dem sie Gemüse angebaut hätten. Von den Ställen. Und dem Saal, der der schönste weit und breit gewesen sei.

Wenn Heinrich ins Erzählen kam, hörte er nicht mehr auf, dann trieb er förmlich weg auf seinen Erinnerungen. Mit seinen Worten stand eine andere Zeit auf: eine Zeit, in der es im Alten Land weniger befestigte Straßen gab, als noch Pferdefuhrwerke unterwegs waren und Windmühlen das Korn mahlten. Als Leute vor Ort lebten und arbeiteten, Handwerker und Kaufmannsleute, als sie Vieh hinter dem Haus und einen eigenen Acker hatten.

Als auf den kleinen Flüssen reger Verkehr herrschte, von Dampfern, Jollen und Ewern, die Waren und Passagiere transportierten, zwischen den Orten im Alten Land und Hamburg, quer über die Elbe, immer hin und her.

Als die Männer die Gräben selbst mit Spaten ausbaggerten, damit sie nicht verschlammten, gemeinsame die Deiche befestigten.

Dieses Land im Urstromtal der Elbe, immer wieder bedroht von Sturmfluten, war dem Wasser abgerungen.

Bis Heinrich plötzlich abbrach und sich in seinen Gedanken verlor. Jesko berührten diese Geschichten. Er mochte sie ja selbst, die alten Häuser, die Schönheit des natürlichen Materials von Holz, Reet und Backsteinen. So viel echtes Handwerk steckte darin, in den Schnitzereien, den kunstvollen Ausfachungen, der Ständerkonstruktion mit den mächtigen Eichenbalken, die selbst die großen Häuser trugen. Und auch die Bäume gehörten dazu, die Linden davor, von denen es inzwischen viel zu wenige gab.

Heinrich holte ein Fotoalbum aus der Stube. Jesko blieb, um ihm eine Freude zu machen, obwohl er die alten Bilder ja kannte. Aber seinem Onkel bedeutete es etwas, sie anzuschauen.

Die ältesten Bilder des Gasthofs waren noch schwarz-weiß, die Männer mit Westen und Hüten. Alltag. Immer wieder Kinder, die sich vergnügt aufgestellt hatten vor dem Fotografen.

Und so viel Himmel, blühende Obstbäume und ziehende Wolken.

Und dann die Festtage. Die Altländer Trachten, die Männer in Kniebundhosen, die Frauen im schwarzen Rock und mit Haube, mit mehrlagigen Ketten aus filigranem Silber vor der Brust.

Heinrich schlug eine Seite um. Und da war der Saal, lange, eingedeckte Tischreihen sah man, auf dem nächsten Bild eine Tanzkapelle.

»Kiek mol, dat bün ik.« Heinrich wies auf einen Akkordeonspieler. Ja, sein Onkel hatte früher gerne Seemannslieder gespielt, er hatte sogar den Shantychor begleitet, inzwischen machten seine Finger das nicht mehr mit.

Leben. Dorfleben. Gemeinschaft. Jesko betrachtete Heinrich, wie er weiterblätterte. Heinrich wollte nicht, dass der Gasthof verschwand. Jesko wollte es auch nicht. Und er war sich sicher, dass auch Fee es eigentlich nicht wollte. Auf das, was sie wollte, hatte er jedoch keinen Einfluss. Der Gasthof gehörte jetzt ihr. Die Entscheidung lag allein in ihren Händen.

Sein Onkel blickte auf. »De Kroog gefallt di.«

»Natürlich mag ich den Gasthof.«

»Un de Fro, de gefallt di ook.« Wenn er mit ihm zusammen war, sprach Heinrich ganz selbstverständlich Plattdeutsch, seine Heimatsprache.

»Hm.«

»Wat het hier ›hm‹. Kieken kann ik al noch.«

»Ist aber vorbei, da läuft nichts mehr.«

Heinrich rieb sich das Kinn, genauso wie er selbst es immer tat, es war eine Familienähnlichkeit. »Schall ik di een gooden Rat geben?« Seine Augen leuchteten auf, er wirkte auf einmal wieder ganz verschmitzt und lebendig. »Du müsst di veel mehr üm ehr kümmern.« Um das zu unterstreichen, schlug er einmal mit der Hand auf den Tisch.

Jesko sah ihn an. Wollte ihm gerade einen Vortrag halten über moderne Beziehungen und selbstbestimmte Frauen. Doch dann begriff er es. Heinrich bildete sich ein, wenn sie zusammen wären, Fee und er, würde sie nicht verkaufen. In was hatte sein Onkel sich da nur verrannt? Er hatte den Gasthof quasi verschenkt, und er hatte es freiwillig getan, niemand hatte ihn dazu gezwungen. Mit den Folgen musste er jetzt leben.

Um Fee kämpfen müsse er, hatte Heinrich gesagt. Das würde er natürlich nicht tun, sie hatte ihm deutlich zu verstehen gegeben, dass sie daran kein Interesse hatte. Aber der alte Mann tat ihm leid. Und deshalb begleitete er ihn, als Heinrich eigensinnig darauf bestand, dass sie sofort hinübergingen, um Fee noch einmal ihre Unterstützung bei der Renovierung anzubieten. Das Album klemmte Heinrich sich unter den Arm.

Fee sah sie skeptisch an, als sie vor ihr standen. Sie rang mit sich, das erkannte Jesko, doch seinen Onkel mochte auch sie nicht abweisen.

»Kommt erst mal rein.«

»Ich muss noch was erledigen.« Er war kein guter Schauspieler. Er klopfte Heinrich auf die Schulter und nickte Fee nur kurz zu. »Das Boot, da ist noch was im Segelverein zu besprechen.« Er nickte bekräftigend, dann machte er sich vom Acker.

Sein Onkel sah verdattert aus, konnte aber nicht so schnell reagieren. Er folgte Felicitas mit seiner Prinz-Heinrich-Mütze auf dem Kopf und dem Album unter dem Arm ins Haus.

***

»Schluppi, ist es schon zu spät? Mit dieser Releaseparty, meine ich?«

Swen sah überrascht auf. Fee war ohne anzuklopfen in den Bungalow getreten. »Kann sein. Warum?«

»Mach diese Party. Mir soll es recht sein.«

Heinrich hatte ihr Fotos vom Gasthof gezeigt. Und dann war etwas geschehen, womit sie nicht gerechnet hatte, sie hatte sich mitreißen lassen, war selbst eingetaucht in die Geschichte Kirchenfleths und in Heinrichs Erzählungen. Auf viele Personen hatte er gedeutet und Namen genannt, die sie sich nicht merken konnte, aber die meisten Ecken des Ortes hatte sie wiedererkannt. Und im Mittelpunkt immer ihr Gasthof.

Sie hatten Tee zusammen getrunken und am Ende hatte Heinrich sich zufrieden verabschiedet. Er hatte darauf bestanden, das Album bei ihr zu lassen. »Dann kannst du noch mal einen Blick hineinwerfen.«

Fee hatte es nicht über sich gebracht, ihm von ihrem Gespräch mit Boris Bückmann zu erzählen.

Als Heinrich davon anfing, dass Jesko ihr sicherlich helfen und einiges am Haus tun könne – »Der ist tüchtig, der Junge!« –, hätte sie es fast getan. Sie war gerade so weit, Heinrich zu beichten, dass sie verkaufen wolle, als Golo hereinkam, sich auf ihren Schoß setzte und Heinrichs Erzählungen mit großen Augen lauschte. Auch er wollte noch einmal alle Fotos anschauen.

Rieke kam zwischendurch herein und warf ihr einen funkelnden Blick zu, nach dem Motto »Siehst du, was du angerichtet hast?«, sagte aber demonstrativ nichts.

»Mama, guck mal, das ist ja unser Saal!« Versonnen zog Golo Esel am Ohr, und Fee fiel auf, dass er tatsächlich ›Saal‹ gesagt hatte, mit scharfem S. Golo hatte nicht gelispelt.

Das Bild, auf das er wies, zeigte ein Festbankett. Die Tische bogen sich unter den Platten mit Speisen, der Raum war mit einer Girlande geschmückt, die Männer trugen Feuerwehruniform und die Frauen lange Kleider, es wurde offensichtlich gerade eine Rede gehalten.

»Januar 1954! Der Feuerwehrball! Da war ich gerade mal so alt wie dein Bruder.«

Golos Blick klebte an dem Foto. Die Feuerwehrleute. Und die Blaskapelle. Wie viel er von dem, was Heinrich erzählte, verstand, wusste Fee nicht. Die Flut war nämlich gekommen, während gefeiert wurde, das schien eine aufregende Geschichte gewesen zu sein, und Heinrich fiel immer wieder ins Plattdeutsche. Aber Golo mochte es, wenn Heinrich Plattdeutsch sprach, und Heinrich schien es erst recht anzustacheln, dass der Junge so versunken zuhörte.

Dann blickte Golo auf. »Mama, ich will auch feiern. So.« Er streckte den Finger aus. Mit welcher Inbrunst er das sagte. Und schon wieder mit glasklarem S.

Riekes Blick sprach Bände, und Heinrich bestätigte schmunzelnd: »Jo, hier op'n Saal kann's good fiern.«

Fee trafen Golos Worte im Innersten. Er wollte feiern, ihr Jüngster, natürlich wollte er das, er wünschte sich ein normales Leben. Ein Leben mit Festen, mit Ausgelassenheit, mit Musik und vielen Menschen. Ein Leben, das sie verhinderte.

Vielleicht gab es eine Möglichkeit. Vielleicht konnten die Kinder mitfeiern, wenn sie Swen doch erlaubte, hier seine Releaseparty zu starten. Vielleicht war das eine Lösung.

»Das kann ich verstehen, Golo. Und ich glaube, ich habe da eine Idee«, hatte sie gesagt, und Golo hatte ihr die Arme um den Hals geschlungen und sie herzhaft auf die Wange geküsst, Rieke hatte hoffnungsvoll gelächelt, und Heinrichs Augen hatten geleuchtet.

Und jetzt war sie also drüben bei Swen.

»Ihr könnt die Party bei uns feiern, falls es noch nicht zu spät ist. Unter der Bedingung, dass die Kinder dabei sein dürfen.«

Swen sah sie an, nahezu vorwurfsvoll. »Selbstverständlich dürfen meine Nachbarskinder dabei sein. Und: Ich miete den Saal natürlich, falls ich das noch nicht gesagt haben sollte.«

Fee winkte ab. »Ich bin dir ohnehin was schuldig. Aber die Schulden kann ich hoffentlich demnächst begleichen: Ich werde verkaufen.«

Sie fasste ihre Pläne zusammen und bat ihn, den Kindern nichts davon zu sagen. Dann fixierten sie den nächstmöglichen Termin. Einen Tag vor Golos Geburtstag, aber darin sah Fee kein Problem.

»Es ist eine tolle Band, die hier spielen wird, Felicitas. Und besprich mit deiner Tochter, ob ihre Freunde als Vorband auftreten wollen. Ich habe die Jungs ja neulich gehört, sie sind wirklich gut.«

Rieke kriegte sich kaum wieder ein, als sie das hörte, und war gleichzeitig schlagartig fokussiert. »Das müssen wir jetzt genau planen!«

Jetzt betätigt sie sich auch noch als Musikmanagerin, dachte Fee. Diese Bereitschaft, sich in immer neue Projekte zu stürzen, sie kam einfach nicht hinterher.

Die Musiker hatten noch keine andere Location gefunden, und Schluppi brachte den Termin unter Dach und Fach. Der alte Gasthof passte, wie er Fee erklärte, perfekt: Die Band mache nostalgische Musik, trotzdem modern, eine Gruppe, die mit traditionellen Instrumenten spielte, diatonisches Akkordeon, Mandoline, Kontrabass.

»Ist eine Geige dabei?«, fragte Fee. Nein, keine Geige, erklärte Schluppi. Ein Saxofon und eine Querflöte. Sein Blick dabei war merkwürdig.

»Ich dachte eigentlich, du produzierst nur Rap«, sagte Fee.

»Ich mache alles Mögliche. Die Aufnahmen mit der Band sind schon ein Jahr her, der Film musste noch geschnitten werden.«

»Dann muss ich mich darum kümmern, dass der Saal hergerichtet wird.«

Fee verspürte eine große Müdigkeit. Sie hatte so viel in Gang gesetzt in letzter Zeit, das Café, das Vorspiel – sie wollte sich nicht schon wieder um etwas kümmern müssen.

»Wenn du mir einen Schlüssel gibst, mache ich das selbst«, sagte Swen. »Der Saal ist doch auch von außen zu betreten, oder? Du bekommst also gar nichts davon mit.«

Fee bekam von den Vorbereitungen natürlich trotzdem einiges mit. Draußen am Haus war viel Bewegung, der Seiteneingang wurde geöffnet. Swen dirigierte Leute und gab Anweisungen. Er wirkte auf einmal gar nicht mehr gemächlich, sondern ziemlich beweglich. Technikzubehör wurde hineingetragen, Lautsprecherboxen, Verstärker. Als sie im Garten war, hörte Fee, wie Sprechproben gemacht wurden, wie jemand sang. Eine wunderschöne Frauenstimme war es. Dann hörte man wieder eine Männerstimme, »Test, Test«.

Es war Ende August. Der Sommer lief noch einmal zur Hochform auf von morgen bis abends war es so warm, dass alle sich beschwerten.

Die Sommerferien neigten sich dem Ende zu, aber noch hatten die Kinder den ganzen Tag über Zeit und trieben sich im Saal herum, sogar Golo erhaschte hier und da einen Blick. Sie fanden es äußerst spannend, was dort geschah. Und das war gut so, denn so waren sie abgelenkt und bekamen nicht mit, was Fee unterdessen tat.

Fee kam es vor, als bereitete sie heimlich einen Coup vor. Sie wollte möglichst bald eine Wohnung oder ein Haus in Hamburg finden, um den Kindern den Umzug als fertige Lösung präsentieren zu können. Das hier im Alten Land wäre dann eine Art Gastspiel gewesen. Besser, sie brach es rechtzeitig ab, als dass es unschön endete. So wendete sie das Schlimmste ab. Sie verstand nur nicht, warum sich kein Gefühl der Erleichterung einstellen wollte.

Rieke ging ihr weiterhin aus dem Weg, sie war fast ständig bei den Musikern im Saal. Es war, als ob zwei Strömungen gegeneinanderliefen, wie bei der Schwipptide, wenn das auflaufende Wasser seinen höchsten Stand erreicht hatte und kurz davor war, wieder abzulaufen. Jesko hatte ihr das Phänomen erklärt. Sie hatten damals, als er bei ihr war, zusammen den Fluss beobachtet, um den Punkt abzupassen, als die Ebbe zur Flut umschlug. Es gab ihn, diesen Moment, an dem das Wasser stillzustehen schien.

33

Und dann war der Samstag der Releaseparty da. Ein paar Kleinbusse mit Hamburger Kennzeichen hielten schon nachmittags vor dem Haus. Türenschlagen und Rufe. Immer mehr Menschen kamen an. Alle schienen einen Bogen um Fee zu machen und ihren Wunsch nach Ruhe zu respektieren. Aber es war nicht zu übersehen, dass die Vorbereitungen in vollem Gang waren, die vibrierende Intensität eines großes Abends lag in der Luft.

Fee lieferte den protestierenden Golo bei Elisa und ihrer Familie ab und fuhr nach Hamburg-Allermöhe, um ein Reihenhaus zu besichtigen. Sie kam eine halbe Stunde zu spät, aber die Maklerin war nett. Sie erschrak erst, als sie von den vier Kindern hörte. »Wissen Sie was? Die Vermieter möchten nicht mehr als zwei Kinder, aber am Ende dieses Neubaugebiets werden Reihenhäuser verkauft. Vielleicht wäre das etwas für Sie?«

Fee sah sich diese Häuser, die sich im Rohbau befanden, an. Die Hausbauverwaltung hatte ein mobiles Büro postiert, in dem man sich informieren konnte. Neubau, fünf Zimmer, hundertfünfzehn Quadratmeter. Es würde ausreichen. Der Garten hatte zweihundertdreißig Quadratmeter. Kein Keller, kein Dachboden. Die Planen flatterten, die Erde war aufgerissen, die Siedlung war groß, ein ganz neuer Stadtteil entstand hier, Mehrfamilienblocks, Doppelhäuser, ein paar Einzelhäuser. Es würde dauern, bis das Baugebiet grün wäre. Zur

S-Bahn fuhr man fünf Minuten mit dem Rad, von dort waren es zwanzig Minuten bis in die Innenstadt.

Wollte sie das? Nachdenklich fuhr sie zurück.

Eine Gruppe von Leuten stand vor ihrem Gasthof, jemand rauchte, sie wurde gegrüßt. Musik drang aus dem Saal, es war Finns Schlagzeug, das erkannte Fee, dann die Trompeten der »Brass Brothers«, die Band spielte sich ein. Es war, als beträte Fee ihr eigenes Grundstück als Fremde. Sie grüßte nur knapp und ging in die Küche.

Golo hatte bereits bei Elisa zu Abend gegessen, er wollte sofort in den Saal schauen. Rieke nahm ihn an die Hand und blieb eine Weile mit ihm dort. Zufrieden kam Golo wieder. »Das ist ein richtiges Fest«, verkündete er, »ein echtes.«

Sie waren sich einig gewesen, dass es für ihn reichte, nur am Anfang dabei zu sein, dass Golo rechtzeitig schlafen sollte, um an seinem Geburtstag nicht übermüdet zu sein.

Fee brachte ihn ins Bett. Er knetete Esels Ohr, konnte sich auf die vorgelesene Geschichte aber kaum konzentrieren. Ob sie auch zu der Party gehe, wollte er wissen, ob die Party lange dauern würde.

»Ich weiß es noch nicht genau, Golo. Sonst können Rieke und Rasmus dir später davon erzählen.«

»Warum du nicht?«

»Ich kenne die Musiker nicht. Das ist Swens Party. Mal sehen. Du versuchst zu schlafen, ja? Ich bin in der Küche oder im Garten. Du wirst mich schon finden, wenn du mich brauchst.«

Golo gähnte ausgiebig und kuschelte sich mit Esel in die Kissen. Fee war nicht sicher, ob er über all der Aufregung einschlafen würde, doch die Augen fielen ihm sofort zu.

Fee setzte sich auf die Veranda. Gelächter und Gespräche erklangen von vorne, weitere Menschen kamen offenbar an, einige betraten auch den Garten. Die meisten verzogen sich diskret, als sie sie bemerkten. Fee tat, als wäre sie nicht da, als hätte sie mit all dem nichts zu tun. Sie würde sich die Party sparen, sie hatte das dumpfe Gefühl, dass es besser wäre. Etwas nagte an ihr. Musiker auf der Bühne, sie vertrug es eben doch nicht so gut. Morgen wäre das Ganze vorbei.

Jemand näherte sich.

»Na, Schluppi, solltest du nicht bei der Party sein?«

»Ich gehe gleich zurück. Darf ich?« Er setzte sich.

»Ich bleibe hier, sei nicht böse.«

»Ich wollte dich auch gar nicht überreden, nur einen Moment mit dir hier sitzen.«

»Wolltest du mit mir den Fröschen lauschen?«

»Ob du's glaubst oder nicht, aber das tue ich manchmal. Ich habe schließlich auch einen Graben hinter dem Haus. Aber auf Dauer ist mir das zu eintönig. Ich mag Musik. Ich mag Menschen. Ich mag, wenn etwas entsteht.« Er schwieg einen Moment. »Außerdem ist heute mein Geburtstag.«

»Wie bitte?« Fee sprang auf. »Warum hast du mir nichts davon gesagt?! Ich hätte etwas für dich vorbereitet! Dann musst du doch doppelt bei deinen Gästen sein!«

Swen schmunzelte. »Setz dich wieder, Frau Nachbarin. Es wissen nur wenige Leute. Es ist nämlich nicht der Tag, an dem ich zur Welt gekommen bin. Mein offizieller Geburtstag, der ist im März. Nein, heute ist der Tag, an dem mir mein zweites Leben geschenkt wurde.«

Swen sah auf seine lilafarbenen Schuhspitzen, dann sah er Fee an. »Bei mir wurde Krebs diagnostiziert. Und zwar rein zufällig, bei einer Routineuntersuchung. Zwei Monate lang sah es ziemlich düster aus. Aber die Ärzte haben es hingekriegt. Sie haben den Tumor entfernt. Ich bin geheilt. Verstehst du? Seit einem Jahr weiß ich, dass ich weiterleben darf. Und ich bin entschlossen, nur noch das zu tun, was ich wichtig finde. Ich möchte nichts mehr verschieben.«

Er schwieg einen Moment. »Ich habe genug Geld im Leben verdient, mein Studio lief immer gut. Sehr gut sogar, aber ich habe viel zu viel gearbeitet. Rund um die Uhr, jede Nacht. Jetzt lasse ich es langsam angehen. Ich habe Glück gehabt, und dieses Glück möchte ich mit anderen teilen. Ich gebe mein Geld aus, ich unterstütze Musiker, die ich gut finde, das macht mir Freude.«

Bevor Fee wusste, wie ihr geschah, sagte sie: »Mein Mann ist gestorben. Vor zweieinhalb Jahren.«

Jetzt war es Swen, der aufmerkte.

»Ich wollte nicht, dass darüber geredet wird. Ich wollte aus Hannover weg und hier neu anfangen. Aber ich fürchte, es ist mir nicht gelungen. Das Café ist den Bach runtergegangen, der Musikunterricht auch. Der ganze Gasthof bricht über uns zusammen. Mir fehlt das Geld. Ich krieg's einfach nicht hin. So sieht's aus. Außerdem werden die Kinder immer schwieriger.«

»Auf mich wirken deine Kinder ganz großartig und sehr selbstständig.«

»Wenn du nur recht hättest. Jedenfalls bin ich gerade auf der Suche nach einer neuen Wohnung, wir ziehen nach Hamburg.«

Swen dachte einen Moment nach, dann stand er auf. »Also, wenn du Lust hast, komm rüber. Dann stoßen wir an.« Er grinste. »Schließlich habe ich heute Geburtstag.«

Swen verschwand, und Fee blieb noch ein paar Momente sitzen.

Schließlich erhob auch sie sich. Sie würde mitfeiern. Natürlich. Swen und der erste Jahrestag seines neuen Lebens. Er war ihr Nachbar. Sie mochte ihn. Er hatte sie eingeladen. Und etwas in ihr hatte er angestoßen, unaufhaltsam, etwas war in Bewegung geraten.

***

Fee sah nach Golo, der fest schlief, nach Martha, die noch an ihrer Präsentation saß und versprach, ebenfalls bald ins Bett zu gehen. Sie zog sich ein Kleid an und schicke Schuhe und ging wieder hinunter.

Auf dem Weg zum Saal hüpfte sie regelrecht. Endlich mal wieder feiern. Sie hatte die Lust, an diesem Fest teilzunehmen, verdrängt, weil sie glaubte, sie unterdrücken zu müssen. Jetzt brach sie sich Bahn.

Als Fee die Tür zum Saal aufzog, blieb sie überrascht stehen, so viele Menschen waren dort. Die Bühne war mit Grün geschmückt, mit Girlanden und bunten Lichtern. All das war in den letzten Tagen passiert, ohne dass sie es mitbekommen hatte. Sie hatte ja nicht gewollt, sich verweigert, Augen und Ohren fest verschlossen.

Große Verstärker waren aufgebaut worden, und die »Brass Brothers« bereiteten sich gerade auf ihren Einsatz vor. Rieke, die bei ihnen war, schwenkte die Arme, als sie ihre Mutter entdeckte.

Swen stand im Kreis einiger Musiker. »Frau Nachbarin, wie schön, dass du den Weg hierher gefunden hast!«

Fee ließ sich ein Glas bunt sprudelnder Limonade in die Hand drücken – war Rieke etwa wieder produktiv gewesen? – und stieß mit an, als einer der Musiker Swen hochleben ließ. Eine kleine Rede wurde gehalten, Swen bedankte sich. Er trug heute ein besonders extravagantes Hemd, bedruckt mit Oktopoden, moosgrün auf hellgrau, die Ohrstecker blitzten. Fee schüttelte innerlich den Kopf. Eiswaffeln und Oktopoden. Aber genau so mochte sie Schluppi, sogar sehr. Und genau genommen hatte er sich ihr gegenüber immer mehr als rücksichtsvoll verhalten, Lautstärke hin oder her.

Fee sah sich um. Wie gut die Stimmung war. Nicht auszudenken, wenn sie das Fest versäumt hätte. Jetzt waren Finn und die anderen Jungs fertig, sie zählten an, dann ging es los.

Das Schlagzeug, die Trompeten und die Tuba. Die fünf legten ein Tempo vor, das sich sehen lassen konnte. Sie spielten das Titelthema aus dem Film »Fluch der Karibik«, das jeder kannte, und anschließend eine rasante Polka.

Rieke stand plötzlich neben ihr und schmiegte sich an sie.

»Sie sind gut, Mama, oder?« Wie ihre Augen leuchteten.

»Sie sind fantastisch, mein Schatz.«

Dann war Rieke wieder vorne und machte Fotos. Rasmus mit seiner Trompete wurde als Special Guest angekündigt und sprang mit einem Lächeln auf die Bühne. Wie selbstbewusst er dort stand, wie gut er aussah. Und wie souverän er zwei Stücke mitspielte.

Fee platzte auf einmal vor Stolz auf ihren Sohn. Als stünde dort plötzlich ein ganz anderer Mensch.

Auch Swen applaudierte kräftig.

Nach zwanzig Minuten machten die Jungen eine Pause. Musik von einer Playlist erklang. Getränke wurden ausgeschenkt, ein junger Mann hatte sich hinter der Bar aufgebaut, mixte Cocktails und scherzte mit den Gästen.

Alles war perfekt, es war, als wäre der Saal aus einem Dornröschenschlaf erwacht. Und alles war *sauber*, stellte Fee plötzlich fest, wie konnte das sein? Hier musste kräftig geputzt worden sein, ohne dass sie es mitbekommen hatte. Das alte Holz des Tresens glänzte.

Plötzlich stand Heinrich Feindt im Saal und wurde von Swen begrüßt. Der alte Mann und der jüngere, der auch nicht mehr jung war, beide auf ihre Weise sehr sorgsam und doch so unterschiedlich gekleidet. Fee schmunzelte. Und dann entdeckte sie Jesko. Er fuhr sich durch seine Haare und schien sich reichlich unwohl zu fühlen, doch Heinrich erklärte vernehmlich in die Runde, dass er ja ein alter Mann sei und sein Neffe ihn netterweise hierher, zu den jungen Leuten, begleitet habe.

Fee und Jesko nickten einander verhalten zu. Sie spürte, wie es in ihrem Bauch kribbelte. Schlagartig war alles anders. Jesko war da. Sie sah sich vorsichtig um, doch seine Freundin entdeckte sie nicht. Dennoch zog sie sich sicherheitshalber in die andere Ecke des Saals zurück, zum Glück gab es genug Menschen, zwischen denen sie verschwinden konnte. Aber Jesko schien ohnehin nicht erpicht darauf, ihr zu begegnen.

Die »Brass Brothers« spielten noch drei weitere Lieder und traten dann ab. Eine Leinwand wurde auf der Bühne aufgebaut, ein Beamer für den Film eingeschaltet. Es war ein künstlerischer Film mit einer Rahmenhandlung und nostalgischen Schwarz-Weiß-Szenen dazwischen, diese ohne Ton, nur mit darübergelegter Musik. Fee musste lächeln. Ins Popcornkino würde dieser Film es nicht schaffen, aber er zog sie unwillkürlich in seinen Bann. In den Stummfilmszenen ging um eine Truppe von Schaustellern, die durchs Land zog und die Menschen mit ihren Vorführungen unterhielt. Um ein Mädchen, das auf seiner Geige spielte, während sein Bruder akrobatische Kunststücke auf dem Seil vollführte.

Im Saal wurde gelacht, geflüstert, an einigen Stellen getuschelt, wenn die Gäste einander auf Details hinwiesen.

Wie die Geschichte weiterging, bekam Fee kaum mit. Es war eine sehr ergreifende Geschichte, weil das Mädchen von seinem Bruder getrennt wurde und allein weiterzog, auf der Suche nach ihm. Immer wieder traf es auf Menschen, die es vorübergehend aufnahmen, bis ein reiches, verzogenes Mädchen es schließlich zwang, ihm seine Geige zu überlassen und ihre Mutter ihr ein Geldstück dafür gab. Ratlos drehte die kleine Geigerin das Geldstück in der Hand und sah dem Mädchen hinterher, das mit seiner Mutter in eine Kutsche stieg und die Geige hochmütig schwenkte. Dann wurde der Schlag zugeworfen, und die Pferde zogen an. Im Galopp entfernten sie sich auf Nimmerwiedersehen.

Fee hielt es nicht mehr aus: Ihre Wangen waren nass, Tränen liefen in Strömen darüber. Die Saaltür fiel hinter ihr zu, als sie in den Garten rannte, zum Pavillon, es war inzwischen fast dunkel.

Der Verlust, der Schmerz, den sie gerade auf der Leinwand gesehen hatte: Es war ihrer. Sie hatte ihre Geige verloren. Sie verkauft, in einem Tauschhandel, der nicht geplant gewesen war. Man hatte sie ihr abgenommen, und sie hatte sie widerstandslos hergegeben. Doch was hatte sie gewonnen?

Sie wusste nicht, wie lange sie dort draußen gesessen hatte. Als sie zurückkehrte, war die Stimmung im Saal auf dem Höhepunkt. Die Band, die die Filmmusik eingespielt und selbst einen kurzen Auftritt im Film gehabt hatte, spielte, alle jubelten und ließen sich mitreißen, der Saal tanzte. Noch mehr Leute waren angekommen, der junge Mann an der Bar hatte Verstärkung bekommen und schenkte Getränke aus, auch einige Snacks standen bereit. Es gab tatsächlich keine Geige, die Saxofonistin schien ihren Part übernommen zu haben, sie spielte auch Querflöte und zwischendurch, zur Begeisterung der Gäste, sogar auf einer Luftpumpe.

Fee war wie betrunken und gleichzeitig völlig erschlagen. Trauer und Freude, wie ging das zusammen? Und es war doch, als wühlte und tanzte beides in ihr, zur selben Zeit.

Unwillkürlich blickte Fee sich nach Jesko um. Er war noch da. Er stand an einer Säule, allein. Sogar über die Entfernung erkannte sie, wie er sie ansah, spürte seinen Blick. Fee wurde heiß. Dieser Blick fing sie ein.

Heinrich Feindt lehnte an der Bar und trank ein Bier, er schien die Stimmung in vollen Zügen zu genießen, Rasmus und Rieke standen mit den Bandjungs zusammen.

Da stieß Jesko sich von der Säule ab und kam durch die Menge auf sie zu. Schließlich stand er vor ihr, er sah sie nur an und hielt ihr die Hand hin, forderte sie wortlos zum

Tanzen auf. Fee legte ihre Hand auf seine kräftige Schulter und ließ sich von ihm führen, über das Parkett des alten Saals, langsam schleppend im Takt der Musik oder wild wirbelnd zu den verrückten Melodien, die die Band spielte. Und es war wunderbar. So leicht und selbstverständlich, als hätten sie beide in der Zwischenzeit nichts anderes getan. Jeskos schiere Gegenwart, seine berückende körperliche Nähe, nach der es sie so sehr verlangte, alles war wieder da, die gemeinsamen Stunden und die eine Nacht. Sie hatten sich tief eingegraben in ihr Bewusstsein.

Sie wollte mehr davon.

Sie wollte, dass es nie mehr aufhörte. Dass es immer so blieb.

Die Band spielte schneller, um sie herum wurde gejuchzt und gestampft, die Musik und die Musiker wurden gefeiert.

Auch Fee gab sich ganz dem Moment hin, sie ließ sich mitreißen und von Jesko halten. Sie konnten wunderbar zusammen tanzen, lebhaft oder ruhig und dabei immer in leichter Spannung zueinander und im selben Takt. Fee war eins mit sich selbst und mit der Welt, sie dachte nicht mehr nach.

Endlich.

Auf einmal stand Marisa in der Saaltür. Fee entschuldigte sich bei Jesko und ging auf sie zu. »Marisa, wie schön! Was machst du denn hier? Komm rein!«

»Stell dir vor, ich bin eingeladen.« Marisa kannte zwei der Musiker, wie sich herausstellte. Dann bemerkte Fee, dass sie einen Geigenkoffer in der Hand hielt, und stutzte.

»Sie ist fertig«, erklärte Marisa mit roten Wangen, »deine Geige. Deshalb bin ich auch so spät, ich habe bis eben gerade daran gesessen. Sie sieht tadellos aus. Du kannst sie wieder spielen!«

Fee schüttelte irritiert den Kopf. Sie hatte Marisa doch gebeten, die Geige zu verkaufen.

Marisa sah sie bittend an. »Fee, ich musste es tun. Ich habe sie auf eigene Kosten repariert. Ich wollte so gern, dass du noch einmal prüfst, ob sie so gut geworden ist, wie ich glaube.«

Fee brachte es nicht übers Herz, Marisa einen Vorwurf zu machen. Aber sie würde sie natürlich nicht spielen. Sie hatte sich von ihrer Geige losgesagt, sie wollte nicht mehr. Warum machte Marisa es ihr unnötig schwer?

»Leg sie einfach irgendwo hin. Ich probiere es später.«

Marisa sah sie verwundert an. »Ich kann sie doch nicht einfach irgendwohin legen.« Plötzlich war Rasmus neben ihnen. »Ich bringe sie hoch.«

Fee zog Marisa in den Saal und besorgte ihr etwas zu trinken. Sie stellte ihr Jesko vor, die drei stießen an.

Auf einmal wurde die Musik heruntergefahren. Ein Scheinwerfer erhellte die Bühne. Und dort stand Golo, Esel im Arm. Schützend hielt er die Hand vor die Augen, der Scheinwerfer, wer auch immer ihn eingestellt und auf ihn gerichtet hatte, wurde gedimmt. Getuschel. Golo rieb sich noch einmal verschlafen die Augen.

Dann hörte man seine Kinderstimme, wie sie sich erhob.

»Ich habe heute Geburtstag.«

Oh, dachte Fee, es war Mitternacht geworden, ohne dass sie es bemerkt hatte. Sie wollte zu ihm stürzen.

Doch Golo sprach weiter. »Und ich wünsche mir ...«

Erwartungsvolle Stille im ganzen Saal.

»Ich wünsche mir ...« Er drückte Esel an sich. »... dass Mama auf ihrer Geige spielt.«

Fee versteinerte.

Die Leute im Saal wandten sich ihr zu.

Sie schüttelte langsam, wie in Zeitlupe, den Kopf.

Golo zwirbelte Esels Ohr.

Marisa sah sie erwartungsvoll an.

Ihr Blick fiel auf Rasmus, der sich hinter ihr herumdrückte, den Geigenkoffer immer noch in der Hand. Oder wieder?

Die Sekunden dehnten sich endlos.

Wie in Trance nahm sie den Koffer entgegen und schritt nach vorn. Stieg die Stufen zur Bühne hinauf. Nahm die Geige und den Bogen heraus. Man hätte ein Blatt Papier zu Boden segeln hören können.

Fee hob die Geige auf die Schulter. Legte das Kinn auf den Halter.

Wie sollte das gehen. Spielen. Wie?

Sie hörte gespanntes Atmen in der Menge, ein Flüstern. Gläser an der Bar klirrten.

Zunächst musste sie sie stimmen.

Sie strich die Saite an, justierte nach.

Fee atmete tief durch. Sie warf einen Blick auf Golo, der sie so vertrauensvoll ansah, so unendlich hoffnungsvoll.

Der ganze Saal war mucksmäuschenstill. Alle Augen waren auf sie gerichtet. Rieke stand im Publikum, Rasmus daneben, und Martha. Martha trug ihren Schlafanzug und einen Kapuzenpullover darüber.

Immer noch dehnten sich die Momente wie eine Ewigkeit.

Fee hob den Bogen. Setzte ihn an.

Der erste Aufstrich war glatt, aber nicht geschmeidig. Sie hatte es gewusst.

Abstrich. Marisa allerdings hatte die Geige nach allen Regeln der Kunst repariert.

Ein paar weitere Takte, schnell. Pause.

Golo seufzte vernehmlich.

In den Gesichtern der Leute vor ihr erkannte Fee ihre eigene Angst, ihre Zweifel. Und noch ein paar Töne spielte sie, abgehackt, stockend.

Rieke umklammerte Rasmus' Arm, die Augen weit aufgerissen.

Fee schloss ihre Augen.

Und selbst wenn. Selbst wenn es holperte und hakte, es war egal. Golo hatte sich gewünscht, dass sie spielte. Marisa wünschte es sich. Alle, die hier waren, wünschten sich, dass sie spielte.

Und auch sie selbst. Sie wollte endlich wieder spielen. Endlich. Frei sein.

Fee schlug die Augen wieder auf.

Und dann spielte sie.

Sie spielte den Verlust und die Trauer, den Fluss, das Wasser, die Ebbe und die Flut. Sie spielte den Saal, das Fest und die Freude. Sie spielte die Leute, den Tanz und die Liebe, sie spielte alles, was in ihr war. Es riss sie mit, ohne dass sie wusste, wie ihr geschah, es war, als fänden ihre Finger den Weg von allein, ihr ganzer Körper bewegte sich, durchdrungen von der Musik.

Dann hielt sie inne.

Sekunden der Stille.

Applaus brandete auf. Begeisterte Pfiffe und ein einziger großer Jubel. Es nahm kein Ende.

Fee nahm alles wie im Traum wahr. Der Boden schwankte. Jetzt erst sah sie Jesko hinter den Kindern, und da war noch jemand, der sich durch die Leute drängte, ein Meter achtzig groß, bunte Tücher im Haar: Viola.

Fee blickte in die bewegten Gesichter, sie spürte, wie Golo sich an sie drückte. Auch die anderen Kinder waren auf einmal bei ihr und umarmten sie alle gleichzeitig.

Mit Viola gab es ein großes Hallo, und Fee kam langsam, ganz langsam wieder in der Wirklichkeit an.

Das Fest ging weiter, die beiden Kleinen verschwanden nach oben. Swen scherzte mit Viola, die seine Bemerkungen schlagfertig konterte, auch Marisa und Jesko standen dabei. Fee fühlte sich wie Zuschauerin und Darstellerin zugleich, doch alle anderen feierten, redeten und lachten.

Zwischendurch nahm Swen sie zur Seite. »Sag mal, was war das, was du eben gespielt hast?«

Fee hob die Schultern. Wenn sie das wüsste. Es hatte sie selbst überrascht, es war einfach über sie hinweggefegt, es war passiert. Dann lächelte sie. »Ich habe improvisiert. Ich glaube, es war dein Geburtstagsständchen.«

Erst als die ersten Vögel zu zwitschern begannen, verließen sie den Saal. Die meisten Gäste waren bereits aufgebrochen, doch einige saßen noch im Garten am Wasser, ein paar VW-Busse standen auf dem Parkplatz, jemand hatte ein Zelt unter der Weide aufgebaut.

Den Geigenkoffer verstaute Fee sehr sorgsam.

Das Plätschern des Flusses hörte sie, als sie sich mit Jesko in ihr Bett legte, sie nahm noch wahr, wie die Morgendämmerung sich ins Zimmer schlich, bevor sie sich an ihn schmiegte und in den Schlaf sank. Zuletzt hörte sie die Töne, die sich durch ihren Kopf bewegten wie Seegras unter Wasser, wiegend, in stetiger sanfter Bewegung gehalten durch ein Gefühl, das man nicht anders bezeichnen konnte als tiefes, tiefes Glück.

34

Am nächsten Morgen saßen Viola, Fee und Rasmus in der Küche. Martha, Rieke und Golo schliefen noch, und Jesko hatte Fee im Halbschlaf zärtlich geküsst und war früh aufgebrochen, er musste arbeiten. Die Sonne schien auf den Frühstückstisch, dort stand auch schon die Geburtstagstorte für Golo, mit Schokoguss war eine Sechs darauf gemalt. Sie beschlossen, noch fünf Minuten zu warten, bevor sie die Kinder weckten und für Golo ein Lied sangen.

»Der Kaffee ist wirklich gut«, sagte Viola zufrieden. Viola mit ihrem Zahnlückenlächeln, braun gebrannt, lustig und so präsent, dass Fee ganz schwindelig wurde. Ein Taxi hatte sie gegen Mitternacht am Gasthof abgesetzt, sie war direkt vom Flughafen gekommen.

»Da staunst du, was? Dachtest wohl, ich bleibe in Afrika und krieg Typhus. Nee, meine Liebe, da hast du dich getäuscht. Außerdem muss ich doch mal wieder nach meinen Patenkindern sehen!«

Die Überraschung war ihr gelungen. Ihr Rucksack stand jetzt im Gästezimmer, aus diesem packte sie Dinge aus, die sie den Kindern mitgebracht hatte. Rasmus überreichte sie eine Gürteltasche.

Dann sah sie ihr Patenkind mit blitzenden Augen an. »Und jetzt erzähl mal! Wie war das alles, mit der Geige und so?«

Wie war was? Fee sah die beiden fragend an. Offensichtlich

war Viola in etwas eingeweiht, von dem sie selbst nichts wusste.

Rasmus wirkte müde, aber zufrieden. Er hatte lange mitgefeiert. Nach einem Blick zu Viola, die ihm aufmunternd zunickte, erzählte er jetzt, wie er Marisa kennengelernt hatte, als er sich in Stade nach Lehrstellen erkundigt hätte.

»Wie bitte?! Als du *was*?«

»Als ich unterwegs war, um nach Lehrstellen zu fragen.«

»Rasmus, wir haben uns doch darauf geeinigt, dass du in der Schule bleibst bis zum ...« Abitur, wollte Fee hinzufügen, aber Violas warnender Blick stoppte sie.

»Ich hab mir ein paar Betriebe rausgesucht und bin hingegangen, um mich vorzustellen. Ich wollte dir nichts davon sagen, bevor ich nicht wusste, ob mich jemand nimmt.« Mit schmalen Augen sah er sie an.

Viola wedelte aufmunternd mit der Hand. »Klasse! Das nenn ich mal selbstständig! Und dann?«

»Na ja, Marisa hat mir ihre Werkstatt gezeigt. Ich wusste ja, dass sie Mama kennt.«

»Und dann hast du sie einfach so hierher eingeladen.«

»Quatsch! Wir kamen zufällig auf das Fest zu sprechen, sie war doch sowieso schon eingeladen. Und sie fragte mich, ob ich auch dabei sein würde. Da habe ich ihr erzählt, dass ich mit der Band Trompete spielen würde. Hätte ich das etwa nicht tun sollen? Und dann wollte sie wissen, ob du auch auftrittst. Und ich habe ihr erzählt, dass du das nicht mehr tust, überhaupt nicht mehr.«

Einen Moment herrschte Schweigen.

»Davon hast du mir nichts gesagt.«

»Nein, warum hätte ich das tun sollen?«

Ja, warum hätte Rasmus das tun sollen? Wenn die Geige doch ein Thema war, das keines der Kinder jemals ansprechen durfte.

Viola beobachtete sie schweigend, aber mit einem Blick, der deutlich machte, dass sie eine Meinung dazu hatte.

»Wann war das?«, fragte Fee.

»Vorgestern. Sie hat mir gesagt, dass sie die Geige mitbringen würde, sofern sie bis dahin fertig sei. Sie wusste noch nicht genau, ob sie es schafft, wollte es aber versuchen.«

Vorgestern.

Marisa hatte ihre Geschichte gekannt, sie hatte sie ihr schließlich selbst erzählt, dazu hatte es nicht Rasmus gebraucht, er war nur der letzte Anstoß gewesen. Marisa hatte darauf verzichtet, von Anfang an bei diesem Fest zu sein, nur um ihr die reparierte Geige mitbringen zu können.

Aber trotzdem, diese ganze Situation – rückblickend wirkte sie wie abgesprochen. Fee konnte es nicht richtig glauben.

»Und was war das mit Golo, hast du ihn etwa aufgeweckt?«

»Was du wieder denkst. Natürlich nicht. Golo stand da auf einmal, als ich deine Geige hochgebracht habe!«

Golo war offenbar aufgewacht und losgezogen, um Fee zu suchen, genau so, wie sie ihn angewiesen hatte. Und in dem Moment, als Golo die Geige gesehen hatte, musste bei ihm der Wunsch entstanden sein, Fee spielen zu hören.

»Er war müde, Mama, wusste aber genau, was er wollte. Du kennst ihn doch!«

Fee presste die Daumen gegen ihre Schläfen. Sie fühlte sich überfordert. Auf unklare Weise betrogen. Dabei war der Abend so schön gewesen.

Auf einmal wurde ihr bewusst, was Rasmus eben erzählt hatte. Er wollte eine Lehre machen? Das brachte alles durcheinander. Sie hatte doch ganz andere Pläne!

»Eine Lehre, mein Lieber, die streichst du dir bitte aus dem Kopf, die kannst du nach dem Abi auch noch machen.«

Ungemütliche Stille. Bis Violas kräftige Stimme ertönte.

»Nein, wieso? Ich finde das eine ausgezeichnete Idee. Mein

Patenkind macht was Vernünftiges. Geigenbau ist doch sehr interessant, bei welchen Betrieben warst du noch?«

»In Jeskos Tischlerei ... bei einer Bootswerft ...«

»Handwerk, ja? Finde ich super!« Auffordernd sah Viola Fee an.

»Und du hast dich für Instrumentenbau entschieden?«

»Nein, für Tischlerei. Die Betriebe waren alle okay, eigentlich, aber die Tischlerei gefiel mir am besten.«

»Super«, wiederholte Viola.

»Steckt Jesko dahinter?«, wollte Fee wissen. Wie misstrauisch sie auf einmal war.

»Oh Mann, nein! Es hat mir einfach gefallen!«

Viola legte Fee die Hand auf den Arm. »Wir sind stolz auf ihn, oder?«, sagte sie langsam und deutlich.

Fee sagte nichts. Diese plötzliche Enthüllung passte nicht in ihre Pläne. Schließlich hatte sie gerade beschlossen, dass Rasmus in Hamburg aufs Gymnasium gehen sollte, damit er dort Abitur machte. Sie konnte Rasmus nicht erlauben, jetzt die Schule zu schmeißen.

Am besten würden sie das später unter vier Augen klären. Viola war ja offenbar ganz anderer Meinung, und auf eine Diskussion mit ihr hatte sie keine Lust. Vorerst nickte sie also. »Wollen wir Golo wecken?«

Sie trugen Kerzen in der Hand und gingen hoch, um Martha und Rieke zu wecken, anschließend sangen sie alle zusammen ein Ständchen für Golo und ließen ihn hochleben, bevor sie sich gemeinsam in der Küche zum Frühstück niederließen.

***

»Jetzt ist es übrigens so weit.« Boris, der schon fertig umgekleidet war, griff schwungvoll nach seiner Sporttasche.

Jesko zog sich gerade erst das verschwitzte Trikot aus.

»Die Musikerin. Sie will ihren Gasthof verkaufen.« Boris nickte ihm zu, ohne seinen Triumph zu verbergen, und verließ die Umkleide. Die Tür hinter ihm krachte zu, der Dämpfer war kaputt.

Es krachte auch innerlich, Boris hatte gezielt und getroffen. Jesko hatte gedacht, dass Felicitas es sich noch einmal überlegen würde. Genau genommen hatten sie nicht darüber gesprochen, er hatte seine Hilfe bei der Renovierung angeboten, aber sie hatte nur gelächelt und ihn geküsst.

Auf dem Rückweg vom Training hielt Jesko bei seinem Onkel, um ihm die Nachricht schonend beizubringen. Besser, er erführe es von ihm als von jemand anderem. Heinrich wirkte zwar etwas angeschlagen, aber munter.

»War ein schönes Fest. Und auch sonst ist ja alles in Butter«, bemerkte er zufrieden.

»In Butter?«

»Na, mit dir und der Deern.«

»Boris hat eben angedeutet, dass sie den Gasthof verkaufen will.«

»Aber du und sie, ihr seid doch ...«

»Heinrich, ich hab keine Ahnung, was wir sind!«

Heinrich hob seinen Stock und zielte auf ihn, aufgebracht. »Aber du hast ihr angeboten, das Haus zu renovieren, wie ich es dir geraten habe, oder etwa nicht?«

»Sicher, das habe ich getan.«

Die Miene seines Onkels verfinsterte sich. »Und jetzt? Was bedeutet das?«

Jesko hob die Schultern. Er wusste es selbst nicht.

Heinrich wanderte erregt umher. »Dann musst du es ihr ausreden! Sorg dafür, dass sie hierbleibt, Junge!«

Jesko schwieg. Es war zu kompliziert. Er konnte Fee nicht

zwingen, an einem Ort zu bleiben, an dem sie nicht bleiben wollte. Das würde er niemals tun.

»Hat sie Gefühle für dich? Habt ihr eine Zukunft?«

»Das spielt doch überhaupt keine Rolle, Heinrich.«

Abgesehen davon wusste er es nicht. Irgendwelche Gefühle wohl schon. Er hatte zunächst nicht zu dem Fest gehen wollen, aber Heinrich hatte darauf bestanden. »Ich bin ein alter Mann, du musst mich begleiten. Bring mich wenigstens hin, dann kannst du wieder verschwinden.«

Aber er war nicht verschwunden, er war geblieben, die ganze Nacht. Er hatte Fee wiedergesehen, sie hatten gefeiert und getanzt. Sie waren beieinander gewesen. Aber gesprochen, nein, länger miteinander gesprochen hatten sie nicht. Wie auch, im Rausch dieses Festes?

Heinrich hatte ihn beobachtet. »Sie ist Witwe, oder?«

Als Jesko nickte, nahm er seine Wanderung wieder auf. »Dann musst du weiterkämpfen, Junge, hörst du? Tu was für dein Glück!«

Jesko sagte nichts.

»Doch.« Heinrich blieb vor ihm stehen und setzte ihm den Stock auf die Brust. »Das musst du.«

»Heinrich, sie entscheidet selbst, was sie tun will. Fee ist eine erwachsene Frau.«

»Aber vor der Liebe läuft sie davon! Ich hab sie doch spielen gehört. Sie weiß nicht, wo sie hingehört. So viel Traurigkeit!«

Ja, diese tiefe Traurigkeit, die hatte Jesko auch vom ersten Moment an gespürt. Er dachte an das Geigenspiel am Fluss.

Er wandte sich zur Tür. »Ich halte niemanden fest, wir leben im einundzwanzigsten Jahrhundert, Heinrich. Felicitas ist ein freier Mensch.«

»Sie ist gefangen in Trauer. Sie ist nicht frei. Geh hin und sag ihr, dass du sie magst.«

»Selbst wenn ich das täte, das hätte doch mit dem Gasthof nichts zu tun!«

»Doch«, behauptete Heinrich starrköpfig, aber er sah so aus, als wäre er selbst nicht überzeugt.

***

»Das kannst du nicht machen. Du sagst, du ziehst weg, und die Kinder wissen nichts davon?« Viola lachte ungläubig.

Sie und Fee hatten es sich am Abend mit einem Glas Wein, nur zu zweit, im Pavillon gemütlich gemacht. Fee hatte Decken mit hinausgebracht, sie hatten ihre Beine hochgelegt.

Fee nickte. Ja, sie hatte ihnen immer noch nichts davon gesagt. Ein Umzug nach Hamburg in ein Reihenhaus, die Kinder würden nicht begeistert sein.

»Wollen sie denn weg?«

»Das ist egal, oder? Ich bin die Mutter, ich bin diejenige, die die Entscheidungen treffen muss.« Ihre Stimme klang nicht so fest, wie sie wollte, es war einfach ein schlechtes Thema.

»Fee, ich hatte den Eindruck, dass sie glücklich sind, also ich meine, wirklich zufrieden. Sie sind hier angekommen, haben angefangen Wurzeln zu schlagen. Und Rasmus, das ist einfach toll, was er unternommen hat. Er hat sich selbstständig eine Lehrstelle gesucht. Das muss man erst einmal hinkriegen in dem Alter!«

Fee nippte an ihrem Wein. Sie wusste es ja selbst. Aber sie hatte sich schließlich lange genug Gedanken darüber gemacht. So einfach, wie Viola es darstellte, war es nicht.

»Viola, ich habe kein Geld. Dieser Gasthof ist wunderschön, vor allem bei Sonnenschein, aber leider vollkommen marode. Es zieht an allen Ecken und Enden, es gibt einen Sanierungsbedarf, den ich komplett unterschätzt habe. Das Geld der Lebensversicherung von Jan ist für den Kauf draufgegangen, und das Geld, das wir monatlich haben, reicht zum Leben, aber nicht für Reparaturen in fünf- bis sechsstelliger Höhe. Es gibt ständig andere Dinge, die anstehen. Also müssen wir hier raus.«

»Und was ist mit Jesko? Fee, er ist in dich verliebt, das sieht man ja sogar von Uganda aus. Ich finde übrigens, ihr passt gut zusammen.«

Fee spürte, wie sie rot wurde. »Das bedeutet nichts. Ich suche niemanden. Und ich weiß auch gar nicht, was er wirklich möchte.«

»Hast du ihn gefragt? Hast du überhaupt mit ihm gesprochen? Hast du ihm gezeigt, dass du etwas für ihn empfindest?«

»Viola! Wir reden nicht miteinander, jedenfalls nicht auf diese Weise. Ich mag ihn. Aber ... Jesko kann Jan nicht ersetzen.«

»Mensch, Fee, Jan ist nicht mehr da! Und Jesko soll ihn auch gar nicht ersetzen! Das Leben soll einfach weitergehen für dich. Du spielst wieder Geige, das war so verdammt cool letzte Nacht. Bleib dabei, du hast so viel geschafft.«

Fee nahm einen weiteren Schluck.

»Ich weiß nicht«, sagte sie leise.

Eine Weile war es still.

Dann raffte Viola ihre Decke zusammen. »Fee, weißt du was? Ich hab anderes zu tun, als mich mit deinem Hin und Her zu beschäftigen.« Viola sah resigniert aus und tief erschöpft zugleich. Sie stand auf, nahm die Decke und ging ins Haus.

Fee blieb sitzen, versunken. Es gab so viel zu bedenken. Wie schwierig alles war. Sie wusste nicht mehr, was richtig war.

Am Tag darauf reiste Viola nach einem umarmungsreichen Abschied ab, um ihre Angelegenheiten in Hannover zu regeln und sich bei ihrer Organisation um einen neuen Einsatz zu bemühen.

»Kann ich der Tischlerei denn jetzt zusagen?«, wollte Rasmus wissen. Seine Anspannung war mit Händen zu greifen. »Sie warten auf meine Entscheidung.«

»Lass uns heute Nachmittag noch mal in Ruhe reden.«

Sie musste handeln, so viel war klar. Lange konnte sie die Mitteilung an die Kinder nicht mehr hinauszögern.

Fee zog sich in ihr Schlafzimmer zurück, öffnete das Immobilienportal und sortierte ihre Anfragen und die eingetroffenen Antworten. Ja, das Reihenhaus könne sie haben. Es war neu, es war isoliert, es hatte tadellose Fenster. Warum mutete die Vorstellung ihr so fremd an?

Sie könnte es sogar finanzieren. In dem Moment, da sie diesen riesigen Kasten hier verkaufte, stünde ihr der größte Teil der Summe zur Verfügung, da war sie sich ziemlich sicher, zumal ihr mittlerweile klar war, dass Heinrich ihr den Gasthof unter Wert verkauft hatte. Für den Rest würde sie hoffentlich einen Kredit erhalten.

Fee holte die Visitenkarte von Boris Bückmann heraus.

Boris besah das Gebäude gründlich von innen und außen, klopfte hier, machte dort ein Foto, dann bot er ihr das Doppelte dessen an, was sie selbst bezahlt hatte. Fee war davon ausgegangen, dass es mehr sein würde. Als er merkte, dass sie zögerte, erhöhte er sein Angebot. Fee sagte nichts, weil sie nicht wusste, wie sie vorgehen sollte. Boris erhöhte erneut. »Unter der Bedingung, dass du es dir noch diese Woche überlegst. Damit kannst du, glaube ich, zufrieden sein.«

»Ich melde mich.«

»Kein Problem, ich bin jederzeit für dich da.« Kaum war er weg, tauchte Swen auf. Es wirkte fast, als hätte er nur darauf gewartet, dass Boris verschwand.

»Ich wollte mal sehen, ob meine geschätzten Nachbarn die Feier ohne Schaden überstanden haben.«

»Das haben sie, danke, bestens.« Fee lachte.

»War eine nette Veranstaltung, was?«

»Eine sehr nette Veranstaltung. Das kannst du wohl sagen. Ich muss mich bei dir bedanken. Kaffee?«

Seit er ihr von dem lebensverändernden Ereignis in seiner Biografie berichtet hatte, betrachtete sie Swen mit anderen Augen. Sie füllte zwei Becher.

»Es war mir eine Ehre.« Er sah sie an. »Außerdem hast du ja zum Gelingen dieses Festes beigetragen.«

Sie wusste, was er meinte. Es kam ihr immer noch vor wie ein Traum. Aber es war Wirklichkeit gewesen. Sie hatte gespielt. Vor vielen Menschen, um Mitternacht, auf der Bühne des Saals. Sie hatte der Erwartung, die in der Luft lag, standgehalten. Und die Menschen, die sie liebte, waren alle dabei gewesen.

Alle, bis auf Jan.

Sie hatte gespielt, und es war nichts passiert. Es war niemand gestorben. Im Gegenteil, es war ein wunderschönes Fest gewesen, und es war gewesen, als spielte sie ihre Geige zum ersten Mal.

Danach hatte sie so viele begeisterte Stimmen gehört.

Schluppi räusperte sich. Er sah sie sanft an. »Ich will dir nicht zu nahetreten, aber könntest du dir vorstellen, das, was du gespielt hast, noch einmal zu spielen, es zu wiederholen?«

Fee, die gerade den Becher angesetzt hatte, verschluckte sich.

Swen klopfte ihr auf den Rücken. Er sprach sehr behutsam mit ihr, als wüsste er, dass er etwas kaputt machen könnte, als würde er gleichsam ein Schneckenhaus anheben.

»Vehring, der Regisseur, arbeitet aktuell an einem weiteren Film. Und das, was du da gespielt hast, könnte als Soundtrack sehr gut passen. Es war musikalisch interessant. Und es war gut umgesetzt. Außerdem bräuchte ich jemanden, der es einspielt. Die Geigerin, mit der er bisher zusammengearbeitet hat, ist nämlich abgesprungen, sie hat sich mit der Band überworfen, deshalb war sie auch nicht bei der Party.«

Fee sah ihn an. Meinte er das ernst?

»Fee? Wenn du nichts dagegen hast, würde ich dir ganz unverbindlich einen Termin mit ihm organisieren. Zum gegenseitigen Kennenlernen.«

»Mensch, Swen, ich wollte eigentlich nicht mehr spielen. Was mir da um Mitternacht passiert ist ... Ich weiß selbst nicht, was das war. Es war unwirklich. Ich habe nicht damit gerechnet, dass es passieren würde. Es war, als wäre es mir passiert, ohne dass ich es lenken konnte. Und ich habe keine Ahnung, ob ich das wiederholen kann.«

»Überleg's dir. Ich hab ihm von dir erzählt, und er ist sehr interessiert.«

Fee blies unschlüssig die Wangen auf.

»Du hast zwei Tage Zeit. Bis dahin solltest du dich entscheiden. Sonst vergibt er den Auftrag, die Musik zu komponieren, an jemand anderen, und du bist raus. Aber ich rate dir: Überleg es dir gut. Es ist eine einmalige Chance.«

Es klang tatsächlich verlockend, das musste Fee zugeben. Aber einen Haken gab es. »Swen, das ist supernett. Ich habe allerdings nie komponiert. Ich war Orchestermusikerin, zweite Geige. Ich hab ausgeführt, interpretiert, war eine gute Handwerkerin, mehr nicht.«

»Aus meiner Sicht macht das nichts. Du kannst es. Was du da am Samstag gespielt hast, war ziemlich gut. Und ein bisschen Ahnung von Musik habe ich.« Er schmunzelte. »Melde dich bei mir.« Während er ging, summte er eine kleine Melodie. Und tatsächlich, sie erkannte das Thema ihrer Improvisation der vorherigen Nacht.

Nachdenklich nahm Fee ihre Geige zur Hand. Marisa hatte sie fachgerecht repariert. Man hätte es nicht besser machen können. Doch spielen war das eine. Auftreten das andere. Wollte sie das? Mit ihrer Geige wieder im Rampenlicht stehen? Andererseits würde sie als Filmmusikerin vor allem im Studio spielen. Man konnte alles korrigieren.

Sie konnte es versuchen.

Sie spürte, wie es sie reizte. Sie hatte sich frei gefühlt, dort auf der Bühne im Saal, es war etwas anderes gewesen, etwas Neues. Etwas, was sie so bisher nicht gekannt hatte.

Und Filmmusik zu komponieren und einzuspielen, das war natürlich ein großartiges Angebot. Im tiefsten Innern spürte sie die Verlockung, Swen hatte schon den richtigen Riecher.

Und doch waren da die Fragen. Ein solches Projekt – vertrug sich das mit ihrer Verantwortung als Mutter? Die Fahrt nach Hamburg? Nicht alles könnte hier in Schluppis Studio aufgenommen werden. Etwas gähnte schwarz in ihr. Sie hatte Angst. Angst, die Kinder allein zu lassen. Angst, dass es ihnen schlecht ging, wenn sie sich entfernte.

Fee stand am Fenster und sah in den weiten Himmel über dem Alten Land.

Herbst

35

Wieder der Albtraum. Der Applaus und der Abgrund. Diesmal fiel sie ins Wasser, in einen schwarzen Strudel, der sie unaufhaltsam abwärtsriss. Die Luft ging ihr aus. Sie wollte sich nach oben kämpfen, aber es gelang ihr nicht, immer wieder wurde sie nach unten gezogen.

Fee erwachte mit Herzrasen und schweißgebadet. So schlimm war der Traum lange nicht gewesen. Sie fühlte sich wie zerschlagen. Ausgerechnet heute war der Tag, an dem sie nach Hamburg fahren sollte, um die Einspielung aufzunehmen. Um die Baustelle vor dem Elbtunnel zu umgehen, wollte sie mit der Fähre fahren.

Wie hatte sie nur zusagen können? fragte sie sich, während sie todmüde ihren Kaffee schlürfte und leidlich wach zu werden versuchte. Der Albtraum verursachte ein dumpfes Gefühl, im Kopf und im gesamten Körper.

Ja, sie hatte sich entschlossen, es zu versuchen mit der Aufnahme. Auch wenn sie mit sich gekämpft hatte, wenn es viele Widerstände in ihr gab, so viel Angst und Sorge. Es hatte sie berührt, dass Schluppi ihre Melodie vom Fest so präzise hatte nachsummen können. Er hatte ein außergewöhnliches Gehör und ein gutes musikalisches Gedächtnis. Ob sie es nicht aufnehmen und als Datei schicken könne, hatte sie gefragt. Nein, die Liveperformance sei wichtig, hatte Swen widersprochen. »Dein Spielen in dem Moment, Fee, das muss es sein. Das sagt mir meine Erfahrung. Vertrau mir. Du bist besser, als du momentan selbst glaubst.«

Über eine Gage hatten sie nicht gesprochen. Fee mochte von Schluppi kein Geld verlangen, und noch war ja gar nicht sicher, ob sie überhaupt liefern konnte, was der Regisseur sich wünschte.

Swen hatte etwas gut bei ihr, deshalb wollte sie es wenigstens versuchen. Sie wollte sein Vertrauen in sie rechtfertigen, sie hatte das Bedürfnis, ihm etwas zurückzugeben, unabhängig von der Summe für die Dachdecker, die sie bereits peu à peu zurückzulegen begonnen hatte.

Sie musste dringend los. Sie war schon wieder zu spät.

Fee rief nach Golo und Martha, mit Ina war abgesprochen, dass sie die beiden bei Augustins abliefern würde. Rasmus sollte sich an seine Schulbücher setzen, Versäumtes aufholen. Und auch Rieke hatte so viele Aufgaben von ihr bekommen, dass sie genervt in ihr Zimmer gestürmt war und die Tür hinter sich zugeknallt hatte.

Fee rief gerade erneut nach den beiden, als ihr Handy klingelte. Es war die erschöpft klingende Ina.

»Fee, es tut mir leid, aber das wird nichts heute. Elisa hat Magen-Darm und ich offenbar auch. Wir hängen beide über der Schüssel. Ich muss dich versetzen.«

»Ich finde eine Lösung, Ina, mach dir keine Gedanken. Gute Besserung, werdet gesund!«

Aber sie hatte keinen blassen Schimmer, was eine Lösung sein könnte. Musste sie Golo und Martha etwa mitnehmen?

Golo kam die Treppe herunter, blass, einen Spielzeugtrecker in der Hand, den er hatte mitnehmen wollen. Wurde auch er krank?

»Golo, Elisa ist krank, ihr könnt nicht zu Augustins gehen.« Fee spürte, wie die Anspannung in ihr wuchs.

»Macht nichts«, sagte Golo großzügig, »dann passen wir eben selbst auf uns auf.«

»Das geht nicht, Golo, es muss ein Erwachsener dabei sein.« Fee spürte die altbekannte Verzweiflung aufsteigen. Es war der übliche Stress. Sie konnte nicht weg, so war es nun einmal, die Kinder hatten Vorrang. Nichts war vernünftig planbar bei vier Kindern. Wie hatte sie sich einbilden können, dass sie für eine Aufnahme nach Hamburg ins Tonstudio fahren konnte, sich Zeit nehmen für etwas Berufliches? Sie würde Swen absagen und hierbleiben.

»Dann fragst du eben Jesko.« Wie er sie ansah, ihr Goldkind, wie einfach die Dinge für ihn waren.

Fee fuhr sich über die Stirn. Jesko? Der war bei der Arbeit, und außerdem – ihr Babysitter war er nun wirklich nicht. Sie hatten sich einander gerade wieder angenähert, und es war schlicht wunderbar – aber er sollte doch nicht denken, dass sie mit ihm zusammen war, damit er ihre Kinder hütete!

Golo hielt ihren Blick. »Ich mag Jesko, weißt du?«

Fee holte tief Luft. Nun gut, sie würde es versuchen. Jesko konnte seine Arbeit manchmal flexibel einteilen, vielleicht hatte sie Glück.

Sie hatte Glück. Jesko begriff sofort, wie dringend es war. Er schnitt ihr, als sie umständlich versuchte, die Situation zu erklären, einfach das Wort ab und kurz darauf stand er in der Tür.

»Na, Golo? Ein guter Tag zum Baumhausbauen, würde ich sagen. Hast du genug Material?«

Golos Augen leuchteten auf, seine Müdigkeit schien wie weggeblasen. »Ich zieh mich um.« Er raste nach oben.

Jesko sah Fee an. Sein tiefer Blick, aus graublauen Augen, der sie im Innersten traf und dieses Kribbeln in ihr auslöste, noch stärker als sonst.

»Mach dir keine Sorgen. Das kriegen wir hin.«

Und dann stand Fee an der Elbe am Schiffsanleger. Ihre Geige trug sie in ihrem Koffer auf dem Rücken. Von hier aus sah man die Kräne des Hamburger Hafens. Die Fähre näherte sich, sie schaukelte auf den Wellen, die Elbe war heute von dunklem Blau.

Die Fähre legte an, der Steg wurde ausgelegt.

Fee ging an Bord, die Fähre legte wieder ab.

Es war verrückt, was sie tat. Sie hatte ihre Kinder bei einem Mann gelassen, den sie erst seit drei Monaten kannte, und fuhr nach Hamburg in ein Tonstudio, um sich dort mit ihrer Geige zu präsentieren. Und nicht nur mit ihrer Geige, vielmehr sich selbst als Musikerin, mit den Melodien in ihrem Kopf.

Fee stand an der Reling, ihre Finger umfassten das kühle Gestänge, ihre Haare wehten. Im Orchester war es immer wichtig gewesen, ordentlich gekleidet zu sein. Jetzt war es egal, im Studio kam es nicht darauf an, wie sie aussah, sondern wie sie spielte. Würde sie es schaffen? Würde sie die in sie gesetzten Erwartungen, würde sie ihre eigene Hoffnung erfüllen? Sie war so glücklich gewesen beim Spielen dort im Saal – würde sie das nicht alles wieder kaputt machen unter dem Druck, etwas Perfektes abzuliefern?

Die Bugwelle rauschte. Ein Containerschiff gab ein tiefes Tuten von sich.

Um sich vorzubereiten, hatte sie versucht, das, was sie beim Fest gespielt hatte, in Noten zu notieren, doch es war ihr nicht zufriedenstellend geglückt. Swen hatte ihr die Sorge genommen. Sie solle einfach spielen, ähnlich wie sie auf dem Fest gespielt habe, das sei sowieso das Ziel. Es gehe darum, ihren individuellen Ausdruck einzufangen. Sie würde in dem Film später vermutlich sogar einen Auftritt haben, der Regisseur entwickele ein neues Genre, er habe das Theater im Film zu seinem Markenzeichen gemacht. Und die ganz eigene Melodie, die sich bei ihr ergab, wenn sie improvisierte, also wirklich sie als Geigerin und ihre Geige, das war das, was den Regisseur interessierte. Er ging neue Wege, versuchte wenig vorher zu planen, sondern arbeitete mit dem authentischen Ausdruck der Schauspieler, die er weitgehend spontan agieren ließ.

Fee atmete tief ein. Eine Möwe flog über sie hinweg, es roch nach Diesel, Sonnenflecken glitzerten auf dem Wasser. Die Villen an der Elbchaussee zogen vorüber, die Kapitäns- und Fischerhäuser von Blankenese.

Die Fähre näherte sich dem Hafen, zwischen großen Container- und kleinen Lotsenschiffen hielt sie stetig Kurs. Die Elbphilharmonie wurde immer größer, ihre keilförmige Front war dem Wasser zugewandt und glänzte im Sonnenlicht.

Fees Herzklopfen wurde stärker.

Am Anleger Neumühlen ging sie von Bord. Swen hatte ihr den Weg zum Tonstudio aufs Handy geschickt. Mit dem Bus fuhr sie den Hang nach Altona hinauf. Einen Moment sah sie von oben auf den Hafen und auf die andere Seite der Elbe. Dort waren die Kinder.

Dann bog der Bus in die Stadt ein.

Im Tonstudio empfingen sie der Regisseur, Swen selbst und ein Assistent. Die Atmosphäre war freundlich, dass sie deutlich zu spät eingetroffen war, wischten die beiden Männer mit einer großzügigen Geste beiseite, Swen führte sie durch die Räumlichkeiten.

Fee tauchte in ihre alte Professionalität als Musikerin ein, von der sie zwar geahnt, aber nicht gewusst hatte, dass sie noch da war. Sich auf das Bevorstehende konzentrieren. Es ging um nichts, das machte sie sich bewusst. Sie hatte nichts zu verlieren. Sie würde sich konzentrieren, die Situation vom Samstag abrufen und einfach spielen. Die Atmung war das Wichtigste.

Kurz bevor es losgehen sollte, machte sie sich noch einmal frisch. Wie es wohl den Kindern ging, ob sie gut versorgt waren? Golo war so blass gewesen. Sie musste es wissen, auch auf die Gefahr hin, dass sie sie auslachten.

Fee wählte Jeskos Nummer.

»Hey.« Seine warme Stimme. So vertraut inzwischen und doch immer wieder eine Überraschung,.

»Ist das Mama?«, krähte Golo im Hintergrund. »Mama, wir bauen ein Baumhaus! Die Plattform haben wir schon!« Das kreischende Geräusch einer Säge ertönte.

»Du sägst mit den Kindern?!« In Fee spannte sich jede Nervenfaser.

»Wir schneiden Bretter zu. Das Baumhaus muss ja in die Gabel des Apfelbaums passen.«

»Jesko, das ist zu gefährlich.«

»Rasmus ist dabei. Er kann das. Und er ist vorsichtig. Golo hilft nur unter meiner Aufsicht.«

»Jesko, bitte. Keine Säge.«

»Mama! Hallo!« Riekes vergnügte Stimme im Hintergrund.

Und dann das Geräusch eines Aufpralls im Wasser.

Erschrockene Ausrufe von Rieke. Dann Jeskos abgehackte Stimme: »Fee, warte. Ich bin gleich wieder da. Hier ist gerade ein Unglück passiert.«

Fee brach der kalte Schweiß aus. Ihr wurde übel. Mühsam hielt sie sich an einem Stuhl fest. Innerhalb von Sekundenbruchteilen wurde ihr schwarz vor Augen. Sie schwankte. Die Schwärze stieg um sie herum auf und hüllte sie ein, sie konnte nichts dagegen tun. Sie raubte ihr das Bewusstsein.

Schemenhaft sah sie Schluppi vor sich und wunderte sich, dass er morgens an ihrem Bett stand. Wie von fern hörte sie, dass er fragte, ob er einen Notarzt rufen solle. Warum wollte er das tun? Sie musste aufstehen und die Kinder wecken, damit sie zur Schule gingen.

Neben Schluppi standen zwei weitere Männer, die sie nicht kannte. Dann wurde es ihr langsam bewusst. Sie erwachte nicht aus dem Nachtschlaf, sie war in Hamburg im Tonstudio. Die Kinder!

Fee richtete sich mühsam auf, ihr Kopf war wie in Watte gepackt. Ein Unglück, hatte Jesko gesagt!

Swen betrachtete sie besorgt.

In dem Moment meldete sich ihr Handy.

»Mama?«

»Rasmus!« Ihre eigene erstickte Stimme.

»Wir mussten Esel retten. Golo hat ihn auf den kaputten Steg gesetzt, damit er zuschauen kann, wie wir das Baumhaus bauen, da ist er dann ins Wasser gefallen. Jesko hat ihn herausgefischt, und Rieke hat ihn in ein Handtuch gewickelt.«

Dieses verflixte Wasser. »Und jetzt ist alles wieder gut?« Fee presste das Telefon ans Ohr.

»Bestens. Esel sitzt jetzt im Liegestuhl, da ist er gut aufgehoben, würde ich sagen.«

»Ich kann in gut einer Stunde wieder da sein.«

»Nein, wieso das denn? Es ist alles in Ordnung. Wir haben Megaspaß. Und ich denke, du hast in Hamburg zu tun, oder etwa nicht?« Rasmus' Stimme klang verwundert.

»Gib mal her.« Rieke nahm ihm offenbar das Handy aus der Hand. »Mama, alles cool hier, keine Sorgen, bitte, ja? Hörst du? Mach dein Ding, okay?«

Noch jemand wollte sie sprechen. Diesmal war es Jesko.

»Fee, entschuldige bitte. Die Rettungsaktion ist gut verlaufen, es ist alles in Ordnung. Die Kinder haben viel Spaß, es geht uns prächtig.«

»Jaaa!«, schrien alle im Hintergrund.

»Fee?«, fragte Jesko leise. Sekunden verstrichen.

Fee presste das Handy ans Ohr. Ihr war immer noch, als wäre sie unter Wasser. Taub. Das andere Element um sie herum, in dem sie nichts sah als gleichmäßiges Grau und nur dumpf hörte.

»Ich bin da, ja?«

Langsam wurde sie nach oben gespült, in hellere Regionen.

»Und ich lasse Golo nicht aus den Augen. Ich bleibe hier, bei den Kindern.«

Fee nickte.

»Ich lasse sie nicht allein.«

Sie nickte erneut.

»Und du spielst.«

Und auf einmal war es, als würfe eine Woge sie an Land. Als wären die Bedrückungen und Sorgen wie ausgelöscht, als dürfte sie endlich wieder Vertrauen haben, in sich, in ihre Kinder, in das Leben. In Jesko.

Sie sah Schluppi an. »Wollen wir?«

Auf einmal verspürte sie eine frische, lebendige Energie. Es war, als wäre etwas in ihr geplatzt. Natürlich würde sie spielen, was sonst? Sie war Musikerin.

Fee nahm die Geige heraus, stimmte sie und spielte sich ein. Und als das Aufnahmesignal gegeben wurde, war sie bereit. Fee spielte. Sie spielte und spielte, vergaß alles um sich herum. Die Musik nahm sie wieder auf und trug sie mit sich, ihre Geige hatte ihr längst verziehen, da war kein Missklang, keine Schwere. Über die Unebenheiten spielte sie hinweg, sie gehörten zum Leben, nicht alles konnte perfekt sein.

Die Männer hinter der Glasscheibe blickten konzentriert auf ihre Regler, auf sie, die Kopfhörer auf den Ohren, modifizierten hier etwas, dort etwas.

Fee musste lächeln, sie schloss die Augen. Sie war nicht hier im Studio, sie war draußen, sie war in Wind und Weite, sie war, wo immer sie sein wollte, dank ihrer Geige. Sie trug sie fort, an jeden Ort der Welt. Die Trauer, den Verlust, die Angst – sie waren da, aber sie lagen hinter ihr. Vielmehr war da jetzt die Freude. Die Freude, am Leben zu sein, zusammen mit den Kindern. Und mit Jesko, der auf die Kinder achtgab, dem sie vertrauten. Dem auch sie selbst vertraute, zutiefst.

Sie war bei sich. Sie war frei.

Swen war begeistert. Nach der Einspielung war Fee erschöpft, aber auch tief zufrieden. Sie hatte wiederholt, was ihr beim Fest gelungen war, gleichzeitig hatte sie noch intensiver gespielt, konzentrierter, war der Ernst im Studio ein anderer gewesen. Sie war über sich selbst hinausgewachsen. Etwas Perlendes kribbelte in ihr. Etwas war neu, war lebendig. Es war, als wäre die Glocke, die über ihr geschwebt hatte, weggenommen worden, als spürte sie die Welt viel deutlicher als zuvor.

Der Regisseur leuchtete regelrecht, auch wenn er nicht viel sagte, doch er deutete an, dass er das Material aller Wahrscheinlichkeit nach würde brauchen können. »Du bist eins mit deiner Musik«, sagte er anerkennend. »Du verschmilzt ja mit deinem Instrument. Und was ich gehört habe, ist anders als alles, was ich bisher kenne.«

Er wollte jetzt nichts versprechen, aber er würde sich melden, und sie würden, wenn er sich entschieden hätte, einen Vertrag aufsetzen und alles Weitere besprechen.

Sie nahm ihren Geigenkoffer und machte sich auf den Weg zurück ins Alte Land.

Fee stand auf der Fähre und nahm alles so intensiv wahr: das Blau der Wellen, die klare Luft, den Duft der Elbe, brackig, zwischen Salz- und Süßwasser. Es war, als ob sie schwebte. Und gleichzeitig war alles ganz wirklich: das Wasser, die Möwen, das weiße Geländer. Sie dachte, dass sie sich auf die

Kinder freute und dass sie gerne noch einmal eine Segeltour mit Jesko machen würde.

Und plötzlich stieß sie einen Jubelschrei aus. Die wenigen Leute, die auf der Fähre waren, drehten die Köpfe. Fee war nach Tanzen zumute und nach Spielen, sie wollte spielen, immer weiter. Gleichzeitig war sie so erschöpft, dass sie das Gefühl hatte, drei Tage schlafen zu müssen, mindestens. Als ob eine lange, anstrengende Zeit hinter ihr läge. Zwei Jahre und neun Monate. Sie sah in den Himmel. Und es war, als säße Jan irgendwo über all dem, im weiten Blau, und lächelte ihr zu.

Fee entdeckte die Kinder im Garten. Sie saßen auf einer Decke im Gras und aßen Obst. Rieke spuckte gerade einen Kirschkern fort, und Golo versuchte es ihr gleichzutun. »Ich kann fast so weit wie Rasmus!«

»Fast so weit wie Rasmus«, verbesserte ihn Rieke. »Mensch, Golo, du kannst doch jetzt richtig sprechen, du brauchst doch nicht mehr zu lispeln.«

Martha lag auf dem Bauch im hohen Gras. Vermutlich krabbelte ein Käfer an einem der Halme entlang.

Im Baum war eine Plattform aus Brettern befestigt. Darunter ein Stapel weiterer passend zugesägter Bretter.

»Bauarbeiterpicknick«, erklärte Jesko. Fee umarmte erst die Kinder, dann fiel sie Jesko um den Hals.

Rieke räusperte sich überdeutlich.

Golo kicherte.

Fee und Jesko lösten sich wieder voneinander.

»Ihr habt euch geküsst«, stellte Golo fest. »Ganz lange.« Das Z von »ganz« betonte er besonders bemüht.

In dem Moment kam Rasmus aus dem Haus.

»Dein Sohn ist ein großartiger Handwerker«, stellte Jesko fest. »Ohne ihn wären wir nicht halb so weit.«

»Und ich?«, wandte Golo ein.
»Beide Söhne, natürlich!«
»Erzähl doch mal Mama, wie war's?«, wollte Rieke wissen.
Fee holte Luft. Konnte sie ausdrücken, was sie erlebt hatte? Aber Rieke hörte schon nicht mehr zu. Und Golo beschwerte sich, als sie sich niederlassen wollte. »Vorsicht, Mama, du hättest dich fast auf Esel gesetzt!«
In Fee platzte eine Blase. Sie lachte. Sie musste so lachen, wie sie seit Ewigkeiten nicht gelacht hatte, so sehr, dass ihr der Bauch wehtat. Die anderen sahen sie verblüfft an, dann stimmten sie einer nach dem anderen prustend, kichernd und vergnügt ein.

Abends, nachdem sie ihn ins Bett gebracht hatte, fragte Golo: »Wie gefällt dir eigentlich unser Baumhaus, Mama?«
»Es ist wunderschön, mein Schatz.«
»Jesko hat uns geholfen«, sagte Golo versonnen.
»Ja, Jesko kann so was.«
»Magst du ihn?«
»Ja, ich mag ihn. Sehr gern sogar.«
»Ich mag ihn auch«, erklärte Golo voller Überzeugung. »Er hat Esel gerettet. Und er kann Baumhäuser bauen. Er ist nett.«
Fee strich ihm über die Wange. Die Augen fielen ihm zu. Kein Wunder, nach einem solchen Tag.
»Mama?«, murmelte er.
»Ja?«
»Ich finde es schön, dass du gespielt hast in dem Studio.«
Fee sagte nichts. Sie strich ihm über den Kopf.
»Weißt du was?«
Schlief er denn immer noch nicht?
»Papa, also unser Papa Jan, der hat gesagt ...«
Fee stockte der Atem. »Ja?«

»Er hat mir gesagt, dass er immer bei uns ist. Auch im Himmel. Und dass er immer da ist, wenn du Geige spielst. Mit seinem Herzen nämlich. Als die ihn abgeholt haben mit dem Rettungswagen.«

»Golo, was sagst du da?«, flüsterte Fee.

»Ich weiß es genau. Er lag auf dieser Liege. Er hat es mir gesagt.«

»Nur dir?«

Golo nickte. Dieser ernsthafte Ausdruck in dem kleinen Gesicht.

Fee atmete aus. Ihr liefen die Tränen über die Wangen. Sie konnte sie nicht zurückhalten.

Golo drehte sich um und zog die Decke hoch.

»Morgen darf ich bei Elisa Trecker fahren«, murmelte er.

36

Martha war außer sich. Sie stand in der Küche und schluchzte vor Zorn. Fee war alarmiert, denn Martha hatte ihre Gefühle sonst im Griff. »Martha, was ist los?«

Martha hatte die Mappe mit ihren sorgsam gesammelten Blättern zur Sparkasse bringen wollen, um sie abzugeben. Der Wettbewerb. Rieke hatte sich eine spöttische Bemerkung nicht verkneifen können, aber Martha hatte nicht hingehört. Sorgsam hatte sie die Mappe auf ihren Gepäckträger geklemmt, den Helm aufgesetzt und war losgefahren, zur Filiale im nächsten Ort, am Deich entlang, allein, Fee hatte es ihr erlaubt.

Heute war die Abgabefrist, und Martha hatte gezeichnet und schraffiert, war alles wieder und wieder durchgegangen, bis sie davon überzeugt war, dass nichts mehr zu verbessern wäre und sie mit ihrer Arbeit über das »Leben in den Gräben« das beste Ergebnis ablieferte.

Jetzt stand Martha schlammverschmiert vor ihr.

»Martha, wo ist deine Mappe?!«

»Weg.« Martha wischte sich über die Wange. Und dann erzählte sie, wie die Kinder aus ihrer ehemaligen Klasse sie abgefangen hätten. Sie hätten Interesse geheuchelt, und Martha hatte ihnen ihre Zeichnungen gezeigt, damit sie Ruhe gaben. Aber sie hätten die Blätter hochgehalten und sie johlend durch die Luft segeln lassen. In den Graben. Martha hatte versucht, die Blätter zu retten, die Kinder waren weggelaufen.

Fee war fassungslos. Maßloser Zorn stieg in ihr auf. Doch bevor sie etwas tun oder sagen konnte, kam Rieke herein. Mit einem Blick erfasste sie die Lage und nahm die Sache in die Hand.

»Papier ist meine Spezialität. Das krieg ich hin. Darf ich, Martha?«

Martha nickte.

Rieke holte einen Haartrockner und ein weiches Tuch, reinigte die Zeichnungen, so gut sie konnte, dann scannte sie sie ein, Blatt für Blatt, um sie in einem Dokument zu erfassen.

»Das wird richtig gut. Ich helf dir. Wart's mal ab.«

***

Jesko war zu Fuß auf dem Weg hinüber zum Gasthof. Er freute sich auf Fee. Er solle um sie kämpfen, hatte der alte Heinrich gesagt. Aber das war wohl doch eine etwas altmodische Sicht auf die Dinge. Er war schließlich kein Ritter im Mittelalter. In das Leben eines anderen Menschen würde er sich nicht einmischen, erst recht nicht in das von einem, der ihm etwas bedeutete. Aber er wollte mit Fee über Rasmus sprechen. Selbstständig hatte der Junge sich vor einer Weile bei ihnen vorgestellt und um eine Lehrstelle in der Tischlerei beworben. Jesko hatte das gefallen. Er hielt eine handwerkliche Ausbildung für eine gute Sache. Wenn er daran dachte, dass er selbst das Abitur nur mit Ach und Krach geschafft hatte, dass er erst glücklich gewesen war, als er etwas mit den Händen tun konnte, ahnte er, wie es Rasmus erging.

Der Junge konnte bei ihnen anfangen, er hatte mit seinem Partner gesprochen, aber er brauchte die Einwilligung von

Fee, denn Rasmus war noch nicht volljährig. Als er beim Baumhausbau mitgeholfen hatte, hatte dieser ihm jedoch resigniert erklärt, dass seine Mutter mit seiner Wahl nicht einverstanden war.

Boris brauste im Auto an ihm vorbei. Oder war es Katharina, die am Steuer saß? Nein, er erkannte Boris' Kopf durch die getönten Scheiben.

Katharina hatte er vor Kurzem in Stade auf dem Markt gesehen, sie hatte sich da angeregt mit diesem Cabriokerl unterhalten, der bei Fee, das wusste er inzwischen, Geigenunterricht nahm.

Am Deich war Tempo dreißig ausgewiesen, Boris fuhr mindestens fünfzig. Er entschwand hinter der nächsten Biegung, der SUV nahm fast die ganze Straßenbreite ein.

Auf einmal quietschten Bremsen. Eine Autotür schlug.

Jesko rannte los.

Mitten auf der Straße lag ein Kinderfahrrad, knapp vor den Reifen des schwarzen SUVs. Daneben saß Golo.

Boris hockte hilflos vor ihm.

Golo begann zu schluchzen, als Jesko auftauchte, und warf sich in seine Arme. Wortlos zeigte er auf sein Rad.

Jesko umfing ihn. »Ich bring dich nach Hause, Golo. Schöne Scheiße«, sagte er zu Boris. »Du warst mit überhöhter Geschwindigkeit unterwegs.«

Boris rieb sich Kopf und Kinn. Er sah kreidebleich aus. »Der Kleine war plötzlich auf der Straße ...«

Er schien selbst zu merken, dass das keine gute Ausrede war.

Golo hielt sich sein Knie.

»Hast du Schmerzen?«, fragte Jesko.

Golo nickte.

»Hast du das Kind angefahren?« Jesko fixierte Boris.

»Nein, ich glaube nicht. Ich weiß es nicht. Er war plötzlich auf der Straße ...«, wiederholte er wie unter Schock.

»Ich bin hingefallen«, sagte Golo mit verzagter Stimme.

»Okay. Wir rufen die Polizei«, sagte Jesko.

»Ist das nötig? Dir geht es gut, junger Mann, oder? Ist gerade noch mal gut gegangen, was?« Boris' hilfloser Versuch, die Situation zu entschärfen.

»Boris, das war knapp. Du weißt es selbst. Wir rufen jetzt die Polizei, und das Fahrrad bleibt liegen. Ich mache Fotos.«

Zuerst rief Jesko Fee an. Dann die Polizei.

Fee war außer sich vor Sorge. Seltsamerweise machte sie Boris keine Vorwürfe, sondern tat einfach, als sei er nicht da. Ein örtlicher Polizist nahm den Vorgang auf und riet Fee, Anzeige zu erstatten, doch sie verzichtete darauf. Es hatte sich herausgestellt, dass Golo körperlich unversehrt war, er war einfach vor Schreck umgefallen, haarscharf war es gewesen, dass er nicht unter die Räder gekommen war. Das Fahrrad war gegen den SUV gerutscht, der Wagen hatte eine Schramme.

Als Boris nachmittags mit Blumen und einem Plüschtier betreten vor dem Gasthof stand, schlug Fee ihm allerdings die Tür vor der Nase zu. Jesko sah sie fragend an, doch sie erklärte ihm nichts.

Am Abend des nächsten Tages fuhr Jesko zur Sporthalle, um zu trainieren. Er war überrascht, als er Boris an der Theke der Vereinsbar entdeckte.

Boris saß zusammengesunken vor einem Bier und wirkte so verloren, wie Jesko ihn noch nie gesehen hatte.

Er blieb neben ihm stehen. »Und?«

Boris nahm einen Schluck. »Nichts und.«

»Ist dein Auto in der Werkstatt?«

Boris nickte.

»Kaum zu glauben, dass ein Kinderfahrrad genügt, um so einem Panzer eine Beule zu versetzen.«

»Die Stoßstange und der Kotflügel sind auch nur aus Plastik. Schrottfahrzeug. Alles Müll, den keiner braucht.«

Er nahm einem weiteren Schluck. »Alles ein einziger Müll«, wiederholte er. »Ich steig um. Aufs Fahrrad. Ist jetzt auch egal.«

Das war allerdings schwer vorstellbar. Jesko schlug ihm auf die Schulter, »Na, dann«, und wollte gehen.

»Katharina ist weg«, sagte Boris da. Und rülpste kräftig.

Jesko setzte sich.

***

»Kann ich hierbleiben? Bitte!« Verheult war Line-Sophie in die Küche des Gasthofs gestürzt, mit einem Rucksack auf dem Rücken und einem Schlafsack unter dem Arm.

Sie trug abgeschnittene Shorts und ein bedrucktes T-Shirt, auf dem ein bunter Slogan stand: »Change the system not the climate«. Fee war überrascht, sie kannte sie nur mit ihren gebügelten Poloshirts.

»Sieht cool aus«, sagte Rieke, »selbst genäht?«

»Du nähst?«, fragte Fee.

Line-Sophie nickte.

»Ja, sie näht supergut, das hat sie von ihrer Mutter gelernt. Line hat auch die ganzen Banner für unsere Kundgebungen gemacht«, erklärte Rieke.

»Also, kann ich?«

»Was ist denn los?«, wollte Fee wissen.

»Ich hab meine Geige verkauft. Und daraufhin ist er dann regelrecht ausgerastet!«

»Wer?«, fragten Fee und Rieke wie aus einem Mund.

»Mein Vater! Aber nicht wegen der Geige, sondern weil meine Mutter mit diesem Lehrer abgehauen ist. Der, den Sie unterrichtet haben.«

»Du kannst meine Mutter duzen«, murmelte Rieke, »das habe ich dir schon oft gesagt.«

Line nickte. Und schniefte.

»Und dann hat er entdeckt, dass ich die Geige verkaufen wollte. Ich konnte sie nicht mehr sehen. Diese Scheißgeige! Ich habe eine Anzeige bei E-Bay aufgegeben!«

Mit funkelnden Augen sah Line-Sophie Fee und Rieke an. Ein bisschen Temperament, dachte Fee, steht ihr gut.

»Er war so sauer. ›Was ist denn bloß mit euch los?‹, hat er gebrüllt. Und dass hier nichts hinter seinem Rücken verkauft wird. Und dass er sich nicht hintergehen lässt!«

»Dieser Arsch«, sagte Rieke, »entschuldige, ist ja dein Vater. Aber du bleibst jetzt erst mal bei uns!« Sie schob Line samt Rucksack aus der Küche.

Aha, daher wehte der Wind, dachte Fee. Sie fuhr sich durch die Haare. Katharina war also mit Clemens durchgebrannt. Und Boris hatte offenbar gedacht, dass Fee etwas darüber wüsste, deshalb war er zu ihr gebraust, mit überhöhter Geschwindigkeit.

Im Grunde musste man Line dafür gratulieren, dass sie sich vom ungeliebten Geigenunterricht befreit hatte. Vielleicht würde sie sie irgendwann wiederentdecken, aber dann von sich aus.

Oben hörte Fee es rumpeln und kichern. Dann ertönte K-Pop. Die beiden Mädchen tanzten, ihre Freundschaft war offenbar schnell wieder gefestigt. Ja, Rieke war großzügig. Sie half anderen gern.

Auch Martha hatte sie geholfen. Die Blätter, die Martha gezeichnet hatte, all die Listen und Beobachtungen, hatte Rieke sorgfältig gescannt und die beschädigten Stellen mit ihrem Grafikprogramm ausgebessert, teilweise hatte sie die Daten abgeschrieben und in eine getippte Liste überführt. Stunden hatte sie am Abend zuvor damit verbracht, so lange, bis Martha schließlich zufrieden war.

»Weißt du was?«, hatte Martha spät am Abend gesagt. »Ich mag dich.« Rieke hatte gelacht und ihr einen Stüber verpasst.

Heute Morgen waren sie dann zusammen losgezogen, zur Sparkassenfiliale, um den Leiter davon zu überzeugen, Marthas Beitrag doch noch anzunehmen, obwohl die Frist abgelaufen war.

»Ich erklär ihm das.« Rieke war sich sicher, dass sie den Filialleiter überzeugen konnte. »Ist doch logisch, dass du gestern nicht abgeben konntest. Aber es ist auch logisch, dass sie deinen Beitrag haben *müssen*. Der ist garantiert der beste.«

Martha schien beruhigt, sie fuhren los und kamen eine Stunde später zufrieden zurück. Ohne die Mappe, sie war tatsächlich noch angenommen worden.

***

»Weg.« Boris' Hand zitterte leicht, als er das Glas wieder hinstellte. »Einfach weg.«

Jesko bestellte sich ein Bier. Es schien, als würde das hier länger dauern.

»Hattet ihr denn vorher Stress?«

Boris ging nicht darauf ein. »Bei uns im Haus, in der Garage.« Er sah Jesko mit so unterlaufenen Augen an, als hätte er die ganze Nacht nicht geschlafen.

»Sie hat bei uns im Haus«, er betonte jedes Wort, »mit diesem Schnösel rumgemacht.«

Aha. Katharina hatte sich also einen Seitensprung erlaubt und sich keine Mühe gegeben, das zu verheimlichen. Es wunderte Jesko, wenn er ehrlich war, nicht besonders.

»Mit diesem Cabriofahrer. Dem mit der Geige. Mit diesem *Lehrer*.« Die letzten Worte stieß Boris voll Verachtung hervor.

Ach. Mit dem hatte er Katharina kürzlich ja auch gesehen. Jesko empfand unwillkürlich Mitleid mit Boris. Er hob das Glas in seine Richtung, nickte und nahm einen großen Schluck.

Boris sah Jesko tieftraurig an. »Ganz schön dreist, findest du nicht?«

Jesko wunderte sich. Hatte Boris denn nie gemerkt, wie Katharina mit anderen Männern anbändelte?

»Sie ist eine attraktive Frau.«

Boris lachte auf, es klang hohl. »Natürlich ist sie das. Und das weiß sie auch.« Er hob die Hand, um das nächste Bier zu bestellen.

Dann sah er Jesko an. »Soll ich dir erzählen, wie ich Katharina kennengelernt habe?«

»Lass mal.« Das wollte er nun wirklich nicht wissen.

»Doch, doch. Hör dir das mal an. Das war nämlich bei einer Baumesse!« Boris formulierte jeden Satz überdeutlich. Er brauchte eine Weile, aber er bestand darauf, Jesko diese Geschichte zu erzählen.

Wenn Männer tranken, redeten sie. Jesko hatte nicht gewusst, dass Boris dazugehörte.

Nach und nach kam die Geschichte also heraus.

Boris hatte Katharina bei der Veranstaltung eines Firmenkunden kennengelernt, sie hatte dort als Hostess gejobbt, mit diesen Messejobs finanzierte sie sich ihr Architekturstudium. Sie war auf sein Flirten eingegangen, schnell waren sie im Bett gelandet. Am Anfang hatte Boris gedacht, dass es nur eine Affäre wäre, dass Katharina garantiert nicht mehr wollte. Aber dann wurden weitere Abende daraus, und schließlich zog Katharina bei ihm ein.

»Und weißt du, was dann passiert ist?«

Was sollte schon passiert sein. Jesko überlegte, dass er das Training für heute wohl streichen konnte, die anderen hatten längst angefangen.

»Dann war sie schwanger.« Boris nahm einen weiteren Schluck und schwieg.

»Aber sie wollte gar kein Kind. Wollte sie überhaupt nicht, weißt du?«

Ja, mit Frauen, die keine Kinder wollten und plötzlich doch, hatte Jesko Erfahrung. Langsam spürte er, wie auch ihm das Bier zu Kopf stieg. Er bestellte einen Schnaps für sie beide.

»Sie hat gesagt, sie fühle sich eingesperrt. Sie wollte zurück nach Hamburg. Aber da war sie ja schon schwanger!«

Verzweifelt sah Boris Jesko an. Er hatte Bierschaum am Mund.

Und dann murmelte er, dass er selbst das gut gefunden hätte mit dem Kind, dass er wirklich gern ein Kind wollte und dass er Katharina dazu überreden konnte.

»Aber es war falsch, verstehst du? Sie hat ja gar nicht gewollt. Sie hat ein Kind bekommen, dabei hat sie es gar nicht gewollt.«

Mit einer Depression nach der Geburt war es wohl weitergegangen. Und später war Katharina immer wieder geflüchtet, zurück in ihr altes Leben, und Boris hatte alles getan, damit es keiner merkte. Und noch mehr gearbeitet und noch mehr erreicht, um ihr etwas bieten zu können, um sie zu halten.

Jesko hörte einfach zu. Was er hörte, war tatsächlich neu für ihn. Es warf sowohl auf Boris als auch auf Katharina ein anderes Licht. Nach außen hatten sie das perfekte Paar gegeben, erfolgreich, einig. Nach innen hatte also ein Ungleichgewicht geherrscht, dessen Opfer beide waren. Und ihre Tochter.

Wie war Katharina überhaupt dazu gekommen, sich so schnell auf Boris einzulassen? War Liebe im Spiel gewesen? »Sie ist also sofort bei dir eingezogen?«, erkundigte er sich.

»Sie wollte … wollte … weg aus Hamburg.« Inzwischen hatte Boris Mühe, seine Worte zu artikulieren.

Und dann stellte sich heraus, dass Katharina einen Lebensstil gepflegt hatte, den sie mit ihren Jobs eben doch nicht finanzieren konnte. Ein teures Apartment, viele Partys, Reisen ... Boris hatte wohl ihre Schulden übernommen.

Boris bestellte noch einmal für Jesko und sich.

Das erklärte die Dinge. Katharinas Loyalität zu Boris, über all die Jahre. Die Unzufriedenheit, die man ihr gleichzeitig anmerkte, der Überdruss, den sie ausstrahlte, hier auf dem Land. Die Partnerschaft mit Boris stabilisierte sie finanziell und gab ihr emotional die Sicherheit, die sie suchte, die sie offenbar brauchte nach einem ausschweifenden Leben, und gleichzeitig konnte sie nicht den Mangel überdecken, den sie empfand. Und das Kind war ihr quasi dazwischengekommen.

Ob das mit diesem Cabriofahrer eine Zukunft hatte?

»Was ist jetzt mit dem Typ? Dem mit der Geige, meine ich?«

»Was wohl? Ich hab ihn rausgeschmissen. Ich musste mich zusammenreißen, ihm keine reinzuhauen!«

»Und Katharina?«

»Ich war bereit, ihr zu verzeihen. Aber sie hat geweint. Und sie hat mir erklärt, dass sie es nicht mehr aushält. Sie hat ihre Sachen gepackt und gesagt, dass sie zurück nach Hamburg zieht.«

Boris schwankte jetzt auf seinem Barhocker. In seinen Augen standen Tränen.

»Der Lehrer war nicht der Erste. Dass sie mir nicht treu ist, habe ich immer geahnt. Aber ich habe gedacht, es wäre ein guter Deal.«

Jetzt tat Boris Jesko wirklich leid.

***

»Also, wenn ich diese Tischlerlehre jetzt machen will ...«

Fee schnappte sich das Papier, das Rasmus in der Hand hielt. Es war ein Ausbildungsvertrag.

»Du brauchst meine Unterschrift«, stellte sie fest. »Dir ist es ernst, oder?«

Rasmus nickte.

»Und das Abitur? Mensch, Rasmus. Ohne Abi kannst du nicht studieren. Vielleicht willst du mal Arzt werden. Oder Rechtsanwalt. Und dann?«

»Jetzt möchte ich lieber Möbel bauen.«

Und auf einmal fiel es Fee wie Schuppen von den Augen: Dass er immer alles repariert hatte, sie hatte es nur so selbstverständlich hingenommen wie alle Begabungen ihrer Kinder. Das Baumhaus habe er mitgestaltet, hatte Jesko gesagt und bemerkt, dass Rasmus echtes Talent habe und einen guten Blick fürs Material.

Fee sah ihn an. Ihr Großer. Siebzehn Jahre war er jetzt bald. Wollte sie ihm wirklich vorschreiben, was er tun und lassen sollte? Ehrgeizige Pläne mit ihm verfolgen, so wie Katharina es mit Line-Sophie getan hatte, egal was er selbst davon hielt?

Fee lächelte ihn an.

»Na dann. Wo ist der Stift?«

Kurz darauf tauchte Jesko mit Boris Bückmann auf. Boris war frisch rasiert, doch sein Pfefferminzatem verbarg kaum die Alkoholfahne, die er hatte, er musste am Abend zuvor regelrecht gesoffen haben. Hatte sie richtig gesehen, dass er mit dem Fahrrad gekommen war? Hatte er keinen Zweitwagen? So sehr Fee sich über Jesko freute – der im Übrigen auch eine kräftige Fahne hatte, sie wunderte sich –, gegenüber Boris verspürte sie nichts als Abwehr.

Sie verschränkte die Arme. »Ich verkaufe den Gasthof nicht mehr.«

»Boris möchte mit seiner Tochter reden.« Jesko bedeutete ihr mit einem Blick, dass er das für eine gute Sache hielt.

Line-Sophie erklärte sich, nachdem Fee ihr zugeredet hatte, dazu bereit, mit ihrem Vater zu sprechen, und die beiden brachen zu einem Spaziergang in die Wiesen auf. Währenddessen berichtete Jesko Fee von Katharinas Auszug.

Fee schüttelte den Kopf. »Ganz schön schwierig, oder, mit der Liebe?«

Jesko sah sie an und lächelte.

»Nein. Ganz einfach.«

37

Die Sonne schien durch die Blätter der Kastanienbäume auf dem Schulhof und malte Kringel auf Schulranzen und Schultüten. Es war ein Samstag Anfang September. Golo wurde eingeschult, stolz stand er neben Elisa und den anderen Kindern, einen neuen Ranzen auf dem Rücken. Es war Elisas, mit pinken Blumen gemustert. Elisa hatte sein mit Dinosauriern bedruckter viel besser gefallen, und so hatte er großmütig in letzter Sekunde mit ihr getauscht.

Die Drittklässler führten gerade ein Theaterstück auf. Rieke ging in die Hocke, um das Paar zu fotografieren.

Die junge Lehrerin, die die Kinder jetzt herzlich begrüßte, hatte gerade ihr Referendariat absolviert, sie war neu an der Schule, dies war ihre erste eigene Klasse. Sie war kaum größer als die Kinder selbst, hatte dichte hellblonde Locken und sprühte vor Energie. »Sie ist lustig«, hatte Golo Fee erklärt. »Ich mag sie.«

Sie war nicht nur lustig, das ahnte Fee, sie würde die Kinder konstruktiv und aufmerksam begleiten. Aber Humor schien ihr dafür schon mal eine gute Voraussetzung.

Martha war mit Beginn des neuen Schuljahres aufs Gymnasium gewechselt und in einer Klasse mit Begabungsschwerpunkt aufgenommen worden. Fee hatte vorher ein ausführliches Beratungsgespräch mit der Schulleitung geführt und sich davon überzeugt, dass dies das richtige Angebot für Martha war.

Dass sie beim Wettbewerb über das »Leben in den Gräben, die Feuchtgebiete im Alten Land« mit einem Sonderpreis ausgezeichnet worden war, hatte sich bereits herumgesprochen. Da sie das vorgeschriebene Alter für den Wettbewerb unterschritt, die Jury von ihrem Beitrag aber sehr beeindruckt gewesen war, hatte die Sparkasse diesen Sonderpreis kurzerhand eingeführt, um Marthas Zeichnungen angemessen würdigen zu können.

Martha hatte zuerst ganz still dagestanden, als Fee ihr den Umschlag überreichte, dann hatte sie gestrahlt, Rieke war gehüpft und mit Martha durch die Küche getanzt, und Martha hatte es zugelassen und tatsächlich große Freude gezeigt.

»Wie cool, ich hab eine Expertin zur Schwester! Bestimmt wirst du mal eine Biologin, auf die die ganze Welt hört!« Alle hatten Martha gratuliert, und Golo hatte nicht geruht, bis sie ihm jede Zeichnung erklärt und ihm alles vorgelesen hatte, was sie dazu geschrieben hatte. Ein Zeitungsartikel war erschienen, Martha war von einem engagierten jungen Volontär interviewt worden, und es hatte eine kleine Feier in der Sparkasse gegeben.

Für Rieke ging schulisch alles weiter wie bisher, sie kam jetzt in die zehnte Klasse. Und Rasmus würde nächste Woche seine Ausbildung zum Tischler beginnen und die Berufsschule besuchen. Wie erleichtert er gewesen war, als Fee seinen Ausbildungsvertrag unterschrieben hatte, er wirkte viel lebendiger seither, so als wäre eine übergroße Last von ihm abgefallen. Fee hatte sich die Tischlerei von Jesko zeigen lassen und den Holzgeruch geschnuppert. Diese handwerkliche Tätigkeit, ja, sie erschien ihr auf einmal auch viel sinnvoller für Rasmus. Für ihn war es wichtig, dass er wusste, warum er etwas tat, dass er die Ergebnisse seiner Arbeit begreifen konnte.

Die Ansprache der Grundschulleiterin war zu Ende.

Golo kam zu ihr. »Tschüs, Mama. Ich geh da jetzt rein.«

Die neuen Erstklässler marschierten zu ihrer ersten Unterrichtsstunde. Golo dazwischen, er hielt Elisa an der Hand, ohne sich noch einmal umzusehen.

Fee wischte sich unauffällig die Augen.

Nach der Einschulungsfeier gab es bei ihnen zu Hause Kürbissuppe und zum Nachtisch frisch gebackenen Pflaumenkuchen mit Zimt und Sahne. Auch Jesko war dabei, Golo hatte darauf bestanden. Jeskos Augen leuchteten, als er einen Klecks Sahne aus Fees Mundwinkel küsste.

Sie waren so viele, und sie wurden immer mehr. Bald würde Claire dazukommen, Hugos Nichte. Fee und die Kinder hatten sie online kennengelernt und die junge Frau sehr sympathisch gefunden. Claire würde ein Jahr als Au-pair bei ihnen leben, Sprachunterricht nehmen und Fee bei Golos und Marthas Betreuung sowie im Haushalt unterstützen.

»Sie kann bald Deutsch«, hatte Fee Golo versichert.

»Ich möchte lieber Französisch mit ihr sprechen«, hatte Golo erklärt. »Das gefällt mir fast so gut wie Plattdeutsch.«

Zwei Wochen später zog Fee sich nachmittags an den Fluss zurück, um den Herbst zu genießen, das milde, weiche, fast goldene Licht. Astern und Chrysanthemen leuchteten, eine späte Rose blühte, und Madame Souris, die Katze, lag auf dem sonnenbeschienenen Boden, streckte sich genießerisch und rollte sich auf den Rücken.

Das Rufen von Wildgänsen ertönte, wurde immer lauter, in einer keilförmigen Formation zogen sie direkt über sie hinweg Richtung Süden.

Wie schön es hier war. Sie wollte nicht fort. Und sie war erleichtert und glücklich, dass sie sich entschlossen hatte, hierzubleiben. Hier, im Alten Land.

Swen hatte ihr vor einer Woche zufrieden mitgeteilt, dass ihre Musik als Filmmusik und sie als Musikerin für die

Filmszenen ausgewählt worden seien. Dafür erhielte sie natürlich ein Honorar und für jeden Auftritt auch eine Gage. An den Einnahmen des Films würde sie mit Tantiemen beteiligt sein.

Es war die Rettung für den Gasthof. Es reichte, um die nächsten Handwerksarbeiten zu beauftragen. Jesko hatte mit ihr einen detaillierten Plan erstellt, wie sie den Gasthof nach und nach, teilweise in Auftragsvergabe, teilweise in Eigenarbeit, sanieren konnte. Für die fachgerechte Erhaltung und die energetische Sanierung ortsbildprägender Gebäude gab es neuerdings geförderte Zuschüsse, der Leiter der Sparkasse war alles mit ihr durchgegangen und hatte ihr die passenden Möglichkeiten dazu aufgezeigt.

Als die Kinder von Fees Absicht, aus dem Dorf wegzuziehen, erfahren hatten, waren sie sehr aufgebracht gewesen. Rieke hatte sie angegiftet – »Ist nicht dein Ernst, Mama, oder? Ich fass es nicht!« –, Rasmus hatte sehr ernst gesagt, dass sie es sich bitte noch einmal überlegen solle, Golo hatte verkündet, dass er dann eben zu Elisa ziehen würde, und Martha hatte zwei Tage nicht mehr gesprochen. Alles hatte zusammenzubrechen gedroht.

Nein, es war richtig zu bleiben. Sie würde es schaffen. Sie liebte dieses kleine Stück Land, ihr Haus, den Fluss – und den Mann auf der anderen Seite. Fee musste lächeln. Von ihrem Platz aus sah sie nur einen Zipfel seines Reetdachs. Sie blickte nach oben, in die filigranen Blätter der Weide. Sie hatte einen dicken, verwachsenen Stamm und Äste, die über das Flussufer hingen. Die Kinder hatten sich langsam beruhigt, als sie ihnen versichert hatte, dass sie hierbleiben würden, in jedem Fall, versprochen.

Viel wichtiger aber war, dass sie wieder spielte. Täglich nahm sie ihre Geige zur Hand, es war, als hätte sie die Musik neu entdeckt und die Musik sie, es war wie ein neues Leben.

Rieke versuchte sie von K-Pop zu überzeugen. Ohne Erfolg. Aber alles andere, das spielte Fee. Wenig Klassik, so wie früher, stattdessen Folklore, Tango, Pop, Modernes – und vor allem ihre eigene Musik, die Musik in ihrem Innern. Sie war wieder zur Geigerin geworden, sie hatte es sich selbst erlaubt, und sie machte sich und die Menschen um sich herum damit glücklich.

Fees Handy summte mit einem Anruf. Zu ihrer Überraschung war es Serap, die damals bei ihrem Fahrradausflug hier aufgetaucht war.

»Hör mal, Fee, ich falle mit der Tür ins Haus: Willst du deinen Saal nicht doch tageweise für Filmaufnahmen vermieten? Oder sogar den ganzen Gasthof? Ich würde ihn wirklich gern als Location vermitteln, ich habe gerade ein Projekt am Wickel, zu dem er hervorragend passen würde.«

»Serap, puh, ein Filmteam, so viele Leute, all die Transporter vorm Haus – ich weiß nicht. Ich brauche das Haus für mich und die Kinder. Wir leben hier schließlich!«

»Das verstehe ich. Aber du kannst auch im Einzelfall entscheiden: Ich nehme den Saal in die Kartei auf, du wirst angefragt, und wenn es dir nicht passt, sagst du ab. Vielleicht seid ihr sowieso mal ein paar Tage im Urlaub, und du würdest es gar nicht merken. Es gibt selbstverständlich ein Honorar, und das ist bei so einer Location gar nicht so wenig. Probier es doch einfach mal aus!«

Serap erläuterte ihr die Konditionen, und Fee begann zu rechnen. Mit zusätzlichen Einnahmen könnte sie natürlich wieder etwas am Haus machen. Sie entschied, dass es das wert war.

»Doch, das passt, nimm den Saal und unseren Gasthof in deine Kartei auf, Serap, die Idee ist gut. Wollen wir direkt einen Termin ausmachen?«

Der Saal. Er vereinte alles. Fee hatte die Fenster geputzt, sodass Licht hereinfiel, den Boden geschrubbt und plante die

Wände zu streichen. Manchmal spielte sie dort Geige. Jesko hatte angekündigt, dass er die Schnitzereien an den Säulen und andere Holzelemente wie die Fensterbretter gemeinsam mit Rasmus fachgerecht aufarbeiten würde. »Das wird ein Schmuckstück.«

Jetzt probten dort gerade die »Brass Brothers«, Fee hörte das Schlagzeug und die Trompeten bis in den Garten. Rieke war natürlich dabei und auch Line-Sophie. Seitdem Katharina aus dem gemeinsamen Haus ausgezogen war und Line sich mit ihrem Vater ausgesprochen hatte, wirkte sie wie befreit. Sie kleidete sich in individuelle Kleidungsstücke, sprach selbstbewusster, lachte unbeschwerter und verbrachte die meiste Zeit mit Rieke und den Jungen. Wie sehr sie unter dem Repräsentationsdruck, dem Katharina sie ausgesetzt hatte, gelitten haben musste.

Aus Finn und Line-Sophie war mittlerweile ein Paar geworden. Rieke hatte abgewinkt, als Fee sie darauf angesprochen hatte. »Na und? Mama, das ist doch *egal*. Finn will mich nicht, das ist okay, und mit Line hat er doch einen guten Fang gemacht, oder? Findest du nicht, dass die beiden zusammenpassen?« Sie hatte gegrinst, und Fee hatte den Eindruck gehabt, dass sie schon wieder jemand Neuen im Blick hatte.

Fast wäre sie in ihrem Liegestuhl eingeschlafen, die Sonne streichelte ihr Gesicht, ihre Finger fuhren durch das weiche Katzenfell, Madame Souris hatte sich behaglich neben ihren Knien eingerollt.

Plötzlich hörte sie ein Brüllen, lautstark.

Golo.

Die Katze schoss regelrecht davon, und auch Fee stand sofort auf den Füßen.

Da kam Golo um die Ecke gerannt, pitschnass. Hinter ihm Elisa, mit einem Wassereimer in Händen. »Ich krieg dich!«

Fee atmete einmal tief aus. Ihre Ängste, die würde sie so

schnell nicht loswerden, aber sie würde mit ihnen leben, sie waren bereits weniger geworden. Die Angst um Golo. Die Angst um ihre anderen Kinder. Die ständige Sorge im Hinterkopf, dass ihnen etwas passierten könnte.

Ihre Kinder sorgten für sich selbst, sie waren auf dem Weg.

... Und wieder Frühjahr

38

Der Himmel war leuchtend blau, die Bäume waren noch kahl. Ein Meer von Krokussen verwandelte den Garten in eine violett-weiß-gelbe Pracht.

Fee entfernte altes Laub von den Beeten und bereitete ihre Hochbeete für die kommende Saison vor. Wie gut es tat, nach dem langen Winter wieder draußen zu sein. Trompetende Rufe kündigten die Wildgänse an, schon bevor man sie sah, diesmal zogen sie nach Norden.

»Moin, Moin!«

Sie schrak zusammen, als auf einmal jemand vor ihr stand. Dann lachte sie erleichtert und strich sich eine Strähne aus der Stirn.

»Moin, Boris! Möchtest du dir einen Kaffee abholen?«

»Danke, nein, ich bin nur auf einen Sprung hier.« Boris war aufgeräumt wie immer, er trug einen sportlichen Anzug und eine moderne Aktentasche, dazu gemacht, sie am Fahrrad zu befestigen.

Boris wirkte regelrecht verjüngt, nachdem er seine Trauer um Katharinas Weggang überwunden hatte. Ein paar Wochen war nicht viel von ihm zu sehen gewesen, aber erstaunlich schnell hatte er sich besonnen – und daraufhin sein Leben verändert. Da er nicht vorsätzlich gehandelt hatte und Golo nichts passiert war, hatte er im Herbst lediglich eine Geldstrafe erhalten, nachdem er sich wegen Geschwindigkeitsübertretung selbst angezeigt hatte. Doch der Unfall hatte etwas bei ihm bewirkt. Boris hatte eine Kehrtwende vollzogen, die Fee ihm nicht zugetraut hätte. Er hatte sich ein sportliches E-Bike zugelegt und stellte auch seinen Mitarbeitern firmeneigene Räder zur Verfügung. Im Gemeinderat setzte er sich dafür ein, dass die Fahrradwege ausgebaut wurden, um das Radfahren für Schülerinnen und Schüler sicherer zu machen. Das begrüßten alle Eltern und alle Lehrkräfte, allen voran aber seine Tochter.

Von Katharina hatte Fee nicht mehr viel gehört oder gesehen. Es war, als hätte sie mit ihrer Zeit im Alten Land abgeschlossen. Ob sie Clemens zum Sande noch traf, wusste Fee nicht. Und sie stellte fest, dass es sie auch nicht interessierte. Clemens hatte den Unterricht bereits nach dem Vorfall mit der gerissenen Saite kommentarlos gekündigt.

Katharina hatte sich offenbar in einen kleinen Laden im Karolinenviertel eingemietet, wo sie unter einem eigenen Label ihre selbst genähte Kleidung verkaufte. Laut Line-Sophie hatte sie damit Erfolg, die Sachen trafen den Geschmack der trendbewussten Hamburger.

Line-Sophie besuchte ihre Mutter gelegentlich in Hamburg, ansonsten genoss sie es offensichtlich, einen besseren Draht zu ihrem Vater zu haben. Fee dachte, dass Line-Sophie vermutlich eine fähige Chefin des Unternehmens wäre, sollte sie es einmal übernehmen.

Sein Unternehmen stellte Boris gerade um, er war Feuer und Flamme: Fee hätte es nie vermutet, doch er vertrat jetzt ein Konzept des nachhaltigen Wohnens. Regenerative Energieformen wurden genutzt und recyceltes Baumaterial eingesetzt. »Ganz große Sache, wird noch viel zu wenig gemacht.« Seine Stadtvillen bezeichnete Boris diplomatisch als Phase, die allerdings nicht mehr zeitgemäß sei. Stattdessen hatte er begonnen, mit jungen, unkonventionellen

Architekten zusammenzuarbeiten und in innovative Wohnkomplexe zu investieren. »Nachhaltigkeit und Wirtschaftlichkeit, das schließt sich nämlich nicht aus«, dozierte er gern. Die Bückmann-Bau war dabei, Vorzeigeprojekte zu realisieren, die als wegweisend galten, weit über die Region hinaus. Als Leuchtturm hatte die Zeitung ihn bezeichnet. Boris war stolz, denn hoch hinaus, das wollte er immer noch. »Man kann, wenn man will«, das war sein anderer Leitspruch.

Seiner körperlichen Verfassung tat das Fahrradfahren gut, das musste Jesko anerkennen. Boris war deutlich sportlicher geworden und im Handball ein stärkerer Gegner. Dort herrschte selbstverständlich die alte Konkurrenz.

»Wie kann ich dir denn helfen?«, wollte Fee wissen.

Boris breitete erwartungsvoll die Arme aus, seine Geste umfasste den ganzen Gasthof, das Grundstück bis zum Fluss. »Ja, was ich dich fragen wollte, Felicitas: Willst du nicht doch verkaufen? Das alles hier, meine ich?«

Fee hielt mitten in der Bewegung inne. Verkaufen war ein schlechtes Stichwort. Sie war so froh, dass sie sich dagegen entschieden hatte, dass sie den alten Gasthof hatte halten können und zu einem neuen Gasthof gemacht hatte, einem lebendigen Ort, an dem auch die Leute aus der Gegend teilhatten, seit sie im Saal kulturelle Veranstaltungen anbot, Konzerte und Filmabende, die immer wieder mit Begeisterung besucht wurden. Besonders beliebt waren im Winter die Stummfilmabende mit Livemusik gewesen. Den Musikern, die nicht am selben Abend zurückfahren konnten oder wollten, boten sie ein Zimmer unterm Dach an, diese fanden das sehr romantisch.

War es das, was Boris wollte, hatte er mit Absicht so lange gewartet, um sie in Sicherheit zu wiegen und ihr den Gasthof schließlich doch abzuluchsen?

»Ich meine, du bist gut dabei, der Gasthof sieht top aus. Aber eine Neubauwohnung, so wirklich neu, neues Parkett, neue Leitungen, schicker Balkon ... Wäre das nicht was für euch? In einer modernen Wohnanlage?« Wie immer, wenn er aufgeregt war, überschlugen sich seine Worte, sodass man ihn kaum verstand.

»Boris, ich möchte nicht zwischen lauter Singles und Paaren wohnen. Wir bräuchten mindestens zwei Wohnungen, wenn nicht drei. Wir sind zu sechst!«

»Ah, ich sehe. Du verstehst mich falsch, es geht nicht um Wohnungen für Singles oder Paare, ich spreche von einer familiengerechten Neubauwohnung!« Er strahlte, als würde er ihr ein großes Weihnachtsgeschenk präsentieren. Aus seiner Jackentasche hatte er bereits seinen Kugelschreiber gezogen, während er feststellte, dass er eine Broschüre, die er suchte, nicht dabei hatte.

Fee zog eine Braue hoch. »Seit wann sind deine Wohnungen familienfreundlich?«

»Seit diesem Frühjahr. Die neuen Anlagen, die demnächst entstehen, haben flexible Grundrisse. Sie sind sogar für Familien mit mehreren Kindern geeignet. Das ist ja das Interessante daran, man kann zwei Wohnungen zusammenlegen, wenn man möchte, dazu Dachbegrünung und Dachgärten, die jungen Hamburger reißen sich darum!« Zufrieden rieb er sich die Hände. »Es gibt sogar ausreichend Unterstellmöglichkeiten für Kinderwagen und Fahrräder in gemeinschaftlichen Räumen. Du solltest es dir anschauen, es würde euch gefallen!«

Jetzt musste Fee doch grinsen. Boris war wieder einmal restlos überzeugt von dem, was er tat. Energie hatte er und auch einen enormen Gestaltungswillen, das musste man ihm lassen.

»Lass mal. Dafür finden sich bestimmt genug Hamburger

Familien, die keine Lust mehr auf Stadt haben und gern aufs Land ziehen wollen. Uns geht es hier sehr gut!«

Und es stimmte.

Die Fenster waren im Herbst eingesetzt worden, mit Holzrahmen in elegantem Dunkelblau, es hatte gerade noch geklappt vor den ersten Stürmen. Ebenso die Heizungsanlage, im Winter hatten sie es warm gehabt. Auch die anderen notwendigen Reparaturen und Sanierungen würden jetzt vorgenommen werden, für das Frühjahr gab es bereits einen Plan, die Handwerksbetriebe hatten Kostenvoranschläge gemacht. Und das Beste war: Sie konnte es finanzieren. Ihr Geldbeutel war knapp, aber es reichte. Nach der ersten Einspielung für den Film waren weitere Anfragen gekommen, sie hatte gute Gagen vereinbaren können.

Rasmus restaurierte, unterstützt von Jesko, nach und nach die Holzelemente im und am Haus. Er hatte seine Unschlüssigkeit vollkommen überwunden und war mit der Ausbildung zum Tischler ganz in seinem Element.

Es hatte sich alles gefügt, Fee konnte es manchmal selbst kaum glauben. Ihr Gasthof, er war zum neuen Lebensmittelpunkt geworden, und mehr als das, nämlich zu einem echten Zuhause.

Boris war schon wieder auf dem Sprung. »Na gut, dann düse ich wieder – aber melde dich, falls du dich umentscheidest, ja?« Weg war er.

Fee blickte in den Himmel. Dort flitzten die Schwalben umher. Manchmal stellte sie sich vor, Jan wäre dort oben, irgendwo im Blau, ebenfalls zufrieden. Er wäre stolz gewesen auf das, was passierte, auf jeden Einzelnen von ihnen.

»Danke«, flüsterte sie, das Gesicht nach oben gerichtet, und lächelte.

***

Fee stand mit ihrer Geige auf der Bühne, sie legte den Oberkörper zurück und ließ den Bogen über die Saiten tanzen. Die Menschen im Saal drehten sich vergnügt. Sie tauschte ein Lächeln mit Marisa, die ebenfalls Geige spielte, mit Claire an der Gitarre, der Akkordeonspielerin in ihrem Seemannshemd und dem langen Bassisten mit den kräftigen Armen, der immer so lustig die Augen verdrehte. Sie spielten eine Bourrée. Fee erlaubte sich eine fantasievolle Verzierung, ein übermütiges Solo.

Sie war vollkommen in ihrem Element, die Musik war wie eine Welle, die sie trug. Sie spürte das Schwingen der Bodenbretter unter den Schritten der Tanzenden. Claire war es, die die Tänze ansagte, sie tat dies sehr charmant in einer Mischung aus Deutsch und Französisch, bei einigen Liedern sang sie auch, und zwar auf Bretonisch.

Einen Abend mit Folkmusik veranstalteten sie hier im Gasthof, ein Frühlingsfest feierten sie, die Wiederankunft der Schwalben und Störche, den Beginn der warmen Jahreszeit.

Es war Mitte März, ab jetzt würden die Tage wieder länger werden. Fee freute sich auf den Sommer. Sie wollte im Garten arbeiten, und sie würde Fahrten nach Hamburg unternehmen, ins Studio. Sie hatte sich sogar ein Arbeitszimmer eingerichtet, um dort zu komponieren. Platz gab es bei ihnen ja genug, und Claire spielte nicht nur hervorragend Gitarre, sondern war auch sonst eine Bereicherung für die ganze Familie. Und eine große Hilfe. Claire kümmerte sich um Golo und Martha, wenn Fee unterwegs war, und half sehr effektiv im Haushalt. Für den gab es im Übrigen einen Plan, der an der Wand hing und alle einbezog. Auch Karo, Rasmus' neue Freundin, war oft bei ihnen, Viola rief an, wann immer es ging, und Heinrich Feindt, der hatte in ihrer Küche seinen Stammplatz.

Sie steigerten noch einmal das Tempo, die Tänzer gerieten außer Atem, bis das Lied ein plötzliches Ende fand, alle lachten und applaudierten.

Rieke stand an der Theke und verhandelte irgendetwas mit Rasmus. Line-Sophie stieß Finn übermütig an, auch Heinrich Feindt war dabei, auf seinen Stock gestützt. Viele Leute aus dem Dorf und aus der Umgebung waren gekommen, ebenso einige Hamburger. Die Ankündigung, dass der historische Saal des alten Gasthofs für Kulturveranstaltungen genutzt wurde, hatte schnell die Runde gemacht. Rieke hatte dafür gesorgt, dass die Nachricht an die Presse ging und sich in den sozialen Medien verbreitete. Ihr neuester Plan war es, Eventmanagerin zu werden. Viel Zeit verbrachte sie bei Swen und den Musikern nebenan. Sie wollte sich die Stunden im Studio vorausschauend demnächst als Praktikum bescheinigen lassen.

Marisa hob erneut ihr Instrument, die übrigen Musiker stimmten ein, es ging ruhiger mit einer französischen Mazurka weiter. Paare fanden sich und schmiegten sich aneinander.

Fee nickte den anderen zu, legte ihre Geige beiseite und verließ die Bühne. Sie brauchte Jesko nicht zu suchen. Er war schon da, sie legte ihre Hand in seine, er hielt ihren Blick und lächelte. Bis Fee ihre Wange an seine Schulter legte, während sie sich langsam miteinander drehten, im wiegenden Takt der Musik.

Später, in der Pause, gingen sie hinaus, ans Wasser. Die Luft duftete nach Frühling. Helle Holzbohlen führten auf den Fluss, der Steg war endlich stabil und sicher, Jesko hatte ihn kürzlich erneuert. Die Kinder planten in diesem Sommer an der Elbe ihren Segelschein zu machen.

Und das Baumhaus war fertig. Stunden verbrachte Golo hier zum Spielen, wenn er nicht gerade bei Elisa auf dem Hof war. Manchmal nahm er eine Decke und Bücher mit hinauf. Als Erstklässler konnte er bereits gut lesen, und er liebte es, sich in Geschichten zu vertiefen, die er dann Esel vorlas, dessen Ohren waren ja groß genug.

Die Zärtlichkeit in Jeskos Blick. Der gut aussehende Tischler von gegenüber. Fee konnte immer noch kaum glauben, dass er es ernst meinte. Aber das tat er. Sie waren tatsächlich ein Paar. Vermutlich waren sie es von Anfang an gewesen, irgendwie. Einzelgänger, die sie waren, die beide glaubten, niemanden zu brauchen.

Jesko war beinahe täglich bei ihnen im Gasthof, er verstand sich gut mit den Kindern. Wenn Claire auf sie aufpasste, konnten sie abends weggehen, oder Fee konnte bei Jesko übernachten. Denn natürlich hatte sie eine Zahnbürste bei ihm stehen, ebenso wie er bei ihr. Vielleicht würden sie zusammenziehen. Nur nichts überstürzen, da waren sie sich einig, sie hatten alle Zeit der Welt. So lange trennte und verband sie der Fluss.

Fee sah in den Nachthimmel. Ganz klar leuchteten die Sterne. Wenn man lange hinsah, war es, als ob sie sich bewegten.

Sie wandte sich Jesko zu, um ihn zu küssen. Jesko schloss sie in die Arme. Für Jesko fand sie ebenso wenig Worte wie für die Musik. Manchmal hatte sie den Eindruck, dass er nach süßen Pfannkuchen roch. Das konnte schlicht nicht sein.

Fee hörte Töne, von irgendwoher, eine feine Musik, wiegend wie Wellen. Vielleicht war sie auch nur in ihrem Innern, wer wusste das schon.

ENDE